Alberto Vázquez-Figueroa, 1936 in Santa Cruz de Tenerife geboren, verbrachte einen großen Teil seiner Kinder- und Jugendjahre in Marokko. Nach seinem Studium in Madrid arbeitete er als Auslandskorrespondent in Afrika und Südamerika. Vázquez-Figueroa, der neben seinen journalistischen Arbeiten Romane und Sachbücher veröffentlicht hat, lebt heute in Madrid.

»Santa Maria« ist der zweite Teil einer Trilogie. Teil 1:

Hundertfeuer. Roman (Goldmann-Taschenbuch 41496)

Außerdem sind von Alberto Vázquez-Figueroa als Goldmann-Taschenbücher erschienen:

Ébano. Roman (9181)
Manaos. Roman (8821)
Nacht über Panama. Roman (9907)
Tuareg. Roman (9141)

Die Océano-Trologie:
Océano. Roman (9701)
Yaiza. Roman (9922)
Maradentro. Roman (41226)

ALBERTO VÁZQUEZ-FIGUEROA
SANTA MARIA

ROMAN

Aus dem Spanischen von
Jean Paul Ziller

GOLDMANN VERLAG

Ungekürzte Ausgabe

Die Originalausgabe erschien in zwei Bänden
unter den Titeln »Azabache« und »Montenegro«
bei Plaza & Janés Editores, S.A., Barcelona

Umwelthinweis:
Alle bedruckten Materialien dieses Taschenbuches
sind chlorfrei und umweltschonend.
Das Papier enthält Recycling-Anteile.

Der Goldmann Verlag
ist ein Unternehmen der Verlagsgruppe Bertelsmann

Copyright © 1989 und 1990 der Originalausgaben
bei Alberto Vázquez-Figueroa
Copyright © 1991 der deutschsprachigen Ausgabe
bei Blanvalet Verlag GmbH, München
Umschlagentwurf: Design Team München
Farbige Umschlagzeichnung: Michalski, München
Druck: Elsnerdruck, Berlin
Verlagsnummer: 42193
MV · Herstellung: Heidrun Nawrot
Made in Germany
ISBN 3-442-42193-4

3 5 7 9 10 8 6 4 2

»Warum bist du so schmutzig?«

»Nicht schmutzig...« antwortete sie überrascht. »Ich bin schwarz.«

»Schwarz?« fragte Cienfuegos ungläubig. »Willst du damit sagen, daß du eine schwarze Haut hast?«

»Genau.«

Er musterte das gekräuselte Haar, die riesigen schwarzen Augen, die vollen Lippen, die strahlend weißen Zähne, den schlanken, geschmeidigen Körper, den nur ein ausgefranstes, verschossenes Hemd bedeckte, und schüttelte den Kopf.

»Ich habe zwar schon von schwarzen Männern gehört, die in Afrika leben sollen, aber daß es auch schwarze Frauen gibt, wußte ich nicht.«

»Du bist aber dumm«, entgegnete das Mädchen und setzte sich neben ihn. »Wie sollten die schwarzen Männer denn zur Welt kommen, wenn es keine schwarzen Frauen gäbe?«

»Na ja«, verteidigte sich Cienfuegos, »ich war früher Hirte, und meine Ziegen waren grau, weiß und braun. Aber ab und zu hatten sie auch ein schwarzes Zicklein, ich weiß nicht, warum. Bei Hasen, Hunden und Schafen ist es ähnlich. Und die meisten Stiere sind schwarz, aber es gibt nur wenige schwarze Kühe. Ich dachte, in Afrika wäre es genauso.«

»Dann weißt du es jetzt besser«, antwortete das Mädchen ungeduldig, vielleicht auch etwas verärgert. »Ich bin schwarz, meine Eltern waren schwarz und die Eltern meiner Eltern auch. Ist daran etwas auszusetzen?«

»Aber nein«, beteuerte Cienfuegos. »Jeder wählt die Farbe, die ihm gefällt. Schwarz ist gar nicht schlecht, man sieht den Schmutz nicht gleich.«

Das Mädchen warf ihm einen finsteren Blick zu. Hatte sie es mit einem vollkommenen Idioten zu tun, oder wollte sich der Kerl über sie lustig machen?

»Ich glaube, die Sonne hat dir das Hirn ausgetrocknet. Was hast du eigentlich mitten auf hoher See gesucht, in deinem erbärmlichen Kanu, ohne Wasser und Proviant?«

»Ich habe Schiffbruch gespielt, was sonst?«

Das Mädchen lächelte.

»Vielleicht sollten wir noch mal von vorn anfangen... Du liegst hier bewußtlos, und ich pflege dich. Du öffnest die Augen, schaust mich an, und ich frage dich, wie du dich fühlst. Und du fragst mich nicht, ›Warum bist du so schmutzig?‹, sondern sagst, daß es dir gutgeht oder schlecht und daß du froh bist, am Leben zu sein.«

»Mir geht es schlecht, aber ich bin froh, daß ich noch lebe.«

»Wie heißt du?«

»Cienfuegos. Und du?«

»Azava-Ulué-Ché-Ganvié, aber alle nennen mich Azabache. Und wo kommst du her?«

»Aus Gomera.«

»Wo ist das?«

»Kanarische Inseln.«

»Dann bist du Spanier? Gehörst du zu Admiral Kolumbus?« Cienfuegos nickte, und das Mädchen fuhr fort. »Das wird Kapitän Eu aber freuen. Er sucht verzweifelt nach Kolumbus' Spuren.«

»Wer ist denn Kapitän Eu?« fragte Cienfuegos.

»Mein Herr. Euclides Boteiro, Kapitän der *São Bento*.«

»Dein Herr?« fragte Cienfuegos neugierig.

»Er hat mich für ein Faß Rum gekauft.« Es klang fast ein bißchen stolz. »So viel hat noch nie jemand für ein Mädchen aus meinem Dorf bezahlt.«

»Soll das heißen, du bist eine Sklavin?« Als das Mädchen nickte, sah sich Cienfuegos in der schmutzigen, nach Urin und Erbrochenem stinkenden Kajüte um und fragte: »Bin ich etwa auf einer portugiesischen Sklavengaleere gelandet?«

»Früher war es ein Sklavenschiff. Jetzt bin ich die einzige Schwarze an Bord.« Azabache lächelte. »Früher hat die *São Bento* an der afrikanischen Küste Sklaven gejagt, aber jetzt sucht sie nach Schiffbrüchigen. Wir sind hier jenseits des Meers der Finsternis.« Sie hielt inne, strich ihm freundlich über seinen Stoppelbart und sagte: »Erzähl, wie bist du hierher gelangt?«

»Das ist eine lange Geschichte.«

»Wir haben Zeit. Sie glauben, daß du noch schläfst.« Sie beugte sich über ihn und flüsterte sehr leise. »Es ist besser, du erzählst es vorher mir. Denn wenn dem Kapitän deine Geschichte nicht gefällt, hängt er dich auf.«

»Er hängt mich auf?« wiederholte Cienfuegos, während er sich mühsam aufrichtete. »Aber warum? Ich habe nichts verbrochen.«

»Kapitän Eu macht es Spaß, Menschen hängen zu sehen. Auf dieser Reise haben schon vier dran glauben müssen. Der letzte baumelt noch am Besanmast.«

»Verdammt!« fluchte der Hirte. »Kaum bin ich einem Kerl entwischt, will mich schon der nächste einen Kopf kürzer machen. Was ist das für ein Spaßvogel, der gerne Leute hängen sieht?«

»Es ist der übelste Kerl, den ich kenne, dreckig, ekelhaft. Er wäscht sich nie und stinkt wie ein Schwein. Dafür muß ich ihn manchmal entlausen wie einen Affen.«

»Entlausen?«

»Ja. Ich setze mich hin, er steckt seinen Kopf zwischen meine Schenkel, und dann darf ich die Viecher knacken. Dazu nimmt er sogar manchmal seinen Hut ab, aber auch nicht immer.« Sie sah ihm in die Augen und sagte: »Vergiß jetzt den Kapitän, du wirst ihn noch früh genug kennenlernen. Erzähl mir lieber von dir.«

Cienfuegos musterte das Gesicht des sonderbaren schwarzen Wesens, das ihn offensichtlich unter seine Fittiche nehmen wollte, und begann zu erzählen, wie ihn das Schicksal in diesen Teil der Welt verschlagen hatte. Als er fertig war, entfuhr es Azabache:

»Bei allen Teufeln ... Und ich dachte immer, mir hätte das Schicksal schon besonders übel mitgespielt! Was für ein Hundeleben!«

»Offenbar hat sich an meinem Glück nichts geändert. Was ist der Kapitän für ein Mensch, und warum ist er so grausam?«

»Er mißtraut jedem«, flüsterte Azabache. »Die *São Bento* versucht im Auftrag des portugiesischen Königs, die Schiffsrouten der Spanier nach Zipangu und Kathei auszuspionieren. Damit brechen die Portugiesen einen Vertrag, deshalb muß alles heimlich geschehen. Es sind auch einige abtrünnige Spanier an Bord, aber Eu traut ihnen nicht über den Weg.«

»Sind es ehemalige Männer von Kolumbus? Vielleicht kenne ich den einen oder anderen. Hat mich jemand wiedererkannt?«

»Wiedererkannt?« lachte Azabache. »Als man dich an Bord brachte, hast du ausgesehen wie ein gerupftes Huhn.« Sie dachte einen Augenblick nach und sagte dann: »Ich glaube, es ist das beste, wenn du dem Kapitän nicht alles erzählst. Du solltest so tun, als wüßtest du, wie man zum Hof des Großen Khan gelangt.«

»Das ist doch absurd«, protestierte Cienfuegos. »Hier gibt es keinen Großen Khan, nur Tausende von Inseln. Kein Mensch hat hier jemals etwas vom Großen Khan gehört.«

»Wenn du dem Kapitän das sagst, hast du dein Leben verspielt. Er wird dich umbringen lassen und nach Lissabon zurückkehren, um dem König zu verkünden, daß der kürzeste Weg nach Zipangu und Kathai um Afrika führt, wie Vasco da Gama behauptet.«

»Du weißt sehr viel«, sagte Cienfuegos überrascht. »Wer hat dir das alles beigebracht?«

»Die Not«, antwortete sie. »Seit vier Jahren bin ich auf diesem Schiff. Ich habe gelernt, Augen und Ohren aufzumachen und den Mund zu halten. Mittlerweile spreche ich Spanisch und Portugiesisch, und wenn ich nicht höllisch aufgepaßt hätte, hätte er mich schon längst den Haien zum Fraß vorgeworfen, oder seinen Männern...« Sie stand auf. »Jetzt muß ich gehen. Der Dicke will sein Abendessen. Ich werde ihm sagen, daß du noch bewußtlos bist, aber laß dir während der Nacht etwas einfallen.« Wieder zupfte sie neugierig an seinem Bart. »Vielleicht können wir uns gegenseitig helfen. Ich habe die Nase voll von diesem elenden Schiff.«

Azabache verließ die winzige Kajüte und schloß die Tür hinter sich. Cienfuegos starrte auf die morschen Holzplanken an der Decke und dachte über seine schwierige Lage nach.

Wieder einmal saß er in der Tinte. Als hätte er nicht schon genug Schwierigkeiten gehabt mit Menschenfressern, mit den Kriegern Canoabós, die die Festung Natividad dem Erdboden gleichgemacht hatten, mit den Fallen des rücksichtslosen, ehrgeizigen Admirals, mit der Eifersucht eines schwulen Indios und der übermäßigen Freßlust wilder Krokodile... Jetzt mußte er sich auch noch mit einer Bande von »Spionen«, halb Sklavenhändler, halb Piraten, herumschlagen.

»Na ja«, seufzte er schließlich. »Mit einem verlausten Fettsack werde ich wohl auch noch fertig.«

Doch schon am nächsten Morgen konnte er sich davon überzeugen, daß der Kapitän um vieles gefährlicher war als seine bisherigen Widersacher. Hinter gutmütig funkelnden Schweineäuglein verbarg sich ein verschlagener und grausamer Charakter.

»Sieh an, sieh an!« sagte er mit einem falschen Lächeln. »Ist unser kleiner Rotschopf von den Toten auferstanden? Wie fühlst du dich, mein Sohn?«

»Ziemlich elend.«

»Verständlich. So eine Strapaze ist nichts für die Gesundheit. Wohin wolltest du denn?«

»Ich war auf der Suche nach dem Großen Khan.«

Euclides Boteiros Augen blitzten auf. Es war nicht zu übersehen, daß ihn das Thema interessierte, obwohl er keine Miene verzog.

»Auf der Suche nach dem Großen Khan...« wiederholte er langsam. »Etwas gewagt in einem so kleinen Kanu.«

»Ja, da habt Ihr recht«, gestand Cienfuegos.

Die Antwort schien den Schiffskapitän einen Augenblick zu verwirren, doch dann fragte er gleichgültig:

»Und was hat dich dazu getrieben, Kopf und Kragen zu riskieren?«

»Gerüchte.«

»Was für Gerüchte?«

»Die Wilden erzählen von einem allmächtigen Kaziken, von großen Städten mit goldenen Tempeln und riesigen Wäldern aus Zimtbäumen.«

Der fette Kapitän rutschte in seinem gewaltigen Sessel hin und her und kratzte sich nervös zwischen den Beinen.

»Goldene Tempel und Wälder aus Zimtbäumen, so, so«, wiederholte er abwesend. »Und wo sollen die sein?«

»Soweit ich in Erfahrung bringen konnte, muß man an

einer Inselgruppe vorbei und dann zwischen den beiden größten Inseln hindurchfahren, danach ist es eine Kleinigkeit.«

»Aha! Du kennst also den Weg?«

»Ich habe eine vage Vorstellung. Man hat mir eine Art Karte gezeigt.«

»Wo ist sie?«

Cienfuegos lächelte und tippte sich an die Stirn.

»Im Sand und hier in meinem Kopf.«

Der schmierige Kapitän warf Cienfuegos einen scharfen Blick zu, als wollte er seine Gedanken lesen. Nach einer langen Weile, während der er nicht aufhörte, sich zwischen den Beinen zu kratzen, erklärte er:

»Du lügst!«

»Warum sollte ich?«

»Du weißt weniger von diesem Land als ein Küchenjunge. Und du wolltest zum Großen Khan? Daß ich nicht lache. Entweder du bist ein Lügner, oder du hast nur Stroh im Kopf, und in beiden Fällen kann ich dich nicht gebrauchen. Azabache!«

Die Tür ging auf, und das schwarze Mädchen trat ein.

»Hol mir Tristán Madeira. Es gibt mal wieder was zu feiern.«

Über das Gesicht des Mädchens huschte ein Schatten. Sie nickte rasch und verließ gesenkten Hauptes die Kajüte.

Wenig später erschien ein breitschultriger Mann, der sich bücken mußte, um durch den niedrigen Eingang zu treten. Noch bevor er etwas sagen konnte, deutete der Kapitän auf den Hirten und befahl:

»Knüpf ihn auf.«

»Wie Ihr befehlt«, antwortete der andere. Cienfuegos erkannte seinen galicischen Akzent.

Als Tristán Madeira Cienfuegos am Arm packen wollte, wich dieser geschickt aus und sagte:

»Einen Augenblick, Ganzúa! Warum so eilig?«

Der Matrose sah Cienfuegos erstaunt an und fragte: »Woher kennst du mich?«

»Bist du nicht Tristán Madeira, denn alle Ganzúa nannten, Zweiter Steuermann auf der *Niña*?« Als der Seemann verblüfft nickte, fuhr Cienfuegos fort: »Erinnerst du dich nicht mehr an mich? Ich bin Cienfuegos, der Guanche, einer der Schiffsjungen an Bord der *Santa María*, die in der Festung Natividad zurückbleiben mußten.«

»Lieber Himmel!« rief der andere. *»Du hast dich aber verändert.«* Er musterte ihn mit zusammengekniffenen Augen. »Es hieß, daß alle aus Natividad umgekommen seien.«

»Alle außer mir.«

»Wie hast du dich retten können?«

»Ich war kurz zuvor desertiert. Nun irre ich schon seit Monaten in dieser Gegend herum, aber dein Kapitän will mir nicht glauben.«

Der übelriechende Kapitän, für den die Angelegenheit schon so gut wie erledigt gewesen war, musterte die beiden Spanier mißtrauisch und fragte den Matrosen mit herrischer Stimme:

»Stimmt das, was er sagt? War er auf der ersten Reise des Admirals dabei?«

Der Seemann zuckte die Achseln und breitete ratlos die Arme aus.

»Ich erinnere mich an einen Schiffsjungen, der sich in Gomera als blinder Passagier an Bord schmuggelte. Er war rothaarig und kletterte wie ein Affe in den Masten herum. Er hatte große Ähnlichkeit mit dem hier, obwohl er damals keinen Bart trug.«

»Ich bin es, du Dummkopf!« protestierte Cienfuegos. »Kannst du dich nicht daran erinnern, wie ich das Schiff auf eine Sandbank gesteuert habe?«

»Das ist wahr.« Er wandte sich dem Kapitän zu. »Es

stimmt, er muß es sein, sonst könnte er das nicht wissen. Moment mal, wie hieß der Zweite Steuermann, der zur Strafe, daß er das Ruder abgegeben hatte, auf der Insel bleiben mußte?«

»Caragato.«

»Genau!« rief der Matrose und umarmte Cienfuegos. »Aber ist es wahr, daß sonst keiner überlebt hat?«

»Der alte Virutas war bei mir. Er ist aber ein Jahr später auf Babeque gestorben.«

»Babeque?« fragte der Kapitän. »Ist das nicht die Insel des Goldes? Was weißt du von der Insel?«

»Alles, was ich weiß, ist hier drin«, antwortete Cienfuegos und tippte an seine Schläfe. »Ich kenne einen Ort, wo vier Männer in einem Monat so viel Gold gesammelt haben, wie in diese Truhe paßt.«

Cienfuegos deutete auf eine riesige Holztruhe mit drei schweren Schlössern, die in der Kajüte des Kapitäns stand. Euclides nahm seinen Hut ab, kratzte sich am Kopf, zerdrückte eine der zahllosen Läuse, wischte sich den Schweiß von der Stirn und fragte dann, ohne den Blick zu heben:

»Würdest du mir eine Karte mit dem Seeweg nach Zipangu und Kathei zeichnen?«

»Nein!«

»Und zur Insel Babeque?«

»Auch nicht!«

»Dann nenn mir einen Grund, warum ich dich verschonen sollte. Warum soll ich dir zu trinken und zu essen geben, nur damit du irgendwann abhaust und überall ausposaunst, daß wir uns in verbotenen Gewässern befinden?«

»Ihr wißt genau, daß es mein Todesurteil wäre, wenn ich mein Geheimnis preisgäbe.« Cienfuegos lächelte so unschuldig, als könnte er keiner Fliege etwas zuleide tun. »Aber ich könnte Euch hinführen. Schenkt mir das Leben, und Ihr werdet es nicht bereuen.«

»Das bezweifle ich, obwohl... du könntest recht haben...« Er wandte sich dem Spanier zu. »Was denkst du?«

»Wenn wir ihn aufhängen, hätten wir mehr Spaß«, antwortete der Matrose. »Andererseits kreuzen wir schon seit Monaten in diesen Gewässern. Wenn er uns den Weg zeigen kann, sollten wir ihn leben lassen.«

Der Kapitän zögerte.

»Ich habe euch Spaniern noch nie über den Weg getraut«, murmelte er verärgert und warf Tristán Madeira einen scharfen Blick zu. »Paß gut auf ihn auf! Sollte er versuchen, mich aufs Kreuz zu legen, hängst du mit ihm. Und jetzt verschwindet!«

Kaum waren sie an Deck, als Cienfuegos den Seemann in die Rippen stieß und sagte:

»Du bist mir ja ein schöner Freund! Es hätte dir also mehr Spaß gemacht, mich aufzuknüpfen.«

Der andere zeigte auf den Besanmast, wo die Leiche eines anderen Unglücklichen hing, und sagte:

»Wenn ich ihm vorgeschlagen hätte, dir das Leben zu schenken, hingst du jetzt auch dort. Verflucht sei der Tag, an dem ich angeheuert habe! Viel Gold und Ruhm hat man uns versprochen, bislang haben wir aber nur Schläge und Demütigungen eingesteckt. Dieses Walroß liegt den ganzen Tag in seiner Koje und schlägt sich den Bauch voll. Er läßt nur die Feigsten an Land, um Wasser und Proviant zu holen, weil die es nicht wagen würden, abzuhauen. Er tyrannisiert die ganze Mannschaft.«

»Das sind ja schöne Aussichten«, sagte Cienfuegos und warf einen Blick auf die im Wind baumelnde Leiche. »Und was machen wir jetzt?«

»Das beste wäre es, wenn wir den Seeweg nach Zipangu fänden.« Er sah ihn mißtrauisch an. »Kennst du ihn wirklich?«

»Ich habe eine vage Vorstellung.«

»Wirklich?« sagte der andere ungläubig.

»Jedenfalls kenne ich mich hier besser aus als du. Außerdem spreche ich die Sprache der Wilden.«

»Ja, mit den Wilden hast du dich schon früher am besten verstanden, auch mit denen von Guaharaní...« gab der andere mißgelaunt zu. »Hoffentlich kommmt uns das jetzt zugute.«

In diesem Augenblick ging Azabache langsam über das Deck. Cienfuegos blieb stehen und sah ihr nach.

»Von ihr läßt du besser die Finger. Sie gehört dem Kapitän, und der letzte, der versucht hat, sich an ihr zu vergreifen, liegt mit Blei vollgepumpt auf dem Grund des Meeres.«

»Keine Angst, das käme mir nie in den Sinn.«

»Hast du was gegen Schwarze?«

»Nein, aber sie sieht aus wie ein Junge.«

»Nun, sie ist alles andere als das. Und wenn nicht dieser Schweinehund von Kapitän wäre, hätte sich schon die halbe Mannschaft mit ihr vergnügt. Dieser Hundesohn! Er hält uns wie Tiere gefangen. Und es gibt niemanden, der ihm nicht gern die Gurgel durchschneiden würde. Aber keiner traut sich. Wir sind eben Abschaum, elende Feiglinge, die es nicht mal fertigbringen, diesen Menschenschinder von Fettsack ins Jenseits zu befördern.« Er hielt inne und spuckte auf den Boden. »Und ich war so stolz darauf, Zweiter Steuermann auf der *Niña* zu werden.«

Cienfuegos verbrachte den ganzen nächsten Tag und die halbe Nacht damit, aufmerksam Meer und Himmel zu beobachten. Er versuchte herauszufinden, wo sie sich befanden und ob die Insel Haiti noch vor ihnen oder bereits hinter ihnen lag.

Die Sonne, die stets im Westen unterging, und einige Sterne, die Juan de la Cosa ihm gezeigt hatte, waren seine einzigen Verbündeten.

Tristán Madeira hatte recht gehabt. Der Kapitän war ein Menschenschinder, der vor nichts zurückschreckte. Er tyrannisierte die Mannschaft und behandelte sie wie Sklaven.

An Land wäre das Walroß, wie ihn die Seemänner nannten, ein armer Teufel gewesen, denn seine Fettmassen machten ihn zu einer lächerlichen Figur, die unentwegt schwitzte und sich kaum fortbewegen konnte. Doch an Bord der *São Bento* war er der uneingeschränkte Herrscher, Richter und Henker in einer Person, und von den Offizieren bis zu den Schiffsjungen wußten alle, daß schon ein Grinsen genügen konnte, um einen an den Galgen zu bringen.

Vielleicht hatte der portugiesische König ihn gerade deshalb für seine geheime Mission auserwählt. Hierfür brauchte er keinen tapferen Kämpfer, sondern einen gewitzten Beobachter, der in der Lage war, Jahre auf hoher See zu verbringen, ohne Sehnsucht nach einem befreundeten Hafen, in dem er sich ausruhen konnte.

Die Aufgabe des Euclides Boteiro bestand darin, Tausende von Meilen zurückzulegen, Seekarten zu zeichnen, Wind und Strömungen zu untersuchen und Informationen zu sammeln, die den portugiesischen Geschwadern eines Tages zugute kommen würden.

Vor allem jedoch hatte er Befehl, den Spuren Kolumbus' zu folgen, seine Häfen und Stützpunkte ausfindig zu machen und ihm womöglich zuvorzukommen mit der Entdeckung des kürzesten Weges nach Zipangu und an den Hof des Großen Khan.

Jahre zuvor war der portugiesische König Johann II. dem Rat seiner Gelehrten und Navigatoren gefolgt und hatte Kolumbus' Angebot, den Seeweg nach Indien durch das Meer der Finsternis zu finden, abgelehnt. Doch als er hörte, daß Kolumbus mit den spanischen Königen verhandelte, hatte der König seinen Entschluß bereut und drei Boten geschickt, die ihn an den Hof in Lissabon zurückholen sollten. Doch Kolumbus blieb, vielleicht aus Mißtrauen, vielleicht aus gekränktem Stolz, in Spanien und wartete geduldig, bis die katholischen Könige ihm die erforderlichen Mittel für sein Unternehmen zur Verfügung stellten.

Als später die *Pinta* und die *Niña* mit der Nachricht zurückkehrten, den Seeweg nach Indien tatsächlich gefunden zu haben, war der portugiesische König außer sich vor Wut. Er und seine Gelehrten hatten sich als zu engstirnig erwiesen, und jetzt ernteten die verhaßten Nachbarn den Ruhm und Reichtum, die dem portugiesischen Volk gebührten. Denn waren die Portugiesen nicht schon immer die besseren Seefahrer und Navigatoren gewesen?

König Johann II. war ein eingebildeter Mann, der seinen Irrtum und die Schmach, die ihm ein einfacher Seefahrer zugefügt hatte, nie verwand. Von nun an setzte er Himmel und Hölle in Bewegung, um Kolumbus' weiteren Erfolg zu boykottieren.

Vier Schiffe wie die *São Bento* waren bislang ausgelaufen, um herauszufinden, wie weit es bis zu den Küsten Asiens war und wie man zum Hof des Großen Khan gelangte.

Für den rothaarigen Ziegenhirten aus Gomera gab es keinen Zweifel. Wenn überhaupt ein solcher Großer Khan existierte, dann bestimmt nicht an diesem Ende der Welt. Die Einheimischen, die er befragt hatte, wußten nichts von einem derartig mächtigen Herrscher, nichts von prunkvollen Städten mit Tempeln und Palästen aus Gold. Aber das konnte Cienfuegos dem fetten Kapitän natürlich unter keinen Umständen erzählen.

So hatte er, als ihn die ersten Sonnenstrahlen des nächsten Tages weckten, die geforderte Route bereits im Kopf. Er meinte, sie müßten noch etwa zwei Wochen von den Küsten Zipangus entfernt sein.

Als der Kapitän wissen wollte, welchen Kurs sie einschlagen sollten, berief sich Cienfuegos auf die Berechnungen des Admirals, schlug aber vor, den Kurs zu wählen, den die Brüder Pinzón befürwortet hatten, weil sie der Meinung gewesen waren, er führe schneller und sicherer zum Ziel.

»West-Südwest!« antwortete Cienfuegos selbstsicher.

»West-Südwest?« wiederholte der fette Kapitän, musterte ihn scharf und fragte: »Bist du sicher?«

»Wenn der Wind nicht nachläßt und wir den Kurs beibehalten, müßten wir in vier Tagen an einer Insel mit üppiger Vegetation und steil aufragenden Klippen vorbeikommen.«

»Na gut. Lassen wir uns überraschen. Auf welcher Seite werden wir die Insel passieren?«

»Wir werden sie backbord lassen.«

»So, so. Das will ich für dich hoffen.«

Später, als Cienfuegos mit Tristán Madeira über den Kurs sprach, fragte dieser besorgt: »Glaubst du wirklich, daß wir an dieser Insel vorbeikommen? Wenn nicht, könnte es dich Kopf und Kragen kosten.«

Die Warnung war ernst gemeint, und Cienfuegos wußte es. Deshalb zerbrach er sich den Kopf, um eine plausible Ausrede zu finden, für den Fall, daß die grüne Insel mit den mächtigen Felsen nicht auftauchen sollte.

Am Abend kam Azabache und setzte sich neben ihn.

»Hast du Angst?« fragte sie.

»Ja«, nickte Cienfuegos. »Ich glaube, der Kerl will mich unbedingt hängen sehen.«

»Ich habe dich gewarnt. Er ist ein Schweinehund und ein Mörder, der vor nichts zurückschreckt. Ich hasse ihn.«

»Wenn ihn alle so hassen, warum tut ihr euch nicht zusammen und werft ihn über Bord?«

»Weil er der Kapitän ist, und ein portugiesischer Kapitän ist wie ein Gott.«

»Ich verstehe... aber die Boote? Könnte man nicht eines stehlen und damit verschwinden?«

»Sie sind alle angekettet, nur er hat die Schlüssel. Alle Waffen sind in seiner Kajüte untergebracht, er sitzt praktisch auf einem Pulverfaß. Beim geringsten Anzeichen von Meuterei will er das Schiff in die Luft jagen. Und ich bin sicher, daß er seine Drohung wahrmachen würde.«

»Was können wir also tun?«

»Nichts«, antwortete Azabache resigniert. »Wir können nur beten, daß deine Insel tatsächlich auftaucht.«

»Beten hat mir noch nie geholfen«, sagte Cienfuegos. »Wir müssen uns selbst helfen. Denkst du ernsthaft an Flucht?«

»Ja. Das hier ist kein Leben. Ich bin zu allem bereit.«

Cienfuegos sah sie nachdenklich an und kam zu der Überzeugung, daß sie die Wahrheit sagte.

»Wenn wir das nächste Mal an Land gehen, fliehen wir gemeinsam.«

»Eher geht ein Kamel durch ein Nadelöhr als wir an Land«, wandte die Schwarze ein. »Das Schiff ist seine Festung und das Meer sein Verbündeter. Sieh dir die Männer an! Je dünner sie werden, um so mehr nimmt er zu; je trauriger und verzweifelter sie sind, um so fröhlicher wirkt er.«

»Aber ich denke nicht daran, mein ganzes Leben auf diesem stinkenden Kahn zu verbringen, diesen schmierigen Fraß zu essen und jeden Tag damit rechnen zu müssen, aufgeknüpft zu werden.«

»Meinst du, den anderen macht das Spaß? Selbst die Offiziere hassen ihn alle, haben aber auch furchtbare Angst vor ihm.«

»Ich werde dir helfen.«

Drei Tage später verlor die *São Bento* plötzlich an Geschwindigkeit, dann bekam sie leichte Schlagseite und lag auch mit dem Bug tiefer als gewöhnlich im Wasser, so daß das Manövrieren problematisch wurde.

Kapitän Eu schickte einen Vertrauensmann in den Kielraum. Nach kurzer Zeit kam der Offizier zurück und meldete ein Leck in der Schiffswand.

»Schöpft das Wasser raus, und dichtet das Leck ab«, befahl der Kapitän schlechtgelaunt.

Stunden später kam der Zimmermann und erklärte, der Schaden sei wohl größer als zunächst angenommen. Sie hätten Tausende von winzigen Löchern in der vorderen Schiffswand entdeckt.

»Unmöglich!« wütete der Kapitän. »Die *São Bento* ist mit den besten Hölzern gebaut und erst vor kurzem überholt worden. Das kann nicht sein.«

»Wahrscheinlich habt Ihr recht, Kapitän. Aber Tatsache ist, daß das Holz schon zu faulen beginnt.«

»Es muß der Schiffsbohrwurm sein«, verkündete Cienfuegos, als die Mannschaft davon erfuhr. »Und wenn man nicht sofort etwas unternimmt, wird er das Schiff in einen Schwamm verwandeln.«

»Der Schiffsbohrwurm?« fragte der Zweite Steuermann. »Was zum Teufel ist das?«

»Ein winziger Wurm, der hier in diesen Gewässern lebt. Er bohrt sich durch die Schiffswände, bis das Schiff einem Sieb gleicht. Der alte Virutas, der Schiffszimmermann der *Santa María*, hat ihn als erster entdeckt.«

Das Walroß schien ernstlich besorgt zu sein, als er diese Nachricht hörte. Noch in derselben Nacht ließ er Cienfuegos in seine Kajüte kommen.

»Was soll das mit diesem Holzwurm? Willst du Unruhe stiften mit deinen Märchen?«

»Das ist kein Märchen, Kapitän. Wenn ich Euch allerdings erzählen würde, was sich an diesem Ende der Welt sonst noch für sonderbare Dinge tun, würdet Ihr mir auch nicht glauben. Im Dschungel gibt es Riesenechsen, die Menschen anfallen und winzige Spinnen, deren Biß tödlich ist. Und diese Würmer hier können ein Schiff in drei Wochen völlig ruinieren.«

»Riesenechsen, die Menschen anfallen...?« fragte der Kapitän überrascht.

»Ich schwöre es bei meiner Mutter«, versicherte Cienfuegos und bekreuzigte sich. »Einmal mußte ich die ganze Nacht auf einem Baum verbringen, weil mich dreißig dieser Echsen verfolgten. Ich überquerte eine Lagune, als...«

Und damit begann Cienfuegos, dem Kapitän von seinen Abenteuern zu erzählen, von den Kaimanen und dem Indianer Papepac, der ihm das Leben gerettet und ihm beigebracht hatte, wie man in der Wildnis überlebte. Die Geschichten faszinierten den Portugiesen. Er schien Cienfuegos sogar Glauben zu schenken.

»Mein Gott!« rief er. »Ich hätte nie gedacht, daß diese Welt so anders wäre als unsere. Auch an den afrikanischen Küsten hörte ich von Riesenechsen, aber ich hielt solche Geschichten immer für Hirngespinste.«

»Es sind keine Hirngespinste. Wenn wir jetzt nicht aufpassen, verlieren wir das Schiff.«

»Was habt ihr auf der *Santa María* gegen die Plage gemacht?«

»Wir mußten an Land, um die Schäden zu beseitigen, auf hoher See war es unmöglich.«

Der schmierige Kapitän lehnte sich in seinem Sessel zurück, nahm den Hut ab, kratzte sich gedankenverloren am Kopf, während er an die Decke starrte und gelegentlich eine Laus zwischen den Fingern zerquetschte. Als Cienfuegos an Deck erschien, erwartete ihn Azabache.

»Was ist?« fragte sie ungeduldig.

»Wenn ich mich nicht sehr täusche, wird er bald einen Strand suchen, wo er das Schiff an Land ziehen kann, um es zu reparieren.«

»Soll ich weiterbohren?«

»Vorerst nicht. Wenn sie dich entdecken, ist alles umsonst gewesen. Warten wir ab.«

»Schade!« sagte Azabache. »Mir hat es Spaß gemacht.«

»Ja, aber wir dürfen nicht übertreiben, sonst saufen wir noch ab.«

»Das wäre mir egal. Was meinst du, wie oft ich über Bord springen wollte, nachdem sich dieser stinkende Schweinehund über mich gewälzt hatte. Ich habe keine Angst vor dem Tod. Bisher habe ich nur nicht an Selbstmord gedacht, weil meine Religion sagt, daß man dafür in einem Brunnen voller Schlangen endet.«

»Ist das die Hölle der Schwarzen, ein Brunnen voller Schlangen?«

»In meinem Dorf werden die Schlangen verehrt. Kein Stamm kennt die Geheimnisse ihrer Gifte besser als wir. Für uns sind sie göttlich, aber zugleich die schlimmsten Dämonen, die man sich vorstellen kann.«

»Ich verstehe nicht viel von Religion«, sagte Cienfuegos. »Aber mir scheint, daß sich Götter und Dämonen einen Heidenspaß daraus machen, den Menschen das Leben schwerzumachen. Womit habe ich es verdient, so durch die Welt zu irren?«

»Das ist eben dein Schicksal.«

»Und wer bestimmt darüber, die Götter oder die Dämonen?«

»Eines Tages wird sich dein Glück wenden.«

»Das bezweifle ich«, entgegnete Cienfuegos. »Ich war ein friedlicher und harmloser Ziegenhirte, der niemandem etwas zuleide tat. Aber irgend jemand muß es plötzlich auf mich abgesehen haben.«

»Wenn wir an Land kommen, werde ich die erste Schlange fangen und dir ein Amulett machen. Wir werden den Fluch brechen, der auf dir lastet«, sagte Azabache ernst.

Doch Cienfuegos hielt nicht viel von Amuletten. Er hatte aus Erfahrung gelernt, sich nur auf sich und seine Fähigkeiten zu verlassen. Deshalb atmete er erleichtert auf, als der Steuermann am Nachmittag den Befehl erhielt, den Kurs zu ändern. Die *São Bento* segelte jetzt in die Richtung, aus der sie große Vogelschwärme hatten kommen sehen und wo der Kapitän Land vermutete.

»Er hat Angst. Die Männer schöpfen schon den ganzen Tag Wasser, aber der Bug neigt sich immer noch.«

Und für seine Angst fand der jähzornige Kapitän kein anderes Ventil, als, wie sooft, seiner Grausamkeit freien Lauf zu lassen. Als der Küchenjunge beim Abendessen stolperte und dem Kapitän die heiße Suppe auf den Schoß schüttete, stach das Ungeheuer dem armen Jungen seine Gabel ins Auge. Dann beförderte er ihn mit einem Fußtritt durch die Tür nach draußen und drohte jedem mit dem Tod, der es wagen sollte, dem Jungen, der sich schreiend auf dem Boden krümmte, zu Hilfe zu kommen.

Tristán Madeira und Azabache mußten Cienfuegos, der sich auf den Kapitän stürzen wollte, mit Gewalt zurückhalten.

»Laß...!« sagte Azabache. »Du kannst Jahirzinho das Auge nicht zurückgeben, aber dich würde es das Leben kosten.«

Cienfuegos brauchte lange, um sich zu beruhigen. Er starrte die verhaßte Gestalt des Kapitäns an, der auf dem Achterdeck stand und auf seine Mannschaft hinuntersah.

Es war offensichtlich, daß Euclides Boteiro die anderen provozieren wollte. Sobald jemand aufbegehrte, um so besser! Dann hatte der Kapitän einen Grund, ihn über den Haufen zu schießen. Dieser Verrückte würde wahrscheinlich nicht einmal davor zurückschrecken, die *São Bento* in die Luft zu jagen.

Was diesen Kahn vorantrieb, schien weniger der Wind zu sein als die Angst der Mannschaft vor ihrem Kapitän.

Euclides Boteiro war es gelungen, das Meer, dieses uralte Symbol der Freiheit, in ein Gefängnis zu verwandeln. Nun, da er an Land gehen mußte, um die *São Bento* zu reparieren, wurde er nervös, denn er hatte nur wenige Männer, auf die er sich verlassen konnte.

So verwunderte es niemanden, daß, als Land in Sicht gemeldet war, der Kapitän einen seiner Offiziere zu sich rief und ihm befahl:

»Bereite die Ketten vor. Wir werden sie brauchen.«

»Für wen?«

»Für alle Spanier, die Schwarze, Namora, Ferreira, den Ersten Steuermann und die Schiffsjungen. Die anderen sind zu feige, um abzuhauen. Und wer es trotzdem versucht, dem schneide ich die Gurgel durch.«

In dieser Nacht tat niemand an Bord der *São Bento* ein Auge zu. Die Karavelle segelte in einer Entfernung von zwei Meilen eine Küste entlang, die nur aus langen weißen Sandstränden bestand. Man konnte das Land nicht sehen, aber riechen: Ein betäubender Duft nach verwesendem Dschungel und feuchter Erde wehte herüber.

Die Mannschaft stand backbord an der Reling und starrte in die Dunkelheit, bis der Mond am Horizont verschwand und den Morgen ankündigte. Doch mit den ersten Strahlen, die auf das Meer fielen, kam auch die bittere Enttäuschung. Der Ausguck stellte fest, daß das Land plötzlich verschwunden war.

Es vergingen noch weitere zwei Stunden, bis ein neuer Küstenstreifen vor dem Bug der *São Bento* auftauchte. Cienfuegos war genauso überrascht wie die übrige Mannschaft. Bisher hatte er in der Neuen Welt nur üppige Landschaften, Dschungel oder riesige Berge gesehen, doch diese Insel schien nur aus einer endlosen Wüste mit hohen Dünen zu bestehen.

Kapitän Euclides Boteiro ließ Cienfuegos rufen und fragte schlechtgelaunt:

»Also, wo sind wir hier, du Klugscheißer?«

»Vor der Insel der Trockenheit«, antwortete Cienfuegos, ohne zu zögern. »Am besten lassen wir sie backbords und segeln weiter nach Babeque.«

»Warum?«

»Es ist die reinste Hölle. Wir haben damals vier Mann verloren.«

Sie segelten den halben Tag an der Küste entlang und sahen nichts als Himmel, Sand und Meer. Kapitän Boteiro konnte sich überzeugen, daß Cienfuegos nicht gelogen hatte. Die Insel schien völlig unbewohnt. Deshalb beschloß er, das Schiff hier an Land zu bringen.

Sie suchten eine ruhige Bucht und ließen die Beiboote zu Wasser. Der Offizier, der als Kundschafter an Land geschickt worden war, berichtete, daß er nur Wüste gesehen hatte, so weit das Auge reichte. Der Kapitän legte die Männer nicht in Ketten: Hier würde ohnehin keiner desertieren.

Während der Nacht ließ Boteiro die Segel einsammeln und an Land bringen. Am nächsten Morgen rief er die zerlumpte und ausgehungerte Mannschaft an Deck, wischte sich mit einem dreckigen Tuch den Schweiß von der Stirn und verkündete mit heiserer Stimme: »Das ist eine Insel, eine riesige, wüstenhafte Insel ohne Wasser, ohne Nahrung, ohne Fluchtmöglichkeiten. Das einzige Schiff weit und breit ist die *São Bento*. Und damit ihr nicht auf dumme Gedanken kommt, habe ich alle Segel vergraben lassen, und ich bin der einzige, der weiß, wo. Wenn euch etwas an eurem Leben liegt, tut also lieber, was ich sage.«

Dann ließ er sich auf einer Sänfte zu einer hohen Düne tragen und ein weißes Tuch als Sonnenschutz aufspannen. Dort setzte er sich in seinen Sessel, um beobachten zu können, wie die Männer das Schiff auf Strand setzten und den Rumpf ausbesserten und anstrichen, um der seltsamen, exotischen Fäulnis Herr zu werden.

Cienfuegos mußte einsehen, daß er es mit einem besonders gerissenen Kerl zu tun hatte, denn wenn das Schiff erst aus dem Wasser gezogen war, würde man deutlich erkennen können, daß die Löcher nicht von außen entstanden, sondern von innen gebohrt worden waren und das Holz alles andere als morsch war.

»Ich sollte mich aus dem Staub machen«, sagte er zu Azabache. »Das Walroß wird nicht lange brauchen, um herauszufinden, wer dahinter steckt.«

»Und wie willst du hier überleben?«

»Es muß hier Möweneier, Schildkröten und Krebse geben. Wasser könnte ein Problem sein, aber ich werde mir schon zu helfen wissen.«

»Ich komme mit.«

»Auf keinen Fall.«

»Warum nicht?«

»Es genügt, wenn einer von uns sein Leben riskiert.«

»Das Leben ist mir ganz egal. Seit Jahren bin ich nicht mehr an Land gewesen. Jetzt denke ich nicht daran, dieses

Geisterschiff je wieder zu besteigen. Wann hauen wir ab?«

»Warum nicht sofort?«

»Sofort?« sagte die Afrikanerin erstaunt. »Mitten am Tag, wenn jeder uns sehen kann?«

»Ja. Wahrscheinlich wird uns der Fettsack nachts anketten lassen. Wir brauchen nur Trinkwasser, ein Messer und etwas zu essen.«

»Man wird uns verfolgen.«

»Wer?« fragte Cienfuegos und wies auf die ausgemergelten Seeleute, die sich in der sengenden Sonne abrackerten. »Sie sind zu ausgezehrt, lieber würden sie sich uns anschließen, und der Dicke kommt nicht von der Stelle.«

»Worauf warten wir dann noch?« fragte Azabache energisch. »Verschwinden wir.«

Ruhig gingen sie zum Strand, wo die Beiboote lagen, und nahmen sich, was sie brauchten. Dann kletterten sie landeinwärts auf die Dünen. Kapitän Euclides Boteiro, der etwa zweihundert Meter entfernt in seinem Sessel saß, brauchte mehrere Minuten, bevor er verstand, was sie im Schilde führten.

»He!« brüllte er wütend. »Wo wollt ihr hin?«

Cienfuegos hob den Arm und wies in die Ferne:

»Nach Süden!« gab er zurück. »Wir sind nicht auf einer Insel, sondern auf dem Festland. Ich habe Euch hinters Licht geführt.«

»Festland?« stammelte Euclides Boteiro mit zittriger Stimme. »Woher weißt du das?«

»Ich kenne die Gegend, wir sind einen halben Tagesmarsch vom Dschungel entfernt. Vergeßt das Schiff, die Würmer haben es völlig durchsiebt.«

»Du elender Hurensohn, du lügst. Komm sofort zurück, oder ich lasse dich hängen.«

Cienfuegos winkte, als würde er sich von einem guten Freund verabschieden, und ging weiter, während die Mannschaft am Strand stand und ihnen wie versteinert nachsah.

Als sie die Spitze einer hohen Düne erreicht hatten und außer Schußweite waren, fragte Azabache:

»Kennst du dich hier wirklich aus?«

»Nein!«

»Warum hast du ihm dann gesagt, wir wären nicht auf einer Insel?«

»Er weiß genausowenig, wo wir sind, wie die Mannschaft. Aber die Männer werden sich nicht mehr vor ihm fürchten, und ohne die Angst ist dieser Fettsack harmloser als ein Frosch in einem Teich.«

Das Mädchen blieb einen Augenblick stehen und dachte nach, dann schloß sie sich Cienfuegos wieder an und sagte:

»Das gefällt mir. Ich würde alles darum geben, sein Gesicht zu sehen, wenn ihn die Angst packt.« Sie hielt inne. »Was machen wir jetzt?«

»Weitermarschieren.«

»Wohin?«

»Nach Süden, immer nach Süden.« Cienfuegos spuckte aus und beobachtete, wohin sein Speichel flog. »Der Wind weht aus Norden, vom Meer her. Wahrscheinlich hat er den Sand immer weiter ins Landesinnere geweht. Wenn wir weit genug landeinwärts gehen, lassen wir die Wüste vielleicht hinter uns.«

»Du bist gar nicht so dumm, wie ich dachte«, sagte sie und pfiff anerkennend durch die Zähne.

»Ich habe mir geschworen, nach Sevilla zu kommen, bevor ich sterbe.«

»Wohin?«

»Nach Sevilla. Eine Stadt im Süden Spaniens, wo eine Frau auf mich wartet.«

»Wie lange wartet sie denn schon?«

»Zwei oder drei Jahre. Ich weiß es nicht mehr. Ich habe kein Zeitgefühl mehr.«

»Sie muß aber sehr geduldig sein. Ich würde keine sechs Tage auf einen Mann warten.«

»Du weißt nicht, was Liebe ist.«

»Da täuschst du dich«, entgegnete Azabache ernst. »Ich habe einen Seemann aus Coimbra geliebt, und als der Kapitän uns zusammen sah, hat er ihn erschossen und ins Meer werfen lassen.« Sie hielt inne und schloß einen Augenblick die Augen. »Damals war ich jung. Das passiert mir nicht noch einmal.«

Cienfuegos drehte sich zu ihr um und wollte gerade antworten, als er plötzlich wie angewurzelt stehenblieb. In der Ferne war ein halbes Dutzend Männer aufgetaucht, die ihnen folgten.

Azabache geriet sofort in Panik:

»Laufen wir, sonst kriegen sie uns.«

»Langsam, langsam«, beruhigte sie Cienfuegos. »Sie sind nicht hinter uns her, sie fliehen!«

»Sie fliehen?«

»Offensichtlich.«

»Warum?«

»Aus demselben Grund wie wir. Sie haben keine Angst mehr vor dem verlausten Fettsack. Sie wissen, daß er hier keine Macht mehr über sie hat.«

»Sollen wir auf sie warten?«

Der Hirte schüttelte den Kopf und wies auf die Umgebung.

»Zwei Menschen können in dieser Hölle überleben, aber keine zwanzig. Und ich wette, daß die ganze Mannschaft Kapitän Euclides noch vor Sonnenuntergang verlassen wird.«

Cienfuegos hatte sich nicht geirrt, denn als die Nacht einbrach, saß Kapitän Euclides Boteiro einsam in seinem Sessel und starrte auf das riesige Meer, das unerreichbar zu seinen Füßen lag, und ohne das er sich so hilflos und unbeweglich fühlte wie ein Walroß. Die *São Bento* glich einem verlassenen Geisterschiff, über dem jetzt langsam der Mond aufging.

Niemand hätte ergründen können, was in diesen Stunden in Euclides Boteiros Kopf vorging. Er war bereits tot, und er wußte es. Noch atmete er, doch seine Stunde war gekommen. Die Männer hatten ihn, ohne mit der Wimper zu zukken, im Stich gelassen, die *São Bento* lag halb auf dem Sand und war völlig manövrierunfähig. Die Matrosen hatten alles stehen und liegen lassen, so daß das Schiff der aufkommenden Flut hilflos ausgeliefert war.

Noch eine Weile behielt er einen letzten Rest von Kapitänswürde, doch dann siegte sein Selbstmitleid, und Tränen rannen unaufhaltsam über sein schmutziges Gesicht.

Die Nacht zog sich in die Länge. Die Brandung rauschte, und die Wellen preßten das Schiff unerbittlich immer tiefer in den Sand. Es stöhnte wie ein verwundetes Tier, und seine Spanten ächzten, knirschten und splitterten.

Die ganze Nacht hörte Euclides den verzweifelten Todeskampf seines Schiffes, und im Morgengrauen schlief er vor Erschöpfung ein. Als er aufwachte, brannte ihm die sengende Sonne ins Gesicht. Er sah sich um und suchte nach dem Sonnenschutz. Etwa zehn Meter entfernt saß der Küchenjunge, dem er ein Auge ausgestochen hatte: im Schatten. Der Kapitän sah ihn an und sagte:

»Du bist gekommen, um mich sterben zu sehen, aber das wird dir dein Auge auch nicht zurückgeben.«

»Lieber auf einem Auge blind als ein totes Schwein.« Der Küchenjunge schwenkte die Wasserflasche, die der Kapitän neben sich gestellt hatte, und sagte höhnisch: »In ein paar Stunden wirst du mir beide Augen geben wollen für einen einzigen Schluck Wasser.«

»Du bist ein elender Hurensohn.«

»Ich hatte einen guten Lehrmeister.«

Sie sprachen kein einziges Wort mehr miteinander und

rührten sich nicht von der Stelle. Der Kapitän in der sengenden Sonne, die langsam sein Gehirn austrocknete, der Küchenjunge unter dem Sonnensegel daneben.

Der langsame Tod des schmierigen Kapitäns Euclides Boteiro dauerte drei Tage. Nur gelegentlich öffnete er die Augen, um seinen Henker anzusehen oder einen Blick auf sein sterbendes Schiff zu werfen. Schließlich, als das kristallgrüne Wasser der Flut bis ins Herz der *São Bento* vorgedrungen war, tat auch er den letzten Atemzug.

Der Küchenjunge, der die ganze Zeit über nichts anderes getan hatte, als hin und wieder einen Schluck Wasser zu trinken, starrte die Leiche des Kapitäns so lange an, bis sie von Fliegen übersät war. Dann stand er auf und stolperte in die Wüste, in die Richtung, in die seine Leidensgenossen einige Tage zuvor geflüchtet waren.

Das Skelett des gestrandeten Schiffes und die massige Leiche des Kapitäns, die in der erbarmungslosen Sonne der Tropen allmählich dahinschmolz, blieben als Mahnmal menschlicher Grausamkeit zurück.

Fern von der Küste und ihrer frischen Brise wurde die Hitze in den weißen, das Sonnenlicht reflektierenden Sanddünen so unerträglich, daß weder Azabache, die in der afrikanischen Steppe groß geworden war, noch Cienfuegos, der wochenlang im Meer der Kariben überlebt hatte, damit fertigwurden. So beschlossen sie, tagsüber zu rasten und ihren Marsch nachts fortzusetzen.

In diesem Landstrich schien es seit Jahren nicht geregnet zu haben; die trockene und staubige Luft reizte die Nasenschleimhäute, brannte in den Lungen, und ein flimmernder Schleier lag über dem Land, so daß man nicht weiter als eine Meile sehen konnte.

Die Nacht verwandelte die Landschaft in eine gespenstische Szenerie. Es war, als bewegten sich die Dünen im Mondlicht, als lauerten überall sonderbare Schemen, die sich als große Kakteen entpuppten. Man hätte meinen können, daß die Natur ein tiefes Geheimnis in dieser abweisenden Landschaft verborgen hätte und die Kakteen mit ihren scharfen Stacheln darüber wachten.

Aber welches Geheimnis sollte sich in dem unendlichen, heißen Sand verstecken?

»Gar keins!« antwortete Cienfuegos auf Azabaches Frage. »Auch die Natur hat ihre Launen. Vielleicht will sie uns zeigen, daß sie imstande ist, neben einer fruchtbaren grünen Vegetation auch diesen Alptraum von Wüste zu schaffen.«

Er zuckte die Achseln und fügte hinzu: »Oder sie will uns einen Vorgeschmack auf die Hölle geben.«

»Du sprichst von der Natur, dem Himmel, dem Meer und den Sternen, als seien es Menschen, die denken können und Gefühle haben«, unterbrach ihn Azabache. »Ich finde das absurd.«

»Ja, wirklich?« entgegnete Cienfuegos überrascht. »Und ich finde es absurd, sie als Dinge zu betrachten, die einfach nur da sind und uns weder hören noch sehen, noch an unserem Schicksal teilnehmen können. Ich bin in den Bergen von Gomera aufgewachsen und habe entdeckt, daß manche Tage traurig, andere fröhlich sind, oder daß die Wolken böse oder freundlich sind, je nachdem wie der Wind bläst. Ich war so lange allein, daß ich schon längst verrückt wäre, wenn ich nicht ständig mit den Sternen oder Bäumen geredet hätte.«

»Ach, hör auf«, sagte die Afrikanerin, »Du bist sowieso verrückt; verrückter als eine Ziege. Aber du könntest die Natur ja bitten, Erbarmen mit uns zu haben.«

Doch die Natur schien Cienfuegos kein Gehör zu schenken, sie blieb unerbittlich. Die beiden kauerten fünf weitere Tage in irgendeinem schmalen Dünenschatten, während sie nachts marschierten und höchstens alle drei Stunden Rast machten, um sich auszuruhen.

Schließlich gelangten sie wieder ans Meer und mußten resigniert feststellen, daß sie sich mit großer Wahrscheinlichkeit doch auf einer reinen Wüsteninsel befanden. Und die Luft flimmerte so stark, daß sie nicht sehen konnten, wie weit das Meer reichte und ob es irgendwo etwas anderes gab als Wasser, Himmel und Sand.

»Ich glaube, diesmal habe ich mich selbst überlistet«, gestand Cienfuegos. »Wir sitzen tatsächlich auf einer Insel fest.«

Dasselbe mußten auch die übrigen Mannschaftsmitglieder

der *São Bento* glauben, die nicht weit von ihnen ebenfalls durch die unbarmherzige Wüste irrten. In der dritten Nacht waren sie auf die halb vom Sand verwehte Leiche des alten Schiffskochs gestoßen, der die Strapazen nicht überlebt hatte.

Cienfuegos fühlte sich für die armen Teufel verantwortlich, auch wenn Azabache ihn zu beruhigen versuchte: Sie waren alle aus freien Stücken geflohen, er hatte niemanden dazu ermutigt.

»Sogar mir hast du abgeraten, weißt du nicht mehr? Ich bin mitgekommen, weil ich den Tod in Freiheit einem Hundeleben in Gefangenschaft vorziehe. Die Männer haben wahrscheinlich genauso gedacht.«

»An Bord hätten sie zumindest eine Chance gehabt.«

»Du darfst den Mut nicht verlieren, wir werden es schon schaffen.« Sie hatte recht. Am sechsten Tag, als sie bereits alle Hoffnung aufgeben wollten, diesem Irrgarten aus Sand und Dünen je wieder zu entfliehen, entdeckten sie zufällig im äußersten Südosten der Insel einen schmalen Streifen Sand, der quer durch das türkisfarbene Meer verlief und zum Festland führte, das plötzlich hinter dem Dunst aufgetaucht war.

Sie waren eine Woche lang über die Halbinsel Paraguana im Nordwesten des heutigen Venezuela geirrt, eine der unwirtlichsten und verlassensten Gegenden der Welt.

So waren ein Hirte aus Gomera und eine Schwarze aus Westafrika die ersten Fremden, die den neuen Kontinent betraten, doch daran verschwendeten sie keinen Gedanken, denn ihre einzige Sorge war, Wasser und etwas Eßbares zu finden.

Nach einigen Stunden erreichten sie einen flachen Fluß. Er schob sich träge durch die Landschaft und mündete in einer weiten Bucht schräg gegenüber der Wüstenhalbinsel. Sie tranken ausgiebig, badeten in der sanften Strömung und aßen einige Früchte, die sie schon auf anderen Inseln kennengelernt hatten. Nachdem sich Cienfuegos ein wenig ausgeruht hatte, stand er wieder auf und sammelte Proviant. Er wollte noch einmal zurück auf die Halbinsel.

»Was machst du?« protestierte Azabache. »Du bist völlig erschöpft. Warte doch bis morgen.«

»Morgen könnte es zu spät sein«, antwortete er, ohne sich noch einmal umzusehen. »Diese armen Teufel sitzen meinetwegen da fest, und wenn ich ihnen nicht zu Hilfe komme, werde ich keine ruhige Minute haben.«

»Die armen Teufel sind feige und hinterhältige Kerle, die keinen Augenblick zögern würden, dir die Gurgel durchzuschneiden. Überleg es dir gut, denn wenn du nicht bei Kräften bist, ziehst du vielleicht den kürzeren.«

»Das Risiko muß ich eingehen.«

»Dann will ich mit.«

»Kommt nicht in Frage.« Sein Tonfall ließ keinen Widerspruch zu. »Du wartest hier. Allein bin ich schneller und kann mich außerdem besser verteidigen, falls es nötig sein sollte.«

Azabache wollte etwas einwenden, mußte jedoch einsehen, daß sie viel zu erschöpft war. In der letzten Woche war sie mehr marschiert als in den vergangenen vier Jahren zusammen. Sie kam zu dem Schluß, daß ihre Anwesenheit in der Tat nur Probleme schaffen würde, und streckte sich wortlos im Schatten eines Baumes aus, wo sie kurz darauf fest einschlief.

Cienfuegos warf aus einiger Entfernung noch einen neidischen Blick zurück, und einen Augenblick war er versucht, umzukehren und es ihr gleichzutun. Doch dann erinnerte er sich an die Qualen derjenigen, die sich ohne einen Tropfen Wasser durch die höllische Wüste der Halbinsel schleppten. Er warf die beiden Wasserschläuche über seine Schulter und stapfte weiter.

Es war ein gewagtes Unternehmen, in der prallen Tageshitze den dünnen Streifen Sand zu der ausgetrockneten Halbinsel zu überqueren. Sechs Stunden marschierte er, und mehr als einmal war er drauf und dran aufzugeben und zu Azabache zurückzukehren. Doch sein eiserner Wille und der Wunsch, einer Handvoll Menschen das Leben zu retten, trieben ihn unermüdlich vorwärts.

So nahm er unsägliche Strapazen auf sich, um ein paar portugiesischen Seefahrern zu helfen, die bestimmt keinen Gedanken an ihn verschwendet hätten, wäre er an ihrer Stelle gewesen. In dieser unergründlich fremden Welt hatte es ihm wahrlich bislang nicht an Problemen gemangelt, doch anstatt daraus zu lernen, schien er geradezu nach immer neuen Schwierigkeiten zu suchen. »Irgendwann muß ich damit aufhören«, murmelte er leise, wie um sich selbst zu trösten. Doch insgeheim wußte er, daß sich das Gewissen nicht erziehen läßt – es wird mit einem Menschen geboren und stirbt mit ihm, ohne sich im geringsten zu verändern.

An einer Stelle rollte er vor Erschöpfung eine hohe Düne hinunter und verlor das Bewußtsein. Da sah er Eva Grumbach vor sich, die sich über ihn beugte. Es war, als hätten sie sich nie getrennt. Sie lagen im heißen Sand und liebten sich. Leidenschaftlich umschlang er ihren schlanken Körper, küßte ihre Brüste, die feuchten Lippen, die sanfte Haut.

Cienfuegos erwachte, als die Schatten der Nacht über die Landschaft fielen. Lange blieb er einfach liegen, starrte auf den sternenfunkelnden Himmel und erinnerte sich an die Berge und Schluchten auf Gomera. Wie glücklich sie damals waren!

Doch wenn man das Glück so leicht verlieren konnte, sollte es so etwas gar nicht erst geben! Und da Cienfuegos die Erfahrung gemacht hatte, daß dieser Verlust unvermeidlich war, kam er zu dem Schluß, daß das Glück eine der hinterhältigsten Fallen des Schicksals war, in die der Mensch hineingeraten konnte.

Seine Wut verlieh ihm neue Kraft. Er stand auf, nahm die Wasserschläuche und setzte seinen Marsch durch die Wüstennacht fort. Gelegentlich blieb er stehen und rief, so laut er konnte, nach Tristán Madeira und den anderen Mitgliedern der *São Bento*, doch er hörte nichts als das Zischeln des Windes und das Rauschen der Brandung.

Im Morgengrauen entdeckte er die Leichen zweier Matrosen, die offensichtlich verdurstet waren, und als die Sonne fast im Zenit stand, sah er in der Ferne einige Kleidungsstücke, die an einem Kaktus hingen, um etwas Schatten zu spenden. Am Boden kauerte über ein Dutzend Seeleute und döste. Als sie ihn sahen, krochen sie auf allen vieren auf ihn zu und hätten sich wahrscheinlich im Kampf um die Wasserschläuche gegenseitig erschlagen, hätte Cienfuegos sie nicht mit gezogenem Dolch in Schach gehalten.

Zuerst gab er den Schwächsten zu trinken, danach verteilte er das übrige Wasser des ersten Schlauchs an die anderen. Den zweiten Schlauch warf er sich wieder über die Schulter.

»Das genügt«, warnte er. »Den anderen brauchen wir für den langen Weg, den wir noch vor uns haben.«

»Nur noch einen Schluck, bitte!« flehte der Küchenjunge, der bis zuletzt beim Kapitän ausgeharrt hatte. »Nur noch einen winzigen Schluck.«

»Ich habe nein gesagt! Vielleicht treffen wir noch andere, die es dringender brauchen. Ruht euch jetzt aus, bei Einbruch der Nacht brechen wir auf.«

Insgesamt erreichten achtzehn Matrosen völlig erschöpft das Festland, das heute Tierra Firme heißt. Skorbut, der gefährliche Feind der Seefahrer, hatte nach so langer Zeit auf hoher See ihre Abwehrkräfte zusätzlich geschwächt. Sie konnten nicht mehr weiter.

Dieses Mal begriff Cienfuegos, daß er sich nicht länger von sentimentalen Gefühlen beherrschen lassen durfte, die zu nichts nütze waren. Es hatte keinen Zweck, sich für einige Männer aufzuopfern, die vielleicht mit Ausnahme von Tristán nie etwas für ihn empfunden hatten, und als er sich vergewissert hatte, daß er nichts mehr für sie tun konnte, überließ er sie ihrem Schicksal.

Er wollte zu Azabache zurück, um dann ins Landesinnere vorzustoßen, und verabschiedete sich von Tristán Madeira, der seinen Entschluß ohne Widerrede akzeptierte und lieber bei der Mannschaft blieb.

»Du bist noch jung und stark«, sagte Madeira. »In meinem Zustand würde ich keinen Tagesmarsch durchstehen. Ich wäre nur eine Belastung für dich.« Er lächelte und gab Cienfuegos die Hand. »Man muß wissen, wann die Zeit abgelaufen ist.«

»Du kennst den Weg. Haltet euch südöstlich, und nach vier Stunden gelangt ihr zu dem Fluß, von dem ich euch erzählt habe. Ich breche jetzt auf. Azabache wartet auf mich. Viel Glück.«

Cienfuegos entfernte sich schnellen Schrittes, ohne sich noch ein weiteres Mal umzudrehen. Am frühen Morgen gelangte er zum Flußufer, wo eine Gruppe von zwanzig mit Speeren bewaffneten Indios um Azabache versammelt war, die mit gespreizten Beinen und gesenktem Kopf über einem Kürbis hockte.

»Was zum Teufel geht hier vor?« fragte er laut. »Was wollen die Kerle?«

Azabache sah auf, und in ihren riesigen Augen entdeckte er Wut und Angst.

»Im Morgengrauen waren sie da«, erklärte das Mädchen mit heiserer Stimme. »Zuerst habe ich geglaubt, sie wollten mich töten, aber sie haben mich nur den ganzen Tag baden lassen. Sie können nicht fassen, daß ich schwarz bin.«

»Und was machst du jetzt?«

»Sie wollen mich pissen sehen, aber ich kann nicht«, stieß das Mädchen verzweifelt hervor.

Cienfuegos musterte die unbeweglichen Gesichter der Einheimischen, die ihn nicht zu beachten schienen, da sie offensichtlich nur interessierte, welche Farbe Azabaches Urin besaß.

Sie waren völlig nackt und hatten ihren Penis mit einer dünnen Liane nach oben gebunden. Ihre Gesichter waren mit langen vertikalen Streifen bemalt, dazu trugen sie bunte Papageienfedern als Kopfschmuck. Trotz der Speere, Pfeile und Bogen wirkten sie nicht eigentlich bedrohlich. Sie saßen wie faszinierte kleine Kinder da und starrten Azabache ehrfürchtig an.

Cienfuegos wandte sich an den Indio mit den größten und buntesten Federn, offensichtlich der Anführer, um eine Erklärung für ihr sonderbares Verhalten zu fordern. Doch der Indio machte nur eine mißbilligende Geste und befahl ihm, Platz zu nehmen und der Zeremonie beizuwohnen.

Es verging eine weitere Stunde.

Die Indios schienen alle Zeit der Welt zu haben. Reglos wie Statuen hockten sie um das schwarze Mädchen und warteten. Cienfuegos wurde allmählich ungeduldig.

»Warum tust du ihnen nicht endlich den Gefallen, verdammt?«

Das Mädchen warf ihm einen bösen Blick zu und sagte:

»Fahr mich nicht so an. Ich kann nichts dafür. Die Angst hat mich völlig verkrampft.«

»Ich glaube nicht, daß sie noch sehr lange warten werden.«

»Was haben sie nur vor?«

»Sie wollen wissen, welche Farbe dein Urin hat. Offenbar ist es ihnen sehr wichtig, ob er grün, schwarz, rot oder weiß ist.«

Es war eine absurde Unterhaltung, doch sie führte dazu, daß Azabache sich entspannte und endlich dem Bedürfnis, das sie viel zu lange zurückgehalten hatte, nachgab. Sofort stand der Häuptling auf, ging zum Kürbis und untersuchte die Flüssigkeit eingehend. Er roch daran, steckte einen Finger in den Kürbis und schüttete schließlich etwas auf den Boden, um seine Stammesbrüder davon zu überzeugen, daß es sich um gewöhnlichen Urin handelte.

Schließlich stellte er den Kürbis wieder hin, nahm eine Fackel, die ihm einer seiner Krieger gegeben hatte, und hielt sie an die Flüssigkeit. Das Feuer erlosch, und die Einheimischen lächelten zufrieden.

»Kein Mene!« sagten sie unter sich. »Kein Mene!«

»Was zum Teufel sagen sie?« fragte Azabache.

»Ich habe nicht die geringste Ahnung«, gestand Cienfuegos.

Offenbar sprachen die Einheimischen, obwohl sie dieselbe Hautfarbe und dieselben Gesichtszüge hatten wie die Haitianer oder Kubaner, nicht dieselbe Sprache. Sie verstanden nur wenige Worte des Dialekts, den Cienfuegos gelernt hatte.

Mit Händen und Füßen gaben sie zu verstehen, daß sie dem Stamm der *cuprigueris* angehörten, und luden Cienfuegos und Azabache ein, sie auf ihrer Wanderung flußaufwärts zu begleiten. Sie liefen wie eine fröhliche Familie durcheinander, machten lange Pausen, um zu fischen, einen kreischenden Affen vom Baum zu schießen oder ihre langen Netze mit Früchten zu füllen. Alles geschah unter großem Gelächter und Geschrei. Als die Schatten länger wurden, verschwanden sie plötzlich, und Cienfuegos und seine Begleiterin stellten verwundert fest, daß sie an den Ufern des ruhigen Flusses vollkommen allein waren.

»Wo sind sie?« fragte die Afrikanerin mit bebender Stimme. »Hat sie der Erdboden verschluckt?«

»Nein!« antwortete der Hirte in Erinnerung an das, was sein Freund Papepac ihm beigebracht hatte. »Sie sind noch da. Sie verstecken sich hinter Büschen oder klettern auf Bäume. Für eventuelle Feinde sind sie unsichtbar, aber sie sind da.«

»Wovor verstecken sie sich?«

»Keine Ahnung, aber sie werden ihren Grund haben. Vielleicht wäre es nicht dumm, es ihnen gleichzutun. Wer weiß, möglich ist es schon, daß die Kariben bis hierher kommen.«

»Sind diese Kariben wirklich Menschenfresser?« Als Cienfuegos stumm nickte, fuhr Azabache fort: »In Afrika hat man uns oft von Menschenfressern erzählt, die im Landesinneren lebten. Sie töteten ihre Feinde und aßen sie auf, um in den Besitz ihrer Kräfte zu kommen.«

»Ich weiß nicht, warum sie hier Menschen fressen«, antwortete Cienfuegos, »aber ich habe einmal mitansehen müssen, wie zwei meiner Freunde vor meinen Augen von den Kariben erschlagen und verspeist wurden. Das werde ich niemals vergessen können. Laß uns lieber nach einem Versteck Ausschau halten.«

Sie suchten nach einem geeigneten Platz. Der Himmel hatte sich tiefrot verfärbt. Man hätte meinen können, daß alle Horizonte des Universums in Flammen standen, um es in einen einzigen großen Feuerball zu verwandeln. Es war ein überwältigender Anblick, der sich noch steigerte, als Himmel und Erde bereits in Dunkelheit getaucht waren und man in der Ferne noch immer einen roten Schimmer erkennen konnte, der einem lodernden Feuer glich.

Lange Zeit starrten sie wie gebannt darauf. War es ein Waldbrand? Wie eine Fackel erhellte er das dunkle Gewölbe des Himmels.

Cienfuegos schlief unruhig, und jedesmal, wenn er aufwachte, betrachtete er das geheimnisvolle Feuer in der Ferne. Am frühen Morgen stand er auf und fragte den ersten

Einheimischen, den er traf, was der Rauch am Horizont bedeutete, der mittlerweile den Himmel verdüsterte.

Der *cuprigueri* schien nicht zu verstehen, was er wollte, doch nach einer Reihe von Gesten und Zeichen antwortete er:

»Mene.«

»Mene?«

Der Indio nickte und lächelte.

»Mene.«

Cienfuegos kehrte zu Azabache zurück und setzte sich mißmutig neben sie.

»Verdammt noch mal. Für diese Menschen gibt es scheinbar nur Mene oder kein Mene. Da soll einer schlau draus werden.«

Als hätte die Erde sie wieder ausgespuckt, standen plötzlich auch die anderen Indios um sie herum, und bald darauf setzten sie ihren Marsch fort. Nach einer Weile verließen sie die Ufer des Flusses und bahnten sich einen Weg durch den dichten Urwald auf die riesige dunkle Rauchfahne zu.

Es mußte sich um einen Vulkan handeln, so wie der Teide auf der Nachbarinsel von Gomera, der gelegentlich nachts Feuer spie. Doch als sie näher kamen, wurde Cienfuegos eines Besseren belehrt. Die riesige Flamme wuchs mitten in einer flachen Ebene aus dem Boden, und sie war derart stark, daß man ihr Dröhnen aus großer Entfernung hören konnte.

Der Feuerstrahl schoß mehr als zwanzig Meter in die Höhe. Ein scharfer Gestank verpestete die Luft, sie konnten kaum atmen.

»Sieht so aus, als versuchte die Hölle, die Erdkruste zu durchbrechen«, sagte Azabache besorgt. »So was habe ich noch nie gesehen.«

Die Einheimischen waren so nah wie möglich an die Feuerquelle herangetreten, hatten sich dort niedergelassen und beobachteten jetzt das seltsame Phänomen, als betrachteten sie einen Sonnenuntergang am Meer – ohne die geringste Scheu oder Angst.

Nach einer Weile standen sie auf und begannen zu tanzen, während sie einen monotonen Gesang anstimmten, in dem immer wieder das Wort Mene vorkam. Sie hüpften auf und ab und kamen den bedrohlichen Flammen so nahe, daß ihre Körperbemalung in der Hitze herunterlief.

Woher konnte eine derart mächtige Flamme stammen? Wovon wurde sie gespeist?

Cienfuegos konnte sich vage daran erinnern, wie Benito de Toledo ihm von Moses erzählt hatte, der in der Wüste Sinai einen Dornbusch mehrere Stunden hatte brennen sehen, bevor der Allmächtige ihm die Zehn Gebote verkündete. Er fragte sich, ob er nicht Zeuge eines ähnlichen Wunders wurde und der unbekannte Gott dieses Landes ebenfalls die Fähigkeit besaß, Feuer aus der Erde wachsen zu lassen.

Eine Stunde später, als die Einheimischen rot angelaufen und von einer schmierigen schwarzbraunen Staubschicht bedeckt waren, beendeten sie ihr Ritual und setzten ihren Marsch ausgelassen fort. Azabache sagte vollkommen verwirrt:

»Wenn das die Hölle ist, sollten wir vielleicht doch bessere Menschen werden.«

Der Hirte aus Gomera antwortete nicht, denn auch er konnte sich das Phänomen, dessen Zeuge sie soeben gewesen waren, nicht erklären. Er beschränkte sich daher auf ein vages Grunzen und reihte sich in die Schlange der Einheimischen ein.

Er zerbrach sich noch den Kopf über das seltsame Ereignis, als sie am Nachmittag das Ufer eines Sees erreichten, dessen Wasser völlig schwarz schien und einen entsetzlichen Gestank verströmte. Der Anführer der Truppe hielt an und erklärte:

»Mene!«

»Mene?« wiederholte Cienfuegos. »Was hat dieses verfluchte Wort zu bedeuten?«

Der andere, der kein Wort verstanden hatte, wandte sich zu seinen Kriegern und sagte:

»Totuma. Totuma Mene!«

Der Angesprochene trat vor, nahm den Kürbis, den er umgehängt hatte, und ging auf den See zu. Er füllte den Kürbis mit der klebrigen Flüssigkeit und stellte ihn Cienfuegos vor die Füße.

Dieser studierte sie ungläubig. Es handelte sich weder um Wasser noch um Wein, Blut oder irgendein anderes Element, das er kannte, und als Azabache neben ihn trat, sagte er nur:

»Wahrscheinlich haben sie gemeint, du würdest dieses verseuchte Wasser urinieren, weil du schwarz bist.«

Sie sagte kein Wort, warf ihm nur einen finsteren Blick zu.

Kurz darauf deuteten die Krieger an, daß sie ein paar Schritte zurücktreten sollten. Dann warfen sie aus einer sicheren Entfernung eine Fackel in den Kürbis, der sofort explodierte, während Cienfuegos und Azabache staunend zurückwichen.

Als Cienfuegos sah, wie das verseuchte Wasser bis zum letzten Tropfen verbrannte, begriff er schließlich, daß die riesige Flamme, die ihn so beeindruckt hatte, keine andere Quelle besaß als einen Brunnen dieses stinkenden Menes, den vielleicht ein Blitz versehentlich entzündet hatte.

Aber was war dieses Mene? Woher stammte es?

Nach einem mühseligen und ausgiebigen Gespräch mit Händen und Füßen kam der Hirte zu dem Schluß, daß das sogenannte Mene für die Einheimischen nichts anderes war als der Urin des Teufels, der aus der tiefsten Hölle zur Erde emporspritzte. Ein Gift, das die Flüsse und Wasserstellen verseuchte, das Land unfruchtbar machte, Tiere und Menschen verbrannte.

Als sie die schwarze Frau am Flußufer fanden, hatten die Indios geglaubt, sie müsse die Frau des Teufels sein, die eine der letzten Wasserstellen der Region verseuchen wollte.

Ungeachtet dieser überzeugenden Erklärungen sollte sich Cienfuegos sein Leben lang den Kopf zerbrechen, aus welchem Grund dieses verseuchte Wasser, das aus dem Inneren der Erde kam, besser brannte als jede andere Flüssigkeit auf der Welt.

Doch Cienfuegos starb, ohne je zu erfahren, daß sein Irrweg durch die Neue Welt ihn zu den sagenhaften Erdölquellen im Nordwesten Venezuelas geführt hatte, die erst fünf Jahrhunderte später entdeckt wurden.

Alonso de Hojeda kochte vor Wut.

Wieder einmal hatte er sich mit Seiner Exzellenz, dem Admiral Kolumbus, überworfen. Aber er konnte als Capitán der spanischen Könige nicht gutheißen, wie der Vizekönig von Indien sich über alle Gesetze der Krone hinwegsetzte, nur um seine Gläubiger bei Hofe zufriedenzustellen.

Das spanische Königspaar war über die Nachrichten aus den neuen Kolonien besorgt, insbesondere über die Behandlung, die man den Einheimischen angedeihen ließ. Isabella und Ferdinand hatten strikten Befehl gegeben, den Einheimischen der Neuen Welt dieselben Rechte zu gewähren wie allen anderen Untertanen des Königreiches. Aber es gab seit jeher das Recht, feindliche Soldaten, die im Kampf gefangengenommen worden waren, als Sklaven zu verkaufen. Und nun hatte Kolumbus unter diesem Vorwand fünfhundert Wilde zu den Sklavenmärkten von Córdoba und Sevilla verfrachten lassen.

Hojeda und die meisten Siedler auf Hispaniola wußten, daß nur wenige dieser Indios zu den Kriegern Canoabós gehört hatten, außerdem bestand kein Zweifel, daß die hundert Frauen, die Teil der Ladung bildeten, einfach entführt und verschleppt worden waren. Doch im Moment war Kolumbus so mächtig, daß Hojeda nichts anderes übrigblieb, als seinen Ärger herunterzuschlucken und von Tag zu Tag mehr zu verbittern.

Nur die Prinzessin Anacaona und seine treue Freundin Mariana Montenegro, alias Eva Grumbach, vermochten ihn zu trösten, wenn er verzweifelt nach Hause kam. Wie sollte er dem Unrecht, das im Namen der Zivilisation und der Krone geschah, bloß ein Ende machen?

Ihm waren die Hände gebunden. Der Admiral war vor einigen Monaten wieder nach Spanien gesegelt, um die Könige zu überzeugen, daß er das Opfer einer böswilligen Verleumdung geworden sei. Seine Brüder Bartolomé und Diego hatte er als Gouverneure zurückgelassen.

»Wir könnten so viel aus diesem Land machen, statt dessen reiben wir uns in Machtkämpfen auf und zerstören mit unserer zügellosen Habgier alles, was uns in die Quere kommt«, sagte Hojeda deprimiert.

Die Stimmung in der Kolonie war überwiegend verzweifelt und enttäuscht, und viele fragten sich, ob es nicht ein großer Irrtum gewesen war, das Meer der Finsternis zu überqueren, um nach den goldenen Palästen des Großen Khan zu suchen. Und wenn die Brüder Kolumbus ihnen nicht immer wieder baldigen Reichtum und Ruhm versprochen hätten, wäre ihnen nichts Besseres eingefallen, als nach Hause zurückzukehren, und zwar lieber heute als morgen.

»Möge Gott mich wieder nach Kastilien führen!« Das war der häufigste Stoßseufzer der spanischen Siedler, während Kolumbus' größte Sorge darin bestand, Gold und noch mehr Gold zusammenzuscheffeln, um die riesigen Erwartungen der Krone, der Bankiers und der Kaufleute, die seine Expeditionen finanziert hatten, zufriedenzustellen. Zudem schien es aussichtslos, die Einheimischen zum Arbeiten zwingen zu wollen, was den Spaniern in der Neuen Welt fast am meisten Kopfzerbrechen bereitete. Für sie war Arbeit etwas Erstrebenswertes, etwas, das dem Menschen Würde verlieh. Die Indios dagegen glaubten, sie seien zur

Welt gekommen, um die Sonne und das Leben zu genießen. Sie arbeiteten nur, um den Magen zu füllen und zu überleben.

Gegen ihre hartnäckige Weigerung, für die Siedler zu arbeiten, halfen weder Strafen noch Belohnungen, so daß die Invasoren zu der Überzeugung gelangten, sie bräuchten fremde Sklaven von der anderen Seite des Ozeans, wenn sie das Gold abbauen oder das Land bearbeiten wollten.

Dies war zweifellos einer der Gründe, warum der Admiral zum zweiten Mal nach Spanien gereist war: Vier Jahre nach der Entdeckung von Hispaniola hatte er erkannt, daß die Passivität der einheimischen Bevölkerung viel gefährlicher war als offene Rebellion. Wenn es ihm nicht gelang, neue Siedler nach Hispaniola zu locken, um diejenigen zu ersetzen, die gestorben waren oder aufgegeben hatten, wären seine Pläne endgültig zum Scheitern verurteilt.

»Würden Bonifacio und ich nicht wie verrückt arbeiten«, mußte Eva Grumbach jedesmal einräumen, wenn sie auf das leidige Thema zu sprechen kamen, »wären die meisten Tiere bereits tot und die Ernte verloren. In all diesen Jahren bin ich noch keinem Einheimischen begegnet, der drei Tage hintereinander hätte arbeiten können. Sie sind lernbegierig, aber wenn sie einmal verstanden haben, wie etwas geht, weigern sie sich, es zu wiederholen.«

»Man muß sie zwingen«, eiferte sich ihr Freund Luis de Torres. »Ihr müßt ihnen klarmachen, daß Arbeit eine Pflicht ist.«

»Wie soll ich das anstellen?« fragte die Deutsche verzweifelt. »Wenn man sie im voraus bezahlt, verschwinden sie im Dschungel, und wenn man ihnen nichts gibt, zucken sie die Achseln. Sie sind wie kleine Kinder.«

Sie hatte recht, aber es waren Kinder, die fassungslos mitansehen mußten, wie man in ihre Welt eindrang und ihre Sitten und Bräuche mit Füßen trat. Sie konnten nicht verstehen, warum die Fremden ihnen das Leben, das in ihrem irdischen Paradies seit Menschengedenken leicht und angenehm gewesen war, auf einen Schlag zur Hölle machen wollten.

Aufbauen und Zerstören waren ihrer Meinung nach die einzigen, sinnlosen Beschäftigungen dieser Fremden, die sich in lächerliche Gewänder kleideten, nur um sich darin zu Tode zu schwitzen. Mit demselben Eifer, mit dem sie Holzschuppen bauten, die vom erstbesten Orkan hinweggefegt würden, holzten sie ganze Wälder nieder, um Weiden oder Ackerland zu gewinnen, das in zwei Jahre unbrauchbar wäre, da der Boden nur eine dünne Humusschicht besaß.

»Hier gibt es Platz, Nahrung und Wasser für alle«, erklärte Prinzessin Anacaona Eva bei einem ihrer gemeinsamen Spaziergänge am Strand. »Warum könnt ihr es nicht einfach mit uns teilen, statt gierig nach einem Metall zu suchen, das man nicht einmal essen kann? Warum müßt ihr Menschen versklaven, die frei geboren wurden?«

»Es sind unsere Sitten«, antwortete die Deutsche traurig, die niemals überzeugende Antworten auf die Fragen von Goldene Blume fand. »Da, wo wir herkommen, ist das Leben nicht so leicht und angenehm wie hier.«

»Warum nehmt ihr dann nicht, was wir euch anbieten? Warum wollt ihr nicht zugeben, daß wir dem Glück viel näher gewesen sind, als ihr es jemals sein werdet?«

»Weil unsere Religion besagt, daß das irdische Glück Sünde und Illusion ist.«

»Und das glaubst du?« fragte Anacaona überrascht.

»Nein«, antwortete Eva. »Glück heißt für mich, mit Cienfuegos zusammenzusein, so wie du mit Hojeda. Aber wir können nicht erwarten, daß alle so denken, denn es gibt nicht viele Menschen wie Cienfuegos oder Hojeda.«

»Leider«, nickte die Prinzessin. Dann blieb sie plötzlich

stehen, sah Eva in die Augen und sagte mit trauriger Stimme:
»Er liebt mich nicht mehr.«
»Was sagst du da?« fragte Eva ungläubig.
»Alonso liebt mich nicht mehr«, wiederholte Anacaona. »Seine Leidenschaft hat nicht nachgelassen, doch ich merke, daß er mit seinen Gedanken woanders ist. Es zieht ihn nach Kastilien. Ich spüre es.«
»Nicht nach Kastilien«, widersprach Eva Grumbach. »Es zieht ihn in den Westen. Er hat das ewige Gezänk hier auf Hispaniola satt. Er kann es nicht ertragen, untätiger Untertan einer korrupten Bürokratie zu sein. Er sucht nach Ruhm.«
»Bedeute ich ihm denn gar nichts? Wenn er Gold sucht – ich habe ihm so viel geboten, wie er noch nie zuvor gesehen hatte, und er hat es ins Meer geworfen.«
»Für Männer wie Hojeda liegt der Ruhm nicht im Gold oder in einem Land, das sie erobern, sondern in einer Vision. Nur sie zählt.«
»Warum ziehen eure Männer vor, Risiken einzugehen und Leid auf sich zu nehmen, um einem unerreichbaren Traum nachzujagen, statt sich darauf zu beschränken, das Leben zu genießen und bei der Frau zu sein, die sie lieben, so wie unsere Männer?«
»Der Ehrgeiz ist schuld daran.«
»Ich weigere mich, dieses Wort zu lernen. Ihr hättet es lieber zurücklassen sollen, als ihr kamt«, sagte die Prinzessin bitter. »Es richtet mehr Schaden an als eure Schwerter und eure Krankheiten zusammen, denn gegen die könnten wir uns vielleicht eines Tages wehren, aber gegen euren grenzenlosen Ehrgeiz kommen wir nicht an, fürchte ich.«
Die ehemalige Comtesse von Teguise und heutige Mariana Montenegro fand auch diesmal keine Argumente, um den Standpunkt der Haitianerin widerlegen zu können. Insgeheim teilte sie die Meinung Anacaonas und war überzeugt,

daß die zügellose Habgier der Gebrüder Kolumbus und der Siedler den Untergang der Neuen Welt bedeuteten.

Wenige Tage später, als sie zum Werkzeug einer der schmutzigsten Vereinbarungen wurde, die auf Hispaniola je getroffen wurden, hatte sie Gelegenheit, sich selbst davon zu überzeugen, welche Ausmaße der Verderben bringende Goldrausch bereits angenommen hatte.

Doña Mariana Montenegro war im Lauf der Zeit zu einer wichtigen Anlaufstelle in der Kolonie geworden. Zu ihr kamen Edelmänner wie Soldaten, um fern der Heimat Trost und Rat zu suchen. Miguel Díaz, ein rauher, doch gutmütiger Mann, gehörte dazu. Er hatte nur einen Fehler: Sobald er etwas trank, wurde er streitsüchtig und unberechenbar. Unter dem teuflischen Einfluß des Alkohols kamen seine schlimmsten Instinkte zutage.

Nun, eines Nachts geriet Miguel mit einem Matrosen in Streit, zog ohne Grund sein Messer und stach auf den anderen ein. Da die Gesetze für derartige Vorkommnisse den Tod am Galgen oder lebenslänglichen Kerker vorsahen, zögerte er nicht lange und ergriff die Flucht, um sich einer verstreuten Gruppe von Deserteuren anzuschließen, die im Landesinneren auf eigene Faust nach Gold suchten.

Seit der blutigen Tat war nun bereits mehr als ein Jahr verstrichen. Zwar hatte der Verletzte überlebt, doch rechnete niemand damit, Miguel Díaz jemals wieder in Isabela zu sehen. Das Todesurteil gegen ihn war nicht aufgehoben, und Bartolomé Kolumbus, der von seinem Bruder, dem Vizekönig von Indien und Admiral der ozeanischen Meere, zum Gouverneur von Hispaniola ernannt worden war für die Zeit seiner Abwesenheit, war für seine Hartherzigkeit berüchtigt. Niemand konnte sich daran erinnern, daß je ein zum Tode Verurteilter von ihm begnadigt worden wäre.

Daher erschrak Eva zu Tode, als der Mann aus Aragón eines Nachts plötzlich vor ihrer Tür stand.

»Ihr kompromittiert mich«, sagte sie nach einigem Zögern. »Die Gebrüder Kolumbus mögen mich nicht und suchen nur nach einem Vorwand, um mich zu verbannen oder nach Europa zurückzuschicken. Und wenn sie Euch hier finden, werden sie Euch sofort hängen.«

»Ich weiß«, antwortete der Flüchtling und setzte sich an den Tisch. »Aber ich habe mir alles sehr gründlich überlegt. Ich glaube, daß es so am besten ist.«

»Ich verstehe nicht, worauf Ihr hinauswollt.«

»Gewährt mir ein paar Minuten, und ich werde es Euch erklären«, bat Miguel Díaz. »Ihr müßt wissen, daß ich unzählige Dinge erlebt habe, seit ich mich auf der Flucht befinde. Ich will Euch jedoch nicht mit meinen Geschichten langweilen und gleich zur Sache kommen. Monatelang bin ich durch die Berge und den Dschungel geirrt und irgendwann zu einem Dorf auf der anderen Seite der Insel gelangt. Die Einwohner sind freundlich und zuvorkommend, das Land fruchtbar, also habe ich mich dort niedergelassen und lebe jetzt mit der verwitweten Frau des ehemaligen Häuptlings zusammen.«

»Wie schön für Euch«, fiel Mariana Montenegro ihm ins Wort. »Ich verstehe nicht, warum Ihr dieses Glück aufs Spiel setzt, indem Ihr hierherkommt.«

»Der Tag wird kommen, an dem Kolumbus die ganze Insel beherrschen wird, und dann wird es für mich kein Entrinnen mehr geben. Außerdem habe ich kein ruhiges Gewissen. Ich will nicht mein Leben als Geächteter beenden. Ich möchte Kolumbus vorschlagen, die Stadt Isabela an die Ufer des Ozama zu verlegen, wo unser Dorf liegt. Im Gegenzug soll er mich begnadigen.«

»Und Ihr glaubt, Bartolomé würde sich darauf einlassen?«

»Davon bin ich überzeugt«, antwortete er. »Ihr müßt ihn nur zu packen wissen.«

»Aber wie stellt Ihr Euch das vor?«

Miguel Díaz griff in den Beutel, den er um den Gürtel trug und stürzte den Inhalt auf den Holztisch.

»Seht selbst!«

Auf dem Tisch lagen fünf Goldklumpen, die im schwachen Schein der Öllampe funkelten.

»Mein Gott!« rief Eva Grumbach. »So große Stücke habe ich noch nie gesehen. Ist es reines Gold?«

»Reiner geht es nicht. Meine Frau Catalina«, Miguel Díaz hielt inne und lächelte, »hat mich zu den Goldminen ihrer Vorfahren mitgenommen. Sie liegen etwa sechs Meilen vom Dorf entfernt, und ich schwöre Euch, so viel Gold hat nicht einmal König Salomon besessen.«

Er schob das Gold über den Tisch auf Eva zu, die es nachdenklich betrachtete, bevor sie sagte:

»Seid Ihr Euch über die Konsequenzen dieser Entdeckung im klaren, Miguel? Es ist genau das, was Kolumbus immer gesucht hat, es wird das Schicksal dieses Landes endgültig besiegeln.«

»Ich habe nur meine Begnadigung im Sinn«, sagte Díaz entschieden. »Ich bin glücklich mit Catalina. Sie wird mir einen Sohn gebären, und bevor ich hierherkam, habe ich genug Gold für den Rest meines Lebens gesammelt.« Er zuckte die Achseln. »Ich könnte die Goldminen nicht selbst ausbeuten, da die Brüder Kolumbus und die Krone sie mir streitig machen würden. Aber wenigstens meine Begnadigung soll dabei herausspringen, und auch Ihr sollt nicht leer ausgehen, wenn Ihr mir helft.«

»Ich werde es versuchen. Nicht für das versprochene Gold, sondern weil ich Euch schätze, auch wenn Ihr manchmal ein bedenkenloser Mensch seid.« Als er ihr danken wollte, hob sie abwehrend die Hand und setzte hinzu: »Aber nur unter einer Bedingung.«

»Welcher?«

»Ihr müßt mir beim Leben Eurer Frau und Eures ungeborenen Kindes versprechen, daß Ihr keinen Tropfen Alkohol mehr anrühren werdet.«

»Das verspreche ich, Señora, obwohl es nicht nötig ist. Nach jenem unglückseligen Tag habe ich geschworen, mir für jeden Schluck Alkohol eigenhändig einen Finger abzuhacken. Und wie Ihr seht, sind noch alle da«, sagte er lächelnd und hob die gespreizten Hände.

»Also abgemacht. Morgen werde ich um eine Audienz bei Don Bartolomé bitten und ihm Euer Anliegen vortragen. Aber versprechen kann ich nichts. Vielleicht empfängt er mich ja gar nicht.«

Miguel Díaz nahm ein Stück Gold in die Hand, warf es in die Luft und fing es wieder auf.

»Dies wird Euch alle Türen öffnen. Aber vergeßt nicht: Bedingung ist, daß der Admiral mich begnadigt und die Hauptstadt an die Ufer des Ozama verlegt, damit kein Spanier mehr leiden muß.«

»Ich bezweifle, daß er annehmen wird«, sagte Mariana skeptisch.

Doch Doña Mariana Montenegro hatte den Ehrgeiz und die Goldgier der Gebrüder Kolumbus unterschätzt, denn sobald sie dem persönlichen Sekretär des Don Bartolomé den Inhalt des Beutels gezeigt hatte, wurde sie in einen luxuriös ausgestatteten Saal geführt, wo sie der dunkelhäutige Bartolomé empfing.

»Endlich!« rief er. »Ich wußte, daß es irgendwann passieren würde, aber ich war, ehrlich gesagt, der Verzweiflung nahe. Woher habt Ihr das Gold?«

Die Deutsche erzählte dem Gouverneur, der für seine fürchterlichen Wutausbrüche bekannt war, vorsichtig und geschickt, wie sie an das Gold gekommen war und welche Bedingungen der Finder stellte.

»Einverstanden!«

»Womit seid Ihr einverstanden?« hakte Eva nach.
»Mit allem.«
»Wirklich?« fragte Eva ungläubig.
»Ich gebe Euch mein Wort«, bestätigte der Gouverneur. »Wir brauchen dieses Gold dringend, um die Krone und unsere Finanziers zu überzeugen und die Suche nach dem Großen Khan fortzusetzen. Mein Bruder, der Vizekönig von Indien, hat mir außerdem nahegelegt, einen geeigneten Ort für eine neue Hauptstadt zu suchen, während er in Spanien weilt. Da bietet sich doch diese neue Stelle direkt neben den Goldminen geradezu an. Ich werde mit dem Mann aus Murcia, den er verletzt hat, reden. Vielleicht findet er sich bereit, seine Klage zurückzuziehen, gegen ein entsprechendes Entgelt, versteht sich. Kommt morgen zurück, ich werde inzwischen die Begnadigungsurkunde ausstellen. Dann können wir auch den Vertrag aufsetzen. Zwei Prozent der Einnahmen gehen an Díaz und ein halbes Prozent an Euch.« Er küßte ihr die Hand und begleitete sie zur Tür. »Wenn dieser Miguel Díaz tatsächlich recht hat, werdet Ihr bald sehr reich sein. Sehr, sehr reich sogar«, schloß er.

Ab mittags wurde die Hitze unerträglich.

Selbst die *cuprigueris* verkrochen sich und suchten schattige Plätze auf, um den späten Nachmittag abzuwarten.

Azabache und Cienfuegos setzten sich meistens unter eine Akazie und versuchten herauszubekommen, wo sich die Indios versteckt hatten. Doch trotz aller Anstrengungen gelang es ihnen nicht, mehr als vier oder fünf zu entdecken, obwohl sie wußten, daß die Einheimischen sich niemals weiter als zweihundert Meter vom Lager entfernten.

»Was haben sie bloß vor?« fragte das Mädchen verunsichert, nachdem sie drei Tage lang marschiert waren. »Wohin führen sie uns?«

»Zu ihrem Dorf, denke ich«, vermutete Cienfuegos. »Wahrscheinlich wollen sie uns wie Tiere auf dem Jahrmarkt ausstellen. Immerhin sind wir für sie etwas sehr Exotisches. Hast du Angst?«

»Angst?« entgegnete die Afrikanerin überrascht. »Nein, überhaupt nicht.« Sie lächelte. »Wir laufen durch einen brütendheißen Ofen, sind umgeben von nackten Wilden, aber ich spüre nicht die geringste Angst. Du?«

»Ich habe in den letzten Jahren soviel Schreckliches erlebt, daß mir das hier wie ein Sonntagsspaziergang vorkommt«, gestand Cienfuegos. »Ich habe schon lange aufgehört, mir Sorgen zu machen. Das einzige, was ich vermisse, ist mein Schachspiel und eine ordentliche Zigarre.«

»Ich verstehe einfach nicht, wie man Gefallen an dieser Qualmerei finden oder stundenlang vor einem Brett mit kleinen Figuren hocken kann. Ich kann nur Mühle spielen.«

Das konnte sie in der Tat, und zwar so gut, daß der arme Hirte aus Gomera keine einzige Partie zu gewinnen vermochte. Dies machte ihn, der sonst so friedlich war, rasend vor Wut. Immer wieder verlor er die Beherrschung, während seine Spielpartnerin sich vor Lachen kaum halten konnte.

»Das gibt es doch nicht! So viel Glück kann man einfach nicht haben, du schummelst«, protestierte Cienfuegos ein um das andere Mal.

Doch alles lag daran, daß die Afrikanerin Cienfuegos mit ihrer Art zu spielen so verunsichert hatte, daß er immer wieder falsche Züge machte.

Die Reise zog sich in die Länge. Sie kamen durch eine Landschaft, in der weite kakteenbestandene Steppen, kleinere Urwälder und unzählige Seen sich ablösten, die fast alle vom schmutzigen Mene verseucht waren. Die stinkende schwarze Flüssigkeit vernichtete jedes Anzeichen von Leben und verwandelte das Land in ein unwirtliches Gebiet. Die wenigen Dörfer, die sie unterwegs passierten, bestanden nur aus einfachsten Bambushütten und hatten sehr wenige Einwohner.

Im Süden sah man eine hohe Bergkette, doch die Krieger schienen das Gebirge zu meiden. Als Cienfuegos sie danach fragte, erfuhr er, daß dort ein feindlicher Stamm lebte, der äußerst kriegerisch war.

»Kariben?« bohrte der Hirte. »Menschenfresser?«

Die anderen schüttelten den Kopf und antworteten: »*Motilones.*«

Allmählich entdeckte Cienfuegos Ähnlichkeiten zwischen der Sprache der hiesigen Einheimischen und den Dialekten auf Kuba und Haiti und konnte immer mehr von dem verstehen, was seine Begleiter ihm erzählten.

Auch Azabache hatte angefangen, die Sprache ihrer Gastgeber zu lernen. Das Mädchen schien sich damit abgefunden zu haben, daß sie ihre Zukunft wahrscheinlich in diesem Teil der Welt verbringen würde.

»Letztlich bin ich da zu Hause, wo ich schlafe und lebe«, seufzte sie eines Abends, als sie den Sonnenuntergang beobachteten. »Ich weiß nicht einmal mehr, wo ich geboren wurde, und alles, was ich will, ist, das verfluchte Schiff zu vergessen.«

»Ich denke oft an Gomera; ich vermisse es.«

»Du vermißt deine Blonde. Soll ich dir einen Zaubertrank bereiten, damit du sie vergißt? Dann hättest du wenigstens deine Ruhe«, spottete Azabache.

»Ich glaube, ohne die Erinnerung an sie wäre das Dasein nichts mehr wert«, erwiderte Cienfuegos. »Mein Leben ist nur noch ein ewiges Herumirren, um die nackte Haut zu retten. Was hätte es für einen Sinn, Eva zu vergessen? Die Hoffnung, sie eines Tages doch noch wiederzusehen, ist das einzige, das mich aufrecht hält.«

»Und was ist, wenn sie dich vergessen hat?«

»Ich lebe von meinen Erinnerungen, nicht von ihren«, antwortete der Hirte traurig. »Aber ich bin kein Narr. Ich kann nicht erwarten, daß eine Comtesse, die alles hat, was sie sich wünschen kann, noch an ein Liebesabenteuer mit einem armen Hirten denkt, dessen Sprache sie nicht einmal verstand. Es ist sehr, sehr lange her, seit ich sie das letzte Mal sah, und ich glaube, ich habe mich mit dem Unausweichlichen abgefunden. Doch das ändert nichts an meinen Gefühlen.«

»Ich wünschte, mich würde auch jemand so lieben.«

»Dann mußt du den Anfang machen.«

»Das ist leichter gesagt als getan, wenn man nur mit Männern wie Kapitän Eu zu tun hatte, der den einzigen, den ich je liebte, erschießen und ins Meer werfen ließ.«

»Du darfst nicht aufgeben.«

»Vielleicht hast du recht.« Azabache sah sich um und wies mit der Hand auf die unsichtbaren Indios, die irgendwo in den Büschen versteckt waren. »Ich glaube, sie wundern sich, warum wir uns nicht lieben wie Mann und Frau.«
»Ja, das habe ich auch bemerkt.«
»Und warum tun wir es nicht?«
»Weil ich in diesem Augenblick Freundschaft brauche, nicht Liebe.«
»Mir geht es genauso.«
Beide schwiegen. Die Schwüle war so drückend, daß selbst das Sprechen unsäglich anstrengend war. Cienfuegos fielen die Augen zu, während es um sie völlig still wurde, so, als hätte das Universum aufgehört zu sein. Die mittägliche Hitze in dieser kargen Landschaft im Nordwesten Venezuelas brachte alles Leben zum Erliegen. Die bleierne Atmosphäre schien keinen Wind zu kennen und leitete nicht einmal Geräusche weiter.
Keine Grille zirpte, kein Vogel flog, selbst die lästigen Fliegen verkrochen sich, um nicht in den Sonnenstrahlen zu verglühen. Später, wenn der Feuerball am Himmel seinen langsamen Abstieg in die Nacht begann, belebte sich der Dschungel wieder, und die Geister fanden in die Körper zurück.
Cienfuegos schlug langsam die Augen auf und erblickte in der Ferne einen eigenartigen Mann, der mit erhobenem Haupt und schnellen Schritten auf sie zukam. Er war hochgewachsen, dürr und völlig nackt; in der Hand hielt er einen langen Stab.
»Yakaré!« rief ein kleiner Indio, der wie aus dem Boden gestampft plötzlich vor ihnen stand. Der Einheimische winkte und weckte auch die übrigen Stammesmitglieder aus dem Schlaf.
»Yakaré! Yakaré!« riefen die Indios. »Na Uta Yakaré.«
Wie von einer Zauberformel gerufen, trat jetzt hinter je-

dem Baum ein Krieger hervor und fing an, vor Freude zu tanzen und zu schreien. Man hätte meinen können, bei dem Dünnen handelte sich um einen Halbgott, der geradewegs vom Himmel herabgestiegen war.

Die Einheimischen liefen auf ihn zu und machten ehrfürchtige Gesten. Um ein Haar hätten sie ihn auf die Schultern gehoben, während sie ihm aufgeregt erklärten, wie sie Cienfuegos und Azabache gefunden hatten.

Vom ersten Moment an war es offensichtlich, daß Yakaré ein König oder Prinz unter den *cuprigueris* sein mußte, ein hochangesehener Anführer, der bedächtig sprach, lange Pausen machte und alles genau zu beobachten schien. Er war sichtlich größer als die übrigen Stammesmitglieder, sein Körper unglaublich dünn und drahtig, und unter der glatten Haut sah man die Muskeln spielen.

Er begrüßte Cienfuegos mit einem kurzen Nicken und richtete seinen stechenden Blick dann auf Azabache, als wollte er ergründen, was für ein eigenartiges Wesen sie war.

Azabache zitterte am ganzen Körper.

Nach einer Weile setzte sich Yakaré auf die Erde, und seine Krieger scharten sich um ihn. Ohne Cienfuegos und Azabache zu beachten, zeigte er den anderen den langen Stab, den er bei sich trug und den die Krieger mit sichtlicher Ehrfurcht bewunderten.

»*Auca?*« fragte einer der Krieger.

Yakaré erklärte ihm, daß der Stab nicht völlig rund war, sondern an einem Ende etwas abgeflacht. Dann nickte er und sagte stolz:

»*Auca.*«

Der andere führte das Ende des Stabes ans Auge und richtete ihn auf den Himmel. Da erst bemerkte Cienfuegos, daß es sich nicht um einen Stab, sondern um ein langes Rohr handelte.

Er hätte das seltsame Instrument gern selbst untersucht,

zog es jedoch vor, sich auf das zu konzentrieren, was der unerwartete Besucher zu erzählen hatte, der offensichtlich von einer Reise zurückkam.

Häuptling Yakaré war aufgebrochen, um in den Besitz eines der begehrten Blasrohre zu gelangen, die nur vom Stamm der Aucas gefertigt wurden, und die Formel des Giftes herauszufinden, die der geheimnisvolle Stamm der Curare Maukolai, was soviel hieß wie »Herren über das Curare«, eifersüchtig hütete.

Drei lange Jahre waren vergangen, in denen er unzählige Abenteuer erlebt hatte. Jetzt kehrte er vom Großen Fluß zurück und brachte eines der Blasrohre und einen Kürbis voll Gift mit, obwohl es ihm nicht gelungen war, das Geheimnis seiner Zusammenstellung zu ergründen.

Doch dies tat der Freude der Einheimischen keinen Abbruch. Sie waren von den Abenteuern ihres Anführers fasziniert und untersuchten die sonderbare Waffe voller Staunen. Als Yakaré einen kleinen Pfeil in das Rohr schob, kräftig hineinblies und einen kreischenden Vogel vom Baum holte, schrien alle Krieger vor Begeisterung auf.

Cienfuegos war von der Effektivität der lautlosen Waffe beeindruckt. Er streckte die Hand aus und bat, den Kürbis, in dessen Gift der Einheimische die Spitze des Pfeiles getaucht hatte, sehen zu dürfen. Nachdem er den Inhalt ausgiebig untersucht hatte, reichte er den Kürbis an Azabache weiter, die fachmännisch daran roch.

»Kennst du dieses Zeug?« fragte er.

»Nein«, antwortete das Mädchen. »Aber ich wette, es besteht aus Schlangengift, das mit Wurzeln und Harzen aufgekocht wurde.« Als sie merkte, daß die stechenden Augen des Häuptlings auf ihr ruhten, fügte sie nervös hinzu: »Möglich, daß ich etwas Ähnliches zusammenkriegen könnte. Meine Großmutter hat mir einiges über Schlangengift beigebracht, aber das ist lange her.«

Noch immer starrte der Häuptling Azabache an, während die anderen Krieger sich schweigend zurückzogen. Als Cienfuegos die Verlegenheit seiner Gefährtin bemerkte, fragte er:
»Hast du Angst vor ihm?«
»Nein, aber er macht mich nervös.«
»Vielleicht macht er dich nervös, weil er dir gefällt.«
»Dummes Zeug!«
»Ich weiß, was ich sehe.« Cienfuegos lächelte und fuhr fort: »Und ich kenne dich gut genug, um zu merken, was in dir vorgeht. Mir kannst du nichts vormachen. Er gefällt dir, und du scheinst ihm auch nicht gleichgültig zu sein.«
»Du meinst, weil er mich so anstarrt? Ich glaube, das liegt daran, daß er noch nie eine schwarze Frau gesehen hat.«
»Auch ich hatte noch nie eine Schwarze gesehen, und mir fiel nichts Besseres ein, als dich zu fragen, ob du schmutzig bist. Er scheint ein großer Häuptling zu sein. Stell dir vor, du könntest es zur Königin bringen!«
»Von der Sklavin eines dreckigen Kapitäns zur Königin der Wilden, nicht schlecht.«
»Alles ist möglich. Sieh mich an. Ich war ein zufriedener Hirte auf Gomera, bis mich das Schicksal eines Tages in eine andere Welt verschlug.« Er legte ihr die Hand auf die Schulter. »Wir werden es noch weit bringen, warte nur ab.«
»Aha. Da bin ich aber mal gespannt!«
»Laß dich überraschen«, sagte Cienfuegos und wandte sich an die in Gruppen versammelten Indios, die einige Meter entfernt leise miteinander tuschelten. »Azabache ist eine Curare Maukolai! Große Curare Maukolai!«
Die *cuprigueris* sahen ihn erstaunt an, und dann sprachen alle durcheinander, bis einer auf Azabache wies und fragte:
»Große Curare Maukolai?«
»Große Maukolai in Afrika.«
»Ist das wahr?«
»Wenn ich es euch sage«, beharrte Cienfuegos.

»Was erzählst du ihnen da?« unterbrach Azabache besorgt. »Ich habe keine Ahnung, wie man dieses Gift mischt.«

»Aber du hast gesagt, daß du ein ähnliches Gift zustande bringen könntest.«

»Ja, schon«, protestierte das Mädchen. »Mein Stamm hat viele Gifte gekannt, und jedes war für etwas anderes gut. Manche sind sofort tödlich, andere wirken erst nach Monaten.«

»Du hast ja gesehen, dieses hier tötet auf der Stelle.«

»Ja, aber es war ein kleines Tier, das jetzt verzehrt werden soll. Kannst du dir vorstellen, was passieren würde, wenn das Gift zu stark wäre? Derjenige, der das Tier ißt, würde ebenfalls sterben.« Sie schüttelte den Kopf. »Nein, das ist nicht so einfach.«

»Ich bin sicher, du würdest es schaffen.«

»Willst du vielleicht als Versuchskaninchen dienen?«

Cienfuegos wandte den Blick ab. Azabache deutete auf die Einheimischen, die sich um sie versammelt hatten und aufmerksam zuhörten, obwohl sie kein einziges Wort verstanden.

»Oder sie? Was meinst du, was sie mit uns machen würden, wenn einer von ihnen dabei draufginge? Ich würde Monate brauchen, um die richtige Mischung herauszufinden. Meine Großmutter brauchte nur an dem Gift zu riechen, um zu wissen, was es war, aber ich war noch sehr klein, und es ist lange her.«

»Willst du es nicht wenigstens versuchen? Das Geheimnis des Giftes scheint diesen Menschen sehr viel zu bedeuten.«

Sie wies mit dem Kinn auf den Vogel, den einige Indios geduldig rupften.

»Das glaube ich!« gab Azabache zu. »Mein Stamm kannte sich sehr gut aus mit Giften, aber wir sind nie auf die Idee gekommen, eine derartig lautlose und heimtückische Waffe zu entwickeln. Hast du jemals so etwas gesehen?«

»Nein, nie«, antwortete Cienfuegos. »Es muß ein äußerst kriegerischer Stamm sein.« Er wandte sich Yakaré zu. »*Aucas* weit?« fragte er.

Der Häuptling nickte und wies in die Ferne.

»Sehr weit.«

»Gott sei Dank!«

Bald darauf brachen sie auf, doch Cienfuegos bemerkte, daß es nicht mehr so unbeschwert und fröhlich zuging wie zuvor. Die Gruppe schien jetzt genau zu wissen, wohin sie wollte, so als hätte die Anwesenheit Yakarés ihr ein Ziel gegeben oder in den Männern den Wunsch erweckt, wieder in ihr Dorf zurückzukehren.

Eine Woche lang marschierten sie so zügig, daß sogar die unverzichtbaren Siestas an den heißen Nachmittagen auf ein Minimum reduziert wurden. Der hochgewachsene Yakaré bestimmte von nun an den Rhythmus, und er schien unermüdlich. Stundenlang konnte er ohne einen Tropfen Wasser durch die sengende Sonne laufen, und nie kam ein Wort der Klage über seine Lippen.

Er war in der Tat ein seltsamer Mensch, einer von denen, die sich von der Masse abheben und die Aufmerksamkeit der anderen auf sich ziehen wie ein Magnet. Cienfuegos war daher nicht überrascht, als er sah, wie Azabache sich von Tag zu Tag leidenschaftlicher in ihn verliebte.

Es hatte keinen Zweck, sich zu verstellen, denn die Faszination, die der hochgewachsene Krieger in ihr erweckte, konnte man ihr von den Augen ablesen. Voller Bewunderung beobachtete sie jede seiner Bewegungen und wurde jedesmal verlegen, wenn seine dunklen Augen ihr folgten.

»Du hättest ihm nicht sagen sollen, daß ich etwas von Giften verstehe«, sagte Azabache vorwurfsvoll. »Jetzt werde ich nie wissen, ob ich ihn als Frau oder nur als angebliche Curare Maukolai interessiere.«

»Wenn er dir in die Augen schaut, fragt er sich wahrscheinlich, ob du das Geheimnis des Giftes kennst. Wenn er aber deine Brüste oder dein Hinterteil betrachtet, denkt er sicher an etwas anderes.«

Eines Morgens, als sie schon einige Stunden unterwegs waren, hielt der erste Indio plötzlich an und rief etwas, worauf alle zurückwichen.

»Cuama! Cuama!«

Es war, als hätten sie den Leibhaftigen vor sich, und selbst der unerschrockene Yakaré schien beeindruckt. Alle Einheimischen versammelten sich in einem weiten Kreis um eine dünne graue Schlange von etwa anderthalb Metern. Sie hatte einen flachen Kopf mit schmalen, feindseligen Augen und bedrohlich spitzen Giftzähnen.

Keiner der Indios machte Anstalten, sie mit Lanzen oder Pfeil und Bogen anzugreifen. Alle standen nur da und starrten ehrfürchtig auf das Tier herab. Als Cienfuegos einen Schritt vortrat, hielt ihn einer der Krieger zurück und rief:

»Cuama! Cuama! Tod! Schlimmer Tod!«

Sie standen im Kreis, und keiner wagte, sich zu rühren. Plötzlich begann Azabache, mit der Zunge zu schnalzen und seltsam leise zu pfeifen, fast wie die Maultiertreiber, wenn sie ihre Tiere beruhigen wollen. Gleichzeitig schnippte sie mit den Fingern der linken Hand und näherte sich behutsam der Schlange.

»Was machst du?« rief Cienfuegos. »Bist du verrückt?«

»Sei still!« antwortete sie. »Nicht bewegen!«

Sie machte noch einen Schritt, während alle Einheimischen sie schreckensbleich und wie versteinert beobachteten. Dann griff der hochgewachsene Yakaré vorsichtig nach seinem Blasrohr und steckte einen Pfeil durch die Öffnung, doch Azabache warf ihm einen warnenden Blick zu und schüttelte leicht den Kopf.

Die Schlange hatte sich hoch aufgerichtet und schien von den schnippenden Fingern wie hypnotisiert, während Azabache Zentimeter um Zentimeter auf sie zuging. Plötzlich machte sie einen Satz, streckte blitzschnell die rechte Hand aus und packte die Schlange am Kopf, gleich unter den Giftzähnen, während sich das Tier um ihren Arm wand.

Den gefährlichen Kopf der Schlange fest im Griff, bedeutete sie einem Einheimischen, ihr einen Kürbis zu bringen. Dann preßte sie die scharfen Zähne des Tieres gegen den Rand des Kürbis, bis ein Strahl brauner Flüssigkeit herausschoß.

Sie stellte den Kürbis auf die Erde, riß eine Liane ab und wickelte sie der Schlange geschickt ums Maul. Anschließend warf sie das Tier gleichgültig zu Boden.

»Mein Gott!« rief Cienfuegos beeindruckt. »Das hätte auch schiefgehen können.«

»Curare Maukolai!« schrien die Indios begeistert und klopften Azabache auf den Rücken, als sei sie eine Heldin. »Große Curare Maukolai!« wiederholten sie ein um das andere Mal.

Doch Azabaches Aufmerksamkeit galt nicht dem Kommentar des Hirten oder den Huldigungen der Krieger, ihre Augen ruhten nur auf dem hochgewachsenen Yakaré, denn für ihn hatte sie diesen kaltblütigen Beweis ihres Mutes erbracht.

So verwunderte es niemanden, als noch am selben Nachmittag während der Siesta Azabache und Häuptling Yakaré in einem dichten Wäldchen verschwanden und erst viele Stunden später wieder auftauchten.

»Na, wie war es?« fragte Cienfuegos lächelnd.

Azabache warf ihm einen Blick zu und nickte stumm.

»Bist du glücklich?« bohrte Cienfuegos.

»Ich würde nicht einmal mit der Königin von Spanien tauschen wollen«, antwortete Azabache.

Am vierten Tag gelangten sie zu einem riesigen Süßwassersee, dessen gegenüberliegendes Ufer nicht zu sehen war. Dort bargen die *cuprigueris* drei lange Holzkanus aus dem Wasser, die sie in einem Meter Tiefe versenkt und mit Steinen beschwert hatten.

Am nächsten Morgen brachen sie auf, noch bevor die Sonne aufgegangen war, und am Abend, als die Schatten länger wurden, entdeckten sie in der Ferne ein auf Pfählen gebautes Dorf, dessen Dächer mit Stroh gedeckt waren.

»Ganvié!« rief Azabache mit zittriger Stimme. »Gepriesen sei Elegba! Ich bin zu Hause.«

Cienfuegos drehte sich um und sah sie an.

»Wovon sprichst du?« fragte er erstaunt.

Sie wies mit einer Kopfbewegung nach vorn:

»Ich bin in einem ähnlichen Dorf geboren, es lag am See Nokue.« Sie wandte sich Yakaré zu, der hinter ihr paddelte, und sagte: »Wie heißt dieser See?«

»Ma-aracaibio«, antwortete der Häuptling.

»Und das Dorf?« wollte Azabache wissen.

»Conuprigueri.«

»Ma-aracaibio bedeutet ›Land der Schlangen‹«, erklärte Cienfuegos. »Somit dürftest du in deinem Element sein, und Conoprigueri heißt ›Haus der Prigueris‹.«

»Es scheint ein ziemlich großes Dorf zu sein. Wie viele Menschen werden darin wohnen?«

»Keine Ahnung.«

In der Tat war es nicht einfach, die Einwohnerzahl des malerischen Dörfchens zu schätzen, denn die vielen auf Pfählen gebauten Hütten standen weit auseinander und waren nur durch wackelige Stege verbunden.

Am meisten beeindruckte Cienfuegos die Geschicklichkeit, mit der die Dorfbewohner ihre schmalen Kanus, die bisweilen an Bananenschalen erinnerten, durch das Gewirr von Pfählen und anderen Kanus lenkten, ohne jemals anzuecken. Von einem der Stege sprangen Kinder in den See, schrien und balgten im Wasser. Erwachsene hatten ihre Kanus festgebunden und sich darin ausgestreckt, um ein Schwätzchen zu halten. Offensichtlich waren die *cuprigueris* so sehr an das Leben am oder im Wasser gewohnt, daß sie sich darin bewegten wie Fische.

Jeder Klan bemalte seine Hütten mit verschiedenen Farben und unterschiedlichen Mustern, doch stets herrschten Schwarz und Rot vor, und die beliebtesten Motive schienen Affen, Fische und Vögel zu sein.

Das Herzstück der Stadt war nur durch ein Labyrinth zu erreichen, in dem man sich hoffnungslos verirrte, wenn man sich nicht auskannte. Dort stand eine rechteckige Hütte von etwa fünfzig Meter Länge und dreißig Meter Breite. Das Dach bestand aus Palmblättern und die Wände aus Bambus. In ihrem Inneren war es angenehm kühl im Vergleich zu der drückenden Hitze draußen.

Das für diese Breiten wahrhaft majestätische Gebäude hieß Conu-cora-ye oder »Haus der wichtigen Worte«. Hier fanden die Versammlungen des Ältestenrates statt. Die Greise hockten auf harten Strohmatten und diskutierten stundenlang über alle möglichen Entscheidungen, die das Dorf oder seine Bewohner betrafen.

Die unerwartete Ankunft der Kanus mit einem rothaarigen Riesen und einer schwarzen Frau war zweifellos ein unvergeßliches Erlebnis für die *cuprigueris*, die noch nie derartige Menschen gesehen hatten. Doch am meisten freuten sich die Dorfbewohner über die Rückkehr des hochgewachsenen Yakaré, der vor allem von den Frauen überschwenglich gefeiert wurde, während er siegesbewußt das Blasrohr hob und rief:

»*Auca! Auca!* Yakaré bringt euch das Curare!«

Diese Tatsache schien in den Augen des Ältestenrats viel bedeutsamer als die seltsame Anwesenheit von Cienfuegos und Azabache, die man anwies, in einer entfernten Ecke der Hütte Platz zu nehmen und mit den anderen den Erzählungen Yakarés zu lauschen.

Doch als Yakaré erzählte, wie Azabache die gefährliche Cuama gefangen hatte, und anschließend behauptete, die schwarze Frau sei eine echte Curare Maukolai, richteten sich alle Blicke auf sie.

Der Älteste, ein Greis mit unzähligen Runzeln in dem hageren Gesicht, trat zu Azabache und musterte sie lange. Sein Blick war so durchbohrend, daß man hätte meinen können, er versuche herauszufinden, was sie am vergangenen Abend gedacht hatte. Schließlich schüttelte er den Kopf und sagte:

»Nein. Sie ist keine Curare Maukolai.«

Azabache konnte sich denken, was der Alte gesagt hatte und wandte sich an Cienfuegos, der das Ganze skeptisch verfolgte.

»Für wen hält er sich! Sag ihm, daß ich sehr wohl in der Lage bin, ihm das verdammte Gift zu kochen, wenn er mir die Sachen beschafft, die ich dazu benötige. Und außerdem bringe ich ihm das Fischen bei«, fauchte sie wütend und gekränkt zugleich.

»Du willst ihm das Fischen beibringen?« fragte Cienfuegos belustigt. »Diese Menschen leben vom Fischfang. Hast du das nicht gesehen?«

»Ich habe keine einzige *akadja* gesehen.«
»Was ist das?«
»Eine Fischfalle. Man baut sie unter der Hütte in den See und hat auf diese Weise stets einen Vorrat an frischem Fisch. Man braucht nur hinunterzutauchen und sich einen herauszuholen.«
»Das klingt ja ganz einfach.«
»In Ganvié hat jede Familie so eine Falle.«

Cienfuegos übersetzte dem versammelten Rat der Ältesten Azabaches Vorschlag, während die Indios aufmerksam zuhörten. Die Vorstellung, einen Käfig voller Fische direkt unter der Hütte zu haben, schien ihnen zu gefallen, denn sie waren Freunde der Muße und für jede Erfindung dankbar, die ihr ohnehin leichtes Leben noch angenehmer machte. Plötzlich waren das Curare und das Blasrohr nebensächlich, und alle konzentrierten ihre Aufmerksamkeit auf die wunderbare Fischfalle.

Zum Glück hatte Azabache weder gelogen noch übertrieben, denn in weniger als zwei Stunden hatte sie aus Bambusrohr einen Käfig gebaut und ihn auf dem Grund des Wassers unter einer der Hütten festgemacht. Die Fische schwammen in den Käfig hinein und drehten sich im Kreis, denn sie konnten nicht mehr herausfinden.

»Verflucht!« rief Cienfuegos überrascht. »Wie kommt es, daß sie sich stets um sich selbst drehen? Sie bräuchten doch nur in die andere Richtung zu schwimmen, um aus der Falle herauszufinden.«

»Mein Vater hat mir beigebracht, daß manche Fischarten instinktiv die Küste auf einer Seite vermuten, und die Küste bedeutet Sicherheit, während das offene Meer Gefahren birgt. Deshalb bewegen sie sich immer in dieselbe Richtung.«

»Sehr schlau!«

Azabache lächelte und betrachtete den Greis, der über

dem Steg hockte und wie gebannt auf das Fischkarussell in dem Käfig starrte.

»Ob er mich noch immer für eine Schwindlerin hält?« fragte sie.

»Er hat dich nie als Schwindlerin bezeichnet. Er hat nur gesagt, daß du keine Curare Maukolai bist. Und wir beide wissen, daß er recht hat. Von deinen Talenten als Fischerin war bisher noch keine Rede.«

»Ich habe eben viele Talente«, antwortete Azabache verschmitzt.

»Das glaube ich gern. Man braucht sich nur anzusehen, wie erschöpft Yakaré ist«, scherzte Cienfuegos.

»Aber ich liebe ihn, wie ich noch nie niemanden geliebt habe. Danke, daß du mich hierher gebracht hast. Ich bin vollkommen glücklich. Hier könnte ich es aushalten!«

Das konnte man in der Tat. Das Leben über dem Wasser war bequem und praktisch. Niemand mußte viel arbeiten, und jeder genoß den Tag, so gut er konnte. Cienfuegos ruhte sich aus, und Azabache schwebte im siebten Himmel.

Der Ältestenrat zeigte sich äußerst dankbar und wies Cienfuegos und Azabache getrennte Unterkünfte neben der großen »Hütte der wichtigen Worte« an. Den Kriegern wurde befohlen, in den umliegenden Gebieten Bambusrohr zu sammeln und viele Fischfallen zu bauen.

»Du wirst dich noch in die schwarze Königin der wilden Weißen verwandeln«, lachte Cienfuegos, als er sah, wie die Boote in der Kühle der Nacht ausliefen. »Wenn du ihnen jetzt auch noch das Curare besorgst, bist du unbestrittene Herrscherin des Stammes.«

»Das ist gar nicht so einfach«, gab das Mädchen zweifelnd zurück. »Als Grundsubstanz benötige ich ein Gift, das sich auf das Herz auswirkt. Ein Mittel, das Halluzinationen, Erbrechen oder Blutungen hervorruft, kann ich nicht gebrauchen. Außerdem ist mir aufgefallen, daß die Schlangen hier ganz anders sind als die in Afrika. Es wird eine Weile dauern, bis ich herausgefunden habe, welche der Schlangen diese Art von Gift produziert.«

»Na, mit der Cuama bist du doch ziemlich gut fertig geworden«, sagte Cienfuegos anerkennend. »Wie hast du das gemacht?«

»Das ist nicht schwer, wenn man weiß, daß die meisten Tiere Geräusche mit Bewegung gleichsetzen«, erklärte Azabache. »Die Schlangen, vor allem, wenn ihre Augen sehr weit auseinanderliegen, sind vollkommen verwirrt, wenn sie sehen, wie sich eine Hand bewegt und gleichzeitig ein Geräusch hören, das aus einer anderen Richtung kommt. Schließlich muß man ganz still sein und dann plötzlich mit den Fingern schnippen. Die Schlange konzentriert sich für den Bruchteil einer Sekunde, und man packt sie von der anderen Seite. Das ist alles.«

»Klingt wie ein Kinderspiel, aber es gehört schon eine Portion Mut dazu.«

»Nicht, wenn man Afrikanerin ist«, lachte Azabache. »Dort, wo ich herkomme, ist die Schlange nicht nur ein Bestandteil der Religion, sondern auch des täglichen Lebens. Wenn zwei Menschen ihren Streit nicht beilegen können, werden sie gezwungen, Schlangengift zu trinken. Wer von den beiden überlebt, erhält Recht. Eine Frau, die des Ehebruchs bezichtigt ist, wird in eine Grube mit drei *mapanares* geworfen. Wenn sie mit dem Leben davonkommt, sind alle Zweifel an ihrer Treue ausgeräumt.« Azabache klatschte in die Hände. »Verstehst du jetzt? Wenn man nicht von Kind an lernt, mit Schlangen umzugehen, kommt man bei uns nicht weit.«

»Mein Gott!« sagte Cienfuegos beeindruckt. »Zum Glück gibt es auf Gomera kaum Schlangen. Allein der Anblick dieser Viecher jagt mir einen Schauer über den Rücken.« Er wollte noch etwas hinzufügen, doch plötzlich erstarrte sein

Blick und blieb am Himmel hinter Azabache hängen. »Mich laust der Affe! Habe ich wirklich gerade einen riesigen Blitz am Horizont gesehen, obwohl dort keine einzige Wolke zu sehen ist?«

In der Tat war der Himmel wolkenlos, und der eigenartige Blitz, der sich wie eine riesige Narbe über den Himmel zog, erschien mit fast mathematischer Präzision wieder und wieder über den entfernten Bergen.

»Catatumbo«, lautete die einsilbige Antwort Yakarés, als Azabache ihn aus seiner Hängematte scheuchte, um ihm die seltsame Erscheinung zu zeigen. »Nur Catatumbo.«

Natürlich hatte der Einheimische keine fundierte Erklärung für das Phänomen dieses Meteors, der heute noch die Menschen verwirrt, die ihn beobachten. Er zuckte nur die Achseln und fuhr fort:

»Ein Zeichen der Götter. Sie wachen über die Menschen.«

»Weshalb?«

»Damit sie in der Nacht keinen Krieg führen. Damit niemand ermordet wird.« Dann warf er ihr einen strengen Blick zu. »Damit Schlafende nicht unnötig gestört werden.«

Azabache lächelte und zog ihn ins dunkle Innere der Hütte.

An einem schönen Aprilmorgen besuchte Prinzessin Goldene Blume ihre beste Freundin Eva Grumbach, die gerade dabei war, die Schweine zu füttern. Nachdem sie sich begrüßt hatten, fragte sie:
»Bist du bereit?«
»Wozu?«
»Haitiké kennenzulernen.«
Die Deutsche spürte, wie ihr Herz heftig zu schlagen begann. Obwohl sie sich seit Monaten auf diese Begegnung vorbereitet hatte, zitterte sie bei dem Gedanken, Cienfuegos' Sohn gegenüberzustehen, und sie mußte sich einen Augenblick setzen.
»Laß mir noch ein wenig Zeit. Ich muß mich erst zurechtmachen.«
»Er ist doch nur ein kleiner Junge.«
»Aber er ist ein Teil von ihm. Vielleicht der einzige, den ich je wieder zu Gesicht bekommen werde.« Sie deutete mit dem Kopf auf das Haus. »Bring ihn herein.«
Eva ging in ihr Zimmer, wusch sich das Gesicht, flocht das lange Haar zu einem Zopf und ließ sich in einen Sessel fallen. Sie war so nervös, als sollte sie König Ferdinand von Spanien persönlich empfangen.
Schließlich trat der Junge ein und musterte mit seinen riesigen dunklen Augen schüchtern und verwundert alles, was ihn umgab. Er hatte die typischen Züge, die ihn als

Sproß einer neuen Rasse auswiesen, als Frucht der Verbindung eines Europäers mit einer Indianerin.

Beide schwiegen und starrten sich lange Zeit an, so wie sich nur zwei Menschen ansehen, denen klar ist, daß ihre Begegnung von ungeheurer Tragweite sein wird. Der Junge hatte erfahren, daß diese Frau seine verstorbene Mutter ersetzen sollte, und Doña Mariana Montenegro sah in dem Kleinen ein Geschenk ihres verschollenen Liebhabers.

Der Junge wirkte verunsichert. Zum ersten Mal stand er einem der verhaßten und gefürchteten Teufel mit Kleidern gegenüber, die vom anderen Ende des Meeres gekommen waren, um seine Brüder und Schwestern zu versklaven.

Seine Mutter Sinalinga war einer Krankheit erlegen, die von den Fremden eingeschleppt worden war. Sein Onkel, der früher so mächtige Kazike Guacarani, war nur noch ein Lakai der weißen Halbgötter. Seit er denken konnte, hatte man in seiner Umgebung über die Anwesenheit der Fremden geklagt, und jetzt mußte er erleben, wie er selbst plötzlich in den Besitz einer dieser Halbgötter überging.

Stimmte es, daß die Weißen ihre Kinder auffraßen wie die Kariben?

Er beobachtete ihren kleinen Mund mit den schmalen Lippen, die viel feiner waren als die seiner Leute. Ihre hellblauen Augen, die leuchteten wie das weite Meer, erschreckten ihn. Doch als sie mit sanfter Stimme in seiner eigenen Sprache zu ihm sprach, fiel die Angst allmählich von ihm ab.

»Komm her!« sagte sie. »Komm näher. Du brauchst dich nicht zu fürchten.« Dann stieß sie einen Seufzer aus. »Mein Gott! Wie ähnlich du deinem Vater siehst.«

»Mein Vater ist tot!«

»Oh, nein!« erwiderte die Deutsche entschieden. »Ich weiß, daß er am Leben ist. Er lebt, und wir beide werden zusammen auf seine Rückkehr warten.«

Die Überzeugung, mit der die fremde Frau über seinen

Vater sprach, beeindruckte Haitiké dermaßen, daß er im Lauf der Zeit selbst daran glaubte, den Vater, von dem seine Mutter ihm so viel erzählt hatte, eines Tages wiederzusehen.

Haitiké war von klein auf ein Einzelgänger gewesen, der ganz eigene Vorstellungen vom Leben hatte. Als Mischling saß er von Anfang an zwischen allen Stühlen. Seine eigenen Leute beäugten ihn mißtrauisch, und die Spanier beschimpften ihn als Wilden. Er war der Sohn eines Draufgängers und einer stolzen Indianerin, die sich ihrem Volk entgegengesetzt hatte, um das Leben des Mannes zu retten, den sie liebte. Doch der Junge hatte nichts vom rebellischen Charakter seines Vaters oder seiner Mutter geerbt. Im Gegenteil, man hätte meinen können, daß die Vermischung ihres Blutes etwas völlig Neues ergeben habe, ein Kind, das so bedächtig und vorsichtig war, wie man es niemals hätte erwarten können.

Vielleicht lag es daran, daß er inmitten eines Orkans zur Welt gekommen war und als kleines Kind die Invasion der Fremden miterlebt hatte, die seinem Volk Krieg und Krankheit gebracht hatten. Es war nicht zu übersehen, daß Haitiké verwirrt war und sich ständig zu fragen schien, wer er war und was zum Teufel er in diesem Land zu suchen hatte, Fragen, auf die auch Doña Mariana Montenegro keine Antworten fand.

Der Ernst des kleinen Jungen und seine ständige Scheu hatten eine unüberwindliche Mauer zwischen ihm und den übrigen Menschen errichtet. Und diese Mauer wuchs, je öfter man versuchte, ihn wie ein kleines Kind zu behandeln. Haitiké schien mit dem Geist eines Erwachsenen geboren worden zu sein.

Die Comtesse hatte nicht viel Erfahrung mit Kindern, abgesehen von den stillen und schüchternen Kindern der Dienstboten auf La Casona, deren Sprache sie damals nicht verstanden hatte; doch irgendwie spürte sie, daß Haitikés Scheu vor Menschen nicht normal war.

Dreiviertel seines Aussehens verrieten den Einheimischen, und zum Glück hatte er nicht das rötliche Haar seines Vaters geerbt, denn damit hätte er sicher ziemlich verrückt ausgesehen.

Er hatte überraschend helle Haut, und an Mund und Augen sah man ihm seine europäische Abstammung an. Zwar war er körperlich nicht so kräftig gebaut wie sein Vater, doch konnte man schon jetzt sagen, daß er ein gutaussehender Junge war, für den die Frauen später einmal eine Schwäche haben würden.

Von klein auf konzentrierte sich seine Welt auf das Meer und die Schiffe, und immer, wenn er aus dem Haus verschwand, wußte Eva, daß sie ihn unten am Strand, in der Nähe der Anlegeplätze, finden würde.

Vielleicht symbolisierte das Meer für Haitiké die Möglichkeit der Flucht von dieser Insel, auf der er als Mischling von beiden Rassen verabscheut wurde. Und nur der hinkende Bonifacio und der gutherzige Alonso de Hojeda, treue Berater und Freunde der ehemaligen Comtesse, schienen den Jungen von Anfang an zu verstehen.

Aus einem geheimnisvollen Grund fühlte sich der kleinwüchsige Capitán dem kleinen Haitiké verbunden. Auch er war schon als Kind wegen seines untersetzten Körperbaus dem Spott seiner Zeitgenossen ausgeliefert gewesen. Hojeda hatte im Laufe von mehr als hundert Duellen beweisen müssen, daß er trotz seiner Größe zu Recht als der geschickteste Fechter im ganzen Königreich galt. Und wie durch ein Wunder hatte er alle Kämpfe ohne eine Schramme überlebt. Er wußte nur allzugut, welcher Spießrutenlauf dem armen Haitiké bevorstand, bevor man ihn eines Tages respektieren würde.

Zwei Dutzend seiner Gegner hatte Hojeda ins Jenseits befördert, und er wußte aus Erfahrung, daß so viele Menschenleben ein zu hoher Preis waren für ein bißchen Anerkennung. Doch da er auch wußte, daß die Welt, in der sie lebten, nur die Sprache der Waffen und der Gewalt kannte, brachte der Capitán dem kleinen Haitiké alle Tricks und Kniffe bei, die er zum Überleben brauchte.

Anfangs widersetzte sich Doña Mariana Montenegro dieser Art von Erziehung, doch gelang es Hojeda schließlich, sie auf einem ihrer gemeinsamen Spaziergänge am Strand zu überzeugen.

»Der Junge ist still und eigenbrötlerisch«, erklärte er. »Er wird nicht nur mit seinen eigenen Leuten, sondern auch mit den unsrigen Ärger bekommen. Wenn wir ihn nicht auf diese Auseinandersetzungen vorbereiten, werden sie ihm das Leben zur Hölle machen.«

»Aber er ist doch noch ein Junge.«

»Er hat genau das richtige Alter, um zu lernen, und er wird nie einen besseren Lehrmeister finden als mich«, lächelte Hojeda traurig. »Vielleicht bleibt mir bald nichts anderes übrig, als Hispaniola zu verlassen.«

»Ich will keinen Draufgänger aus dem Jungen machen«, entgegnete sie. »Und ich sehe nicht ein, warum er fechten lernen soll.«

»Wollt Ihr damit sagen, ich sei ein Draufgänger?« rief Hojeda empört.

»Irgendwie schon...« antwortete Eva. »Mag sein, daß Euch die heilige Muttergottes vor Verwundungen schützt, aber sie bewahrt Euch nicht davor, immer da zu sein, wo es Ärger gibt. Dieses Schicksal will ich Haitiké ersparen.«

»Niemand entkommt dem Schicksal«, sagte Hojeda ernst. »Und das seine besteht darin, zwischen zwei verfeindeten Völkern zu stehen. Wenn Ihr ihm Latein beibringt, werdet Ihr aus ihm eines Tages vielleicht den ersten einheimischen Geistlichen machen, aber er wird immer ein unterwürfiger und unzufriedener Geistlicher bleiben. Lehrt man ihn aber, wie er sich verteidigen kann, wird er sich selbst und den anderen zeigen, daß auch ein Mischling den anderen ebenbürtig ist.«

»Wenn man ihn nicht vorher tötet.«

»Es gibt Schlimmeres als den Tod.«

»Das sind die Worte eines Soldaten. Mir sagen sie nichts«, sagte Eva und wies mit einer Handbewegung auf die vor ihnen liegende Bucht. »Außerdem bin ich davon überzeugt, daß Haitiké weder Soldat noch Geistlicher werden wird, sondern Seemann.«

»Es ist noch kein Seemann ertrunken, weil er mit dem Degen umgehen konnte«, lachte Hojeda. »Ich schlage Euch etwas vor. Ich bringe ihm bei, wie man fechtet, und Ihr bringt ihm bei, wie man darauf verzichtet. Am Schluß wird die Entscheidung bei Haitiké liegen.«

»Sagt Ihr das aus Erfahrung?« fragte die ehemalige Comtesse. »Wie oft hat Euer Gewissen Euch davon abgehalten, einen Gegner niederzustechen?«

»Fast jedesmal! Denn sonst trüge mein Degen nicht sechsundzwanzig, sondern achtzig Kerben. Ich habe nie jemanden aus verletztem Stolz getötet, sondern immer nur dann, wenn der andere es verdiente.«

»Wäre ich davon nicht überzeugt, hätte ich Euch nicht über die Schwelle meiner Tür gelassen. Ich verstehe Eure Gründe sehr wohl. Trotzdem wäre es mir lieber, wenn der Junge keine Gewalt anwenden müßte.«

»Das kann aber niemand garantieren. Ich werde ihm beibringen, wie man sich verteidigt, nicht, wie man zum Angreifer wird.« Plötzlich wechselte Hojeda das Thema. »Übrigens, habt Ihr eine Ahnung, was die Kolumbus-Brüder vorhaben? Der Unmut in der Kolonie könnte nicht größer sein. Die Mitglieder ihrer Familie führen sich wie absolute Herrscher auf. Wenn sie den Leuten nicht bald das versprochene Land geben, werden sie es sich nehmen.«

»Seid vorsichtig. Der Kolumbus-Clan wacht eifersüchtig

über seine Privilegien. Bei dem geringsten Anzeichen von Rebellion kann Kolumbus Euch hängen lassen. Ich weiß nur, daß wir alle umziehen sollen, wenn Don Bartolomé bestätigt, daß die Goldquellen am Fluß Ozama wirklich so ergiebig sind, wie Miguel Díaz behauptet.« Mariana Montenegro setzte sich auf einen umgestürzten Baumstamm und fuhr fort: »Es gibt ein Gerücht, das Euch interessieren dürfte. Man munkelt, Canoabó habe sich auf dem Weg nach Spanien das Leben genommen.«

Hojeda setzte sich neben sie in den Sand und öffnete mit seinem Dolch eine Kokosnuß, während er sagte:

»Ich habe es gewußt. Aber es tut mir nicht leid, um ehrlich zu sein. Er war ein grausamer Kazike und ein unerbittlicher Feind, allerdings auch ein tapferer Krieger, der die Freiheit über alles liebte. Ich war stets dagegen, ihn wie einen Sklaven zu behandeln. Daher erstaunt es mich nicht, daß er sich das Leben genommen hat. Wie gesagt, es gibt Schlimmeres als den Tod.«

»Zum Beispiel von dem, den man liebt, getrennt zu sein, wie ich. Mir bleibt nur noch die Hoffnung, daß sich Cienfuegos eines Tages doch noch an uns erinnert.«

»Euer Fall liegt anders. Ich bin überzeugt, daß Cienfuegos eines Tages wiederkommen wird.«

»Das wäre schön, doch es ist eine Illusion. Die Liebe der Männer scheint ein Strohfeuer zu sein. Sie ist heftig, aber kurz.« Sie machte eine lange Pause und sagte dann: »Wie die Eurige für Anacaona.«

»Ich liebe Prinzessin Goldene Blume über alles. Doch ich bin in erster Linie ein Mann der Waffen. Ich habe die Fahrt über das Meer auf mich genommen, um Königreiche zu erobern, nicht das Herz einer Prinzessin. Wenn ich mich durch ihre Schönheit von meinem eigentlichen Ziel abbringen ließe, müßte ich sie dafür hassen.«

»Welches Ziel meint Ihr?« bohrte die ehemalige Comtesse

weiter. »Wollt Ihr als Eroberer, der friedliche Völker bezwang, in die Geschichte eingehen?«

»Zwang und Unterdrückung sind nie meine Ziele gewesen«, entgegnete Hojeda ernst. »Ich habe stets auf Überzeugungskraft und Befreiung gesetzt. Den ungebildeten Wilden begreiflich zu machen, daß Christus existiert, und sie von der Sklaverei ihrer primitiven Bräuche und vom Kannibalismus zu befreien, das habe ich mir vorgenommen.«

»Jedes Volk hat seine eigene Moral. Wer gibt uns das Recht, einem anderen Volk die unsrige aufzuzwingen?«

»Gott!«

»Unser Gott oder ihre Götter?«

»Es gibt nur einen wahren Gott.«

Wieder entbrannte die alte Diskussion zwischen Hojeda, der in einer Klosterschule aufgewachsen war, und der ehemaligen Comtesse von Teguise, die in einem liberalen Adelshaus von einem atheistischen Vater erzogen worden war. Doch trugen sie sich ihren Streit nicht nach und bewahrten stets die Hoffnung, den anderen eines Tages doch noch überzeugen zu können.

Nicht einmal eine Meile entfernt, in Isabela, hielt man überhaupt nichts davon, den Einheimischen dieselben Rechte zu gewähren wie den Spaniern. Gegen Recht und Gesetz waren die Einheimischen versklavt worden. Man hatte sie zu Menschen zweiter Klasse degradiert, die im Schweiße ihres Angesichts und nicht selten unter entsetzlichen körperlichen Qualen versuchen sollten, ihre Seelen zu retten. Sie, die noch nie von einer unsterblichen Seele gehört hatten, mußten verwirrt feststellen, daß die Spanier sie zwingen wollten, auf alle Annehmlichkeiten des Lebens zu verzichten, nur, damit sie nach dem Tod in ein vermeintliches Paradies gelangen könnten.

Sie wurden aufgefordert, in tiefen Stollen und reißenden Flüssen nach Gold zu suchen, den Boden zu bearbeiten, den

Wald zu roden und sich der Gefahr blutrünstiger Haie auszusetzen, wenn sie nach Perlen tauchten. Zudem wurden sie gezwungen, für ihre Peiniger Häuser zu bauen und sich wie Hunde behandeln zu lassen, nur um zu überleben.

Die meisten Einheimischen waren in den dichten Dschungel oder in die Berge geflüchtet. Manche fuhren in kleinen Kanus zu anderen Inseln, die von der Habgier der bärtigen Menschen noch verschont geblieben waren. Die in Isabela Zurückgebliebenen mußten mittlerweile eine von Kolumbus auferlegte Kopfsteuer von einem Kürbis voller Goldstaub pro Familie entrichten.

Etwa um diese Zeit traf in Isabela jener Mann ein, der den Anstoß zu einer schrecklichen Entwicklung geben sollte, in deren Verlauf Millionen von Menschen verschleppt und versklavt wurden.

Dieser Unglücksrabe hieß Bamako und war ein gutmütiger Riese mit Bärenkräften und dem Gesicht eines Kindes. Bamako war ein herzensguter Schwarzer aus dem Senegal, ein wahrer Segen für jeden, der sich seiner Dienste erfreuen durfte.

Sein glücklicher Besitzer war der Waffenmeister einer kleinen Karavelle namens *La Dulce Noia*, die zum ersten Mal nach Hispaniola gekommen war. Ihr Auftrag lautete, den Handel zwischen dem Königreich Spanien und seinen neuen Kolonien aufbauen zu helfen.

Als ein einflußreicher Beamter des Königs namens Hernando Cejudo beobachtete, wie der Schwarze vollgepackt und fröhlich singend hinter seinem Herrn herging, setzte er sich in den Kopf, diesen Sklaven in seinen Besitz zu bringen. Die einheimischen Sklaven, die er bislang gehabt hatte, waren unfähig gewesen, schwere körperliche Arbeit zu verrichten. Immer wieder hatte sich gezeigt, daß sie entweder zusammenbrachen oder sich bei der erstbesten Gelegenheit aus dem Staub machten.

Er dachte eine Weile darüber nach und begab sich dann eines frühen Morgens entschlossen auf den Weg zur Taverne, wo der Waffenmeister sich einquartiert hatte. Dort warf er zwei mit Goldstaub gefüllte Beutel auf den Tisch.

»Das hier für Euren schwarzen Sklaven«, sagte er.

Der Waffenmeister zögerte, denn der riesige Bamako war das Kostbarste, was er besaß; ein wahrer Schatz, auf den er stolz war, ein Mann, von dem er sich nur ungern trennte. Aber da lag der schwere Goldstaub.

»Gold ist Gold«, sagte er sich, obwohl ihm bewußt war, daß er nie wieder einen so treuen Diener finden würde, der nicht nur bereit war, Befehle entgegenzunehmen, sondern sogar den Anschein erweckte, als erwiese man ihm damit eine Freude.

So wechselte Bamako den Besitzer und gehörte von nun an dem Licenciado Cejudo, der mit Freude bemerkte, daß der Schwarze soviel arbeitete wie zehn seiner einheimischen Sklaven. Die anderen Mitglieder der Kolonie beobachteten dies voller Staunen und Neid, und bald konnte sich sein Besitzer vor Angeboten kaum retten.

Eines Nachts begab sich der Licenciado zur Taverne und schlug dem Waffenmeister ein Geschäft vor.

»Für jeden Bamako, den Ihr aus Afrika mitbringt, zahle ich zwei Goldbeutel.«

»Es gibt viele Schwarze, aber wenige Bamakos.«

»Das ist mein Risiko.«

Der andere überschlug, wieviel ihm die letzte Ladung mit Rindern eingebracht hatte und wieviel er verdienen würde, wenn er Sklaven brachte, und antwortete:

»Nehmt Ihr mir fünfzig ab?«

»Sobald sie an Land kommen.«

»Dann könnt Ihr damit rechnen.«

»Wann?«

Der andere überlegte, wie lange er brauchen würde, um

nach Cádiz zu gelangen, dort das Schiff überholen zu lassen, in den Senegal zu fahren, dort die Ware aufzunehmen und nach Hispaniola zurückzukehren. Schließlich antwortete er bedächtig:

»Anfang November, wenn alles gutgeht.«

»Abgemacht.«

Sie besiegelten den Vertrag per Handschlag, und so nahm eine grausame Menschenjagd ihren Anfang, die über viele Jahrhunderte hinweg Millionen von Menschen Freiheit und Leben kosten sollte.

Yakaré war es zwar nicht gelungen, das Geheimnis des Curare zu lüften, doch er hatte herausgefunden, wie die gefürchteten *aucas* ihre Blasrohre anfertigten.

Er schickte einige Krieger zur Küste, um *chonta* zu sammeln, das äußerst biegsame dunkle Holz einer bestimmten Palmenart. Dieses bearbeitete er mit Steinäxten, scharfen Muscheln und Goldmessern.

Staunend sahen Cienfuegos und Azabache der Prozedur zu. Mit grenzenloser Geduld und der Behutsamkeit eines Chirurgen, der den Schnitt erst ausführt, wenn er hundertprozentig sicher ist, zeigte der hagere, hochgewachsene Yakaré den Anwesenden die jahrtausendealte Kunst, die er an den Ufern des Großen Flusses gelernt hatte.

Doch als das Blasrohr nach einigen Tagen fertig war, kam die Stunde der Wahrheit, denn ohne Curare war diese Waffe für den Stamm Yakarés, der sie als Jagdwaffe brauchte, nutzlos. Ohne Curare verwandelte sich jedes Blasrohr in ein unbrauchbares Ding, aber nicht in das geniale Jagdgerät, mit dem man seine Beute augenblicklich lähmte und trotzdem verspeisen konnte, ohne sich der Gefahr einer Vergiftung auszusetzen.

Die *cuprigueris*, die ihre Stadt auf dem Wasser gebaut hatten, um gegen Angriffe gewappnet zu sein, waren ein friedliches Volk, das den Krieg verabscheute. Sie brauchten das Blasrohr nicht für Kriegszwecke.

Doch offensichtlich hatten weder die Hohepriesterinnen im afrikanischen Tempel der Göttin Elegba noch die versiertesten Medizinmänner der Neuen Welt je von einem Gift gehört, welches das Nervensystem lähmt, wenn es in die Blutbahn gerät, den Menschen jedoch, die das Fleisch der Beute verzehren, nichts anhaben kann.

Azabache war höchst verunsichert.

Jeden zweiten oder dritten Tag ruderte sie zum Ufer, um dort im Gebiet der Schlangen nach seltenen Exemplaren zu suchen, die ihr ermöglichen sollten, die verschiedensten Mischungen herzustellen. Die Jungen aus dem Dorf brachten ihr Papageien, Affen und Wasserschweine, die sie als Versuchstiere mißbrauchte, und mit der Zeit verwandelte sich ihre Hütte in einen kleinen Zoo.

Cienfuegos war entschieden gegen die zahlreichen Versuche, doch Azabache überzeugte ihn davon, daß sie notwendig waren.

»Du hast mir das eingebrockt!« warf sie ihm vor. »Du hast ihnen weisgemacht, ich sei eine Curare Maukolai. Jetzt darf ich sie nicht enttäuschen.«

»Ich konnte nicht wissen, daß es so grausam werden würde«, gab Cienfuegos zu. »Bei dem Gedanken an die armen Tiere mache ich kein Auge zu. Die ganze Nacht höre ich sie schreien.«

»Meinst du etwa, mir macht es Spaß?« fragte Azabache wütend. »Mir dreht sich jedesmal der Magen um, wenn ich ihnen Schmerzen zufügen muß, aber es geht nicht anders.«

»Dann laß es lieber sein.«

»Aber was wird dann aus uns? Welches Schicksal erwartet uns hier?« Sie streckte beide Arme aus. »Ich fühle mich wohl hier. Vielleicht gelingt es mir, die Schrecken der letzten Jahre zu vergessen und ein neues Leben anzufangen. Und ich liebe Yakaré. Ich will eine *cuprigueri* werden, und deshalb muß ich das Geheimnis dieses Giftes herausfinden.«

»Der Preis erscheint mir zu hoch.«

»Der Preis kann nicht hoch genug sein, wenn es um das Leben meines Kindes geht.«

Cienfuegos sah ihr überrascht in die Augen.

»Willst du etwa sagen, daß...?«

Azabache nickte und führte seinen Satz zu Ende:

»...ich schwanger bin. So ist es.«

»Zum Teufel! Bist du verrückt geworden?«

»Es mußte wohl so sein. Doch bevor mein Sohn geboren wird, muß ich dieses Gift finden. Nur so wird man ihn respektieren und anerkennen. Verstehst du jetzt, warum ich diese Versuche zu Ende führen muß?«

Cienfuegos schwieg einen Augenblick und sagte dann nachdenklich: »Trotzdem fällt es mir schwer, die armen Tiere schreien zu hören. Ich werde die Hütte wechseln müssen.«

»Gift ist schlimm«, stimmte Azabache zu. »Mein jüngerer Bruder wurde vergiftet. Er starb einen grauenhaften Tod, und keiner konnte ihm helfen. Ich träume noch heute davon.«

»Wer hat ihn vergiftet?«

»Das haben wir nie herausbekommen. Vielleicht ein eifersüchtiger Ehemann oder eine verschmähte Frau. Er war ein richtiger Frauenheld.«

»Was für ein trauriges Land, in dem die Probleme so ausgetragen werden.« Cienfuegos schüttelte den Kopf. »Sorg dafür, daß du das Gift findest, und mach dieser Hölle hier endlich ein Ende.«

Doch Azabache benötigte noch die wichtigste Grundsubstanz, die in ihrer Heimat völlig unbekannt war. Alles, was sie bisher gefunden hatte, waren Gifte, die die Beute töteten, aber die Tiere starben nach einem langen Todeskampf, und ihr Fleisch war ungenießbar.

Die unzähligen mißlungenen Versuche und der Wettlauf

mit der Zeit verwandelten die fröhliche und unbeschwerte Azabache in eine gereizte und übelgelaunte Frau. Zudem verlor sie aufgrund ihrer Schwangerschaft an Attraktivität für ihren schlanken Mann. Yakaré war der einzige Krieger des Stammes gewesen, der bis zum Gebiet der gefürchteten *aucas* gelangt und lebend zurückgekehrt war. Die jungen Mädchen des Stammes waren wild nach ihm und ließen keine Gelegenheit aus, ihm nachzustellen.

Azabache entging dies nicht, und ihre Eifersucht wuchs von Tag zu Tag. Cienfuegos versuchte, sie zu beruhigen.

»Ich lebe schon sehr lange unter diesen Menschen. Sie sind, was die Liebe angeht, sehr freizügig; die Treue bedeutet ihnen nicht soviel wie uns. Wenn du Yakaré Vorwürfe machst, wirst du ihn verlieren.«

»Ich habe dich nicht um Rat gebeten.«

»Ich weiß, aber wozu sind Freunde da?« Cienfuegos streichelte ihren dicken Bauch und sagte: »Widme dich jetzt deinem Kind, später wirst du Yakaré wieder für dich gewinnen, ohne daß du ihm jetzt das Leben zur Hölle machen mußt.«

»Für einen Mann ist es leicht, so etwas zu sagen. Deine Blonde ist weit weg, und außerdem ist es sehr lange her.«

»Die Liebe, die Zeit und die Entfernung sind wie der Wind: Sie nähren die große Flamme und ersticken die kleine. Meine Flamme ist noch ziemlich groß. Ich weiß, es klingt grausam, aber glaube mir. Yakaré wird zu dir zurückkommen. Laß ihm seine Freiheit, vielleicht ist es gar nicht schlecht, wenn er eine Zeitlang in einer anderen Hängematte schläft.«

»Die Frau, die seine Hängematte teilt, würde ich töten!«

»Mit Gift etwa?« fragte Cienfuegos. »Rede doch nicht so einen Unsinn. Du hast viel Schlimmeres durchgemacht, als daß du so etwas ernst nehmen müßtest. Warte ab, und überstürze nichts.«

Azabache schien Cienfuegos' Rat trotz allem zu beherzigen, denn in den kommenden Wochen sah sie über vieles hinweg und versuchte, sich nichts anmerken zu lassen, obwohl Yakaré sich sogar mit Cienfuegos einige Dorfschönheiten teilte. Doch eines regnerischen Morgens war mit einem Schlag alles ganz anders. Azabache kam in Tränen aufgelöst in Cienfuegos' Hütte und rief:

»Der Ältestenrat will nicht, daß ich ein schwarzes Kind zur Welt bringe!«

Cienfuegos sah auf und fragte ungläubig:

»Was hast du da gerade gesagt?«

»Der Ältestenrat hat Yakaré zum Häuptling des Stammes ernannt, aber sie wollen nicht, daß er einen schwarzen Erben hat.«

»Verdammt noch mal! Wie können sie so starrsinnig sein?«

Darauf gab es keine Antwort. Stundenlang hatten die Ältesten im »Haus der wichtigen Worte« darüber debattiert, ob die seltsame Frau, die es nicht schaffte, das Geheimnis des Giftes herauszufinden, ein Kind zur Welt bringen könnte, das so schwarz war wie das feindliche Mene, welches die Wasserstellen und Flüsse verpestete.

»Könnte er nicht so weiß wie ein *cuprigueri* werden?« fragte Cienfuegos.

»Was weiß ich. Ich habe noch nie einen Mischling gesehen, weder von einer Schwarzen und einem *cuprigueri* noch von einer Schwarzen und einem Weißen. Du etwa?«

»Ja, auf Gomera lebte einer. Der war braun.« Cienfuegos machte eine Pause. »Die Kannibalen haben ihn gefressen.«

»Wie tröstlich!« Azabache war vollkommen hilflos, und man sah ihr an, daß sie nicht weiter wußte. »Vielleicht werden außerhalb Afrikas keine schwarzen Menschen geboren«, sagte sie verzweifelt. »Was glaubst du?«

»Ich habe nicht die geringste Ahnung«, gestand Cienfuegos. »Weshalb werden einige Menschen weiß, andere dagegen schwarz geboren? Weiß der Kuckuck!«

»Vielleicht wegen der Hitze.«

»Ich glaube nicht, daß es bei euch in Afrika heißer ist als hier. Aber die Menschen in diesen Breiten haben verdammt helle Haut.«

»Oder liegt es an den Moskitos?«

»An diesem See wimmelt es doch von Moskitos. Nein, es muß einen anderen Grund geben. Aber welchen?«

Wie auch immer, weder der ungebildete Hirte aus Gomera noch seine schwarze Freundin waren imstande, dieser Frage auf den Grund zu gehen, denn beide brachten nur abstruse Theorien zustande. Doch angesichts der Tatsache, daß sie zu den ersten Menschen gehörten, die mit Problemen konfrontiert wurden, die zuvor niemanden interessiert hatten, war das verständlich.

Daher war Cienfuegos nicht überrascht, als Azabache ihm eines Tages erzählte, eine alte Zauberin habe ihr anvertraut, der »Große Weiße« könne ihr Kind möglicherweise weiß zur Welt bringen.

»Wer ist dieser geheimnisvolle ›Große Weiße‹?« fragte er.

»Das hat sie mir nicht erzählen können oder wollen. Aber sie sagte, ich kann ihn nicht verfehlen, wenn ich immer in Richtung Süden gehe. Jeder kennt ihn.«

»Aber wer ist er?« beharrte Cienfuegos. »Ein Riese, ein Zauberer oder ein Medizinmann?«

»Das weiß ich nicht. Ich weiß nur, daß er der ›Große Weiße‹ ist und alles kann.«

Cienfuegos betrachtete die verwirrte und eingeschüchterte Frau, die sich so sehr verändert hatte, und entdeckte in ihren Augen die Hoffnung, der mysteriöse Zauberer könne tatsächlich dafür sorgen, daß ihr Kind mit der Hautfarbe der *cuprigueris* zur Welt kommen würde.

»Ich verstehe nicht viel davon«, sagte er schließlich.

»Aber ich bezweifle, daß ein Zauberer derartiges bewirken kann. Jeder wird so geboren, wie es vorherbestimmt ist, und ich glaube nicht, daß irgend jemand Einfluß darauf haben kann.«

»Aber es gibt nicht überall einen ›Großen Weißen‹, und nicht überall sind die Kinder vom Tod bedroht, wenn sie nicht die richtige Hautfarbe haben«, erwiderte Azabache und legte ihm die Hand auf die Schulter. »Du brauchst keine Angst zu haben. Mir passiert schon nichts.«

»Ich soll mir keine Sorgen machen, wenn du allein durch den wilden Dschungel wanderst, bei all den kriegerischen Stämmen, die sich dort herumtreiben? Du bist verrückt!«

»Nein, ganz und gar nicht!« entgegnete Azabache ernst. »Ich bin überzeugt, daß ich den ›Großen Weißen‹ treffen werde. Und er wird alles in Ordnung bringen.«

Cienfuegos sah bald ein, daß jeder Versuch, sie von ihrem Vorhaben abzubringen, zwecklos war. Er zuckte die Achseln und sagte:

»In Ordnung. Wann brechen wir auf?«

»Du kommst nicht mit. Ich gehe allein!« lautete die entschiedene Antwort.

»Allein?« rief Cienfuegos. »Sieh dich doch an. Mit dem dicken Bauch würdest du nicht sehr weit kommen. Freunde sind dazu da, sich gegenseitig zu helfen.«

»Mir ist es lieber, wenn du nicht mitkommst«, beharrte das Mädchen. »Ich weiß, daß dir die Reise nicht gefallen würde.«

Cienfuegos warf ihr einen verächtlichen Blick zu, drehte sich um und verzog sich in seine Hängematte. »Ich habe viele Reisen hinter mir, und keine davon hat mir sonderlich gefallen. Aber zu zweit marschiert es sich leichter, und man kann die Gefahren besser meistern.«

»Es wird keine Gefahren geben. Man braucht sich nur an die strengen Gesetze zu halten, die für Pilger zum ›Großen

Weißen‹ gelten. Dann ist man angeblich sicher, denn nicht mal der gefürchtete Stamm der *motilones* wagt es, gegen den Willen des ›Großen Weißen‹ zu handeln.«

»Du meinst wirklich, die *motilones* tun uns nichts, wenn wir in ihr Gebiet kommen? Wie sollen sie wissen, daß wir unter dem Schutz dieses geheimnisvollen ›Großen Weißen‹ stehen?«

»Ich habe alles in die Wege geleitet. Drei Frauen werden mich am Ufer erwarten und auf die Pilgerreise vorbereiten. Wenn ich mich strikt an ihre Anweisungen halte, wird mir nichts passieren. Du kannst mir vertrauen.«

Cienfuegos schien nicht sonderlich überzeugt von diesen Erklärungen. Doch sosehr er nachfragte, er erhielt keine weiteren Details von Azabache. Schließlich sah er ein, daß alle Mühe, die Afrikanerin von ihrem Vorhaben abbringen zu wollen, umsonst war.

»In Ordnung!« gab er schließlich nach. »Aber ich komme mit.«

Daher sagte er auch nichts, als Azabache in einer schwülen Vollmondnacht in seiner Hütte erschien und ihm eröffnete, es sei soweit. Er solle in eines der beiden Kanus steigen, die unter der Hütte an den Pfählen festgebunden waren.

»Aber warum so heimlich?« fragte Cienfuegos überrascht.

»Ich will nicht, daß uns Yakaré entdeckt. Er würde mich nicht gehen lassen«, erklärte Azabache traurig.

Doch Cienfuegos spürte, daß es vielleicht eher die Angst vor der Enttäuschung war, daß der Vater ihres Kindes möglicherweise nicht einmal den Versuch unternehmen würde, sie von dieser gefährlichen Reise abzuhalten. Er schwieg, packte seine Habseligkeiten zu einem Bündel und stieg leise die Holztreppen zum Kanu hinunter.

Lautlos ruderte er an den auf Stelzen gebauten Hütten vorbei, deren Dächer im hellen Mondlicht schimmerten. Als das Dorf weit hinter ihnen lag, drehte sich Cienfuegos noch einmal um. Irgendwie hatte er das Gefühl, daß er dieses Dorf, in dem er friedliche Zeiten verbracht hatte, nie wieder sehen würde.

Einmal mehr hatte das Schicksal ihn eingeholt. Wieder war er durch äußere Umstände gezwungen, in eine ungewisse Zukunft zu blicken. Azabache konnte vieles sagen, aber der lange Marsch, der vor ihnen lag, würde alles andere als ein gemütlicher Spaziergang werden. Sie mußten durch die Gebiete der kriegerischen *motilones*, um zum »Großen Weißen« zu gelangen. Dieser Stamm war dafür bekannt, fremden Eindringlingen gegenüber besonders grausam zu sein, und es hieß, keiner außer Yakaré habe es bislang geschafft, lebend von dort zurückzukommen.

Die ganze Nacht paddelten sie, und als sich zögernd die ersten Lichtstrahlen hinter dem Nebel bemerkbar machten, erblickten sie in der Ferne den langen Strand, an dem die drei Frauen sie bereits erwarteten. Die Einheimischen zogen sie aus und forderten sie auf, im See zu baden. Dann rieben sie ihre Körper mit Palmöl ein und bemalten sie mit roter Farbe. Diese Prozedur dauerte fast den ganzen Vormittag, bis die beiden vage Ähnlichkeit mit Vögeln hatten.

Doch wenn der arme Cienfuegos geglaubt hatte, damit sei es getan, hatte er sich geirrt. Denn bald holten die Frauen von einem der Kanus einen Sack voller weißer Federn, die für die beiden als Kopfschmuck hergerichtet wurden. Jetzt sahen sie wirklich aus wie Paradiesvögel.

»Mein Gott!« protestierte Cienfuegos. »Die können doch nicht im Ernst verlangen, daß wir in dieser Aufmachung durch die Gegend laufen.«

»Von nun an seid ihr Vögel auf dem Weg zum ›Großen Weißen‹«, erklärte die älteste der drei Frauen. »Ihr seid friedliche Reiher: Sie sehen nichts, sie hören nichts und sie sprechen nicht.« Ihre Stimme war tief und duldete keinen Widerspruch. »Versteht ihr, was ich meine?«

»Willst du sagen, daß wir mit niemandem sprechen dürfen?« fragte Cienfuegos überrascht. »Wie sollen wir dann den Weg finden?«

»Indem ihr den Schrei des heiligen Vogels nachahmt: Yaaaaa-cabo!« antwortete die Alte. »Das ist das einzige Geräusch, das ihr von euch geben dürft, solange ihr euch im Gebiet der feindlichen Stämme befindet: Yaaa-cabo! Yaaa-cabo! Auf diese Art weiß jeder, daß ihr unantastbar seid. Man wird euch den Weg zeigen, aber vergeßt nicht, daß ihr kein anderes Wort sagen dürft.«

»Schöne Scheiße!«

»Was hast du gesagt?« Azabache sah ihn erschreckt an.

»Scheiße, sagte ich«, wiederholte Cienfuegos. »Ich habe schon viel Blödsinn erlebt, aber das schlägt alles. Was für ein Schwachsinn, sich als Vogel zu verkleiden und gackernd durch den Urwald zu laufen.«

»So will es das Gesetz hier. Gibt es in deinem Land keine Pilger?«

»Keine Ahnung«, gestand Cienfuegos. »Doch, wahrscheinlich schon.«

»Nun, wenn ein Pilger heil an seinen Bestimmungsort gelangen will, muß er bestimmte Auflagen erfüllen. Und die *motilones* bestehen darauf, daß sie strikt eingehalten werden. Nehmt euch in acht vor ihnen«, warnte die Alte. »Sie hassen Fremde.«

»Kein Wunder, wenn sie alle so aussehen wie wir.«

Doch alle Proteste nützten nichts, denn die einheimischen Frauen machten ihnen sehr deutlich, daß sie ohne diese Verkleidung keinen einzigen Tag überleben würden. Schließlich wies eine der drei auf einen Hügel und sagte: »So, ihr wißt jetzt Bescheid, dort drüben beginnt das Gebiet der *pemones*. Von da an seid ihr euch selbst überlassen. Denkt daran, was wir euch gesagt haben.«

Dann bestiegen die Frauen ihre Kanus und paddelten davon, ohne sich noch einmal umzudrehen. Cienfuegos setzte sich auf einen Felsbrocken und fluchte: »Das darf doch nicht wahr sein!« Er breitete die Arme aus und ahmte den Flügelschlag eines Huhns nach. »Dieses Jahr ist der Karneval aber früh.«

»Ich habe dich gewarnt«, erinnerte ihn die Afrikanerin. »Wenn es etwas gibt, das ihr Männer nicht ausstehen könnt, dann ist es das Gefühl, euch lächerlich zu machen.« Sie lachte und fügte hinzu: »Und du bist das wirklich Albernste, was ich seit langem gesehen habe.«

»Meinst du, du siehst besser aus mit deinem dicken Bauch? Wir können von Glück reden, wenn man uns nicht steinigt.«

Damit stand Cienfuegos auf und begann den langen Marsch, als ginge es zum Schlachthaus. Nachdem er ein paar Schritte getan hate, machte er plötzlich einen Satz, flatterte mit den Armen und schrie übermütig:

»Yacabooo! Yacabooo!«

Seine Exzellenz, Capitán León de Luna, Graf von Teguise, Herr über die halbe Insel Gomera, wäre vor Scham und Ärger am liebsten in den Erdboden versunken, als er erfuhr, daß der ehrenwerte Alonso de Hojeda und seine Helfershelfer ihn hinters Licht geführt hatten, als sie ihn statt auf die Insel mit dem Jungbrunnen nach Cádiz geschickt hatten.

Der Zorn über die Männer, die ihn so schändlich betrogen hatten, wich bald der Wut auf sich selbst, als er einsah, daß er vieles von dem, was ihm auf Hispaniola zugestoßen war, selbst verschuldet hatte.

Während der gesamten, nicht enden wollenden Heimfahrt war er seekrank, litt an Kopfschmerzen und mußte sich ununterbrochen übergeben. Seine Qualen waren so heftig, daß er mehr als einmal daran dachte, über Bord zu springen, um seinem Leid ein Ende zu machen.

Seine Frau hatte ihn wegen eines schmutzigen Ziegenhirten verlassen, der weder schreiben noch lesen konnte, und er verstand noch immer nicht, warum sie diesem Kerl, der Ähnlichkeit mit einem Affen hatte, bis ans Ende der Welt gefolgt war. Sein Haß auf Eva wuchs von Tag zu Tag, und tausendmal stellte er sich vor, wie er sie folterte, denn mittlerweile konnte der Tod allein seiner Rache nicht mehr genügen.

Der Mensch ist wohl das einzige Tier, bei dem das Gefühl den Instinkt ausschalten kann. Dann büßen Gerüche und

Geräusche ihre ursprünglichen Dimensionen ein und machen das Irreale zur Wirklichkeit. Der Graf lebte in einer Scheinwelt, in der er nur noch von einem Gedanken beseelt war: Rache an seiner Frau zu nehmen.

Die Sonne brannte unerbittlich auf das Deck des Schiffes nieder, der Wind war heiß und stickig, das Brot stillte nicht seinen Hunger und das Wasser nicht seinen Durst. Denn in Wahrheit spürte er weder Hitze noch Hunger, noch Durst, solange in seinem Innern jener blanke Haß herrschte, der ihm alle Sinne zu rauben drohte.

In diesen Monaten der Überfahrt erschien ihm der Ozean so tief und der Himmel so hoch und ungerecht wie niemals zuvor.

Und als er endlich wieder Land unter den Füßen hatte, tauchte er ein in die dunklen, stinkenden Gassen von Cádiz und suchte seinen Kummer in Alkohol zu ertränken. Während des Tages saß er unten am Hafen und sah den Schiffen nach, die zur Neuen Welt aufbrachen, obwohl er genau wußte, daß er nicht in der geistigen oder körperlichen Verfassung war, die Strapazen einer solchen Reise noch einmal auf sich zu nehmen.

Die Schiffe brachen ohne ihn auf, und es dauerte noch fast ein Jahr, bis der Capitán wieder bei Sinnen war und sich daran machte, einen neuen Plan auszuhecken. Diesmal würde ihn niemand übers Ohr hauen. Er verkaufte einen Teil seines Besitzes auf Gomera und erstand mit dem Erlös die wendigste und schnellste Karavelle der Insel. Dann heuerte er ein halbes Dutzend zwielichtiger Seeleute an, die kaltblütig ihre eigene Mutter verkauft hätten.

Als im August endlich alle Vorbereitungen beendet waren, stach die Karavelle eines Nachts ohne Positionslichter in See. Sie verließ die Bucht im Schutz der Dunkelheit und nahm Kurs auf die Kanarischen Inseln, die sie zehn Tage später hinter sich ließ.

Nach einer ruhigen Überfahrt gingen die Männer an einem nebligen Oktobermorgen in einer kleinen Bucht etwa zwanzig Meilen von Isabela entfernt vor Anker. Dort erholten sie sich ein paar Tage von den Strapazen der Reise und brachen dann nach Isabela auf.

Die Karavelle fuhr mitten in der Nacht, wie es Capitán Luna befohlen hatte, in den Hafen von Isabela ein. Das erste, was ihm auffiel, war die Totenstille. Nirgends brannte ein Licht in den Häusern. Und am Pier ankerte kein einziges Schiff. Nicht einmal das ewige Kläffen der Hunde war zu hören.

»Das gefällt mir nicht«, hörte er hinter seinem Rücken sagen. »Sieht aus wie eine Totenstadt.«

»Vergeßt die Stadt«, murmelte Capitán de Luna verärgert. »Uns interessiert der Hof am Ende der Bucht.«

»Und was, wenn uns in dem Dschungel dahinten die Wilden auflauern?«

»Dann haben wir Pech gehabt.«

»Das war aber nicht abgemacht«, protestierte ein Mann, der nach Schweiß und Erbrechen stank, doch Capitán de Luna schenkte ihm keine Aufmerksamkeit.

Sie segelten am Hafen vorbei und gingen vor dem kleinen Strand am Ende der Bucht vor Anker. Dann ruderten die Männer in kleinen Beibooten an Land. Die Mannschaft hatte Angst, denn sie hatten natürlich alle von dem Gemetzel gehört, das Canoabo an den Männern begangen hatte, die Kolumbus bei seiner ersten Expedition zurückgelassen hatte. Nur widerwillig bahnten sich die schwerbewaffneten Seeleute einen Weg durch das dichte Gestrüpp zum Hof von Doña Mariana Montenegro.

Schließlich gelangten sie zu einem schmalen Weg und folgten ihm bis zum Haus. Lautlos schlichen sie sich näher. Alles schien seit Monaten verlassen. Nirgends waren Tiere zu entdecken, die Ställe standen leer.

»Alles durchsuchen!« befahl Capitán de Luna plötzlich wütend. Die Männer schwärmten aus und drangen in das Haus und die Hütten ein. Capitán de Luna setzte sich unterdessen auf eine kleine Bank neben dem Hauseingang. Es dauerte nicht lange, da schleppte einer der Seeleute einen hinkenden jungen Burschen an.

»Wer bist du?« schrie der Capitán, während er drohend aufstand und den Degen zog.

»Bonifacio Cabrera«, antwortete der Junge ängstlich.

»Was hast du hier zu suchen?«

»Dasselbe könnte ich Euch fragen.«

Capitán de Luna versetzte dem Jungen einen Fausthieb ins Gesicht, daß er mit dem Kopf gegen die Hauswand prallte und zu Boden stürzte.

»Ich hatte gehofft, Ihr würdet mich mitnehmen«, murmelte Bonifacio, der aus der Nase blutete, eingeschüchtert.

»Wohin?«

»Nach Kastilien«, antwortete Bonifacio, als käme nichts anderes in Frage. »Alle sind nach Kastilien zurückgekehrt.«

»Alle? Nach Kastilien?«

»Ja. Zumindest alle, die gesund waren. Die übrigen hat die Pest niedergemacht.«

»Die Pest?«

»Ganz recht!«

Das schreckliche Wort ging von Mund zu Mund, und jeder spürte, wie ihm die Beine zitterten. Die Männer sahen sich um, als lauerte der Tod hinter jedem Schatten des Hauses.

»Die Pest!« wiederholte der Capitán verwirrt. »Was ist aus meiner Frau geworden – Mariana Montenegro?«

»Die Besitzerin? Sie war nicht verheiratet.«

»Antworte auf meine Frage! Ist sie tot?«

»Nein. Sie ist vor einem Monat aufgebrochen.«

»Wohin zum Teufel?«

»Nach Cádiz. Ich sagte Euch bereits, daß alle wieder nach Spanien zurückgekehrt sind. Sie haben die Insel verlassen.«

»Und die Gebrüder Kolumbus?«

»Sie sind weg...« Bonifacio wies mit einer ausholenden Gebärde auf die Stadt und sagte: »Die Häuser der Herrschaften sind geplündert, und in den Straßen siechen die Kranken dahin. Zum Glück haben die Wilden sich in die Berge verkrochen, aus Angst vor der Seuche, sonst hätten sie uns schon angegriffen. Der Admiral versprach, ein Schiff zu schicken, das Überlebende aufnehmen sollte, aber es ist keines gekommen. Bitte nehmt mich mit.«

Der Capitán gab ihm einen wütenden Fußtritt und fluchte laut.

»Verdammt noch mal! Womit habe ich das verdient? Warum hältst du deine schützende Hand vor diese elende Hure!« Damit sah er zum Himmel auf und stieß einen wütenden Schrei aus.

Seine Männer beobachteten ihn starr vor Entsetzen. Wie konnte der Mann, der sie anführte und ihnen Reichtum und Ruhm versprochen hatte, sich so vergessen? Ein Raunen flog durch die Gruppe, und schließlich sagte einer der Matrosen mit heiserer Stimme:

»Schöne Bescherung! Worauf warten wir noch?«

»Los, machen wir, daß wir wegkommen«, rief ein anderer Seemann. »Wenn hier die Pest umgeht, ist es das Beste, was wir tun können. Oder etwa nicht?«

Die letzten Worte waren an Capitán de Luna gerichtet, blieben jedoch unbeantwortet.

Schließlich sah der Capitán auf und sagte drohend:

»Wenn du mich angelogen hast, bringe ich dich um, und du stirbst den langsamsten und grauenhaftesten Tod, den du dir vorstellen kannst.«

»Ich lüge nicht, Herr«, antwortete Bonifacio. »Geht in die Stadt, und seht euch das Schauspiel an. Auf dem großen Platz türmen sich die Leichen, und die Kranken taumeln wie Schatten durch die Straßen. Es ist ein grauenhafter Anblick.«

»Es wird bald hell. Wenn ich dieses Schauspiel, von dem du mir erzählst, nicht mit eigenen Augen sehe, werde ich dich bei lebendigem Leib verbrennen.«

Der hinkende Bonifacio brachte sie bis zu den ersten Häusern der Stadt, doch dann weigerte er sich, auch nur einen Schritt weiter zu gehen. Die Männer standen vor den Toren und musterten eine verlassene Stadt, über der eigenartige schwarze Vögel kreisten. Ein widerlicher Gestank nach Kot und verwesenden Leichen hing in der Luft, und keiner der Männer, nicht einmal Capitán de Luna, wagte sich näher heran. Von weitem konnte man sehen, daß die Häuser langsam zerfielen, und selbst das Schloß des Admirals, das aus Steinen gebaut war, glich einer Ruine.

»Wahrlich, er hat recht«, sagte einer der Männer. »Da gibt es nichts mehr zu holen.«

»Seht euch das Schloß des Admirals an«, rief einer, der schon einmal auf Hispaniola gewesen war.

»Es stürzt ein, die Pest macht alles nieder!« gab ein anderer zurück.

»Hauen wir ab!« rief ein dritter. »Ich bin gekommen, um gegen Indianer oder Christen zu kämpfen. Gegen die Pest sind wir machtlos.«

»Was nun, Capitán?«

Capitán León de Luna warf einen letzten Blick auf die Ruinen der ersten Stadt in der Neuen Welt und schien einzusehen, daß er dort nicht das finden würde, was er suchte. Schließlich befahl er knapp:

»Zurück aufs Schiff!«

»Was wird aus dem Hinkebein?«

»Er soll auf das Schiff des Admirals warten. Er hat die Wahrheit gesagt und uns damit vor dem sicheren Tod bewahrt, aber er könnte schon angesteckt sein. Wir lassen ihn hier!«

Sie verschwanden in dem kleinen Palmenhain auf dem Weg zum Strand, wo die Karavelle auf sie wartete. Der hinkende Bonifacio sah ihnen von der Anhöhe eines Hügels aus nach und fragte sich immer wieder, woher er den Mut genommen hatte, dem Capitán eine derart dreiste Lüge aufzutischen.

Die Stadt Isabela war tatsächlich Monate zuvor verlassen worden. Die Bewohner hatten alles, was nicht niet- und nagelfest war, mitgenommen und eine Geisterstadt zurückgelassen. Die Tiere, die an der Schweinepest erkrankt waren, hatte man auf dem Platz vor dem Admiralssitz zusammengeführt und geschlachtet, daher stank es schon Meilen vor der Stadt nach faulendem Fleisch.

Doch nicht die Pest hatte die Stadt entvölkert, sondern das Goldfieber. Die ganze Kolonie war in eine neue Hauptstadt gezogen, nach Santo Domingo. Diese lag wenige Meilen vor den ergiebigen Goldminen, die Miguel Díaz entdeckt hatte.

»Capitán Alonso de Hojeda wird stolz auf mich sein«, sagte sich Bonifacio und schnalzte mit der Zunge.

Der hinkende Bonifacio hatte sich sehr verändert, seit er die Insel Gomera verlassen hatte. Die Jahre in der Neuen Welt hatten aus dem schüchternen und ängstlichen Jungen einen richtigen Mann gemacht. An der Seite von Mariana Montenegro, die er wie eine Mutter liebte, hatte er gelernt, zu kämpfen und sich durchzusetzen.

Gemeinsam hatten sie den Bauernhof aufgebaut, Gefahren getrotzt und schlechte wie gute Zeiten überstanden.

»Er wird auf dem kürzesten Weg nach Cádiz segeln, ohne sich weiter umzusehen, wie ich ihn kenne«, murmelte Bonifacio vor sich hin. »Und wenn er dort erfährt, daß es keine Pest gegeben hat, wird er ein drittes Mal hier auftauchen. Bis dahin muß sich Capitán Hojeda etwas einfallen lassen, sonst bleibt ihm nichts anderes übrig, als dem unverbesserlichen Kerl die Kehle durchzuschneiden.«

Wenige Tage darauf fuhr ein anderes Schiff in den Hafen der verlassenen Stadt Isabela ein. Es war die heruntergekommene Karavelle *La Dulce Noia*, das erste Sklavenschiff, das in der Neuen Welt eintraf. Verwundert sah sich der Kapitän um und fragte sich, was zum Teufel hier los war. Wo sollte er jetzt seine Ware loswerden? Von seinem Auftraggeber Licenciado Hernando Cejudo war keine Spur zu sehen.

Gerade als das Schiff im Begriff war, wieder auszulaufen, tauchte Bonifacio in einem kleinen Kanu auf und berichtete dem Kapitän von den Veränderungen. Dann bot er ihm an, das Schiff zu der neuen Hauptstadt zu geleiten.

Das Meer war ruhig. Ein stetiger Wind trieb sie schnell voran. Das Sklavenschiff durchquerte die Mona-Passage zwischen Hispaniola und Puerto Rico, segelte an der von Haifischen wimmelnden Küste entlang und ging schließlich an der Mündung eines dunklen Flusses vor Anker. An den Ufern und in der Bucht erkannte man die Umrisse Tausender von Menschen, die Steinhäuser, Schutzmauern und Anlegeplätze für die Schiffe errichteten. Hier wurde die endgültige Hauptstadt der Neuen Welt aus dem Boden gestampft.

Einige Wochen später fuhr der Capitán León de Luna in den Hafen von Cádiz ein und mußte verzweifelt feststellen, daß er wieder einmal zum Narren gehalten worden war. Eine kleine Flottille war gerade dabei, zur neuen blühenden Hauptstadt Santo Domingo auszulaufen.

»Yaaaaaa-cabo...! Yaaaaaa-cabo...!«

Der eigenartige Vogelschrei war wie der Schlüssel zu allen Türen, eine magische Formel, die Zorn und Angriffslust selbst der grausamsten Krieger beschwichtigte. Nur die Neugier der kleinen Kinder vermochte er nicht zu unterdrücken: Sobald sie das seltsame Paar entdeckten, liefen sie schreiend hinter ihm her und begleiteten es bis zur Grenze des Stammesgebietes. Dort warteten dann meistens schon die Kinder des nächsten Stammes.

Die kleinen Indianerkinder ließen sie nicht einen Augenblick aus den Augen. Cienfuegos wußte, daß er sie nicht vertreiben durfte, wenn er nicht gegen die Regeln der Pilgerreise verstoßen wollte. Sie durften überhaupt nicht sprechen, denn sie waren die Schatten riesiger Vögel, die das Fliegen verlernt hatten. Wenn der Hunger sie plagte, blieb ihnen nichts anderes übrig, als in der Nähe eines Dorfes zu bleiben und auf eine mildtätige Seele zu hoffen.

»Ich hasse diese Reise!« murmelte Cienfuegos in den seltenen Augenblicken des Alleinseins.

»Ich habe dich gewarnt...« antwortete Azabache. »Aber du hast nicht auf mich gehört.«

»Du hast mir nicht alles gesagt«, protestierte der Hirte aus Gomera. »Mein Gott, fühle ich mich lächerlich mit diesen Federn. Hoffentlich landen wir nicht aus Versehen im Kochtopf. Was glaubst du, wie weit es noch ist?«

»Ich habe keine Ahnung.«

Doch wie hätten sie es auch erfahren sollen? Sie durften sich ja nur mit einem lächerlichen Vogelschrei verständigen. Jedesmal wenn sie jemandem begegneten, gaben sie diesen Schrei von sich, und dann zeigten die anderen immer in dieselbe Richtung: nach Süden, ins Landesinnere.

Am sechsten Tag ihres Marsches gelangten sie zu einer hohen Bergkette. Sie ließen das Land der *pemones* hinter sich und überquerten einen kleinen reißenden Fluß mit Hilfe einer Hängebrücke. Doch als sie das Ende der Brücke erreichten, blieben sie vor Schreck wie angewurzelt stehen.

Der vor ihnen liegende Pfad war von Speeren gesäumt, auf denen getrocknete Menschenköpfe steckten. Sie hatten das Gebiet der kriegerischen *motilones* erreicht. Die Köpfe sollten jedem Eindringling signalisieren, daß er es mit keinem besonders gastfreundlichen Volk zu tun hatte.

»Keine Angst«, murmelte Azabache, als sie Cienfuegas Mißtrauen spürte.»Sie werden uns nichts tun.«

»Ich weiß«, antwortete Cienfuegos.

Doch die Feindseligkeit dieses Stammes zeigte sich nicht auf den ersten Blick, sondern als leise, unsichtbare Bedrohung, die sie ständig begleitete.

Während des ganzen beschwerlichen Marsches bekamen sie nicht einen *motilone* zu Gesicht. Jeder Schritt, den sie taten, war ein Schritt ins Nichts, jede Nacht, die sie im Freien verbrachten, war eine Nacht voller Angst. Denn die *motilones* waren da. Das war deutlich zu spüren. Aber kein einziges Zeichen verriet ihre Anwesenheit.

Der schmale Pfad durch den dichten Urwald, dem alle Pilger auf dem Weg zum »Großen Weißen« folgen mußten, war eigentlich gefahrlos, abgesehen von ein paar giftigen Schlangen und hin und wieder einem steilen Abgrund. Und doch hatte man ständig das Gefühl, von einer unsichtbaren Macht kontrolliert zu werden.

Cienfuegos war von der Weisheit des primitiven, unsichtbaren Volkes, das ohne die geringste Gewaltanwendung, ohne Schreie oder Drohgebärden seine Feinde derart einschüchtern konnte, tief beeindruckt.

»Der Tod hängt förmlich in der Luft«, sagte er eines Nachts, als sie wegen der drückenden Hitze nicht einschlafen konnten. »Diese Hundesöhne haben wirklich eine perfekte Methode entwickelt, um noch den tapfersten Krieger einzuschüchtern.«

»In meinem Land werden die Leichen tapferer Krieger verbrannt, und die Asche wirft man in den Fluß, damit ihre Körper nicht verwesen und von Insekten zerfressen werden.«

»Würdest du gerne so sterben?«

»Sicher!« antwortete Azabache und legte die Hand auf den Bauch, um die Bewegungen des Kindes zu spüren. »Was würde von uns übrigbleiben, wenn sich unsere Asche mit den Fluten vermischte?«

»Die Erinnerung.«

»Und ist das gut?« fragte Azabache. »Die Erinnerung an jene, die wir liebten und die nicht mehr da sind, ist immer schmerzlich.« Plötzlich stieß sie einen Schrei aus. »Es hat mich getreten!«

Sie griff nach Cienfuegos' Hand und legte sie auf ihren Bauch.

»Spürst du es?«

Cienfuegos nickte schweigend.

Azabache sah ihn mit großen, dunklen Augen an und fragte zuversichtlich:

»Glaubst du, es wird weiß geboren?«

»Es wird dein Kind sein. Das sollte genügen!«

»Aber was hätte es als schwarzes Kind für eine Chance in diesem Land?«

»Was spielt das im Augenblick für eine Rolle?« gab Cienfuegos zurück. »Wir irren mitten durch einen tödlichen Dschungel und sind umgeben von grausamen wilden Kriegern, die uns mit Schrumpfköpfen empfangen. Aber immerhin leben wir noch. Und wir sind gesund.«

Schließlich fanden Cienfuegos und Azabache doch noch ein wenig Schlaf, obwohl sie wußten, daß ihnen der nächste Tag nichts Angenehmes bringen konnte. Am Morgen ging der mühsame Marsch durch das Dornengestrüpp des Urwalds und in der unerträglich feuchten Hitze weiter.

Schließlich bestiegen sie am Nachmittag des achten Tages einen hohen Berg, der sich über den hügeligen Dschungel erhob und einen weiten Ausblick versprach. Dort entdeckten sie ihn.

»Der ›Große Weiße‹!«

Er war beeindruckender, als sie es sich je hätten träumen lassen, größer und schöner im Licht der untergehenden Sonne als alles, was sie je gesehen hatten. Der Schnee auf der Kuppe glänzte rosafarben und bildete einen harten Kontrast zu den schwarzen Basaltfelsen, die aus dem Gletschereis aufragten.

Sie standen da wie gelähmt und starrten in die Ferne. Sie konnten es einfach nicht glauben, daß der »Große Weiße«, den sie gesucht haten, ein schroffer, kalter Berg war.

»Mein Gott!« seufzte Cienfuegos schließlich.

Azabache brachte kein Wort heraus. Ihre Enttäuschung und Verzweiflung waren so groß, daß sie an Cienfuegos Halt suchen mußte, um nicht den Abhang hinabzustürzen.

»Alles umsonst!« rief Cienfuegos. »Es ist nur ein Berg.«

»Aber er ist weiß!« sagte Azabache mit neu erwachendem Mut. »Das muß es sein. Da oben werden nur weiße Menschen geboren, deshalb ist alles so weiß.«

»Ach, das ist doch nur Schnee«, winkte Cienfuegos ab.

»Schnee?« fragte Azabache. »Was ist das?«

»Ganz genau weiß ich das auch nicht«, räumte Cienfuegos

ein. »Aber von Gomera aus konnte man an klaren Tagen einen hohen Berg sehen. Im Winter war die Spitze weiß, und die Menschen sagten, es sei Schnee. Gefrorenes Wasser.«

Azabache warf ihm einen mißtrauischen Blick zu.

»Gefrorenes Wasser?« wiederholte sie leise. »Wie kann das gefrorenes Wasser sein? Wasser fließt. Es kann nicht an einem Berg klebenbleiben. Da müssen die Götter ihre Hand im Spiel haben.«

Cienfuegos hockte sich auf den Boden, so wie er es von den Indianern gelernt hatte, und sagte nachdenklich:

»Da könntest du recht haben. Die Bewohner von Teneriffa, der Nachbarinsel, wo dieser Berg steht, von dem ich dir erzählt habe, verehren ihn wie einen Gott. Aber nicht wegen des weißen Wassers, sondern wegen des Feuers, das er gelegentlich spuckt.«

»Glaubst du, daß der ›Große Weiße‹ auch Feuer spucken kann?«

Cienfuegos zuckte die Achseln.

»Wer weiß?« Er schwieg lange und beobachtete, wie die Sonne langsam hinter der Bergkette zu seiner Rechten versank. Als sie völlig verschwunden war, sagte er: »Was sollen wir jetzt machen?«

»Wir ruhen uns aus...«, antwortete Azabache und ließ sich neben ihn fallen. »Morgen geht es weiter.«

»Wozu? Es ist doch nur ein Berg.«

»Wenn die *cuprigueris,* die *motilones,* die *timotes* und alle anderen Stämme glauben, er hätte magische Kräfte, dann muß etwas Wahres dran sein.«

»Sie sind primitive Indianer voller Aberglauben.«

Azabache sah ihn an und sagte mit fester Stimme:

»Ich war so primitiv und abergläubisch, daß ich bis hierher kam, jetzt werde ich nicht noch dümmer sein und kurz vor dem Ziel wieder umkehren. Willst du nicht wissen, wie Schnee aussieht?«

Cienfuegos warf einen Blick auf die dunklen Abgründe, die tiefen Gletscherspalten und steilen Hänge, die zwischen ihnen und dem majestätischen »Großen Weißen« lagen, und antwortete mit unbehaglichem Gefühl:

»Neugierig bin ich schon, aber ich glaube, daß du es sehr schwer haben dürftest in deinem Zustand.« Er schwieg einen Augenblick und fuhr dann fort: »Dieser Berg gefällt mir nicht. Irgend etwas Unberechenbares und Bedrohliches geht von ihm aus. Komm, laß uns umkehren.«

Seine Stimme klang so flehentlich, daß Azabache ihn verwirrt ansah. So kannte sie ihn gar nicht.

»Hast du Angst?« fragte sie schließlich.

»Nein, nur eine böse Vorahnung«, murmelte Cienfuegos besorgt.

Sie strich ihm sanft übers Haar und sagte:

»Du brauchst dir keine Sorgen zu machen. Mein Kind und ich sind bei dir. Wir lassen nicht zu, daß dieser Berg dir etwas antut.« Sie tippte ihm auf die Nase und fuhr fort: »Vertraust du mir?«

Cienfuegos wollte ihr schon antworten, daß er sich gerade um sie und das Kind sorgte, doch dann besann er sich eines Besseren und schwieg.

Die ganze Nacht blieb er nervös und wachsam. Hunger, Erschöpfung und eine unerklärliche Niedergeschlagenheit begleiteten ihn wie unbeirrbare Moskitos und gönnten ihm keine Sekunde Ruhe.

So überraschte ihn das Morgengrauen, als er nachdenklich das schwarze Gesicht neben sich betrachtete, das langsam aus den Schatten der Nacht auftauchte. Er war schon immer ein Frühaufsteher gewesen, der sogar noch vor seinen Ziegen auf den Beinen war, und er liebte diese frühe Dämmerstunde. Und jedesmal war er aufs neue überrascht zu sehen, wie die Welt innerhalb kürzester Zeit vor ihm Gestalt annahm.

Cienfuegos bedauerte, daß in der Neuen Welt die Dämmerung so rasch verflog. Es war ihm nicht entgangen, daß sie immer kürzer wurde, je weiter sie nach Süden kamen. Doch sosehr er sich auch den Kopf darüber zerbrach, er konnte es sich nicht erklären.

In solchen Augenblicken vermißte er immer seine Freunde Juan de la Cosa und Luis de Torres, die für fast alles eine logische Erklärung hatten. Und er fragte sich, ob er sie jemals wiedersehen würde. Er wollte noch so viel von ihnen lernen.

Woraus bestand der Schnee tatsächlich, und wie groß war die Möglichkeit, daß das Kind in Azabaches Bauch weiß zur Welt kam? Hatten die Götter Einfluß darauf? Auf all diese Fragen hätten seine Freunde sicherlich eine Antwort gewußt.

Azabache seufzte leicht im Schlaf und streckte sich.

Er beobachtete sie. Sie war ihm wie die Schwester, die er nie gehabt hatte, wie seine Mutter, seine Tochter, seine Beschützerin und zugleich ein Wesen, das er beschützen mußte. Sie war die einzige Nabelschnur, die ihn noch mit der Welt verband. Und außer der Erinnerung an Eva war sie der einzige Grund, warum er noch unter den Lebenden weilte.

Und jetzt hatte er Angst um sie.

Ihre Schwäche schien von Tag zu Tag zuzunehmen, als raubte das Kind in ihrem Bauch ihr alle Kraft. Nach den langen Märschen durch den Dschungel, all den Strapazen und Entbehrungen sah sie mittlerweile aus wie ein Häufchen Elend.

Sie war nicht länger das unbeschwerte junge Mädchen, das sich um nichts zu sorgen schien. Man hätte meinen können, daß die Schwangerschaft sie verwandelt hatte und nicht nur ihren Körper verunstaltete, sondern auch ihre Seele.

Später, als eine leuchtende Sonne die Landschaft in rotes

Licht tauchte, stand Cienfuegos auf und trat unter einen Regenbaum, von wo aus er den Abgrund studierte, den sie als nächstes durchqueren mußten. Wie sollte er das bloß schaffen mit einer schwangeren Frau?

Für ihn war es kein Problem. Er war in den Bergen von Gomera aufgewachsen und konnte mit Hilfe eines Stabes Abgründe überspringen und Berghänge hinabgleiten, doch wie sollte Azabache die schroffen Gipfel erklimmen oder gar von einem Felsen zum anderen springen?

»Verdammter Mist!« fluchte er leise.

Plötzlich spürte er, daß ihn ein erschöpftes Augenpaar beobachtete. Er ließ sich nichts anmerken und tat, als wäre nichts, drehte sich um und fragte:

»Wie fühlst du dich?«

»Wie soll ich mich fühlen? Wie eine Verrückte, die schwanger ist und sich obendrein in den Kopf gesetzt hat, Bergsteigerin zu werden«, lachte Azabache. »Brechen wir auf?«

Cienfuegos nickte und entledigte sich seiner Federkleidung.

»Ich nehme an, die brauchen wir nicht mehr«, sagte er und hob einen langen Ast vom Boden, der ihm als Stab dienen sollte.

Dann machten sie sich auf dem Weg, doch bald mußte Cienfuegos einsehen, daß das Ganze noch schwieriger war, als er befürchtet hatte. Das Gestein war rutschig, und der steile Abstieg erforderte all seine Kräfte. Er mußte Azabache Meter um Meter hinuntertragen, sonst wäre sie ausgerutscht und in den reißenden Fluß gestürzt, der wütend durch die Schlucht schäumte.

Irgendwann hob er den Blick und sah nach oben. Dort, wo sie den Abstieg begonnen hatten, konnte er winzige Gestalten ausmachen. Es waren Indianer. Sie waren bewaffnet und hatten aschgraue Gesichter. Aufmerksam beobachteten sie die Fremden, und Cienfuegos hatte das unbehagliche Gefühl, als warteten sie nur darauf, daß einer von ihnen einen falschen Schritt tat und beide in den Abgrund stürzten.

Es waren *motilones*, die sich schließlich doch zeigten, als wollten sie zum Abschluß noch einmal ihre Macht beweisen.

Sie hätten ihre Pfeile abschießen können oder Steine den Hang hinunterrollen lassen, um die Eindringlinge zu töten. Doch sie beschränkten sich darauf, reglos dazuhocken und mit großem Interesse die gefährliche Kletterpartie zu verfolgen.

Cienfuegos erzählte Azabache nichts von seiner Entdekkung, denn er wollte sie nicht noch mehr beunruhigen. Erst als sie hinter einem riesigen Felsen verschwanden, atmete er erleichtert auf.

Am frühen Nachmitttag gelangten sie zum Fuß des Berges, wo der reißende Strom dahinschoß, an dessen Ufern Tausende von eigenartigen Vögeln nisteten. Voller Freude begannen sie, Eier zu sammeln, um ihren Hunger zu stillen.

Am nächsten Tag suchten sie eine Stelle, wo sie den Fluß überqueren konnten, und marschierten viele Stunden am Ufer entlang, bis sie an eine breite Flußbiegung kamen. Dort war das Wasser seicht und voller Stromschnellen. Es glich einer riesigen Pfanne, in der sich Hunderte von Fischen tummelten. Man brauchte sie nur mit den Händen zu pakken. Über dem Wasser flogen Scharen von weißen Reihern, angelockt von der Aussicht auf leichte Beute.

Cienfuegos beschloß, hier Rast zu machen. Es gab Nahrung im Überfluß, und es hatte den Anschein, als seien sie in dieser Gegend vor unliebsamen Überraschungen sicher.

»Hier könnten wir warten, bis das Kind geboren ist«, schlug er vor, nachdem er in dem eiskalten Wasser ein kurzes Bad genommen hatte. »Hier gibt es Eier, Fische und sogar Früchte. Was kann man mehr verlangen?«

Azabache warf einen Blick zum »Großen Weißen« und antwortete nachdenklich:

»Gut, aber zuerst müssen wir hinauf und den ›Großen Weißen‹ bitten, meinem Kind beizustehen.«

»Glaubst du denn wirklich, ein Berg würde dich erhören?« wandte Cienfuegos ein. »Hör endlich auf zu träumen! Was ist, wenn sich die alten Frauen aus dem Dorf diese Geschichte nur ausgedacht haben, um dich loszuwerden? Vielleicht haben sie dich reingelegt?«

»Daran habe ich auch schon gedacht. Ganze Nächte habe ich mir den Kopf zerbrochen, aber ich kann nicht glauben, daß Yakaré das zugelassen hätte.«

»Yakaré hatte doch keine Ahnung von dieser Reise.«

»Das stimmt«, gestand Azabache. »Yakaré hat nichts davon gewußt.« Und fuhr dann flüsternd fort: »Sonst hätte er mich nicht gehen lassen.« Sie sah ihm in die Augen. »Aber was meinst du, vielleicht hätte er auch nichts unternommen, wenn er davon erfahren hätte.«

Beide schwiegen eine Weile und sahen auf das Wasser, bis Azabache schließlich sagte: »Manchmal glaube ich, daß er mich am Anfang mochte, weil ich so anders bin als die anderen Frauen hier. Aber aus demselben Grund könnte er sich wieder von mir abgewendet haben. Es ist sehr schwer, als Schwarze unter Weißen zu leben.«

»Es liegt weniger an der Farbe als an der Tatsache, daß du anders bist«, tröstete sie der Hirte aus Gomera. »Die Einheimischen und die Spanier haben fast dieselbe Hautfarbe, aber sie kommen trotzdem nicht miteinander aus.« Cienfuegos spuckte ins Wasser. »Ich verstehe es nicht. Für mich sind sie alle gleich.«

Da hatte er recht. Darin unterschied sich Cienfuegos wirklich von seinen Landsleuten, vielleicht weil er selbst ein Mischling war als Sohn einer Guanche und eines Festlandspaniers. Wenn er nicht so offen für alles Neue gewesen wäre, hätte er die turbulenten Veränderungen in seinem Leben niemals meistern können.

Alles, was es zu lernen gab, hatte er aufgesogen wie ein Schwamm, egal aus welcher Ecke es kam. Deshalb hatte er überlebt, deshalb hatte er sich seinen Humor bewahrt, allein deshalb hatte er noch die Hoffnung, eines Tages nach Spanien zurückzukehren, wo die Frau, die er über alles liebte, auf ihn wartete.

Sie blieben einige Tage am Rastplatz, um neue Kräfte zu sammeln, aber bald wurde Azabache unruhig, und Cienfuegos sah ein, daß er sie nicht länger zurückhalten konnte. Sie drohte, den Berg alleine zu besteigen.

»Ich muß hinauf. Ich muß den ›Großen Weißen‹ bitten, mein Kind zu beschützen. Danach komme ich zurück, damit es hier geboren wird.«

Also begannen sie mit dem Aufstieg. Es war vielleicht die härteste Probe, die eine Mutter jemals für ihr Kind zu bestehen hatte.

Die Nacht verbrachten sie auf einem Vorsprung, der nicht einmal zwei Meter breit war. Wieder konnte Cienfuegos kein Auge zutun, da er sich um Azabache Sorgen machte. Sie kam ihm vor wie in Trance. Ihr ganzes Verhalten, jede einzelne Bewegung waren unberechenbar geworden.

Die durchwachte Nacht machte den Aufstieg am nächsten Morgen für Cienfuegos zur Qual. Schließlich gelangten sie zu einem flachen Plateau. Dort ließ er sich fallen und schlief vor Erschöpfung ein.

Als er aufwachte, saß Azabache neben ihm. Sie war nicht von seiner Seite gewichen. Er sah sie an und fragte:

»Ist alles in Ordnung?«

Sie nickte und sah zum Himmel auf.

»Abgesehen von den verdammten Vögeln, ja. Sie kreisen die ganze Zeit über uns. Unheimlich!«

»Es sind Schwalben«, beruhigte er sie.

»Schwalben?« fragte sie. »So groß?«

»Wer weiß? Hier nennt man die Eidechsen Kaimane. Sie sind hundertmal größer als unsere Eidechsen und fressen Menschen auf. Vielleicht sind diese ›Schwalben‹ also auch gefährlich. Laß uns lieber verschwinden.«

Sie marschierten weiter, und mit jedem Schritt nahm die Kälte zu. Nachdem sie mehrere Stunden bergauf gestiegen waren, gelangten sie an einen See. Tiefe Wolken hingen über dem Wasser, und ein eisiger Wind raubte ihnen den Atem.

»Verflucht!« rief Cienfuegos, als er stehenblieb, um zu pinkeln. »Gestern noch sind wir vor Hitze fast umgekommen, und jetzt ist es so kalt, daß ich kaum meine Blase entleeren kann. Lieben könnte man sich hier oben nicht, selbst wenn man wollte.«

»Man kommt nicht her, um sich zu lieben, sondern um zu beten«, antwortete Azabache ungeduldig. »Kannst du denn an nichts anderes denken?«

»Im Moment denke ich an etwas ganz anderes. Im Moment läge ich am liebsten in der Wüste in der Sonne. Die furchtbarste Hitze ist besser als diese Kälte.«

Als hätten die Götter seine Worte erhört, riß der starke Nordwind die Wolken auf und flaute wenig später ganz ab. Nun drohte sie die sengende Äquatorsonne zu verbrennen, die in der dünnen Luft auf viertausend Meter Höhe besonders erbarmungslos wirkte.

Der abrupte Temperaturwechsel betrug mindestens vierzig Grad. Es war ein derartiger Schock, daß selbst die schwarzen Felsen aufstöhnten, und während der nächsten Stunden konnte man gelegentlich hören, wie sie barsten.

Dunkelgrüne Echsen, die aussahen wie kleine Teufelchen, flitzten plötzlich aus ihren Felsspalten und sogen aus den wütenden Strahlen der Sonne neue Lebenskraft.

Doch sobald sich eine Wolke vor die Sonne schob, fiel die

Temperatur innerhalb weniger Augenblicke. Die Tiere verschwanden so urplötzlich, wie sie aufgetaucht waren, und die beiden Menschen hatten das Gefühl, ein glühendes Eisenstück zu sein, das man aus dem Feuer nahm und ins kalte Wasser steckte.

»Elegba! Elegba!« stöhnte die Afrikanerin. »Warum tust du uns das an?«

Sie bot einen herzzerreißenden Anblick, wie sie da vor ihm stand mit ihrem dicken Bauch, den dünnen Armen und Beinen und den Schürfwunden, die sie sich beim Klettern am ganzen Körper zugezogen hatte. Ihre Augen waren rot unterlaufen und ihre Lippen von Sonne und Kälte gesprungen.

»Laß uns umkehren!« sagte Cienfuegos und dachte nicht an seine eigene Müdigkeit, sondern nur an seine Begleiterin. »Laß uns umkehren, bitte!«

»Wir haben es doch gleich geschafft.«

»Geschafft? Das ist doch nur ein verdammter Berg.«

»Nein!« entgegnete Azabache. »Es ist mehr als ein Berg. Ich weiß es.«

»Berg ist Berg, ob hier oder auf Gomera. Und ich glaube nicht, daß es sich lohnt, das Leben zu riskieren, nur um auf diesen Berg gestiegen zu sein.«

Er kratzte sich am Ohr und hielt plötzlich einen großen Hautfetzen zwischen den Fingern. Es sah aus, als hätte er zuvor eine Maske getragen.

»Lieber Himmel!« rief er erschrocken. »Was ist das?«

Die Afrikanerin lachte.

»Das ist der Nachteil, wenn man weiß ist. Sonne und Wind haben dich völlig verbrannt. Jetzt pellst du dich.« Sie kratzte sich im Gesicht und zeigte ihm ihre Nägel. »Das kann mir nicht passieren.«

»Wie ich schon sagte, hier ist alles möglich«, murmelte Cienfuegos wütend. »Bald werde ich nur noch Haut und

Knochen sein. Wetten, daß ich morgen als Kahlkopf wach werde? Verdammte Kälte.«

Nach einer Weile machten sie sich wieder auf den Weg. Sie marschierten langsam, wie verletzte Tiere oder Betrunkene. Sie stolperten, fielen hin, rappelten sich wieder auf, taumelten, und als sich Cienfuegos nach einer Weile umdrehte, sah er, daß Azabache völlig vom Weg abgekommen war und wie in Trance in eine andere Richtung ging.

Er schrie ihr nach, doch die Höhe und der Wind verschluckten seine Worte. So blieb ihm nichts anderes übrig, als kehrtzumachen und ihr nachzulaufen. Als er sie eingeholt hatte, mußte er sie festhalten und zwingen, die richtige Richtung einzuschlagen.

Zwei Stunden später standen sie fassungslos vor dem ersten Schnee.

Sie betrachteten die weiße Masse und wagten nicht, sie zu berühren. Sie schien ihnen irgendwie bedrohlich. Wieder einmal war die Sonne zum Vorschein gekommen, und die Hitze wurde unerträglich. Schließlich nahm Cienfuegos all seinen Mut zusammen und hob etwas Schnee auf. In kurzer Zeit war er in seiner Hand geschmolzen.

»Es ist ja doch Wasser!« rief Azabache überrascht.

»Meine Rede«, gab Cienfuegos zurück. »Wasser, das die Kälte erstarren ließ.«

»Wie seltsam!« Azabache hatte sich auf einen Felsen gesetzt und betrachtete die bizarre Landschaft. Schwarze Basaltfelsen ragten wie spitze Keile aus dem gefrorenen Boden. »Als ich klein war, bestand die Welt für mich nur aus Dschungel und dem See, an dem wir wohnten. Später entdeckte ich das Meer, dann die Wüste und jetzt das.« Sie hob den Blick und fragte: »Ob es noch mehr gibt?«

Cienfuegos setzte sich neben sie und formte aus dem Schnee eine Kugel. Er zuckte die Achseln.

»Keine Ahnung. Manchmal frage ich mich, ob es überhaupt gut ist, all dies zu entdecken. Ehrlich gesagt, ich wäre viel lieber auf Gomera geblieben.« Er wies mit einer breiten Gebärde auf die Umgebung. »Was haben wir hier zu suchen? Kannst du mir das verraten?«

»Ich weiß, was ich suche«, antwortete Azabache und fing an, sich den nackten Bauch mit Schnee einzureiben. »Vielleicht wird es weiß. Was glaubst du?«

Cienfuegos schüttelte pessimistisch den Kopf.

»Wird dein Bauch etwa weiß davon?«

»Vielleicht dauert es eine Weile.«

»Es ist doch nur Wasser«, sagte er verächtlich. »Du hast es gesehen, du hast es angefaßt, es ist nur Wasser. Und wenn wir hier die Nacht verbringen, werden wir vor Kälte sterben.«

»Ich wußte nicht, daß man vor Kälte sterben kann.«

»Ich auch nicht«, antwortete Cienfuegos. »Aber ich wußte auch nicht, daß es einen Ort wie diesen gibt. Kehren wir um.«

Azabache schüttelte den Kopf und fuhr fort, den kalten Schnee auf ihren Bauch zu häufen.

»Du kannst umkehren. Ich habe keine Kraft mehr dazu. Weiter oben muß es irgendwo eine Höhle geben, wo man Schutz finden kann. Sonst wäre es keine Stätte für Pilger.«

Cienfuegos sah ein, daß sie tatsächlich nicht imstande war, den langen Rückweg zu bewältigen. Er schaute zum Himmel auf. Noch etwa zwei Stunden, bis die Sonne unterging.

»Ja«, sagte er. »Ich glaube, du hast recht. Es ist besser weiterzumarschieren.« Er zeigte mit dem Finger auf zwei riesige Kondore, die über ihnen kreisten. »Die beiden scheinen es auf uns abgesehen zu haben.«

Als sie mit ihren bloßen Füßen durch den Schnee gingen, bekamen sie es mit der Angst. Anfangs reichte ihnen die weiße Masse nur bis zu den Knöcheln, doch bald wurde sie tiefer, und schließlich versanken sie bis zur Hüfte im Schnee.

Dann erreichten sie einen breiten Geröllstreifen. Hier lag kein Schnee, und sie atmeten erleichtert auf. Ihre Füße waren blutig und schmerzten. Beide zitterten vor Kälte am ganzen Körper. Cienfuegos blickte auf und erkannte, daß sie direkt vor dem »Großen Weißen« standen. Er sah aus wie ein Gesicht. Zwei tiefe Höhlen bildeten die Augen, und etwas tiefer war der schiefe Mund, eine riesige Felsspalte.

Mit letzter Kraft schleppten sie sich weiter bis zu dem Eingang der Spalte, die länger als zehn Meter und mindestens sechs Meter hoch war. Dort blieben sie stehen, unschlüssig, ob sie sich hineinwagen sollten oder nicht.

Sie hatten es geschafft. Sie waren zum Ziel aller Pilger gelangt, und sie wußten es, denn wie in einer Erleuchtung begriffen sie plötzlich das Symbol. Das wahre Geheimnis, von dem die Legende erzählte, verbarg sich in seinem Inneren.

Langsam tasteten sie sich vor. Ihre Angst war groß, und der Boden bestand aus einer von Wind und Feuchtigkeit glattgeschliffenen Platte. Sie drangen in die Höhle ein und wandten sich nach links. Nach wenigen Metern befanden sie sich in einem riesigen Raum, der so groß war wie ein Kirchenschiff.

Es dauerte eine Weile, bis sich ihre Augen an die Dunkelheit gewöhnt hatten. Schließlich erkannten sie verblüfft, daß in der riesigen Höhle viele Menschen saßen, die sie aus unzähligen Augenpaaren anstarrten. Doch bald wurde ihnen klar, daß diese Menschen vielleicht schon seit Jahrhunderten da waren. Sie schienen den Eingang zur Höhle zu bewachen.

Es war entsetzlich kalt in der Höhle. Doch es herrschte eine andere Kälte als draußen, trockener und konstanter, so daß die Leichen keinerlei Anzeichen von Verfall aufwiesen. Die Toten sahen aus, als hätten sie noch vor wenigen Minuten gelebt oder erst in der Bewegung innegehalten, als die beiden Fremden in die Höhle eindrangen.

Weder Cienfuegos noch Azabache brachten ein einziges Wort heraus. Sie zitterten vor Kälte, ihre Glieder schmerzten, und so stolperten sie durch die Höhle und betrachteten diese Galerie toter Wächter. Die meisten waren offensichtlich sehr alt geworden, wahrscheinlich berühmte Kaziken und Häuptlinge, doch es gab auch einige Frauen darunter und viele Krieger, deren Körper von Wunden bedeckt waren.

Sie alle saßen halbnackt und von Blumengirlanden geschmückt auf den Felsen und hielten eigenartige Vögel in den Händen. Sie bildeten einen großen Kreis um einen alten Mann mit langem Bart und weißem Haar, der im Zentrum der Höhle auf einem aus dem Eis gebrochenen Altar lag.

Cienfuegos blieb vor ihm stehen, doch wagte er nicht, ihn zu berühren. Von Kälte und Angst überwältigt, kehrten er und Azabache schließlich zum Höhleneingang zurück, wo sie sich in der untergehenden Sonne aufwärmten.

Ohne ein Wort stiegen sie den Hang wieder hinab, stapften durch die schneebedeckte Landschaft und entdeckten eine halbe Meile entfernt einige Höhlen, die offenbar schon früher von Pilgern benutzt worden waren. In einer der kleinen Höhlen stießen sie auf eine Feuerstelle und einige Holzscheite. Sie machten es sich so gut es ging bequem, und Cienfuegos entzündete ein Feuer, so wie es ihn sein alter Freund Papepac gelehrt hatte.

Die Nacht war bereits fortgeschritten, als das kleine Feuer prasselte und sie die ersten Worte wechselten. Cienfuegos rieb sich die Hände uund machte aus seiner Verwirrung keinen Hehl.

»Ich habe schon viel erlebt, aber das war schlimmer als alles zuvor. Diese Mumien machen mir mehr Angst als eine Horde Kannibalen.«

»Es war das Schönste, das ich je gesehen habe«, sagte Azabache gedankenverloren.

»Was sagst du da?« fragte Cienfuegos entsetzt.

»Daß es wunderschön ist. Es ist ein Ort, an dem der Tod besiegt wurde.«

»Keiner von ihnen hat den Tod besiegt«, entgegnete der Hirte aus Gomera. »Ich habe den Tod noch nie so nah gespürt wie in dieser gottverlassenen Höhle. Das einzige, was sie erreicht haben, ist, daß ihre Leichen nicht verwesen.« Er hielt inne und fuhr dann fort: »Aber warum? Wahrscheinlich ist es sogar den Würmern zu kalt.«

»Blödsinn!« sagte Azabache gelassen. »Es ist ein Wunder.«

»Ein Wunder?« wiederholte Cienfuegos verächtlich. »Daß ich nicht lache. Ein Wunder! Es liegt an der Kälte. Irgendwie konserviert sie die Körper.«

»Nein! Es ist ein Wunder des ›Großen Weißen‹. Er erhält die Körper der Menschen, die im Leben gerecht waren.«

»Und was ist mit den Vögeln?« fragte Cienfuegos ungeduldig. »Glaubst du etwa, es gibt gute und böse Vögel im Leben? Ich sage dir, es liegt an der Kälte. In der Hitze verwesen die Körper viel schneller. Die Kälte hält diesen Prozeß eben auf. Ist doch ganz einfach. Man lernt eben ständig dazu. Wenn es so weitergeht, werde ich doch noch ein weiser Mann.«

»Du bist ein Dummkopf, der nicht mal seinen eigenen Augen traut. Diese Höhle ist ein heiliger Ort. Dort geschehen Wunder.«

»Was für Wunder?« wollte Cienfuegos wissen. »Was haben die Toten davon? Gar nichts. Wunder sind für die Lebenden da, den Toten nützen sie nicht.«

»Ich weiß nicht, welche Wunder«, gab Azabache zu. »Aber wir sind hergekommen, um es herauszufinden, oder? Der große Mann auf dem Altar, der mit dem langen Bart, das muß der ›Große Weiße‹ sein.« Sie hielt inne und sagte dann leise: »Gott.«

»Gott?« fragte Cienfuegos. »Der Kerl? Wenn Gott so steif ist wie der, dann verstehe ich, warum es so viel Elend auf der Welt gibt«, fuhr er boshaft fort. »Der Mann ist kein Eingeborener. Er scheint einer von uns zu sein. Ich meine, einer von meinen Leuten. Das weiße Haar... der lange Bart.«

»Du meinst, ein Spanier?« fragte Azabache abfällig. »Willst du mir sagen, daß er kein Gott, sondern ein dreckiger Spanier ist?«

»Nicht unbedingt ein Spanier«, rechtfertigte sich Cienfuegos. »Vielleicht ein Deutscher, ein Portugiese oder ein Italiener. Was weiß ich! Es gibt viele Weiße.«

»Und wie ist er hierhergekommen?«

»Weiß der Teufel!«

»Gehörte er zur Mannschaft des Admirals?«

»Nein, bestimmt nicht. Ich habe ihn nie gesehen. Außerdem glaube ich, daß der Bursche uralt ist.«

»Wieso?«

»Ich habe nicht gesagt, daß ich es weiß«, antwortete Cienfuegos ungeduldig. »Ich glaube es nur. Ich weiß nicht, woher er kam oder wer er war, aber eines scheint mir ganz klar: Dieser Mann war kein Gott, und bestimmt kann er keine Wunder bewirken.«

»Aber ich brauche ein Wunder für mein Kind«, sagte Azabache starrköpfig. »Was sollen wir sonst in diesem Land? Nicht mal das Volk seines Vaters will es. Siehst du denn nicht, in welcher Lage wir uns befinden? Wenn das Kind nicht weiß ist, können wir nicht in das Dorf der *cuprigueris* zurück. Mein Kind und ich wären dazu verurteilt, auf ewig durch den Dschungel zu irren, den Raubtieren und Wilden auf Gnade und Ungnade ausgeliefert.«

Doch Cienfuegos konnte ihr darauf auch keine Antwort geben.

Im Geiste stellte er sich vor, wie er mit einer verzweifelten Frau und einem kleinen schwarzen Bengel durch die unwirtliche Landschaft irrte, und kam zu dem Schluß, daß sie in der Tat eines Wunders bedurften. Doch wußte er aus Erfahrung, daß Wunder an diesem Ende der Welt äußerst selten waren.

Außerdem war er fest davon überzeugt, daß der weiße Mann in der Höhle kein Gott, sondern ein Mensch gewesen war, den die Einheimischen verehrt hatten. Deshalb hatten sie ihn konservieren wollen.

Woher er gekommen war, würde ein ewiges Geheimnis bleiben, doch Cienfuegos erinnerte sich an den Mast eines großen Schiffes, den sie auf der Überfahrt in die Neue Welt im Meer hatten treiben sehen. Es konnte sein, daß andere Europäer vor ihnen hier gewesen waren. Jedenfalls war es nicht mit Sicherheit auszuschließen.

Der rätselhafte Mann mußte bis zu seinem Tod unter den Einheimischen gelebt haben. Da sie ihn möglicherweise wegen seiner Weisheit oder Güte verehrten, hatten die Indianer beschlossen, ihn auf den Berg zu bringen und dort zu bestatten. Und nur den tapfersten Kriegern, den Kaziken und vielleicht ihren Ehefrauen war es gestattet, neben ihm die letzte Ruhe zu finden.

So zumindest versuchte Cienfuegos, sich das Mysterium um den weißen Mann und die Höhle zu erklären. Er war es gewohnt, Probleme praktisch anzugehen, und hielt nichts von Wundern. Deshalb malte er sich aus, wie sie am nächsten Morgen den Berg hinabsteigen und an der flachen Flußbiegung die Geburt des Kindes erwarten würden.

Doch mit dem Morgengrauen kam auch die Kälte. Ein eisiger Wind aus der Hochebene blies durch die Höhle. Dunkle Wolken tauchten die Landschaft in ein tiefes Grau. Sie kündigten einen Schneesturm an.

Cienfuegos versuchte Azabache zu überzeugen, daß sie so schnell wie möglich den Abstieg beginnen mußten, doch sie war nicht einmal mehr in der Lage, auch nur hundert Meter zu gehen. Der erste Windstoß würde sie umwerfen.

In diesem Augenblick fielen die ersten dicken Schneeflocken vom Himmel und füllten die Landschaft, den Himmel und die Luft mit ihrem wilden, weißen Treiben. Die beiden beobachteten das ungewohnte Schauspiel wie gelähmt. Schließlich sagte Cienfuegos:

»Aha, wußte ich doch, daß die Wolken etwas damit zu tun hatten. Es ist Regen, der in der Kälte zu Eis wird.« Er hielt einen Augenblick inne, um den tanzenden Schneeflocken zuzusehen, und fuhr dann fort: »Ich werde etwas Holz für das Feuer sammeln. Vielleicht kann ich auch etwas Eßbares finden. Vor Anbruch der Nacht bin ich zurück.«

»Laß mich nicht allein!« bettelte Azabache.

»Wenn ich nicht etwas unternehme, werden wir hier sterben«, antwortete Cienfuegos entschieden. »Mit einem Feuer würdest du wieder zu Kräften kommen, und wir könnten den Rückweg antreten.« Er strich ihr liebkosend über die Wange. »Du mußt mir vertrauen. Wir kommen hier schon wieder raus.«

Er küßte sie auf die Stirn und trat dann hinaus in die Kälte und den Schnee. Am Anfang rannte er, denn dies schien die einzige Möglichkeit, die Kälte und den fußhohen Schnee zu überwinden. Doch schnell mußte er einsehen, daß weder der Schnee noch die Kälte seine ärgsten Feinde waren, sondern die Höhe, in der jede Bewegung doppelt anstrengend war, weil man kaum genug Luft zum Atmen bekam.

Schließlich hatte er eine Vision. Azabache erschien vor ihm, und ihr Gesicht vermischte sich in seiner Erinnerung mit den Gesichtszügen Evas. Die unmenschliche Anstrengung hatte ihn so sehr verwirrt, daß er plötzlich meinte, in Wirklichkeit ginge es um Evas Leben. Dies gab ihm die Kraft, immer weiterzulaufen und schließlich den unteren Wald zu erreichen, wo er bewußtlos zusammenbrach.

Als er wieder zu sich kam, war er wie gelähmt. Er wollte aufstehen, doch es ging nicht. Seine Beine weigerten sich, ihn zu tragen, als hätte die körperliche Anstrengung all seine Energien verschlungen. Er richtete sich auf, lehnte sich gegen einen umgestürzten Baumstamm und starrte zum Gipfel des Berges. Er mußte Holz sammeln und dorthin zurück, aber sobald er aufzustehen versuchte, gaben seine Beine nach, und er fiel hin.

Es war zwecklos. Seine Beine waren taub, er hatte keinerlei Kontrolle mehr über die Muskeln. Während er noch dalag und verzweifelt darüber nachdachte, was er jetzt tun sollte, merkte er, daß sein rechter Knöchel blutete. Er mußte sich an einem Stein oder Felsen verletzt haben, verspürte jedoch keinerlei Schmerz.

Plötzlich bewegte sich etwas im Gebüsch, und dann tauchte ein Gürteltier auf. Es schnupperte, spitzte seine komischen Ohren und musterte Cienfuegos mißtrauisch. Dieser aber mußte ihm harmlos erschienen sein, denn es vergaß alle Regeln der Vorsicht, näherte sich Cienfuegos und schnupperte an dessen Verletzung.

Cienfuegos blieb völlig reglos sitzen, dann packte er das Tier blitzschnell am Kopf und brach ihm mit einem Faustschlag das Genick.

Ermutigt rappelte er sich auf, sammelte das verstreut herumliegende Reisig, zündete ein kleines Feuer an und legte das Gürteltier mit dem Rücken nach unten darauf. So würde es in seinem eigenen Saft braten, und der Rücken würde einen vortrefflichen Teller abgeben.

Die Mahlzeit brachte ihn schnell wieder zu Kräften. Nach einer Weile stand er auf und begann, Holz zu sammeln, soviel er tragen konnte. Er band es mit einer starken Liane zu einem Bündel zusammen, plünderte alle Vogelnester, deren er habhaft werden konnte, und hatte das Glück, zwei Schildkröten bei der Paarung zu überraschen. Er band sie aneinander und warf sie sich wie ein Paar alter Stiefel über die Schulter.

»Abendessen für heute und Mittagessen für morgen«, sagte er sich.

Schließlich brach er auf, denn jetzt war er so bepackt, daß

er für den Aufstieg vermutlich eine ganze Zeit brauchen würde. Um jeden Preis mußte er vor Einbruch der Dämmerung die Höhle finden. Doch wenn der Abstieg schon äußerst anstrengend gewesen war, erwies sich der erneute Aufstieg, beladen, wie er war, als nahezu unmögliches Unterfangen.

Ein endloser Alptraum, in dem er gegen Schnee und Wind ankämpfen mußte. Jeden Moment drohte er vor Erschöpfung zusammenzubrechen, seine Glieder waren steif vor Kälte, und manchmal hatte er das Gefühl, einfach den Boden unter den Füßen zu verlieren.

Doch zugleich war er wie in Trance, denn er vergaß alles um sich herum und konzentrierte sich nur auf den Berg. Sein Geist war fast bewußtlos, aber sein Körper funktionierte wie eine Maschine, die einen Schritt vor den anderen setzte.

Er dachte nichts. Weder Eva noch Azabache kreuzten sein Bewußtsein. In seinem Kopf herrschte vollkommene Leere, Geist und Erinnerung waren ausgeschaltet.

Doña Mariana Montenegro war deprimiert. Zwei ihrer besten Freunde, Alonso de Hojeda und Prinzessin Goldene Blume, hatten sie verlassen. Da auch Maese Juan de la Cosa seit langem nach Spanien zurückgekehrt war, blieb nur der getreue Luis de Torres übrig, um ihr die langen, einsamen Stunden zu verkürzen.

Seit dem Umzug der Kolonie von Isabela in die neue und blühende Hauptstadt Santo Domingo war vieles geschehen. Und obwohl es Doña Mariana Montenegro finanziell so gut ging wie nie zuvor, vermißte sie ihren alten Hof und die Freunde, die ihr am Anfang so geholfen hatten.

Kolumbus' Bruder und Miguel Díaz hatten Wort gehalten und der ehemaligen Comtesse zu großem Wohlstand verholfen, indem sie ihr einen Teil des Goldes aus den Minen von Ozama zubilligten. Jetzt besaß sie eines der schönsten Häuser an der Flußmündung und war die reichste Frau der Insel.

So lebte sie, gemeinsam mit dem stillen Haitiké, dem hinkenden Bonifacio und drei Dienerinnen der Prinzessin Goldene Blume, äußerlich in guten Verhältnissen. Doch Cienfuegos fehlte ihr von Tag zu Tag mehr, vor allem seit der gute Hojeda nicht mehr da war, der sie mit seinen Späßen immer aufgeheitert hatte.

Hojeda hatte seiner Sehnsucht nach Abenteuern schließlich doch nachgegeben. Er fuhr nach Spanien, um von den katholischen Königen die Erlaubnis zu erbitten, die Küsten um Hispaniola erforschen zu dürfen. Die Gebrüder Kolumbus wachten nämlich argwöhnisch über ihre Privilegien und gaben nur Mitgliedern ihres Klans die Erlaubnis, das Gebiet westlich von Hispaniola zu befahren.

Darauf beschloß die enttäuschte Prinzessin, zu ihrem Bruder, dem Kaziken Behéchio, nach Xaraguá zurückzukehren. Dort erhielt sie nach einiger Zeit Besuch von Don Bartolomé, dem ältesten der Gebrüder Kolumbus. Offensichtlich wollte dieser Hojedas Platz im Herzen der Prinzessin einnehmen, und seine Verehrung für die schöne Prinzessin war allgemein bekannt.

Don Bartolomé, der mächtige Bruder des noch mächtigeren Vizekönigs, war es nicht gewohnt, abgewiesen zu werden. Ob er aber das bekam, was er sich von der Prinzessin erhoffte, ist ungewiß. Sicher ist nur, daß er eine Woche lang in ihrem Haus wohnte und rauschende Feste gab, zu denen er den ganzen Hof von Santo Domingo einlud.

Doch während Don Bartolomé lediglich dem heftigen Drängen seines Herzens nachgab, verfolgte die kluge Prinzessin, die den tapferen Hojeda noch immer unsterblich liebte, ganz andere Ziele. Sie wollte den herrschsüchtigen Don Bartolomé dazu bringen, ihren Bruder Behéchio als Kaziken von Xaraguá anzuerkennen.

Einem Mann wie Don Bartolomé, der sich mit Intrigen bestens auskannte, konnte das nicht verborgen bleiben. Trotzdem ließ er sich auf das Spiel ein, wahrscheinlich, weil er so viele Feinde besaß, daß ihm jeder Verbündete willkommen war, auch wenn es sich um einen einheimischen Kaziken handelte.

Schließlich war Goldene Blume wie alle ursprünglichen Bewohner der Neuen Welt in ihren Ansichten sehr liberal. Wahrscheinlich hätte es ihr ohnehin nichts bedeutet, das Bett Don Bartolomés zu teilen, vor allem, wenn sie ihrem Bruder dadurch einen Vorteil verschaffen konnte.

Wie auch immer, ihre Freundin Doña Mariana Montenegro war sehr besorgt über den Tratsch und die Gerüchte in der Stadt. Angeblich hatte es wilde Orgien im Haus der Prinzessin gegeben. Sie fragte sich, ob es sein konnte, daß Goldene Blume sich einem derart gewissenlosen und widerlichen Kerl wie Don Bartolomé hingegeben hatte, trotz der aufrichtigen Liebe, die die Prinzessin für Hojeda empfand.

»Die Prinzessin fühlt sich, wie alle Einheimischen, von uns Weißen verraten und verkauft«, erklärte ihr Luis de Torres eines Abends bei einem ihrer langen Gespräche. »Sicher ist sie zu der Einsicht gelangt, daß sie mehr davon hat, wenn sie unsere Schwächen für sich ausnützen kann. Anfangs waren wir Halbgötter für die Einheimischen, doch jetzt haben sie uns durchschaut. Sie sehen uns, wie wir sind. Menschliche Ungeheuer, die sich für eine Handvoll Gold gegenseitig abschlachten.«

»Ich hasse dieses Gold!« sagte Doña Mariana heftig.

»Ja, aber auch Ihr verdient daran. Und das nicht schlecht«, erwiderte der Konvertit Luis de Torres.

»Das gebe ich zu. Aber ich schwöre Euch, ich würde auf all das Gold verzichten, wenn es dem Verständnis beider Völker nützte.«

»Ich fürchte, es würde nicht viel bringen, solange die Religion die Völker spaltet.«

»Die Religion spaltet nicht, sie verbindet«, entgegnete Doña Mariana.

»Sie verbindet, wenn es nur eine gibt. Aber welche soll das sein? Die Eurige, die den Menschen mit Gewalt aufgezwungen wird? Die meine, der ich abschwören mußte, um nicht aus dem spanischen Königreich verbannt zu werden? Oder die der Indianer, die ein Leben voller Lust und Freude predigt?«

»Es gibt nur wenige Augenblicke der Freude im Leben«, sagte Doña Mariana leise.

»In unserem Leben vielleicht, aber in ihrem nicht. Ihr soziales System ermöglicht ihnen ein Leben ohne Sorgen. Und da sie keinen Ehrgeiz kennen, spüren sie auch Neid und Machthunger nicht. Eigentlich führen sie ein sehr harmonisches Leben.«

»Diese Harmonie hat Christus gepredigt.«

»Den Unterschied zwischen dem, was Jesus Christus predigte, und dem, was die Christen heute vertreten, läßt sich in einem Wort zusammenfassen: Kirche.«

»Schweigt, Don Luis! Für diese Äußerung würde man Euch verbrennen.«

»Nur wenn Ihr es erzählt, Doña Mariana.«

»Euer Vertrauen in mich ist sehr groß.«

»Gewiß. Ich würde Euch mein ganzes Hab und Gut anvertrauen, mein Leben, ja sogar meine Seele, Doña Mariana.« Luis de Torres lächelte. »Eigentlich habe ich es ja bereits getan.«

»Ich weiß«, antwortete Eva und lächelte. »Und die Verantwortung liegt mir schwer auf der Seele.« Sie warf ihm einen vieldeutigen Blick zu. »Ihr solltet endlich aufhören, die Bordelle zu frequentieren, und Euch eine gute Frau suchen.«

»Eine Frau?« rief der Konvertit entsetzt. »Ihr wißt doch, daß Ihr die einzige Frau in meinem Leben seid. Allerdings hat mich die Zeit gelehrt, daß noch kein Kraut gewachsen ist gegen den Willen einer verliebten Frau, genausowenig wie gegen den Fanatismus eines erleuchteten Priesters.«

»Und von letzteren wimmelt es hier ja nur so...«

»Das fürchte ich auch«, stimmte Luis de Torres zu, und sein Ausdruck verriet, daß ihm das Thema Sorgen machte. »Anfangs hat es der schlaue Admiral verstanden, die Kirche aus dem Spiel zu halten. Aber jetzt hat sie die verlorene Zeit aufgeholt, und sie verzeiht ihm die Schmach nicht. Wenn mich nicht alles täuscht, werden es die Priester sein, die dem

Vizekönig letztlich zum Verhängnis werden. Sie lauern schon auf eine günstige Gelegenheit.«

»Was habt Ihr bloß für Ideen?«

»Uns, die wir gezwungen wurden, unserer Religion abzuschwören, bleibt doch gar nichts anderes übrig als entweder zu jammern oder alles so genau wie möglich zu beobachten.«

»Paßt auf, lieber Freund, Hochmut kommt vor dem Fall«, warnte ihn die ehemalige Comtesse lächelnd. »Erzählt mir lieber, was Ihr von Roldáns Aufstand haltet.«

»Er ist ein Schurke wie alle anderen. Er interessiert mich nicht.«

»Im Grunde genommen ist das, was er fordert, gar nicht unvernünftig. Bessere Behandlung der Einheimischen und Unabhängigkeit von den Brüdern Kolumbus.«

»Als man ihn zum Bürgermeister von Isabela ernannte, hat er sich genauso brutal durchgesetzt wie alle anderen. Das Schicksal der Einheimischen hat ihn nie gekümmert. Auch für ihn waren sie nur potentielle Sklaven. Jetzt, da er sie in seinem Machtpoker gebrauchen kann, bietet er ihnen plötzlich die Freiheit an. Kolumbus oder Roldán, das kommt aufs selbe hinaus. Beide würden sich am liebsten vom spanischen Königreich lossagen.«

»Dafür ist es noch zu früh.«

»Es ist immer zu früh für einen Tyrannen, aber die Tyrannen sind nun mal von Natur aus ungeduldig. Für mich ist Roldán nur ein Opportunist, der davon profitiert, daß Europa und der König so weit entfernt sind. Außerdem haßt er die Juden.«

»Ihr Juden und Konvertiten fühlt Euch immer verfolgt.«

»Das ist kein Gefühl, sondern eine Tatsache. Seit fast anderthalb Jahrtausenden machen wir diese Erfahrung. Und überall hat man uns zum Sündenbock gemacht. Ich glaube nicht, daß es in der Neuen Welt anders kommen wird.«

»Seid Ihr immer noch der Meinung, daß der Admiral selbst Konvertit ist?«

»Wahrscheinlich einer der zweiten Generation.«

»Verachtet Ihr ihn vielleicht aus diesem Grund?«

Man sah ihm an, daß Luis de Torres sich über seine Gefühle selbst nicht ganz im klaren war. Er dachte lange nach, bevor er den Kopf schüttelte.

»Das ist der Grund, warum ich mich verachte, nicht ihn. Ihn verachte ich, weil das Schicksal ihm die Chance bot, mit seiner Entdeckung etwas Einzigartiges zu schaffen, doch er denkt nur an sich. Er würde die Stellung, die die Geschichte ihm zugedacht hat, für eine Handvoll Gold und einen Adelstitel verkaufen.«

»Ihr seid ungerecht«, wandte Doña Mariana ein. »Er besitzt diesen Adelstitel bereits und so viel Gold wie kein anderer auf der Insel. Und trotzdem jagt er seinem alten Traum nach: einen Seeweg nach Indien zu finden.«

»Aber doch nur, weil sein Hochmut ihn hindert, einzugestehen, daß er unrecht hatte. Warum hat er diejenigen hängen lassen, die ihm widersprachen? Und wie viele werden noch daran glauben müssen, bis er endlich einsieht, daß dies nicht der Seeweg nach Indien ist?«

»Seid Ihr dessen sicher?«

»Absolut.«

Doña Mariana schwieg. Diese Äußerungen waren mehr als gefährlich, das wußte sie. Sie war eine reiche Frau und besaß mächtige Feinde. Je mehr Menschen nach Santo Domingo kamen, um so härter wurde der Überlebenskampf. Vor allem die Spitzel der Kirche lauerten überall.

Doña Mariana war der Kirche ein Dorn im Auge. Sie ging selten zur Messe und beichtete so gut wie nie. Es hieß, sie nähme sogar an den religiösen Ritualen der Indianer auf Hispaniola teil, zu deren Fürsprecherin sie sich gemacht hatte. Die Frauen der Spanier mochten sie nicht, da sie sie um ihre Schönheit beneideten, und die Adligen verfolgten mit Argwohn, daß sie jeden Monat einige Goldbarren vom Schatzmeister der Krone kassierte.

Nur Miguel Díaz, der mittlerweile einen hohen Posten bekleidete und das Vertrauen der Kolumbus-Brüder besaß, und Luis de Torres wagten es, sie vor den böswilligen Attakken der anderen in Schutz zu nehmen. Dennoch fehlte ihr Alonso de Hojeda. Er allein wäre in der Lage gewesen, ein Machtwort zu sprechen und allen Intrigen gegen sie ein Ende zu bereiten.

»Es wird hier allmählich ungemütlich für eine alleinstehende Frau. Die Lügen und Verleumdungen sind gefährlicher als jeder Indianerpfeil«, klagte sie eines Tages ihrem Diener Bonifacio. »Wenn ich nicht sicher wäre, Cienfuegos wiederzufinden, würde ich mit dem nächsten Schiff nach Europa zurückfahren.«

»Wir haben schon Schlimmeres überlebt«, antwortete der hinkende Bonifacio. »Wer die Hölle von Isabela lebend verlassen hat, den kann so leicht nichts mehr erschüttern. Vielleicht solltet Ihr Euch aber trotzdem lieber eine Leibwache zulegen – man kann nie wissen.«

»Ich hasse diese Vorstellung, und außerdem würde das gewisse Leute provozieren.«

»Ihr habt Euch viele Feinde gemacht, Neid und Haß verfolgen Euch auf Schritt und Tritt. Und die Spanier sind äußerst anfällig für derartige Regungen, wie Ihr wißt.«

»Fühlst du dich immer noch nicht als Spanier?«

»Ich bin Guanche, Señora. In mir fließt mehr heidnisches Blut als christliches. Wie bei Cienfuegos«, antwortete Bonifacio und lachte. »Ich kann mich noch erinnern, wie der Dorfpfarrer hinter ihm herlief, um ihn zu taufen. Er hat es nie geschafft.«

»Ich wünschte, er wäre hier«, sagte Doña Mariana wehmütig.

»Ich auch. Viele verstehen nicht, daß eine so schöne Frau wie Ihr nie aus dem Haus geht, keine Feste feiert. Ihr wißt, wie die Leute sind. Schon munkelt man, daß Ihr mit dem Teufel im Bunde seid. Lauter Blödsinn, aber er könnte uns gefährlich werden.«

Wie recht der gute Bonifacio haben sollte, erwies sich einige Tage später, als es eines Nachts an der Tür von Doña Mariana klopfte. Draußen stand ein Bote des abtrünnigen Roldán, der um Einlaß bat. Roldán bot Doña Mariana den Posten des Bürgermeisters von Santo Domingo an, falls sie sich auf seine Seite schlug.

»Bürgermeister, ich – eine Frau, die man für eine Hexe oder eine Spionin hält?« fragte die ehemalige Comtesse überrascht. »Mir scheint, daß sich Euer Roldán in großer Bedrängnis befinden muß, wenn er die Hilfe einer Frau benötigt, die nicht imstande ist, mit dem Degen in der Hand zu kämpfen.«

»Ganz im Gegenteil«, antwortete der andere ruhig. »Er meint nur, daß etwas von Eurem Gold so manchen Unentschlossenen umstimmen könnte.«

»Also daher weht der Wind. Wer sich von meinem Gold umstimmen läßt, wird sich auch den Brüdern Kolumbus verkaufen, und die haben mehr als ich. Das wäre ein schlechtes Geschäft.«

»Für uns ist es keine Frage des Geschäftes, sondern der Ideale. Wir wollen ein für allemal mit der Tyrannei der Genuesen Schluß machen.«

»Die Genuesen sind vom König ernannt worden, und wer ihnen den Gehorsam verweigert, widersetzt sich der Krone. Ich verstehe nicht viel von Politik, aber mir scheint, daß jeder Aufstand sinnlos ist. Ich habe keine Lust, am Galgen zu enden.«

»Doch wenn wir gewinnen, werdet Ihr baumeln, weil Ihr uns nicht geholfen habt.«

Die Drohung war ernst gemeint, daran gab es keinen Zweifel. Zwar war Doña Mariana keine ängstliche Frau, doch sah sie ein, daß Vorsichtsmaßnahmen unumgänglich waren. Am nächsten Morgen beauftragte sie den hinkenden Bonifacio, unter den ehemaligen Offizieren Don Alonso de Hojedas vier Leibwächter für sie zu finden.

Azabache war verschwunden. Sie war weder in der kleinen Höhle noch in der eisigen Grotte, in der die Leichen der Häuptlinge und ihrer Frauen ruhten. Cienfuegos suchte verzweifelt die ganze Gegend ab, entdeckte jedoch nicht die geringste Spur von ihr.
Er verlor jegliches Zeitgefühl. Er wartete auf Azabache, später dann darauf, daß die Sonne die Schneeschicht zum Schmelzen brachte, damit er ihre Leiche suchen konnte. Nach etwa einer Woche gab er die letzte Hoffnung auf, sie jemals lebend wiederzusehen, und sah ein, daß er so bald wie möglich umkehren mußte, wenn ihm nicht dasselbe Schicksal widerfahren sollte.
Der Verlust seiner schwarzen Freundin bewegte ihn mehr als alle anderen Unglücksfälle, die er in den letzten Jahren erlebt hatte. Und wieder haderte er mit seinem Schicksal und fragte sich, warum ausgerechnet er so hart auf die Probe gestellt werden mußte.
Der Tod war sein ständiger Begleiter, und wie eine eifersüchtige Geliebte raffte er alle dahin, die ihm nahestanden. Es wäre besser gewesen, wenn er nie jemanden kennengelernt hätte, dachte Cienfuegos oft.
So tauchten die Menschen in seinem Leben auf und verschwanden, als würden sie ihm nur begegnen, um dann von einem Hurrikan hinweggefegt zu werden. Sein Zorn gegen den, der ihm dies antat, war so groß, daß er mitten im Schnee stehenblieb, die Faust gegen den Himmel ballte und lautstark Rechenschaft verlangte.

Die beiden Kondore kreisten über ihm, als beobachteten sie ihn.

Die Einsamkeit des Mannes, der alles verloren hatte und seit Jahren durch eine völlig unbekannte Neue Welt irrte, lastete schwer auf Cienfuegos. Seine Schritte wurden von Minute zu Minute langsamer, und seine Willenskraft nahm immer mehr ab. Er verspürte die unwiderstehliche Lust, sich einfach nur in den Schnee zu legen und einzuschlafen, doch irgend etwas hinderte ihn noch daran. Es wäre sein sicherer Tod gewesen.

Wahrscheinlich war es Azabache so ergangen: Sie hatte eingesehen, daß alles umsonst gewesen war. Der lange Marsch, die Entbehrungen und alle überstandenen Gefahren hatten sie nicht ans Ziel gebracht, denn das Kind würde niemals weiß zur Welt kommen. Schließlich hatte sie, die aus Afrika gekommen und um die halbe Welt gesegelt war, sich in den Schnee gelegt. Und fünfhundert Jahre später würden Forscher ihre von der Kälte konservierte Leiche auf einer Expedition durch die Anden finden und sich über das rätselhafte Schicksal der schwarzen Frau wundern.

So ging ein weiteres Kapitel in Cienfuegos' Leben zu Ende. Nach einem ermüdenden Marsch gelangte er an die Flußbiegung, wo er mit Azabache Rast gemacht hatte, und schlug sein Lager auf. Wochenlang blieb er dort, vielleicht, weil er noch immer die vage Hoffnung hatte, Azabache wiederzufinden, vielleicht, weil er nicht wußte, wie es nun weitergehen sollte.

Tagsüber fischte er im Fluß und jagte Wasserschweine. Abends kletterte er auf Bäume, um vor den Jaguaren einigermaßen sicher zu sein. Vor ihm ragte der »Große Weiße« auf, hinter ihm erstreckten sich der dichte Dschungel und das Gebiet der gefährlichen *motilones*.

Eines jedoch stand fest: Er würde sich nicht mehr als wanderndes Huhn verkleiden, wie groß die Gefahr auch war. Deshalb dachte er die meiste Zeit darüber nach, wie er das Gebiet dieses wilden Stammes heil durchqueren sollte.

In den kommenden Tagen fiel ihm oft sein alter Freund Papepac ein, der Waldindianer, der ihm das Leben gerettet hatte. Papepac hatte ihm auch den wichtigsten Grundsatz im Dschungel gelehrt. »Der Dschungel haßt den, der ihn fürchtet, und er vernichtet den, der ihn nicht respektiert«, hatte der kleine Indianer einmal gesagt. »Lern ihn kennen, akzeptiere ihn, wie er ist, und überlasse dich seiner Obhut, dann wirst du überleben.«

Papepac hatte ihm gezeigt, wie man im tiefsten Urwald, wo nur noch Tod und Verwesung herrschen, überleben konnte, wenn man Lianen kannte, die Wasser spendeten, und die richtigen Wurzeln und Früchte, um nicht vor Hunger zu sterben. Praktisch hatte er ihm alles beigebracht, nur keine Möglichkeit, sich vor den tödlichen *motilones* zu schützen. Denn Papepac war mit diesen Indianern nie in Berührung gekommen, diesen unsichtbaren Schatten, die durch die Wälder und Berge streiften, um ihren Opfern als Warnung für alle, die es wagten, ihr Territorium zu betreten, die Köpfe abzuschlagen und auf Pfählen aufzuspießen.

Mit diesen Wilden mußte er also allein fertig werden.

Aber wie?

Wochenlang dachte er darüber nach, und als er schließlich glaubte, die Lösung gefunden zu haben, färbte er sich mit dem schwarzen Saft der *genígapo* Haar und Bart und rieb sich anschließend den ganzen Körper damit ein, so daß man ihn für einen Verwandten Azabaches hätte halten können.

Am nächsten Morgen warf er die Hängematte, die er sich in mühevoller Arbeit aus wilder Baumwolle geknüpft hatte, über die Schultern, griff nach seinen improvisierten Waffen und einem Stock, auf den er den verwesenden Kadaver eines Affen gespießt hatte, und machte sich auf den Weg.

Zunächst suchte er den Hang, der in das Gebiet der *moti-*

Iones führte. Hier war er mit Azabache hinabgestiegen. Am Fuß des Berges blieb er stehen und versteckte sich bis zum Anbruch der Nacht. Erst im Schutz der Dunkelheit begann er, den Hang hinaufzuklettern. Vorsichtig setzte er einen Fuß vor den anderen und tastete sich langsam vorwärts.

Er glich einer schwarzen Eidechse oder Anakonda, als er sich Meter um Meter lautlos emporkämpfte. Manchmal verharrte er lange Zeit und rief sich ins Gedächtnis zurück, was Papepac ihm immer wieder eingeschärft hatte: »Nur wer seine Nerven beherrscht, wenn es nicht nötig ist, wird sie auch beherrschen können, wenn es darauf ankommt.«

Trotz der Gefahr Ruhe zu bewahren, ist gar nicht so einfach, denn der Mensch ist von Natur aus ein ungeduldiges und tolpatschiges Wesen. Doch die Zeit, die er als Junge in den einsamen Bergen von Gomera verbracht hatte, kam Cienfuegos jetzt zugute. Er hatte früh gelernt, stundenlang geduldig einen Hasen oder ein Rebhuhn zu beobachten, bis ihm das Tier endlich in die Falle ging.

Unter ihm rauschte der dröhnende Fluß, wo sich das Wasser einen Weg durch die Schlucht bahnte, und über ihm herrschte das dumpfe Schweigen des nächtlichen Dschungels, das gelegentlich von einem Vogelschrei oder dem Schnattern eines Brüllaffen unterbrochen wurde.

Oben angelangt, beobachtete er jeden Stein, achtete auf jeden Laut, bis er sicher war, daß sich kein Mensch in seiner unmittelbaren Umgebung befand. Nur eine einsame Eule hatte seine Kletterei verfolgt. Und am verwirrten Ausdruck ihrer Augen konnte er ablesen, daß sie sich fragte, welch merkwürdiges Tier das sein mochte, das sich bewegte, obgleich es nach dem fauligen Kadaver eines Affen roch.

Schließlich drang er in den tiefen, feuchtheißen Urwald ein. Manchmal war es totenstill, dann stieß ein Vogel einen Warnschrei aus, und der ganze Dschungel lebte für einen kurzen Augenblick auf. Er ließ den Affenkadaver neben einem Regenbaum liegen und versteckte sich unweit davon unter Zweigen und Pflanzen.

Der Gestank des verwesenden Affen war so stark, daß er seinen eigenen Geruch nicht mehr wahrnahm. Bevor er einschlief, riß er ein Stück Liane ab und kaute eine Weile darauf herum. Auf diese Weise würde er nicht schnarchen, und seine Atmung wäre so leicht, daß nicht einmal die spitzen Ohren der Indianer sie hören konnten.

Er schlief tief und lange. Erst am späten Morgen weckte ihn ein Sonnenstrahl, der durch das dichte Blättergewirr gedrungen war. Cienfuegos blieb jedoch reglos liegen, denn er wußte, daß dies die denkbar schlechteste Tageszeit war, um sein Versteck zu verlassen.

Die Stunden vergingen, und er beobachtete die Eichhörnchen in den Zweigen über ihm. Sie wußten besser als alle anderen Tiere, was sich in ihrem Revier tat. Auf sie war stets Verlaß, im Gegensatz zu den nervösen Papageien oder Affen, die bei der kleinsten Gelegenheit falschen Alarm schlugen.

Doch die Eichhörnchen waren ruhig. Sie sprangen von Ast zu Ast, von Baum zu Baum. Sie waren so schnell, daß ihnen das Auge nur schwer folgen konnte, und manchmal verwechselte er sie mit Vögeln, so behende flogen sie von Wipfel zu Wipfel.

Er kam zu dem Schluß, daß weder Menschen noch Raubtiere in der Nähe sein konnten. Langsam bog er das Gestrüpp auseinander und kroch behutsam aus seinem Versteck, um die Tiere, die ihn durch ihr Geschrei sofort verraten hätten, nicht zu erschrecken. Er steckte seine Waffe in den Gürtel und kletterte auf den Regenbaum, von wo er einen besseren Ausblick auf den dichten Urwald hatte. Sein Magen war leer, aber er verspürte keinen Hunger, denn in letzter Zeit hatte er sich angewöhnt, erst abends zu essen.

Sorgfältig wickelte er sich Fetzen der selbstgewebten Baumwolle um die Füße und band sie mit einer dünnen

Liane fest. Dann stand er auf und machte einige Schritte. Nachdem er sich vergewissert hatte, daß er keine menschliche, sondern eine undefinierbare Spur hinterließ, begann er seinen Marsch durch den Dschungel.

Trotzdem verwischte er gelegentlich seine Spur, kletterte auf Bäume und sprang von Liane zu Liane, um es möglichen Verfolgern so schwer wie möglich zu machen. Dabei achtete er auf jedes Geräusch, vor allem aber auf das Verhalten der Eichhörnchen in den Baumkronen, die eine drohende Gefahr als erste erkennen würden. So huschte Cienfuegos wie ein Schatten durch den Dschungel, lautlos und beinahe unsichtbar.

Allmählich ging der Tag zur Neige, und ein sanfter Nebel sank über die obersten Wipfel des Urwalds. Plötzlich blieb Cienfuegos stehen und schnupperte wie ein Jagdhund in der Luft. Es roch nach Feuerholz. Ein süßlicher, durchdringender Geruch nach feuchtem Holz und verbranntem Haar. Vorsichtig schlich er in die Richtung, aus der der Rauch kam. Dort, etwa zwanzig Meter von ihm, in einer kleinen Lichtung, hockte ein halbes Dutzend Krieger um ein Feuer, über dem ein fettes Wasserschwein briet.

Er beobachtete sie, während die dunklen Schatten der Nacht langsam die Landschaft einhüllten. Gesten und Mimik der Krieger erinnerten ihn an die Kariben, die gefährlichen Kannibalen auf den Inseln. Die *cuprigueris* hatten ihm zwar versichert, daß die *motilones* keine Menschenfresser seien, doch war die Ähnlichkeit verblüffend.

Sie waren untersetzt und muskulös und trugen weder Bemalung noch irgendeine Art von Schmuck. Statt dessen rieben sie ihre Körper von Kopf bis Fuß dick mit Asche ein. Sie aßen wie grunzende Schweine und rülpsten unentwegt; allein bei dem Gedanken, ihnen in die Hände zu fallen, sträubten sich Cienfuegos die Haare.

Als er sah, daß sie ihre Mahlzeit bald beenden würden,

schlich er zurück, denn er wußte aus Erfahrung, daß die Krieger vor dem Schlafengehen oft noch eine Runde drehten. Er wollte das Risiko vermeiden, einem der Wilden, die sich im Urwald bestens auskannten, zu nahe zu kommen.

Cienfuegos machte einen weiten Bogen um ihr Lager, doch bald wurde es stockdunkel, und als er dann auch noch eine merkwürdige Brise spürte, sagte er sich, daß es besser sei, Rast zu machen und sich im Unterholz zu verstecken.

Er horchte und wartete vergeblich auf die vertrauten Geräusche des Dschungels. Er sog die Luft ein und merkte, daß sie nicht nach der üblichen Fäulnis verwesender Vegetation roch. Dies beunruhigte ihn so sehr, daß er beschloß, vor dem Morgengrauen keinen Schritt mehr zu tun.

Fast die ganze Nacht über blieb er wach. Am frühen Morgen, als die Sonne aufging und er sich vergewissert hatte, daß keine Gefahr bestand, verließ er sein Versteck. Kaum zwanzig Meter entfernt fiel eine tiefe Schlucht steil ab. Von oben konnte man zweihundert Meter tiefer die Wipfel der Bäume erkennen.

Offensichtlich wollte die Nacht ihm kein Verbündeter sein, denn wäre er gestern abend auch nur einige Schritte weitermarschiert, läge er jetzt mit zerschmetterten Knochen dort unten. Das Gebiet der *motilones* war tückisch; überall lauerten Gefahren und Fallen wie diese Schlucht, die wie mit einem Messer gezogen die Landschaft durchschnitt.

Er versuchte, sich an den Weg zu erinnern, den er mit Azabache gekommen war. Weil er den Waldpfad der Pilger vermeiden wollte, war er offenbar zu weit nach Osten geraten und hatte die Richtung verloren. Das Gebiet, in das er nun geraten war, kannte er nicht. Er mußte aufpassen, daß er sich nicht noch mehr verirrte, denn durch den dichten Nebel und die tiefen Abgründe war dieser Dschungel wie ein Labyrinth.

Doch umkehren kam nicht in Frage. Er mußte von hier aus

den Weg zur Küste suchen, denn nur dort konnte er hoffen, von einem Schiff aufgenommen zu werden. Zuerst aber mußte er herausfinden, wo er war.

Was hatte es wohl zu bedeuten, daß er schon länger nicht mehr auf die Schrumpfköpfe gestoßen war, die im Gebiet der *motilones* jeden Wegesrand säumten? Konnte es sein, daß er bereits in ein Gebiet vorgedrungen war, das nicht mehr zu dem der *motilones* gehörte? Diese Möglichkeit allein bewirkte schon, daß die unerträgliche Spannung der letzten Tage etwas nachließ. Doch da er sich nicht ganz sicher war, durfte er nicht riskieren, daß seine Konzentration nachließ.

Doch auch die unwirtliche Landschaft war bedrohlich genug. Manchmal war der Urwald so dicht, daß man die steilen Abgründe erst erkannte, wenn man direkt davorstand. Wenn man nicht höllisch aufpaßte, wurde man im wahrsten Sinne des Wortes vom Erdboden verschluckt.

Am späten Nachmittag des vierten Tages gelangte er zu einer Felsspalte, die er überwinden mußte, um weitermarschieren zu können. Sie war nicht allzu breit, und er hätte sie ohne weiteres übersprungen, wenn er Platz gehabt hätte, um Anlauf zu nehmen. Doch der Urwald wuchs über den Rand des Abgrunds, und Cienfuegos sah ein, daß ein Sprung zu riskant war.

»Verdammter Mist!« murmelte er mit zusammengebissenen Zähnen. »Entweder lasse ich mir Flügel wachsen, oder ich bleibe für immer hier.«

Tatsächlich war es eine Gegend für Vögel, insbesondere Raubvögel, denn nur sie schienen sich in dieser von Urwald überzogenen, zerklüfteten Landschaft wohl zu fühlen. In den hohen Felswänden konnte er ihre riesigen Nester ausmachen, die sich nicht zu tarnen brauchten, da kein anderes Tier sie erreichen konnte.

Es blieb ihm nichts anderes übrig, als die tiefe Spalte zu umgehen. Bis zur Dunkelheit waren es noch mehrere Stunden. Dann würde er sich einen Schlafplatz suchen und ausruhen.

Am nächsten Morgen entdeckte er an der Hängematte, die ihm als Kissen diente, Blutspuren, und als er aufstehen wollte, wurde ihm schwindelig. Er fühlte sich schwach und müde. Den ganzen Tag kam er fast nicht von der Stelle und wanderte ziellos herum. Zu seiner Erschöpfung kam eine geistige Niedergeschlagenheit, die ihm jegliche Willenskraft raubte.

Am Nachmittag ging ein heftiges Gewitter nieder. Blitze schlugen in die höchsten Baumkronen ein, und der Wind peitschte die Äste, daß es nur so krachte. Der sintflutartige Regen trommelte so laut auf die Blätter, daß sich Cienfuegos in seinem Unterschlupf die Ohren zuhielt, um nicht taub zu werden.

Erst da entdeckte er die Blutkruste am linken Ohrläppchen. Konnte es sein, daß eine so winzige Wunde eine derart große Blutspur auf der Hängematte hinterließ?

Das Gewitter zog weiter nach Norden, Donner und Blitz ließen nach, doch es regnete weiter in Strömen. Die ganze Nacht schüttete es vom Himmel herab wie aus Kübeln, und erst im Morgengrauen des nächsten Tages hörte es auf. So sehr Cienfuegos sich auch darüber ärgerte – denn er war völlig durchnäßt und hatte kaum geschlafen –, der heftige Regen hatte ihm das Leben gerettet.

Denn ohne es zu ahnen, war Cienfuegos in eine Region gekommen, in der es von Vampirfledermäusen nur so wimmelte. Diese Tiere überfallen andere Lebewesen nachts im Schlaf und saugen ihnen beträchtliche Mengen Blut aus.

Diese Fledermaus, die es nur in der Neuen Welt gibt, überträgt nicht nur die Tollwut, sondern verfügt auch über eine besondere Art von Verdauungssystem, das es ihm ermöglicht, das ausgesaugte Blut fast direkt wieder auszuscheiden. Auf diese Weise kann eines dieser Tiere, die nicht viel größer sind als eine Maus, einen Menschen innerhalb von drei oder vier Nächten völlig aussaugen.

Papepac hatte ihm nie etwas von den Vampiren erzählt, denn an den Küsten gab es keine, und Cienfuegos wäre nicht im Traum darauf gekommen, daß solche Tiere existieren könnten.

Die große Blutmenge, die er in zwei Nächten verloren hatte, war der Grund für seine Erschöpfung, und wäre er den unheimlichen Viechern noch eine weitere Nacht ausgesetzt gewesen, hätte es ihn wahrscheinlich das Leben gekostet. Doch der laute Regen in der dritten Nacht hatte das Orientierungssystem der Fledermäuse durcheinandergebracht.

Cienfuegos hatte einen sechsten Sinn. Er ahnte, daß sein Leben in Gefahr war, obwohl er nichts von den Vampiren wußte und seine schlechte körperliche Verfassung auf die Anstrengung und das Klima zurückführte. Jedenfalls beschloß er, das Hochplateau, auf dem er sich befand, so schnell wie möglich zu verlassen.

Nach mehreren Stunden kam er an einen steilen Berghang. Der Abstieg dauerte mehrere Stunden und war so halsbrecherisch, daß er schließlich sogar die Hängematte und seine Waffen aufgeben mußte. Als er endlich den Fuß des Abhangs erreichte, besaß er nur noch ein Messer und sein Leben.

Gleich nach seiner Ankunft in Sevilla stattete Capitán Alonso de Hojeda seinem guten Freund und Mentor, dem Bischof Juan de Fonseca, einen Besuch ab. Fonseca war zum »Königlichen Beauftragten für die indischen Angelegenheiten« ernannt worden und besaß großen Einfluß. Alonso de Hojeda wollte beweisen, daß die Theorien seines Widersachers Kolumbus, Admiral der ozeanischen Meere und Vizekönig von Indien, falsch waren.

Hojeda glaubte, daß die Gebiete, die Kolumbus entdeckt hatte, nicht die Inseln vor Zipangu oder Kathei waren, sondern ein neuer Kontinent, der jetzt der spanischen Krone gehörte. Um dies zu beweisen, bat Hojeda um die Erlaubnis für eine Expedition, die nach Westen segeln sollte.

Fonseca zögerte, einer derartigen Behauptung Glauben zu schenken. Es erschien ihm zu riskant; nicht, weil er Kolumbus blind vertraute, doch er scheute die riesigen Summen, die die Gründung eines neuen Reiches am anderen Ende der Welt verschlingen würden.

»Was wir brauchen, ist ein sicherer Seeweg nach Asien«, sagte er. »Spanien muß eine wirtschaftliche Macht werden, und dazu bedarf es guter Handelsbeziehungen mit Indien. Wenn wir uns in kriegerische Auseinandersetzungen verstricken, werden wir verbluten. Es hat lange genug gedauert, bis wir die Mauren aus Spanien vertrieben hatten. Einen weiteren Krieg kann sich das Land nicht leisten.«

»Mit Verlaub, Eure Exzellenz, da bin ich anderer Meinung«, widersprach Hojeda entschlossen. »Ich glaube, den Handel sollten wir den Genuesen und venezianischen Kaufleuten überlassen, die sich darauf besser verstehen als wir.«

»Ihr scheint Euch Eurer Sache sehr sicher, Capitán!« entgegnete Fonseca.

»Eure Exzellenz, ich habe mehrere Jahre in der sogenannten Neuen Welt verbracht und viele Inseln erforscht. Überall sagten mir die Einheimischen, weiter im Süden gebe es ein riesiges Land, das aus Dschungel und Bergen bestehe. Aber keiner hat jemals etwas von Zipangu oder dem Großen Khan gehört. Es ist nur zu offensichtlich, daß sich Kolumbus in seinen Berechnungen geirrt haben muß.«

»Diese Nachricht wird der Königin nicht gefallen. Sie wird Euch eines Komplotts gegen Kolumbus bezichtigen. Ihr wißt, wie die Königin ihn schätzt.«

»Gewiß, aber ich kann deshalb nicht die Unwahrheit sagen.«

»Der Vizekönig hat aber ...!«

»Der Vizekönig! Der Vizekönig!« fiel Hojeda ihm ungeduldig ins Wort. »Der Vizekönig war nie ein treuer Untertan der Königin wie ich. Er hat sich stets dem Meistbietenden verkauft. Mal hat er den Genuesen gedient, dann den Portugiesen, und jetzt ist er bei uns. Wenn man ihm in Lissabon das zugestanden hätte, was unsere Könige ihm gaben, wären jetzt die Portugiesen die Herren der Neuen Welt.«

»Das klingt nach Verrat, Don Hojeda!«

»Verrat?« fragte Alonso de Hojeda überrascht. »Verrat gegen wen? Ich habe nicht Kolumbus Treue geschworen, sondern den Königen. Und ihre Interessen verteidige ich. Wenn ich schweige, wäre ich ein Verräter.«

»Wer kann für Euch sprechen?«

»Alle, die die Gegend kennen, Eure Exzellenz. Vor allem Juan de la Cosa.«

Die Erwähnung Juan de la Cosas, der als einer der fähigsten Männer Spaniens in der Seefahrt galt, zeigte Wirkung. Bischof Fonseca dachte eine Weile nach und sagte schließlich:

»Ihr seid kein Seefahrer, sondern Soldat, aber wenn Juan de la Cosa Eure Meinung teilt, ist das etwas anderes. Warum ist er nicht selbst zu mir gekommen?«

»Weil ihn Kolumbus durch ein spezielles Dekret zum Schweigen verurteilt hat. Kolumbus behauptet steif und fest, Kuba sei ein Kontinent, und jedem, der ihm widerspricht, droht die Todesstrafe. Glaubt Ihr im Ernst, daß dies das Verhalten eines verantwortungsbewußten Admirals und Vizekönigs ist?«

»Vielleicht hat er seine Gründe.«

»Es gibt keinen Grund, der sein Verhalten und seine Lügen rechtfertigen könnte. Und ich versichere Euch, jedes zweite Wort des Admirals ist eine Lüge.«

»Hojeda!«

»Exzellenz...!« Hojeda fiel vor dem Bischof auf die Knie. »Ihr habt mich getauft. Ihr seid verantwortlich für meinen Glauben an die Muttergottes, die mir die Kraft gegeben hat, das Leben zu meistern. Könnt Ihr Euch vorstellen, daß ich Euch in einer so wichtigen Angelegenheit täuschen würde?« Ungeduldig sprang er auf und ging im Raum hin und her. »Portugiesen, Franzosen, Holländer und Engländer lauern wie die Geier darauf, daß wir einen Fehler machen, um einen Fuß in die Neue Welt zu setzen. Und wir haben einem Fremden den Schlüssel für die Tür zu dieser Welt überlassen.«

»Wo befindet sich Maese Juan de la Cosa im Moment?«

»In Puerto de Santa Maria.«

»Dann holt ihn!« befahl Fonseca verärgert.

Noch in derselben Nacht mietete Alonso de Hojeda das schnellste Pferd der Stadt und jagte am Guadalquivir entlang nach Puerto de Santa Maria, nur einen Tagesritt entfernt.

Maese Juan de la Cosa bereitete ihm einen herzlichen Empfang, denn sie hatten auf Hispaniola viel Gutes und Böses gemeinsam überstanden. Als er jedoch den Grund für Hojedas Besuch erfuhr, gab er sich abweisend.

»Ich mußte dem Admiral schwören, dieses Thema nie wieder anzusprechen«, erklärte er. »Und einen Schwur darf man nicht brechen. Wenn der Vizekönig behauptet, Kuba sei China, so ist das seine Sache.«

»Aber habt Ihr den Schwur nicht unter Druck geleistet?«

»Selbst wenn es so gewesen wäre, ich habe unterschrieben, daß ich mich damit einverstanden erkläre. Hier lest, da habt Ihr es schwarz auf weiß.«

»Aber seht Ihr, als vortrefflicher Navigator und treuer Vasall des Königs, nicht, wohin uns die Irrtümer dieses Genuesen führen?«

»Gewiß, und deshalb habe ich beschlossen, mich aus der Sache herauszuhalten.« Juan de la Cosa füllte sein Glas und trank es in einem Zug aus. Dann setzte er bitter hinzu: »Was als ein Abenteuer zum Ruhme Kastiliens begann, hat sich mittlerweile in ein schmutziges Geschäft verwandelt, aus dem nur wenige Profit schlagen; das gefällt mir nicht. Ich bin Navigator und kein Hofintrigant. Leider sind die Könige auch nicht ganz unschuldig an der Sache. Zumindest sehen sie tatenlos zu und unternehmen nichts.«

»Ich bin kein Intrigant«, sagte Hojeda. »Es kommt mir nur wie Verrat vor, wenn man ausgerechnet den Hofschranzen das Feld überläßt. Sie haben nicht das Wissen, zu entscheiden, was mit der Neuen Welt geschehen soll.«

»Ja, mein Lieber. Natürlich habt Ihr recht, aber ich bin zu alt, um zu kämpfen.«

»Die Wahrheit kennt kein Alter. Und außerdem bittet man Euch doch nur, sie beim Namen zu nennen.«

»Wen interessiert schon die Wahrheit?«

»Jeden!« Hojeda legte seinem Freund die Hand auf den

Arm, um ihn daran zu hindern, ein weiteres Glas Wein hinunterzustürzen. »Versucht doch nicht, Euer Gewissen im Wein zu ertränken. Ich bitte Euch, begleitet mich nach Sevilla und sprecht mit Bischof Fonseca. Erzählt ihm, was Ihr während Eurer Reise erlebt hat. Mehr verlange ich nicht.«

»Als wäre das nicht genug! Ich habe den Admiral jahrelang begleitet und blieb selbst dann an seiner Seite, als er verrückt wurde. In seinem Wahn hat er vieles erzählt, und ich glaube, daß ich ihn und seine Motive besser als jeder andere kenne. Und es wäre nicht rechtens, wenn ich dies jetzt gegen ihn verwendete.«

»Auch nicht, wenn es um das Wohl Kastiliens geht?«

»Kastilien wird auch ohne meine Geheimnisse überleben, ich aber und mein Gewissen würden nie wieder Frieden finden.«

»Dann sprecht nicht über diese Geheimnisse. Erwähnt nur das, was Ihr als Navigator herausfinden konntet. Ihr geltet als der beste Navigator von Nordspanien.«

»Von Nordspanien?« fragte Juan de la Cosa beleidigt. »Glaubt Ihr denn, einer dieser Andalusier oder Mallorquiner kann mir das Wasser reichen?«

»Niemand kann Euch das Wasser reichen, aber leider habt Ihr auch den größten Dickkopf von allen. Wollt Ihr nun mit mir zum Bischof kommen oder nicht?«

Maese Juan de la Cosa wies mit einer Gebärde auf eine Frau in schwarzer Kleidung, die dabei war, im Patio Wäsche aufzuhängen, und sagte:

»Als ich von meiner letzten Reise zurückkehrte, habe ich ihr versprochen, daß wir zusammen alt werden würden. Sie hat die meiste Zeit ihres Lebens allein verbringen müssen, während ich die Weltmeere bereiste. Sie wußte nie, wann ich zurückkam oder ob ich überhaupt zurückkam. Es wäre nicht recht, wenn ich sie nun schon wieder verließe.«

»Sevilla ist nur einen Tagesritt von hier entfernt.«

»Ihr wißt ganz genau, daß Sevilla nur die erste Etappe einer langen, vielleicht endlosen Reise wäre.«

»Das würde kein Mensch von Euch verlangen.«

Juan de la Cosa lächelte wehmütig.

»Da habt Ihr recht, kein Mensch.« Er drehte sich um und musterte seinen alten Gefährten fast feindselig: »Ich habe Pferde schon immer gehaßt. Besorgt mir lieber eine Kutsche.«

Kurz nachdem sie das Arbeitszimmer des Bischofs Fonseca betreten hatten, ließ Hojeda den Bischof und den Navigator allein, damit sie sich unter vier Augen unterhalten konnten. Hojeda sollte nie erfahren, was der Kirchenmann und Juan de la Cosa besprochen hatten, doch das Ergebnis war, daß der alte Bischof dazu riet, zum Bankier Juanoto Bernardi Verbindung aufzunehmen. Der einflußreiche Bernardi bereitete derzeit eine Expedition nach »Indien« vor, die aufbrechen sollte, sobald ein königliches Dekret das Gebiet für alle spanischen Seefahrer freigab.

Doch als Don Alonso de Hojeda und Don Juan de la Cosa am Nachmittag des folgenden Tages an der Tür eines alten Schlosses im malerischen Viertel von Triana klopften, konnten sie nicht ahnen, welche bedeutsamen Konsequenzen ihr Besuch bei Bernardi haben sollte. Denn damit gaben sie der geschichtlichen Entwicklung eine neue Richtung, an deren Ende große Ungerechtigkeit und schweres Leid stehen sollten.

Ein hagerer, hochgewachsener Mann empfing sie an der Tür. Er sprach ein eigenartiges Kauderwelsch aus Spanisch, Italienisch und Französisch und zeigte sich über den hohen Besuch äußerst erfreut und überrascht.

»Alonso de Hojeda und Juan de la Cosa«, wiederholte er ungläubig. »Ihr seid es selbst?«

Die beiden Edelmänner sahen sich verwirrt an und schwiegen einen Augenblick.

»Davon gehe ich aus«, gab der Navigator schließlich lachend zurück. »Ich glaube nicht, daß irgend jemand so verwegen wäre, sich für uns auszugeben.«

Der Fremde, der einen eigenartig beißenden Geruch nach Jasmin und Schweiß ausströmte, führte sie in den Innenhof des Schlosses und erklärte, seine Exzellenz Signore Juanoto Bernardi sei im Moment außer Haus. Doch sei es ihm eine Ehre, den beiden Herren Gesellschaft zu leisten, bis Signore Bernardi zurückkäme. Sie könnten im kühlen Innenhof eine kleine Erfrischung zu sich nehmen. Ein Glas Wein oder eine Limonade?

»Ein Glas Wein würde ich nicht ausschlagen«, sagte Navigator Juan de la Cosa. »Wird Signore Bernardi lange wegbleiben?«

»Das hängt ganz davon ab, ob die schöne Carmela Zeit für ihn hat oder nicht«, antwortete der schmierige Kerl. »Hat sie sofort Zeit für ihn, pflegt der Signore alles sehr schnell zu erledigen. Doch wenn er warten muß, kann es schon etwas länger dauern.«

Er verschwand im Inneren des riesigen Anwesens und kam kurz darauf mit einem kleinen Faß und drei Krügen wieder. Er stellte alles auf den Tisch und füllte die Krüge mit Wein, während er enthusiastisch erzählte:

»Um ehrlich zu sein, von mir aus könnte die schöne Carmela heute viel Besuch haben. Wann hat man schon die Möglichkeit, mit so bekannten und berühmten Männern des Reiches ein Glas Wein zu trinken...« Er grinste breit. »Meine Herren, lacht nicht, wenn ich Euch jetzt eröffne, daß die Seefahrt schon immer meine heimliche Liebe gewesen ist. Zwar bin ich gezwungen, das Dasein einer Landratte zu führen, doch fühle ich mich im Grunde meines Herzens als Kartograph. Mein kühnster Traum wäre es, Euch Abenteurern nachzueifern.«

»Nichts leichter als das, mein guter Mann!« rief Juan de la

Cosa halb spöttisch. »Im Hafen wimmelt es nur so von Schiffen, die nach Indien auslaufen und mutige Männer brauchen, die bereit sind, jedes Abenteuer auf sich zu nehmen. Worauf wartet Ihr noch? Eine bessere Gelegenheit wird sich Euch nicht bieten.«

»Ja, ich weiß, aber leider nehmen diese Schiffe keine Kartographen an, die seekrank werden. Man will nur echte Seefahrer. Das ist mein Pech.«

»Recht haben sie, denn die Seefahrt erlernt man an Bord eines Schiffes und nicht aus irgendwelchen Büchern.«

»Verzeiht, wenn ich Euch widersprechen muß«, entgegnete der Mann höflich. »Um der Realität am nächsten zu kommen, braucht man beide Erfahrungen. Man muß den Mann anhören, der die Dinge studiert, und den, der sie erlebt hat.« Er leerte seinen Krug in einem Zug und setzte hinzu: »Nehmt den Admiral Kolumbus, unseren Vizekönig. Zweifellos hat er sehr viel gesehen, aber in aller Bescheidenheit erlaube ich mir zu behaupten, daß er das, was er sah, nicht richtig gedeutet hat.«

»Wie meint Ihr das?«

»Ich meine seine anmaßende Beharrlichkeit, die man schon als Dickköpfigkeit bezeichnen könnte. Er behauptet, die Küsten Zipangus erreicht zu haben. Aber nach meinen Berechnungen hat er bisher höchstens die Hälfte der Strecke zurückgelegt.«

»Wie kommt Ihr dazu?«

»Jeder käme zu diesem Schluß, wenn er nur die Tatsachen studierte. Deshalb interessiert mich Eure Meinung brennend. Seid Ihr auch der Meinung, Kolumbus habe das Reich des Großen Khan erreicht?«

Es war die immer wiederkehrende Frage, doch der hagere Mann, der als rechte Hand Bernardis galt, verstand es, sie geschickt und diplomatisch zu stellen. Sein Standpunkt war nicht besonders neu, aber es war offensichtlich, daß er sich in der Materie auskannte. Denn er konnte ganze Paragraphen von Tolomeo auswendig und zeichnete mit Hilfe von etwas Wein eine Seekarte auf den Tisch, samt zahlreicher, eher unbekannter Inseln.

Die Unterhaltung dauerte an, wahrscheinlich so lange wie der Besuch des Hausherrn bei der berühmten Carmela. Als Bernardi am Abend von seinem Abenteuer zurückkam, stellte er erstaunt fest, daß sich der Innenhof seines Schlosses in eine lärmende Taverne verwandelt hatte, in der man über seinem besten Wein saß und diskutierte.

»Was hat das zu bedeuten?« fragte er verärgert. »Was soll der Aufruhr?«

»Es ist kein Aufruhr, Exzellenz«, erklärte sein Vertrauter. »Es ist nur ein Meinungsaustausch. Wir diskutieren über den Erdumfang.«

»Erdumfang? Wen zum Teufel kann derartiges interessieren?« fragte Signore Bernardi.

»Euch!« antwortete Don Alonso de Hojeda herausfordernd. »Je kleiner er ist, um so schneller werden wir mit einer Ladung Gold, Nelken und Zimt zurückkehren.«

»Was sagt Ihr da? Gold, Nelken und Zimt?« rief Signore Bernardi interessiert und griff nach einem Krug. »Erzählt mir von diesem Gold!«

»Nun, es kann Euch gehören, wenn Ihr eine Expedition finanziert und mich mit ihrer Führung beauftragt.«

»Und wer seid Ihr, wenn ich bitten darf? Kolumbus, Pinzón, Juan de la Cosa oder gar Hojeda?«

»Genau der!« sagte Hojeda und lachte aus vollem Hals. »Und mein Gefährte hier ist Juan de la Cosa, wie er leibt und lebt.«

Der rundliche Bernadi, der ebenfalls leicht nach Jasmin roch, schien einen Augenblick verwirrt. Er stellte seinen Weinkrug vorsichtig auf den Tisch und fragte ungläubig:

»Hojeda und de la Cosa?«

»In Person!« rief Juan de la Cosa. »Aber sind wir denn so ungewöhnlich, daß alle so ungläubig reagieren?«
»Für mich ja. Schickt Euch der Bischof?«
»Ganz recht.«
»Hat er Euch meine Bedingungen mitgeteilt?«
»Er erzählte uns nur von Eurem Interesse, Schiffe auf eine Expedition nach Gold und Gewürzen zu schicken. Sie soll nach Indien gehen. Stimmt das?«
»Das hängt davon ab, wer die Schiffe befehligt.«
Alonso de Hojeda hob den Krug und sagte: »Wäre Euch der beste Steuermann Spaniens gut genug, mein Freund Juan de la Cosa?«
Maese Juan de la Cosa wurde ein wenig rot, doch er ließ sich seine Verlegenheit nicht anmerken und konterte:
»Und wie wäre es mit dem besten Fechter von Spanien und tapfersten Vasallen seines Königs, Don Alonso de Hojeda?«
Der Bankier schien von dem Angebot sichtlich angetan, wenngleich die Art und Weise, in der es vorgetragen wurde, etwas ungewöhnlich schien. Die beiden Männer hatten im Verlauf des Nachmittags so viel Wein getrunken, daß sie sich kaum noch auf den Beinen halten konnten.
Daher setzte sich Bernardi zu seinen unerwarteten Gästen und beobachtete sie, um herauszufinden, wieviel an dem verlockenden Angebot tatsächlich dran war, und ob man ihren Worten vertrauen konnte.
Schließlich murmelte er: »Ich glaube nicht, daß ich meine Schiffe in die Hände von Betrunkenen geben will.«
»Ich pantsche niemals Wein mit Wasser«, lallte Juan de la Cosa. Und bevor er noch etwas hinzufügen konnte, brach er über den Tisch zusammen und begann laut zu schnarchen.
Juanoto Bernardi musterte den Ersten Steuermann verächtlich. Dann warf er einen Blick auf den anderen Edel-

mann, der nicht den Eindruck machte, als wäre er viel nüchterner, und wandte sich an seinen Vertrauten:

»Vespucci!« befahl er knapp. »Bring die Herrschaften in den Gästeflügel.« Dann deutete er vorwurfsvoll auf die Weinfässer. »Und noch etwas, Amerigo: Das zweite Faß geht auf Eure Rechnung.«

Als er aufwachte, war sein linker Fuß geschwollen. Er machte den Versuch aufzustehen, doch es durchfuhr ihn ein so heftiger Schmerz, daß er zusammenbrach. Sein ganzer Körper war schweißgebadet und zitterte.

Eine Weile blieb er mit verzerrtem Gesicht liegen, dann setzte er sich vorsichtig wieder auf und tastete die Schwellung am Fuß ab. Ein tiefer Schnitt am Ballen hatte sich entzündet, die Wunde war entzündet und voller Eiter.

»Das hat mir gerade noch gefehlt!« stieß er wütend hervor. »Jetzt auch noch Hinkebein.«

Doch er wußte, daß er so etwas nicht auf die leichte Schulter nehmen durfte. Eine Infektion mitten im Dschungel war noch gefährlicher als die verdammten *motilones*. Gegen sie konnte man sich wenigstens zur Wehr setzen, aber gegen das unbekannte Gift, das sich unbemerkt im Körper verteilt, war kein Kraut gewachsen.

Seine Stirn brannte; er hatte Schüttelfrost.

Mühsam kroch er ein paar Meter zu einem Baum, von dem lange Lianen herabhingen, schnitt eine ab und ließ die heraustretende Flüssigkeit in den Mund tropfen. Sein Durst war unerträglich.

Schließlich lehnte er den Kopf gegen den Baumstamm, klopfte die Ameisen ab, die auf seinem Körper herumkrabbelten, und schloß die Augen, um seine Gedanken zu sammeln.

Er saß in der Klemme, und diesmal sah es so aus, als könnte

es wirklich gefährlich werden. Er suchte in seiner Erinnerung nach einem Rat seines guten Freundes Papepac, des einzigen Menschen auf Erden, der ihm vielleicht hätte helfen können.

Die Wunde bot einen grauenhaften Anblick. Der Schnitt war nicht lang, aber sehr tief. Dadurch kam es nicht in Frage, ihn mit Feuer zu desinfizieren. Außerdem war die Entzündung schon so weit fortgeschritten, daß die ganze Sohle vereitert war.

»Verdammter Mist!« fluchte Cienfuegos.

Papepac hatte ihn gewarnt. Die meisten Bewohner des Dschungels sahen sich irgendwann mit diesem Phänomen konfrontiert. Es war nur eine Frage der Zeit, bis auch er auf einen Dorn oder Stachel mit dem gelblichen Gift treten würde, das derart bösartige Entzündungen hervorrief.

Ja, er konnte sich daran erinnern, daß Papepac ihm davon erzählt hatte. Aber was hatte er gesagt? Was konnte man dagegen tun?

Er fiel in Ohnmacht, ohne darauf gekommen zu sein.

Er träumte von Azabache.

Immer wieder rief ihn die Afrikanerin und lud ihn ein, ihr an den Ort zu folgen, an dem es weder Angst noch Schmerz, weder Hunger noch Durst gab, nur das süße Gefühl der Einsamkeit. Dort, wo sich alles für immer einrenkt. Und Cienfuegos fragte sie nach dem Weg, denn er war es müde, ständig durch die Welt zu irren.

Er träumte von Eva, die ihm nur noch als undeutlicher Schatten erschien. Sie war in Begleitung eines Mannes, der ihm irgendwie bekannt vorkam. Danach träumte er von Admiral Kolumbus, der nur dasaß und ihn mit durchbohrendem Blick musterte.

In seinem Delirium schrie er so laut, daß er die Aufmerksamkeit einiger Affen erweckte, die sich schnatternd um ihn versammelten.

Als die Sonne im Zenit stand, zwang der Schmerz ihn, die Augen zu öffnen. Und im gleichen Augenblick fiel ihm wieder ein, was Papepac damals gesagt hatte.

Cienfuegos sah sich um, schleppte sich durch das dichte Unterholz zu einem jahrhundertealten Baum und suchte in den herabgefallenen Blättern herum, die langsam verwesten. Endlich fand er, was er so dringend brauchte: Pilze. Er pflückte einige Exemplare, säuberte sie vorsichtig und zerstampfte sie dann zu einem dickflüssigen Brei, den er mit Humus vermischte.

Dann rieb er die Masse auf die Wunde und deckte sie mit zwei großen Blättern ab, die er mit einer dünnen Liane um den Fuß band. Dann fiel er vor Schmerz und Anstrengung wieder in Ohnmacht.

Drei Tage lang kämpfte er mit dem Tod. Und nur dem eigenartigen Brei und seiner zähen Konstitution hatte er es zu verdanken, daß er schließlich mit dem Leben davonkam. Doch als er den Marsch endlich wieder aufnehmen konnte, war er nicht nur schwach, sondern auch deprimiert. Es war ihm völlig gleichgültig, ob die Wilden oder ein Raubtier das zu Ende führen würden, was die Krankheit offensichtlich nicht vermocht hatte.

Er war nicht mehr der unverwüstliche Kämpfer, der um jeden Preis überleben mußte, um eine Frau wiederzusehen, die er über alles liebte. Er war nur noch ein Spielball des Schicksals. Es kümmerte ihn nicht länger, was mit ihm geschah.

Er beschloß, von nun an nicht mehr an Eva zu denken, denn der Traum, der sie in Begleitung eines eigenartigen Mannes gezeigt hatte, war ihm nur allzu deutlich in Erinnerung. Zu viele Jahre waren vergangen, und Azabache hatte ganz recht gehabt: Keine Frau würde so lange auf einen Mann warten.

Ein wunderbares Gefühl der Erleichterung überkam ihn,

als ihm klarwurde, daß es keinen Grund mehr gab, nach Spanien zurückzukehren. Aber zugleich packte ihn auch tiefe Niedergeschlagenheit: Er war zu einem Ausgestoßenen geworden, auf den weder ein Heim noch eine Frau warteten.

In dieser Stimmung setzte er humpelnd seinen endlosen Marsch durch den Dschungel fort und kümmerte sich nicht darum, wer oder was ihm über den Weg laufen würde. Nach einer Woche gelangte er plötzlich zu einer Waldlichtung. Dort saß eine uralte, zahnlose Frau unter einem Baum, die so viele Runzeln im Gesicht hatte wie eine Mumie.

Ihre Brüste hingen bis zu den Hüften herab; sie war nur noch Haut und Knochen. Auf dem Kopf sprossen ein paar Büschel struppiges Haar. Die Hände sahen aus wie Krallen mit ihren riesigen Nägeln, so scharf, daß die Alte ihm die Eingeweide hätte aufreißen können, hätte sie noch die Kraft dazu besessen.

Sie musterte Cienfuegos. In ihrem Blick lag die Ruhe der Weisheit. Schließlich sagte in einer Mischung aus den Dialekten der Kariben und der *cuprigueris*:

»Komm näher! Du hast dich verspätet.«

»Hast du mich etwa erwartet?«

»Seit dem neunten Mond wartet Acarigua auf dich.«

»Bist du eine Hellseherin?«

»Acarigua sieht alles, hört alles und kann alles.«

Der Hirte aus Gomera kniete vor ihr nieder und betrachtete sie verwundert.

»Du bist eine Hexe?« fragte er, und als die Alte nur schweigend nickte, setzte er hinzu: »*Motilona?*«

»Acarigua wurde bei den *chiriguanas* geboren, aber die *motilones* haben sie als Kind entführt. Sie hat ihnen viele Kinder geboren, bis man sie an die *pemenos* verkaufte. Später gaben die *pemones* sie an die *chiriguanas* zurück, doch diese haben sie verstoßen.« Ihre Stimme war heiser, tief und vorwurfsvoll. »Jetzt gehört sie keinem Stamm mehr an.«

Cienfuegos wies auf die Umgebung und fragte: »*Motilones*?«

Die zahnlose Alte nickte.

»*Motilones*«, antwortete sie dann. »Du wirst sterben.«

»Und was ist mit dir?«

»Vor Acarigua haben sie Angst. Sie kann gehen, wohin sie will. Keiner wagt es, ihr auch nur ein Haar zu krümmen.«

»Ich verstehe. Eine Hexe wie dich rührt keiner an. Kannst du mir denn nicht helfen?«

»Warum sollte Acarigua dir helfen?« gab die runzlige, kleine Frau zurück. »Du bist weder ihr Sohn noch ihr Enkel... Welchem Stamm gehörst du an?«

»Ich komme aus Gomera.«

Die Alte sah ihn von oben bis unten an, denn von einem derartigen Gebiet hatte sie noch nie gehört, genauso wie sie auch noch nie einen so großen, rothaarigen Mann gesehen hatte wie ihn.

»Die Gomeros sind groß, wie? Und stark. Schade, daß Acarigua sie nicht früher kennengelernt hat. Wo wohnt dein Stamm?«

»Auf der anderen Seite des Meeres.«

»Bei den *cuprigueris* oder den Kariben? Bei den *pacabueyes*?« Als Cienfuegos wiederholt den Kopf schüttelte, spuckte die Alte eine grünlichgelbe Flüssigkeit aus, auf der sie die ganze Zeit mit ihren einzigen beiden Zähnen gekaut hatte. »Macht nichts«, sagte sie. »Es gibt keinen guten Stamm. Sie sind alle schlecht. Sie zwingen die Frauen, Kinder zu gebären und wie Tiere zu schuften, und wenn sie alt sind, werden sie einfach verkauft...« Sie machte eine weite Handbewegung und fuhr fort: »Acarigua wohnt jetzt im Urwald. Die Tiere sind ihre Verbündeten.«

»Hast du keine Angst?«

»Kein Tier würde Acarigua jemals etwas zuleide tun.«

»Ich verstehe. Aber hast du keinen Hunger?«

Ihre spitzen Nägel gruben sich in einen langen Kürbis, den sie in einem Beutel trug. Dann zeigte sie ihm einen Haufen Blätter.

»Mit *jarepá* kennt Acarigua weder Hunger noch Durst oder Kälte. Und auch keine Krankheiten.« Sie steckte einige der Blätter in den Mund und kaute darauf wie eine alte Ziege, während sie sie von einem Mundwinkel in den anderen schob. »Das *jarepá* ist eine Gabe der Götter, und nur wir Auserwählten wissen, wo es zu finden ist.«

»Unsinn!«

»Was hast du gesagt?«

»Unsinn!« wiederholte Cienfuegos entschieden. »Es gibt nichts, was gegen alles gut ist.«

»Natürlich gibt es das. Hier ist es«, entgegnete die Alte ebenso bestimmt. »Acarigua ernährt sich fast ausschließlich von diesen Blättern.«

»Deshalb bist du auch nur noch Haut und Knochen.« Er zuckte die Achseln. »Wahrscheinlich wird es dir nichts sagen, aber du bist das seltsamste Wesen, das ich jemals gesehen habe.« Er sprang auf, verabschiedete sich mit einer knappen Handbewegung und sagte: »Na schön. Wenn du mir nicht helfen kannst, will ich machen, daß ich weiterkomme.«

»Das geht nicht.«

»Warum nicht?«

»Weil du Acariguas Sklave bist.«

Sie hatte es so selbstverständlich gesagt, ohne auch nur mit der Wimper zu zucken, daß es Cienfuegos kalt über den Rücken lief.

»Dein Sklave?« fragte er schließlich und versuchte, seine Angst zu verbergen. »Du bist doch nur eine alte Frau, die ich mit einer Hand erwürgen könnte.«

»Mag sein, aber wenn du nicht Acariguas Sklave sein willst, wirst du sterben.«

»So, so. Wer soll mich denn töten? Du etwa mit deiner Magie?«

Acarigua, die Hexe, die alles sah, alles hörte und alles konnte, schüttelte den Kopf und spuckte erneut die widerwärtige Flüssigkeit aus. Sie landete genau zwischen Cienfuegos' Füßen. Dann deutete sie mit dem Kopf auf den Wald.

»Die da.«

Cienfuegos drehte sich um, doch er brauchte eine Weile, bis er die fast unsichtbaren und reglosen Schatten im dichten Urwald erkannte.

»*Motilones?*«

»Wer sonst. Du befindest dich in ihrem Gebiet.«

Cienfuegos hockte sich wieder auf den Boden, denn er sah ein, daß es keinen Zweck hatte, Widerstand zu leisten. Trotzdem verspürte er deutlichen Widerwillen bei dem Gedanken, daß sein Leben vom Wohlwollen des abscheulichsten Wesens abhing, das er jemals gesehen hatte. Er war fast geneigt, den Tod zu wählen.

Doch schließlich gewann sein Selbsterhaltungstrieb die Oberhand, und er fragte unbehaglich:

»Kannst du mich retten?«

»Wenn du mein Sklave wirst, ja.«

»Was müßte ich tun?«

»Sklave sein«, antwortete die Alte gleichgültig und spuckte auf die Erde.

»Aber was muß ich tun?«

»Du mußt Acariguas Befehlen gehorchen«, sagte sie und zeigte ihm ihren Gaumen. »Keine Angst. Für Kinder ist sie schon zu alt. Du wirst sie tragen müssen.«

»Dich tragen?« entgegnete der Hirte aus Gomera. »In den Armen?«

»Oder auf dem Rücken, wie du willst«, lächelte die Alte. »Acariguas Beine tragen sie nicht mehr, aber sie hat keine Lust, immer am gleichen Ort zu hocken.« Ihre Stimme veränderte sich. »Du würdest es kaum spüren. Acarigua ist sehr leicht, und du bist stark, wie ich sehen kann.«

Cienfuegos wies auf den Wall des Urwalds und fragte: »Was ist mit ihnen?«

»Sie fürchten Acarigua, denn diese kann sie verfluchen. Sie würden einen qualvollen Tod sterben.«

»Das ist doch nur Aberglaube.«

»Mag sein. Du weißt es, und Acarigua weiß es, aber sie wissen es nicht. Und nur das zählt.«

»Du bist wirklich eine Hexe.«

»Was sollte ich deiner Meinung nach anderes tun, in meinem Alter und obendrein von allen gefürchtet? Also. Wie hast du dich entschieden?«

»Was bleibt mir schon übrig?«

»Nichts...« Sie winkte ihm mit ihrer knochigen Hand. »Komm her!« befahl sie. »Nimm Acarigua auf deinen Rücken. Gehen wir, bevor sie sich entschließen, eine Marimba aus dir zu machen.«

»Eine was?«

»Eine Marimba. Den Schädel spießen sie an einer Brücke auf, und aus deinen Knochen bauen sie ein Instrument, das einen sehr schönen Klang hat, die Marimba.«

»Verdammte Hurensöhne!« fluchte Cienfuegos.

Er überwand seinen Ekel und hob sie sich auf den Rücken. Dann stapfte er los.

Zum Glück war die alte Hexe nicht schwerer als ein kleiner Rucksack, doch jedesmal, wenn sich ihre Krallen in sein Fleisch bohrten oder ihm ihr schrecklicher Gestank in die Nase stieg, drehte sich ihm der Magen um. Er mußte sich ungeheuer zusammennehmen, um sie nicht abzuwerfen und einfach davonzulaufen.

Doch da er geschwächt und sein Fuß immer noch nicht völlig verheilt war, beschränkte er sich darauf, in Gedanken sein elendes Schicksal zu verfluchen.

Die Aschemänner folgten ihnen.

Man konnte sie weder sehen noch hören. Man wußte nie, wo sie waren, konnte aber sicher sein, daß es ganz in der Nähe war, denn manchmal konnte man sie förmlich riechen.

»Verflixt und zugenäht!« rief er auf spanisch.

»Sprich nicht deinen Dialekt. Du bist Acariguas Sklave, und sie will wissen, was du sagst.«

»Ich habe geflucht. Ist es Sklaven verboten, in ihrer Sprache zu fluchen?«

»Warum beschwerst du dich? Noch hat Acarigua dich nicht schlecht behandelt.«

»Wenn du es wagst, drehe ich dir den Hals um.«

Sie zeigte ihm ihre scharfen Nägel und sagte spöttisch:

»Siehst du das? Die Paste darunter ist Curare. Wenn Acarigua dich damit kratzt, stirbst du, bevor du auch nur einen Schritt tun kannst.«

»Curare? Von den *aucas*?«

»Genau«, gab die alte Hexe zurück und lächelte. »Was glaubst du, wie Acarigua sonst überlebt hätte? Ihre Nägel sind ihre einzige Waffe.«

Amerigo Vespucci, der zuvorkommende Schreiber, der einen seltsamen Duft nach Schweiß und Jasmin ausströmte, wurde seit jenem Nachmittag im Schloß des Bankiers Bernardi zum ständigen Begleiter von Alonso de Hojeda und Juan de la Cosa. Die beiden Edelmänner waren genötigt, eine Weile in Sevilla zu bleiben und darauf zu warten, daß Bischof Fonseca die katholischen Könige überredete, ihnen die für die Reise notwendigen Dokumente auszustellen. Zudem versuchte Bernardi, weitere Bankiers und Kaufleute für die Finanzierung der kostspieligen Expedition zu gewinnen, damit das Risiko nicht allein auf seinen Schultern lastete.

Mittlerweile kümmerte sich Juan de la Cosa, Navigator und Erster Steuermann der geplanten Entdeckungsreise, um die Schiffe, während Alonso de Hojeda die Mannschaft zusammenstellte. Dies war nicht allzu problematisch, da Hunderte von Abenteurern, Seeleuten, Söldnern und flüchtigen Verbrechern ohne zu zögern anheuerten, nicht nur, weil sie gern unter dem Oberkommando eines so berühmten Mannes fuhren, sondern auch weil sie diesmal bei ihren Beutezügen nicht den strengen Befehlen des Vizekönigs unterliegen würden.

Die Rückeroberung Granadas und damit die endgültige Vertreibung der Mauren aus Spanien sieben Jahre zuvor hatte unzählige Söldner arbeitslos gemacht, Männer, die nie etwas anderes als den Krieg gekannt hatten und nicht in der

Lage waren, das Schwert für den Pflug einzutauschen. Die verschuldeten und verarmten Adligen wiederum suchten in der Neuen Welt neuen Reichtum und neuen Ruhm.

Allesamt waren es entwurzelte Abenteurer, die begeistert waren von der Idee, unter der Führung jenes Mannes in die Neue Welt aufzubrechen, der mit einer Handvoll Soldaten in das Lager des gefürchteten Kaziken Canoabó eingedrungen war und den Häuptling vor den Augen seiner fünftausend Kriegern entführt hatte. Alle träumten von Gold und Ruhm, und alle wollten sie mit dem gleichen Eifer gegen die Wilden kämpfen wie zuvor gegen die Mauren.

Für die Bevölkerung ist Krieg immer die Hölle, für ehemalige Soldaten verklärt er sich zu reiner Nostalgie, und für viele ist er eine unwiderstehliche Droge. So verwandelte sich die Herberge »El Pájaro Pinto«, wo Hojeda und Juan de la Cosa Quartier bezogen hatten, in eine Art Rekrutierungsbüro, wo nur noch von glorreichen Schlachten, von Schiffen und eroberten Frauen die Rede war.

Über Wein sprach man nicht – man trank ihn in Unmengen und sang Kriegslieder dazu.

Hojeda schien es nicht viel auszumachen, mit dem wenigen Gold, das er aus der Neuen Welt mitgebracht hatte, den Hunger und den Durst der begeisterten Horde zu stillen. Schließlich mußte er aus diesen Männern seine Mannschaft zusammenstellen. Und er wußte aus Erfahrung, daß es ungeachtet der Gefährlichkeit des Feindes oder anderer Widrigkeiten, die sie in der Neuen Welt erwarteten, vor allem auf die Besatzung und ihren Zusammenhalt in kritischen Augenblicken ankam.

In Sevilla behaglich in einer Schenke zu sitzen und über Kameradschaft und zukünftige Schlachten zu palavern, war einfach, doch wenn es soweit war und man sich mit Moskitoschwaden, unerträglicher Schwüle und ständigen Angriffen der Wilden herumschlagen mußte, sah das Ganze schon ganz anders aus. Dazu kamen Hunger, unbekannte Krankheiten und der Mangel an Frauen. Deshalb verbrachte Hojeda die meiste Zeit damit, durch die Herberge zu streifen und die Männer unauffällig zu beobachten. Er wollte ihren Charakter studieren und herausfinden, wie sie reagieren würden, wenn die Stunde der Wahrheit kam.

Während seiner langjährigen Erfahrung als Soldat hatte er gelernt, daß der disziplinierteste Soldat nicht unbedingt der beste sein mußte, der großmäuligste nicht der schlechteste, der aggressivste nicht der tapferste und der vorsichtigste nicht der feigste.

»El Pájaro Pinto«, die alte Herberge, genoß bald denselben Ruf wie »La Taberna de los Cuatro Vientos« in Santo Domingo, wo berühmte Helden wie Balboa, Cortés, Alvarado, Orellana oder Pizarro ihren Durst stillten. Männer, die mit dem Blut anderer das glorreichste und zugleich beschämendste Kapitel der spanischen Geschichte geschrieben haben.

Es war in jener Herberge von Sevilla, wo Alonso de Hojeda, der Mann aus Cuenca, die Liebe zu seiner Prinzessin allmählich vergaß. Eines Nachts begegnete er einem finsteren Edelmann, der ihn fragte:

»Mein Herr! Erinnert Ihr Euch an mich?«

Hojeda sah seinem Gegenüber in die Augen. Das Gesicht kam ihm irgendwie bekannt vor. Verwirrt fragte er:

»Sollte ich Euch kennen?«

»Ich denke ja.«

»Woher?«

»Aus Isabela. Dort habt Ihr mich zum Narren gehalten, indem Ihr mir erzähltet, Ihr hättet den Jungbrunnen gefunden.«

Hojeda blieb wie versteinert sitzen und musterte den Mann ungläubig. Dann wandte er sich seinen Freunden zu und tat, als sei er völlig überrascht.

»Ein Jungbrunnen?« wiederholte er, als bereitete es ihm Mühe, zu verstehen, wie jemand auf eine derart abstruse Idee kommen könnte. »Unglaublich! Wer hätte gedacht, daß es so etwas gibt? Seid Ihr sicher, daß ich es war, der Euch davon erzählt hat?«

»Durchaus.«

»Verflucht!« rief Hojeda. »Seid Ihr tatsächlich bereit, Euer Wort dafür zu verpfänden, daß ich, Capitán Alonso de Hojeda, Euch diesen Bären aufgebunden habe?«

Es sah so aus, als sei Capitán León de Luna, der Graf von Teguise, einen Augenblick lang geneigt, den Schwur zu leisten, dann aber schien er sich eines Besseren zu besinnen und antwortete leicht verlegen:

»Nein! Ich will nicht beschwören, daß Ihr es persönlich wart, zumindest aber Eure Handlanger.«

»Handlanger? Welche Handlanger meint Ihr? Hütet Eure Zunge, Señor, denn sonst sehe ich mich gezwungen, Euch mit meinem Degen in die Schranken zu weisen. Ich habe keine Handlanger – nur Freunde, die gerne einen über den Durst trinken. Wenn Euch jemand einen üblen Streich spielte, könnt Ihr nicht mich dafür verantwortlich machen. Oder hat man etwa meinen guten Namen mißbraucht? Hat man Euch vielleicht in meinem Namen Geld abgenommen?«

Der Graf merkte, daß die Diskussion einen unerwarteten Verlauf nahm. Hojeda hatte den Spieß umgedreht, und zweifellos war die Meute auf seiner Seite.

»Nein!« antwortete er vorsichtig, »nichts dergleichen. Im Gegenteil, ich bot ihnen Geld an, doch sie schlugen es aus.«

»Dann bin ich beruhigt«, sagte Alonso de Hojeda mit sichtlicher Erleichterung. »Und nun erzählt uns, was geschehen ist, wenn es Euch beliebt!«

»Ihr wißt nur allzugut, was passiert ist und wer daran beteiligt war«, entgegnete der Graf gereizt. »Es waren Eure

Freunde... oder habt Ihr vergessen, wie wir eine ganze Nacht mit Zechen und Würfeln verbrachten?«

»Verehrter Freund«, antwortete der andere geduldig. »Selbst wenn ich das Gedächtnis von hundert Elefanten hätte, wäre ich nicht imstande, mich an alle Menschen zu erinnern, mit denen ich in diesem Leben getrunken oder gewürfelt habe. Aber ich erinnere mich schwach an einen Grafen, der mit einem heruntergekommenen alten Kahn nach Isabela kam. Möglich, daß Ihr das gewesen seid.«

»Ihr wißt genau, daß ich es war.«

»Aber Ihr verschwandet kurz darauf, wenn ich mich recht entsinne...« Er lächelte leicht. »Wir haben uns damals nichts dabei gedacht. Jeden Tag kam Hunderte von Menschen nach Isabela, und ebenso viele gingen wieder. Die Stadt war ein Durchgangslager, ein Bordell. Wußtet Ihr, daß sie mittlerweile verlassen ist?«

»Ihr macht Euch lustig über mich«, rief Capitán de Luna erbost und legte die Hand auf den Knauf seines Degens. »Ich war dort, um eine heilige Pflicht zu erledigen, und Ihr habt mich mit Euren Kumpanen daran gehindert.«

»Ich habe nicht die geringste Ahnung, was für eine heilige Pflicht Ihr zu erledigen hattet oder wer Euch daran gehindert haben soll, aber ich versichere Euch, daß es sehr töricht ist, in meiner Gegenwart den Degen zu ziehen.«

»Wollt Ihr mich zum Duell fordern?«

»Mit Eurem Verhalten, Graf, fordert Ihr mich heraus. Ihr klagt mich einer absurden Sache an und habt noch nicht einmal Beweise. Wenn Ihr dumm genug wart, einer derart unglaublichen Geschichte auf den Leim zu gehen, habt Ihr den Denkzettel verdient.«

»Glaubt Ihr, ich hätte Angst vor Eurem Ruf? Nicht im geringsten.«

»Ruf?« wiederholte der Mann aus Cuenca spöttisch. »Was wißt Ihr von meinem Ruf?«

»Es wird überall erzählt, daß Ihr ein unbesiegbarer Fechter seid, was ich nicht glaube, und ein aufgeblasener Draufgänger, was schon eher zutrifft.«

»Aber nein. Ihr versteht nicht, lieber Graf«, entgegnete Hojeda. »Mein Ruf schützt mich, aber er ist auch eine große Gefahr, wenn ein Dummkopf wie Ihr zum Beispiel meint, er würde nicht der Wahrheit entsprechen. Wollt Ihr die Probe aufs Exempel machen?«

»Wann es Euch beliebt.«

Capitán León de Luna zog seinen Degen, doch bevor er wußte, wie ihm geschah, hatte Hojeda ihm die Waffe schon aus der Hand geschlagen. Der Graf hatte sich immer für einen guten Soldaten gehalten und verfügte über eine lange Kriegserfahrung, deshalb war er einen Augenblick so verwirrt, daß er nicht wußte, was er tun sollte. Schweigend sah er zu, wie Hojeda langsam den Degen aufhob und ihn ihm wiedergab.

»Hier, mein Freund, und paßt beim nächsten Versuch besser auf. Wenn ich weniger Skrupel hätte, könnte ich Euch Schaden zufügen.« Er winkte der Menge, die sich um sie versammelt hatte, Platz zu machen, und sagte: »Also, seid Ihr bereit, Señor?«

Der Graf, der seine Verwirrung noch nicht überwunden hatte, nickte und ging erneut zum Angriff über, doch wieder kam der andere ihm blitzschnell zuvor und schlug ihm den Degen aus der Hand.

»Bei Gott!« rief der Graf verdutzt.

»Ich glaube, das führt zu nichts«, sagte Hojeda, während er sich bückte und die Waffe seines Gegners unter einem Tisch hervorzog. »Ich zweifle nicht an Euren Verdiensten als Soldat, aber als Fechter laßt Ihr zu wünschen übrig.«

»Ich bringe Euch um!«

»Ach was, ich bekomme höchstens Hexenschuß vom vielen Bücken«, spottete Hojeda.

»Verdammter Zwerg!«

Doch nicht einmal das brachte seinen Gegner aus der Fassung. Im Gegenteil, das Scharmützel schien seine gute Laune noch verstärkt zu haben, denn er fragte grinsend:

»Ah! Ist es meine Statur, die Euch Kummer bereitet? Keine Sorge, ich werde auf einen Schemel steigen, um Euch ebenbürtig zu sein. Vespucci!« rief Hojeda. »Leiht mir doch Euren Stuhl!« Dann wandte er sich erneut dem Grafen zu. »Ich mache Euch ein Angebot. Wenn Ihr es schafft, mich zu zwingen, von diesem Schemel zu springen, entschuldige ich mich öffentlich für alle Beleidigungen, die meine Freunde Euch zugefügt haben mögen. Schafft Ihr es aber nicht, werdet Ihr mir schwören müssen, nie wieder nach Hispaniola zu fahren.«

Seine Exzellenz, der Graf von Teguise, brauchte einen Moment, um das Angebot zu prüfen. Dann nickte er zustimmend.

»In Ordnung. Die Herren sind meine Zeugen. Euer Wort gilt. Wann immer Ihr bereit seid.«

Alonso de Hojeda reichte ihm erneut seinen Degen. Dann stellte er den Schemel, den Amerigo Vespucci ihm gebracht hatte, in die Mitte des Raumes. Als die Menge sich um sie gedrängt hatte und neugierig auf den Fortgang des Geschehens wartete, stieg Hojeda auf den Schemel.

Doch das, was dann folgte, verschlug allen die Sprache. Seelenruhig steckte Capitán León de Luna den Degen in die Scheide und wandte sich ab. Er trat einige Schritte zurück und setzte sich an einen leeren Tisch. Dann bestellte er einen Krug Wein und beobachtete spöttisch seinen Gegner, der auf dem Schemel stand.

»Was soll das?« fragte Hojeda ungeduldig. »Wolltet Ihr Euch nicht duellieren?«

»Das tue ich bereits«, antwortete der andere. »Aber auf meine Art.«

»Auf Eure Art?« wiederholte Hojeda verärgert.

»Genau. Ihr selbst habt mich auf die Idee gebracht. Als Fechter mag ich nichts taugen, aber als Soldat bin ich unschlagbar. Und jeder Soldat weiß, daß man sich einer List bedienen muß, wenn man die Festung nicht mit Gewalt nehmen kann.«

León de Luna musterte Hojeda verächtlich. In seinem Gesicht spiegelte sich der Triumph über seinen Sieg. Er lachte laut auf und sagte:

»Nun, Hunger und Durst werden Euch bald veranlassen, von Eurem hohen Roß zu steigen. Ich dagegen habe Zeit.«

»Ihr seid ein Betrüger!« rief Hojeda.

»Wer ist derselben Meinung?« fragte der Graf herausfordernd, der sein Selbstvertrauen wiedergewonnen hatte und jetzt Herr der Lage war. »Ihr habt die Bedingungen für den Kampf genannt. Und Ihr habt nichts von einer zeitlichen Begrenzung gesagt, oder irre ich mich?« Er wandte sich an den Wirt und rief: »Essen und Trinken auf meine Kosten, solange der berühmte Capitán auf dem Schemel bleibt.«

»Ihr wollt alles bezahlen?« fragte der Wirt ungläubig.

»Wie ich schon sagte: Solange der Zwerg auf seinem Schemel ausharrt, geht alles auf meine Rechnung.«

Capitán León de Luna war siegessicher und genoß die Rache an dem Mann, der ihn zuvor auf so schändliche Weise zum Narren gehalten hatte.

»Und jetzt laßt den Mann hochleben, der euch das ermöglicht«, spottete er. Die Menge johlte vor Begeisterung und brach in schallendes Gelächter über den gedemütigten Hojeda aus.

Der aber sah ein, daß er die Schlacht verloren hatte. Er hob die Arme und rief resignierend:

»In Ordnung! Ich werde ausharren, bis ihr euch sattgegessen habt. Immerhin kriegt man nicht jeden Tag ein kostenloses Essen. Aber beeilt euch, denn auf dem kleinen Schemel ist es nicht besonders bequem.« Es sollte das einzige Duell sein, das der berühmte Fechter Alonso de Hojeda im Verlauf seines aufregenden Lebens verlor.

Ein anderer Mann jedoch übertraf den dickköpfigen Capitán de Luna noch bei weitem an Gerissenheit: Es war der hinterlistige Amerigo Vespucci, der sich Hojedas Freundschaft erschlichen und ihn bis ins kleinste Detail über die Neue Welt ausgefragt hatte, nur um später zu behaupten, er sei an einer Expedition beteiligt gewesen, die einen neuen Kontinent entdeckt hatte, dabei war er in Wirklichkeit nie über Sevilla hinausgekommen.

Seine Chroniken fanden große Beachtung, denn die Entdeckung einer Neuen Welt auf halbem Weg nach Asien war natürlich viel interessanter als der Seeweg nach Zipangu.

Jahre später veröffentlichte der Kartograph Martin Waldseemüller ein Buch, in dem er westlich der Kanarischen Inseln einen Kontinent einzeichnete, den er *De Amerigo* nannte. Als er seinen Fehler erkannte, war es schon zu spät. Die Neue Welt erhielt den Namen Amerika, obwohl sie richtigerweise Kolumbien hätte heißen müssen. So wurde Kolumbus letztlich dieses ruhmvolle Andenken verwehrt, das ihm trotz seiner Irrtümer gebührte.

Endlich, im April des Jahres 1499, brach die von Bernardi und anderen Kaufleuten finanzierte Expedition in die Neue Welt auf: unter der Führung Capitán Alonso de Hojedas und mit Juan de la Cosa als Navigator. Obgleich ihr eigentliches Ziel darin bestand, Gold zu finden und den Reichtum ihrer Finanziers zu mehren, war sie doch auch die erste, die sich von Kolumbus' Vorstellungen gelöst hatte und nicht mehr davon ausging, daß die neuen Gebiete, die der Admiral entdeckt hatte, sich vor den Küsten Zipangus befanden.

Lautlos fiel der Regen von einem Himmel, der so verhangen war, daß man hätte meinen können, jemand habe ein nasses Tuch über den Wald gelegt, das jetzt abtropfte und den Boden wirksamer befeuchtete, als es ein Gewitter je vermocht hätte.

Die Tropfen sammelten sich auf den großen Blättern der Bäume, liefen an den Zweigen herunter bis zum Stamm und verwandelten den Boden in einen Morast aus faulendem Laub und Schlamm.

Der Winter war gekommen im Lande der gefürchteten *motilones*, und mit ihm die Regenzeit, die sich monatelang der Landschaft, der Tiere und der Menschen bemächtigen und sie mit Schwermut erfüllen sollte.

Das ganze Jahr hindurch hatte eine wütende Sonne das Karibenmeer erhitzt und riesige Wolken erzeugt, die von den Winden langsam zu den Bergen getrieben wurden, wo sie sich jetzt entluden. Tag und Nacht regnete es ohne Unterlaß; die Tage verwandelten sich in Wochen, die Wochen in Monate, und die Monate schienen sich in Jahre zu verlängern.

Niemand vermochte mit Sicherheit zu sagen, wie lange der Winter dauern würde. Da der Mond nicht zu sehen war, verloren die Menschen sehr bald das Zeitgefühl. Außerdem schienen die Einheimischen an den Jahreszeiten ohnehin nicht besonders interessiert, denn nach der Regenzeit erwartete sie nur wieder die unerträgliche Hitze des Sommers.

Die *motilones* hockten unter den mit Palmblättern gedeckten Dächern ihrer mauerlosen Hütten und sahen zu, wie der Regen die Asche von ihren Körpern wusch. Die meiste Zeit jedoch verbrachten sie in ihren Hängematten, knapp über dem Boden. Bei jedem Schritt nach draußen versanken sie knöcheltief im Schlamm.

In der Luft hing ein ekelerregender Gestank nach Fäulnis, Tierkadavern und menschlichen Exkrementen, und nur das Rauschen des Regens war zu hören. Selbst die unermüdlichen Eichhörnchen und die ewig schnatternden Affen schienen von der Traurigkeit der Landschaft angesteckt. Die Raubvögel hatten ihre Nester in den Felswänden bereits verlassen, als die ersten Wolken am Himmel auftauchten. Der hohe Dschungel wirkte wie ausgestorben.

Cienfuegos, der Hirte von der Sonneninsel Gomera, kauerte in einer Ecke und hatte das Gefühl, lebender Toter zu sein, ein Wesen ohne Willenskraft, das nicht in der Lage war, auf eine Situation zu reagieren.

Endlose Stunden döste er vor sich hin. Gelegentlich warf er einen Blick auf die feuchte grüne Wand und träumte von einer sonnigen, warmen Landschaft.

Seine Herrin Acarigua erinnerte ihn an eine Gallionsfigur, der das Wasser nichts anhaben konnte. Sie hatte sich unter einen dichten *matapalos* verkrochen und hockte so reglos da, daß Cienfuegos immer wieder glaubte, sie hätte ihr Leben bereits ausgehaucht.

Aber sie lebte. Das Gebüsch, in dem sie sich verbarg, schien eine symbolische Bedeutung zu haben, denn der *matapalos* ist eine Schlingpflanze, die den Baum, von dem sie lebt, langsam, aber sicher tötet. Ein Parasit also, der seinem Wirt unaufhaltsam den Garaus macht, was dann auch seinen eigenen Untergang bedeutet.

Jahrelang windet sich der dünne Trieb der Pflanze um den mächtigen Stamm eines Baumes, um immer dicker zu werden und ihn zu strangulieren. Später tragen Regen und Feuchtigkeit zur Verwesung des Stammes bei, bis er umstürzt und auch dem *matapalos* ein Ende macht.

Acarigua, die alles sah, alles hörte und alles konnte, saß gern in dem hohlen Stamm und sah stundenlang nach oben, während sie ihre Jarepáblätter kaute. Sie hatte Cienfuegos gezeigt, wo die Büsche zu finden waren und wie man die Blätter zubereitete.

Mittlerweile hatte auch der traurige Hirte aus Gomera sich angewöhnt, jeden Tag eine Ration dieser seltsamen Blätter zu verspeisen und damit die spärliche Speisekarte, die hauptsächlich aus Kröten und Wurzeln bestand, zu ergänzen. Dabei hatte er zu seinem Erstaunen entdeckt, daß sie nicht nur eine anregende Wirkung hatten, sondern auch halfen, den Hunger zu bekämpfen.

Offensichtlich waren auch die zwei Dutzend ausgemergelter *motilones*, die in einer nahegelegenen Lichtung hausten, während der langen Regenzeit auf die bitteren kleinen Blätter angewiesen. Die Krieger des Stammes gingen nur noch selten auf die Jagd; höchstens, wenn sie zufällig ein Wasserschwein entdeckten, das sich im Morast verfangen hatte, ließen sie sich herab, ein Feuer anzuzünden und das Tier samt Fell zu braten, bis es schwarz verkohlt war.

Cienfuegos beobachtete sie, als seien es Wesen aus einer anderen Welt.

Denn anders als die blutrünstigen Kariben, die Menschenfleisch aßen, zumindest aber Hütten mit Wänden und eine gewisse soziale Struktur besaßen, erschienen ihm diese Aschemänner als primitiver Haufen blindwütiger Geschöpfe, die sich auf der Entwicklungsstufe irgendwo zwischen Affe und Mensch befanden.

Sie kannten das Feuer und die Sprache, sie waren keine Menschenfresser und gingen sehr geschickt mit Waffen um, doch allem Anschein nach waren sie nicht in der Lage, vernünftige Hütten zu bauen, die der Witterung ihres Gebiets angemessen gewesen wären. Erstaunlicherweise schienen sie nicht einmal gewillt, die kleinen Errungenschaften ihrer Nachbarn, der *pemenos* und *cuprigueris*, zu übernehmen.

Während Cienfuegos sie beobachtete, kam er zu dem Schluß, daß es sich um ein Volk handeln mußte, das stark unter Verfolgung gelitten hatte und deshalb in den unwirtlichen Dschungel geflüchtet war. Doch die Erinnerung an ihren schrecklichen Exodus war noch lebendig, daher hatten sie die Gewohnheit angenommen, nie lange an einem Ort zu bleiben und ständig umherzuziehen. So waren sie zu Nomaden geworden, die keine festen Behausungen brauchten.

Die Hängebrücken mit den Totenköpfen und der Gestank nach Tod, den sie im ganzen Wald verbreiteten, deutete er nun nicht mehr als Symbol der Macht, sondern als Beweis für ihre Schwäche. Denn in Wirklichkeit organisierten sie selten Beutezüge gegen andere Stämme, und wenn, dann nur, um Frauen zu stehlen und sofort wieder die Flucht zu ergreifen, ohne sich einem Kampf zu stellen.

Sie waren schwach, und sie wußten es. Cienfuegos wiederum war klar, daß die Aggressivität eines Feiglings tausendmal gefährlicher sein kann als die eines Kämpfers, und fand keinen Augenblick Ruhe, da er ständig auf einen Hinterhalt gefaßt sein mußte.

Zum Glück schien die Hexe Acarigua eine gewisse Macht über sie auszuüben, nicht so sehr wegen ihrer magischen Kräfte, die von den primitiven Waldmenschen auch sehr gefürchtet wurden, sondern weil sie das einzige Bindeglied des Stammes zur Außenwelt war.

Die widerwärtige Alte konnte sich frei zwischen den verschiedenen Stämmen und Familien bewegen und hatte die Funktion einer Botin. Da aber ihre Beine sie jetzt nicht mehr trugen, brauchte sie jemanden, der sie von Dorf zu Dorf trug, was allerdings während der Regenzeit selten war. Nur dieser Tatsache hatte es Cienfuegos zu verdanken, daß er noch am Leben war.

Die meiste Zeit des Tages verbrachte er damit, nach den grünen Blättern zu suchen. Gelegentlich hatte er Glück und fand ein Wasserschwein oder eine Ratte. Sobald es Abend wurde, kauerte er sich unter einem Dach aus Blättern und Zweigen zusammen, das er sich an den großen Wurzeln einer jahrhundertealten Ceiba notdürftig errichtet hatte, und sah geistesabwesend zu, wie der Regen fiel.

Zwei lange Monate vergingen. Der Boden war völlig aufgeweicht, so daß die Wurzeln der großen Bäume nur noch mühsam Halt fanden. Kleine Bäche verwandelten sich in reißende Flüsse, die die dicken Baumstämme einfach mit sich rissen. Es war wie eine Sintflut.

Etwa dreihundert Meter von der Ceiba entfernt hatte sich ein solcher Fluß aus Wasser, Schlamm und Geröll gebildet. Wie braune Lava wälzte er sich durch den Wald und riß alles mit, was ihm im Weg stand.

Der Strom wurde von Tag zu Tag breiter und majestätischer, und jedesmal, wenn Cienfuegos ihm nahe kam, war er von seiner Macht beeindruckt. Riesige Bäume gaben seinem Druck nach und stürzten mit einem lauten Krachen, das bis zu ihrem Lager zu hören war, ins Wasser. Die ganze Landschaft schien in Bewegung geraten zu sein. Berghänge drohten abzurutschen und alles unter sich zu begraben.

Die Eingeborenen verfolgten das grausige Schauspiel mit Entsetzen, und Cienfuegos fiel auf, daß jeden Morgen einige Krieger die Hängematten verließen und wie Schatten zum Fluß eilten, um zu sehen, was sich über Nacht getan hatte.

»Wenn es nicht bald aufhört zu regnen, wird *Tamekán* kommen, um die Menschen zu verschlingen«, sagte die Alte eines Morgens, als sie ihr Versteck verließ. »Acarigua kann hören, wie sein Magen knurrt, denn je mehr er ißt, um so hungriger wird er.«

»Wer ist *Tamekán*?« fragte Cienfuegos.

»Der unsichtbare Dämon, der keine Gestalt hat. Er besiegt das Wasser und die Erde, denn er ist beider Sohn. Er ist der Geist des Schlamms.«

»Schlamm ist Schlamm.«

»Am Anfang ja«, nickte die alte Hexe, während sie ihre Blätter kaute und die Flüssigkeit aus dem Mundwinkel auf ihre dünne nackte Brust tropfte. »Am Anfang ist der Schlamm nur Wasser und Erde, die sich umarmen. Aber wenn diese Umarmung sehr lange dauert, bringen sie *Tamekán* hervor. Und er wird größer und größer, bis er Berge und Wälder beherrscht. Er wird über die Menschen herfallen und sie verschlingen. Und alle, die *Tamekán* verschlingt, kommen in die Hölle.«

»Woher weißt du das?«

»*Tamekán* verschlingt die Leichen, und wenn sie nicht verbrannt werden können, damit die Seelen mit dem Rauch zum Himmel steigen, wie sollen sie sonst in den Himmel gelangen?«

»Ich verstehe«, sagte Cienfuegos. »Und so willst du eines Tages ins Paradies gelangen, man soll deinen Körper verbrennen?« Die Hexe Acarigua nickte schweigend, und Cienfuegos fuhr fort: »Bei dem wenigen Fleisch, das du hast, wird deine Rauchwolke nicht mal bis zu den Baumwipfeln aufsteigen.«

»Der Himmel ist überall, mein Sohn«, erwiderte die Alte. »Deine letzte Mission wird darin bestehen, Acarigua zu verbrennen. Dazu wirst du feuchtes Holz nehmen und die Zweige der *akole*, die einen dichten Rauch erzeugen, damit sich Acariguas Geist darin verstecken und das Paradies unbemerkt erreichen kann.«

»Warum unbemerkt? Würde man dich sonst nicht hereinlassen?« fragte Cienfuegos neugierig.

Sie spielte mit den scharfen Nägeln ihrer Finger.

»Acarigua hat viele Menschen umgebracht. Sogar Kinder«, fügte sie nach einer kurzen Pause hinzu.

»Du hast Kinder getötet?«

»Mißgebildete Kinder«, lautete die ehrliche Antwort. »Ihre Mütter wagten nicht, sie zu töten, und es war Acarigua, die ihnen die Fingernägel in den Hals bohrte.« Sie hielt inne und breitete die Arme aus. »Das Leben im Dschungel ist brutal, und wenn man als Krüppel geboren wird, die reinste Hölle. Deshalb ist es besser, sich vom Curare erlösen zu lassen.« Sie sah Cienfuegos in die Augen und steckte ihre Hand bis zum Ellbogen in den weichen Schlamm. »*Tamekán* ist sehr lebendig. Bald wird er die Menschen verschlingen.«

Die eigentliche Gefahr bestand nicht in den Rinnsalen, die sich allmählich zu Sturzbächen verbanden und alles niedermachten, was sich ihnen in den Weg stellte, sondern in dem ununterbrochenen Regen, der alles aufweichte.

Ein riesiger Regenbaum stürzte krachend zu Boden.

Nicht die Blitze, der Wind oder der allmächtige *Tamekán* hatten ihn getötet, sondern seine Wurzeln hatten den Halt im Boden verloren.

Er wurde einige Meter vom Schlamm mitgezogen und blieb schließlich an einem Zedernbaum hängen, der vergeblich versuchte, das Gleichgewicht zu halten.

Am nächsten Tag fiel auch er.

Und es regnete weiter.

Tamekán schwoll auf hundert Meter Breite.

Die ältesten Kolosse des Urwaldes gaben ihm ohne nennenswerten Widerstand nach und wurden hinweggerissen, während ihre Zweige und Blätter verzweifelt kämpften, um nicht ganz in den Erdmassen unterzugehen.

Nun fanden sich nirgends mehr grüne Blätter, denn die Erde hatte alles verschluckt. Auch Eßbares war nicht länger aufzutreiben, da alles, was Flügel oder Beine hatte, die haltlosen Gebirge bereits verlassen hatte.

»Sammle etwas Holz und die Zweige des *akolé*«, befahl die Alte ihm eines Tages. »Acarigua will gehen, bevor *Tamekán* sie verschlingt.«

»Jetzt hör mal gut zu«, erwiderte Cienfuegos gereizt. »Noch bist du am Leben, und außerdem wäre es sinnlos, in dieser Feuchtigkeit ein Feuer anzünden zu wollen.«

»Du bist Acariguas Sklave, und wenn du nicht gehorchst, werden die *motilones* dich töten.«

»Die Burschen da drüben meinst du?« sagte Cienfuegos und deutete auf die nahegelegene Lichtung im Wald. »Die sind doch wie gelähmt vor Angst. Ihre einzige Sorge gilt dem verdammten Schlamm. Sie werden nicht auf dich hören.«

»Wenn du Acarigua nicht gehorchst, wird sie sagen, der Regen läßt nach, wenn sie dich töten.«

»Und wenn ich dich verbrenne, werden sie mich töten, sobald du in Rauch aufgegangen bist«, entgegnete Cienfuegos. »Weißt du überhaupt, welche Qual es ist, bei lebendigem Leib zu verbrennen?«

Die Alte betrachtete lange ihre Nägel und sagte dann:

»Wenn Acarigua die Schmerzen nicht aushält, wird sie sich die Nägel in den Hals bohren. Acarigua weiß, wie man rasch und schmerzlos stirbt.«

»Verdammte Hexe!« rief Cienfuegos. »Und was soll aus mir werden?«

»Du wirst mit dem Leben davonkommen. Acarigua wird ihren Söhnen und den Söhnen ihrer Söhne sagen, daß es aufhören wird zu regnen, wenn sie dich ziehen lassen. Das ist doch eine gerechte Abmachung, oder nicht?«

»Fürchtest du dich so sehr vor *Tamekán*?«

Die zahnlose Hexe sah Cienfuegos in die Augen und deutete stumm auf die Umgebung.

»Hörst du ihn?« fragte sie. »Hörst du, wie er heult und knurrt? Kannst du dir vorstellen, was es heißt, in seinen Gedärmen zu verschwinden, nie wieder die Bäume oder den Himmel sehen zu können? Wenn du sie verbrennst, wird Acarigua für immer über den Gipfeln der Berge sein, wenn er sie aber verschlingt, wird sie auf ewig in der finsteren Unterwelt schmoren, aus der es kein Entkommen gibt.« Ihre Stimme wurde flehentlich. »Ich bitte dich, verbrenne mich!«

»Ich will es mir überlegen.«

»Wir haben keine Zeit mehr.«

Acarigua hob eine Handvoll Schlamm auf, spuckte darauf und sah Cienfuegos scharf an.

»Es ist höchste Zeit. Die Erde ist keine Erde mehr und das Wasser nicht länger Wasser. Alles wird zu *Tamekán*.«

Cienfuegos dachte angestrengt nach und kam dann zu dem Schluß, daß die Alte recht hatte. Es würde nicht mehr lange dauern, bis ein riesiger Erdrutsch den ganzen Berg mit sich fortriß. Er mußte so schnell wie möglich fort von hier.

Vielleicht hatten die verhaßten *motilones* nichts, wo sie hingehen konnten, da sie von allen Nachbarstämmen bekämpft wurden, und zogen es daher vor, hierzubleiben und von den Erdmassen verschlungen zu werden. Doch warum sollte er dasselbe Schicksal auf sich nehmen wie sie?

»Einverstanden!« sagte er schließlich und erhob sich. »Ich werde dir einen Scheiterhaufen bauen, wie es einer Hexe gebührt, aber vorher mußt du mit ihnen sprechen.«

Zwei Tage lang sammelte er Holz und die Zweige des *akolé* und stapelte es im Versteck der Alten zum Trocknen auf. Als er sein Werk beendet hatte, versuchte Cienfuegos ein letztes Mal, sie von ihrem Vorhaben abzubringen.

»Begehe Selbstmord, und ich verbrenne dich. Sonst werde ich für immer ein schlechtes Gewissen haben.«

Doch die Alte kannte die Bedeutung des Wortes Gewissen nicht. Und jetzt war nicht der rechte Augenblick, um es ihr zu erklären, denn Cienfuegos wollte so schnell wie möglich verschwinden.

»Bring es hinter dich und geh!« sagte die Alte und betrachtete ihre Fingernägel. »Vielleicht ist das Gift alt und wirkt nicht sofort, aber dennoch: Acarigua muß büßen für das, was sie getan hat.«

Cienfuegos hob die alte Frau auf und bettete sie vorsichtig auf den Scheiterhaufen. Dann zündete er das Feuer an. Es war eine makabre und haarsträubende Zeremonie, denn das Holz brannte wegen der Feuchtigkeit nur zögernd. Acarigua beobachtete alles mit der Geduld einer Sterbenden, die das, was um sie geschieht, schon gar nicht mehr wahrnimmt. Und wäre nicht dieser Glanz in ihren Augen gewesen, hätte man meinen können, sie sei bereits tot.

Eine Stunde später hatten Flammen und Rauch sie umhüllt. Sie lag auf dem Scheiterhaufen und rührte sich nicht, während das Feuer langsam an ihr emporzüngelte. Cienfuegos warf ihr einen letzten Blick zu und verschwand im Dschungel.

Während der Mittagsstunden brannte die sengende Sonne unbarmherzig auf die staubigen Straßen der frischgebackenen Hauptstadt Santo Domingo nieder und zwang jedes Lebewesen, im Schatten Zuflucht zu suchen. Die Menschen verkrochen sich in ihren Häusern, die Tiere kauerten sich unter die roten und gelben Flamboyantbäume.

Unweit der breiten Flußbiegung, dort, wo das trübe Wasser des Stroms sich mit den kristallklaren Wogen des türkisfarbenen Meeres vermischte, konnte man die Grundmauern der ersten großen Kathedrale der Neuen Welt erkennen. Überall wurde fieberhaft gebaut: an der wehrhaften Stadtmauer, an Häusern und Wachtürmen. Es stand außer Frage, daß die neuen Herren den festen Entschluß gefaßt hatten, an dieser Stelle ein für allemal Fuß zu fassen.

Niemand hätte den Eifer bremsen können, mit dem die bärtigen Männer ein Haus nach dem anderen errichteten, und abgesehen von der unerträglichen Hitze und dem grünen Wall des Dschungels, der sich wie ein Gürtel um die neue Stadt legte, unterschied sich diese in nichts von den vielen anderen, die in den letzten Jahrhunderten auf dem alten Kontinent gebaut worden waren.

Die dicken Befestigungsmauern am Hafen, die die Stadt vor feindlichen Schiffen schützen sollten, der steinerne Palast des Gouverneurs, die Kirche, die Häuser der Adligen und die Lehm- und Strohhütten der einfachen Bürger standen bereits, doch sie waren in aller Eile errichtet worden und berücksichtigten nicht die Besonderheiten der Umgebung. Erst ein ganzes Jahrhundert später sah man ein, daß die Neue Welt auch einer neuen Architektur bedurfte, die mit der Umgebung harmonierte.

Es mußte noch viel Zeit vergehen, bis sich die Logik gegen vorschnelles Handeln durchsetzte. Im Moment war es das erklärte Ziel des Vizekönigs und Admirals der ozeanischen Meere, diesen »Brückenkopf« zu befestigen und die Eingeborenen einzuschüchtern. Beides konnte er durch die Errichtung riesiger Gebäude erreichen, in denen die Menschen jedoch schutzlos der unbarmherzigen feuchten Hitze ausgeliefert waren.

Im August verwandelte sich die Stadt in eine wahre Sauna. Wenn die Sonne im Zenit stand, tötete sie jedes menschliche Wesen, das töricht genug war, sich ihren Strahlen auszusetzen. An diesen Tagen überkam Eva Grumbach die Sehnsucht nach ihrer alten Heimat, und sie dachte an die Zeit zurück, als sie mit ihrem Vater im Schnee spazierengegangen war.

Sie bekam Heimweh.

Die Neue Welt konnte ihr nur Reichtum bringen, aber nicht das, was sie suchte. Sie war jetzt dreißig Jahre alt und sah keinen Sinn mehr darin, noch weiter auf den Mann zu warten, den sie vor sieben Jahren zum letzten Mal gesehen hatte.

Sieben lange Jahre.

Fast ein Fünftel ihres Lebens, ihre besten Jahre, hatte sie mit Warten verschwendet. Für sie stand mittlerweile fest, daß der Mann, den sie liebte, tot war. Und wenn er noch lebte, wäre er nach sieben Jahren nicht mehr derselbe, den sie in jener einsamen Lagune in Gomera kennengelernt hatte.

Sie war nicht enttäuscht, und es tat ihr auch nicht leid, einer schönen Erinnerung treu geblieben zu sein, denn sie war sich stets bewußt gewesen, daß es sie todunglücklich gemacht hätte, mit einem anderen Mann zu leben.

Sie war stolz gewesen, so lange Zeit so leidenschaftlich zu lieben, aber sie war eine intelligente Frau. Nun, damals hatte sie sich Hals über Kopf in den Hirten aus Gomera verliebt und hatte ihre Gefühle verteidigt. Heute empfand sie denselben Stolz bei dem Entschluß, die Vergangenheit ein für allemal ruhen zu lassen.

Niemand würde jemals Cienfuegos' Platz in ihrem Herzen einnehmen können. Doch ihr Herz war groß, und sie sehnte sich danach, von einem Mann geliebt zu werden. Sieben Jahre waren genug. Die Zeit der Illusionen war endgültig vorbei.

Um ihre innere Ruhe wiederzufinden, mußte sie sich von der Vergangenheit lösen; und sie wußte, daß sie das nur in ihrer alten Heimat konnte. Dort redete niemand von Expeditionen und Eroberungen, dort würde sie die Welt, der ihr Geliebter angehört hatte, nicht so überdeutlich vor sich sehen.

Außerdem war ihr Leben in der neugegründeten Hauptstadt unerträglich geworden. Sie hatte zwar ein Dutzend verarmter Edelleute als Leibwächter eingestellt, die ihr Leben und ihren Besitz schützten, doch die böswilligen Verleumdungen und Intrigen hatten nicht aufgehört.

Im Gegenteil, nun bezichtigte man sie der Prostitution, beschimpfte sie als portugiesische Spionin oder als Geliebte des Rebellenführers Roldán. Der Neid der anderen war so groß und nahm derartig absurde Formen an, daß sie befürchtete, der Bischof könnte sich eines Tages gezwungen sehen, den Denunzianten Gehör zu schenken und ihren Fall der Inquisition zu übergeben.

Irgend jemand hatte das Gerücht verbreitet, daß ihr Ehemann, ein aragonesischer Adliger, der mit König Ferdinand verwandt war, sie für ihre Flucht zur Rechenschaft ziehen wollte; und sie merkte, daß der Admiral höchstpersönlich großes Interesse an ihr und ihrer Vergangenheit gezeigt hatte, seit er wieder auf der Insel weilte.

Auch der treue und bedächtige Luis de Torres war über die jüngste Entwicklung beunruhigt. Seine Besorgnis steigerte sich noch, als er erfuhr, daß die gefürchteten Dominikaner beabsichtigten, ihr Kloster direkt vor dem Haus seiner Freundin zu bauen.

»So heilig diese Männer sich auch geben, es sind schlechte Nachbarn«, sagte Luis de Torres. »Denn bald werden sie Euer Land beanspruchen, dessen bin ich mir sicher.«

»Recht habt Ihr«, antwortete Eva. »Ich habe hier nichts mehr verloren. Ich will mit Don Bartolomé und Miguel Díaz über den mir zustehenden Anteil an dem Gold verhandeln, meinen Besitz verkaufen, bevor es zu spät ist, und nach Europa zurücksegeln.«

»Und was soll aus Haitiké werden?«

»Er kommt mit mir.«

»Glaubt Ihr wirklich, Deutschland wäre der richtige Ort für einen Jungen, der in diesem warmen Land geboren ist und so sehr am Meer hängt?«

»Was bleibt mir übrig? Ich liebe ihn wie meinen eigenen Sohn. Haitiké ist die einzige Familie, die ich habe.«

»Deshalb solltet Ihr daran denken, daß er dort nur ein verachteter Mestize wäre. Was für eine Zukunft könnt Ihr ihm bieten? Keine.«

Doña Mariana stand auf, trat zu dem großen Fenster und betrachtete nachdenklich die von Palmen gesäumte Flußbiegung und den dahinterliegenden Hafen, wo einige Karavellen vor Anker lagen.

»Er wird dieses Land vermissen«, sagte sie. »Aber ich will nicht, daß er die Verleumdungen mitanhören muß.«

»Er wird wissen, daß sie nicht stimmen.«

»Wie soll ein Kind Gerechtigkeit von Ungerechtigkeit,

Wahrheit von Lüge unterscheiden? Wenn man tausendmal dieselbe Lüge hört, wird sie zur Wahrheit. Das ist nicht nur bei Kindern so.«

»Es gäbe eine Lösung«, sagte Luis de Torres langsam. »Heiratet mich.«

»Ihr wißt, daß ich einen anderen Mann liebe.«

»Das könnte ich vergessen.«

»Ich nicht.«

»Ich würde Euch respektieren. Wir könnten als Freunde zusammenleben. Ich würde alles tun, was Ihr von mir verlangt. Wenn Ihr fortgeht, hat mein Leben keinen Sinn mehr.«

»Das Leben hier ist ohnehin sinnlos, es sei denn, man hat gewisse Ambitionen.« Mariana Montenegro lächelte bitter. »Oder man wartet vergeblich. Ich bin davon überzeugt, daß Ihr Wort halten würdet, aber da ich Euch sehr schätze, will ich Euch nicht auf eine so harte Probe stellen.« Sie hob beide Arme und seufzte. »Die Würfel sind gefallen. Ich kehre nach Europa zurück.«

»Ich habe Euch für kämpferischer gehalten«, sagte Luis de Torres herausfordernd.

»Eine Niederlage einzugestehen ist kein Zeichen von Schwäche, sondern von Reife. Ich habe gekämpft, solange es die Hoffnung auf einen Sieg gab, aber jetzt glaube ich nicht mehr daran.«

Der Konvertit, ein intelligenter und einfühlsamer Mensch, sah ein, daß es keinen Zweck hatte, sie weiter zu bedrängen. Wenn diese Frau dem Mann, den sie liebte, während der vielen Jahre die Treue gehalten hatte, würde sie jetzt ihre Entscheidung, die Insel zu verlassen, ebenso hartnäckig verteidigen.

»Ich werde mit dem Licenciado Cejudo sprechen. Er hat schon immer Interesse an Eurem Haus gezeigt, obwohl der Zeitpunkt äußerst ungünstig ist. Don Cejudo ist außer sich, da sein Lieblingssklave sich den Aufständischen angeschlossen hat.«

»Bamako?« fragte Doña Mariana Montenegro überrascht. »Der Riese?«

»Genau der. Eines Tages hat er den Licenciado mit einem Fußtritt in den Brunnen befördert und ist zu den Rebellen übergelaufen. Jetzt soll er einer der Vertrauten Roldáns sein.«

»Da hat er einen schlechten Tausch gemacht. Cejudo gehört zu denen, die ihre Diener wie Freunde behandeln, und Roldán zu denen, die ihre Freunde wie Diener behandeln«, erwiderte Mariana Montenegro.

»Trotzdem hat Roldán in letzter Zeit viel Zulauf.«

»Die Männer werden schon sehen, was sie davon haben, und wiederkommen. Und wenn nicht, dann nur wegen der Gebrüder Kolumbus, die noch schlimmer sind als Roldán. Mein Entschluß steht fest, ich fahre mit Haitiké nach Europa.«

So begann Doña Mariana Montenegro, ihre Abreise zu planen und langsam ihren Besitz zu verkaufen. Ihre größte Sorge galt dem sechsjährigen Haitiké. Ihn mußte sie besonders behutsam auf die bevorstehende Reise vorbereiten.

Haitiké war schon immer ein schüchterner, in sich gekehrter Junge gewesen. Er war gehorsam und still und verbrachte die meiste Zeit am Strand, wo er auf einem Felsen saß, aufs Meer hinaussah und von Abenteuern auf hoher See träumte. Nachmittags war er fast immer gegenüber der Taverne »Los Cuatro Vientos« im Schatten eines Baumes anzutreffen. Dort beobachtete er die ein und aus gehenden Seeleute. Und wenn sie sich manchmal draußen vor der Tür versammelten und einer von einer langen Seereise berichtete, stand er wie hypnotisiert daneben und vergaß die Zeit, so daß Bonifacio kommen und ihn zum Abendessen nach Hause holen mußte.

Der gutmütige Bonifacio war sein bester Freund und der einzige Mensch, dem sich der Junge anvertraute, dem er seine Sorgen und Ängste berichtete. Niemand konnte besser als Bonifacio verstehen, wie sehr der Junge in Europa leiden würde.

Auch Bonifacio war durch den plötzlichen Entschluß seiner Herrin verunsichert und verwirrt. Er mochte sich nicht mit dem Gedanken anfreunden, in ein fremdes Land zu ziehen, dessen Sprache er nicht verstand, aber allein auf Hispaniola bleiben wollte er auch nicht.

Der hinkende Bonifacio war ein Mann geworden, und dennoch liebte er Eva Grumbach wie eine Mutter. In Haitiké hatte er einen Sohn und zugleich einen Bruder gefunden. Daher war Bonifacio hin- und hergerissen bei der Entscheidung, in der Neuen Welt zu bleiben oder nach Europa zurückzukehren.

Als er hörte, daß eine Flotte von vier Karavellen unter der Führung von Alonso de Hojeda und Juan de la Cosa in Jáquimo, einem kleinen Dorf an der Küste Hispaniolas, vor Anker lag, schöpfte er neue Hoffnung. Vielleicht konnte Hojeda Doña Mariana davon überzeugen, nicht nach Europa zurückzukehren. Unglücklicherweise befand sich das Dorf Jáquimo im äußersten Westen von Hispaniola, in einem Gebiet, das von den Aufständischen kontrolliert wurde, und bald verbreitete sich auf der Insel das Gerücht, Alonso de Hojeda habe sich den Rebellen angeschlossen und Partei gegen den Vizekönig Kolumbus ergriffen.

Doch dem war nicht so: Der stolze Hojeda weigerte sich, den Befehlen des Rebellenführers nachzugeben. Roldán ging soweit, dem Capitán einen Hinterhalt zu stellen; der aber roch den Braten und entkam auf eins seiner Schiffe.

In kürzester Zeit übernahm er mit Hilfe seiner vier Karavellen die Herrschaft über das Meer, sehr zum Unwillen des Vizekönigs Kolumbus, der vor Wut tobte, als er erfuhr, daß

Hojeda obendrein den Segen der Könige hatte und die Meere und Küsten, die Kolumbus als sein Privateigentum betrachtete, ungehindert befahren durfte.

Alonso de Hojeda und Juan de la Cosa hatten nicht das geringste Interesse, zwischen die Fronten zu geraten. Sie wollten Beweise für den Irrtum des Admirals sammeln, um die katholischen Könige von Spanien überreden zu können, das Land, das er entdeckt hatte, und seine Reichtümer endlich unter den ungeduldigen Kolonisten zu verteilen.

Um die kostspielige Expedition zu finanzieren, hatten Hojeda und Juan de la Cosa beabsichtigt, in Jáquimo ihre Schiffe mit wertvollen Hölzern zu beladen, jetzt aber hatten die Rebellen dieses Unternehmen vereitelt und ihnen einen Strich durch die Rechnung gemacht.

Hojeda und Juan de la Cosa saßen in der Patsche. Sie konnten nicht ihre alte Freundin Mariana Montenegro in Santo Domingo besuchen, ohne Gefahr zu laufen, vom Vizekönig festgenommen zu werden, und Mariana Montenegro wagte nicht, nach Jáquimo zu reisen, da sie befürchten mußte, Roldán in die Hände zu fallen, der ihr mit dem Tod gedroht hatte.

So standen die Dinge, als Bonifacio am Tag vor Heiligabend zur Taverne »Los Cuatro Vientos« ging, um Haitiké abzuholen, und von einem Seemann aus Andalusien angesprochen wurde.

»Sag deiner Herrin, daß Capitán Hojeda beim nächsten Vollmond in der Bucht von Barahona auf sie warten wird«, flüsterte er.

Bonifacio musterte den Mann argwöhnisch und sagte:

»Wer bist du? Und warum sollte ich dir trauen?«

»Ich bin ein Freund, und Hojeda hat mir das hier als Erkennungszeichen mitgegeben. Erkennst du es?«

Als Bonifacio die Kette mit der Muttergottes sah, von der sich Hojeda niemals trennte, nickte er.

»In Ordnung. Wir werden kommen.«

Der Mann aus Andalusien verschwand in der Dunkelheit der Nacht, und Bonifacio fühlte neue Hoffnung, als er den kleinen Haitiké an die Hand nahm, um seiner Herrin die Nachricht zu überbringen.

Eine Woche später, es war die letzte Woche des Jahres 1499, das Ende eines Jahrhunderts und auch einer Epoche, denn danach setzte die Kolonisierung des vierten Kontinents erst richtig ein, saß Doña Mariana Montenegro auf einem Felsen in der Bucht von Barahona und wartete auf ein kleines Beiboot, das langsam auf sie zuruderte.

Das Wiedersehen mit dem teuren Freund, den sie so sehr vermißt hatte, war bewegend. Lange Zeit sahen sie sich schweigend an, wie Liebende, die im Gesicht des anderen nach den Spuren suchen, die die Zeit hinterlassen hat.

»Ihr seid immer noch die schönste Frau auf beiden Seiten des Meeres«, sagte Hojeda schließlich. »Kein Wunder, daß Capitán León de Luna sich nicht damit abfinden kann, Euch verloren zu haben. Wußtet Ihr, daß er mich zwang, einen ganzen Tag auf einem Schemel zu stehen?«

»Nein!« lachte sie. »Erzählt!«

Als Alonso de Hojeda ihr die Geschichte berichtet hatte, fragte Mariana Montenegro entsetzt:

»Ihr meint, er kommt her?«

»Ich fürchte, ja. Sein Haß frißt ihn auf, er lebt nur noch für seine Rache.«

»Nun, er wird mit seiner Rache wieder einmal warten müssen, denn wenn er hier eintrifft, bin ich schon fort.«

»Schon fort?« wiederholte Hojeda besorgt. »Ihr wollt fort? Wohin?«

»Zurück nach Europa. Wahrscheinlich nach Deutschland.«

»Aber warum?«

»Das ist eine sehr lange Geschichte. Ich habe die Hoffnung aufgegeben, und hier sehe ich keine Zukunft mehr.«

Der kleine Capitán, der Hunderte von Schlachten gefochten hatte, die Muttergottes verehrte und ein vernünftiger Mann war, hielt inne und überlegte. Schließlich sagte er:

»Ihr bringt mich in Verlegenheit, meine liebe Doña Mariana. Ich schätze Euch über alles und halte Euch für einen der vornehmsten Menschen auf dieser Erde. Deshalb weiß ich nicht, was ich sagen soll.«

»Sagt lieber nichts. Mein Entschluß ist unumstößlich.«

»Ich weiß«, antwortete Hojeda. »Deshalb frage ich mich, ob ich das Recht habe, die Richtung Eures Lebens zu ändern.«

»Das kann nur ich.«

»Und ich, Señora.« Hojeda machte eine kurze Pause und fügte dann hinzu: »Ihr sollt wissen, daß ich auf meiner letzten gemeinsamen Expedition mit Juan de la Cosa, die an die Küste eines großen Landes führte, nach kostbaren Hölzern suchte. Dort stießen wir auf einen Stamm, der inmitten eines riesigen Sees in schwimmenden Hütten wohnt.«

Er hielt einen Augenblick inne und setzte dann hinzu:

»Ein kleines Venedig. Die Dorfbewohner waren von unserem Besuch nicht so überrascht, wie wir gedacht hatten. Offensichtlich war vor uns ein anderer Europäer dagewesen. Etwa ein Jahr zuvor war er mit einer Afrikanerin in die Berge aufgebrochen und nie wieder zurückgekehrt. Er hatte rotes Haar«, schloß er bedeutungsvoll.

Eva Grumbach, die aufmerksam zugehört hatte, fragte:

»Wollt Ihr mich etwa glauben machen, Cienfuegos sei noch am Leben?«

»Ich meine nur, daß er zumindest vor einem Jahr noch am Leben war.«

Eva Grumbach trat ans Ufer und überlegte lange. Als sie zurückkam, sah sie ihrem Freund in die Augen und sagte:

»Mag sein, daß Cienfuegos noch am Leben ist, aber ich will nicht noch einmal sieben Jahre auf ihn warten.«

Hojeda war überrascht.

»Ihr habt Euch verändert, Señora.«

Doña Mariana Montenegro schüttelte den Kopf.

»Nein! Überhaupt nicht. Diesmal werde ich ihn suchen.«

Am ersten Tag des Jahres 1500 war Doña Mariana Montenegro damit beschäftigt, den Schiffbauer und Zimmermann Sixto Vizcaíno zu überreden, ihren Auftrag anzunehmen. Vizcaíno hatte seine Werft vor der Stadt Santo Domingo an den Ufern des Ozama errichtet und galt als bester Meister seiner Zunft von Hispaniola. Sie hatte ihn gebeten, ein Boot zu bauen, das weder zum Schmuggeln noch zum Kapern, sondern einzig dazu dienen sollte, einen Menschen zu suchen.

»Es muß schnell sein, aber sicher; behaglich, aber nicht luxuriös; es muß starkem Seegang gewachsen, aber auch in der Lage sein, ohne Schaden gefährliche Untiefen zu passieren. Vor allem aber darf es nur eine kleine Mannschaft beanspruchen.«

»Señora, ich fürchte, Ihr verlangt von mir kein Schiff, sondern ein Wunder«, entgegnete der Mann. »Ich weiß nicht, ob ich mit den wenigen Mitteln, die mir hier...«

»Das ist mir bewußt«, fiel ihm die ehemalige Comtesse ins Wort und schob einen schweren Beutel voller Goldstaub über den Tisch. »Ich glaube, dies dürfte die Sache erleichtern, oder nicht?«

»Ich denke schon, Señora. Jedenfalls will ich sehen, was sich machen läßt«, antwortete der Schiffbauer und lächelte verschmitzt. »Wenn ich sofort damit anfange, könnte ich den Rumpf Anfang Februar fertig haben.«

»Und wann kann das Schiff auslaufen?«

»Das ist schwer zu sagen. Es kommt auf das Holz an und auf die Anzahl dieser Goldbeutel. Frühestens im September.«

»September ist die Zeit der Hurrikane!« erwiderte Doña Mariana. »Das kommt nicht in Frage. Spätestens im Juni will ich auslaufen.« Sie griff nach dem Goldbeutel und fügte hinzu: »In zehn Tagen könntet Ihr das Holz beisammen haben. Anfang Februar muß der Rumpf fertig sein, und im Juni wird das Boot zu Wasser gelassen. Wenn Ihr es schafft, könnt Ihr mit zwanzig dieser Goldbeutel rechnen.«

»Ihr seid hartnäckiger als ein Teppichhändler, Señora«, gab der Mann seufzend zurück. Er überlegte einen Augenblick und sagte dann einlenkend: »Nun gut, Ihr könnt auf mich zählen, Señora. Mitte Juni habt Ihr Euer Schiff.«

»Gut. Aber vergeßt nicht, Stillschweigen zu bewahren. Habt Ihr verstanden?«

»Jawohl, Señora. Von mir wird keiner etwas erfahren.«

Daraufhin begann Eva Grumbach, einen Kapitän für ihre Unternehmung zu suchen. Die Stadt wimmelte nur so von entwurzelten Existenzen, Seefahrern und Abenteurern, die sich liebend gerne jeder Expedition angeschlossen hätten, die ihnen etwas Gold oder auch nur ein Dach über dem Kopf und Verpflegung angeboten hätte. Doch ließ sich Mariana Montenegro bei der schwierigen Auswahl allein von ihrer weiblichen Intuition und den Erfahrungen in Isabela leiten, wo sie Ehrenmänner wie Alonso de Hojeda, Juan de la Cosa oder Luis de Torres zu ihren Freunden gezählt, aber auch Bekanntschaft mit den allergrößten Schurken gemacht hatte.

Daher wußte sie nur zu gut, wie sie die Männer zu behandeln hatte, die Tag für Tag an ihrer Tür klopften und anheuern wollten. Denn längst hatte sich das Gerücht verbreitet, Doña Mariana Montenegro plane eine Expedition, um die sagenhaften Reichtümer des Großen Khan zu suchen.

Sie empfing die Bewerber in ihrem großen Garten hinter

dem Haus im Schatten eines Flamboyantbaumes und unterhielt sich in aller Ruhe mit ihnen, um herauszufinden, was es für Männer waren. Auf diese Weise lernte sie Leute wie Rodrigo de Bastida, Diego de Lepe, Vicente Yánez Pinzón oder Pedro Alonso Niño kennen, die später zu den Pionieren des neuen Kontinents gehören sollten.

Sie vermißte ihren Freund Alonso de Hojeda.

Doch der ehemalige königliche Dolmetscher Luis de Torres stand ihr zur Seite, und auch Bonifacio war schon lange kein Diener mehr, sondern ein treuer Freund.

Als sie Alonso de Hojeda heimlich in der Bucht von Barahona getroffen und er ihr erzählt hatte, daß Cienfuegos höchstwahrscheinlich noch am Leben und von Einheimischen in »Tierra Firme« gesehen worden sei, hatte sie versucht, den Edelmann für die Aufgabe zu gewinnen, sich mit ihr auf die Suche nach dem verlorenen Geliebten zu machen. Doch Hojeda, der Soldat, winkte ab.

»Alles Gold der Erde kann nicht aufwiegen, was man am Morgen einer Schlacht fühlt.«

»Aber was tut Ihr jetzt? Ihr sammelt doch auch nur Gold, Perlen und Edelhölzer für einen italienischen Bankier. Was hat das mit dem Ruhm einer gewonnenen Schlacht zu tun?« entgegnete sie, ohne ihn verletzen zu wollen.

»Da habt Ihr schon recht«, räumte Hojeda ein. »Aber dies ist nur ein erster Schritt. Mit dieser Expedition will ich dem spanischen Königspaar beweisen, daß wir uns nicht vor Asien befinden, wie der Admiral behauptet, sondern daß dies ein neuer Kontinent ist, der nur darauf wartet, christianisiert zu werden.«

»Ich werde nicht schlau aus Euch. Ihr seid ein Mensch voller Widersprüche. Es macht Euch nichts aus, die Nacht im Bordell zu verbringen, am Morgen einen Herausforderer im Duell mit Eurem Degen zu durchbohren und dann den ganzen Nachmittag in der Kirche zu beten.«

»Ganz einfach!« lachte ihr Gegenüber. »Mit Leidenschaft erreicht man alles. Aber in meinem Fall ist es ein ständiger Zweikampf zwischen Fleisch und Geist.«

Schon wenig später war Alonso de Hojeda nach Sevilla zurückgesegelt, um bei den Königen Isabella und Ferdinand für seine neuen Pläne zu werben. Und Doña Mariana Montenegro sah sich gezwungen, einen gewissen Moisés Salado zum Kapitän zu ernennen, den seine Freunde »den Sprachlosen« nannten. Man hatte ihm diesen Spitznamen gegeben, weil er äußerst wortkarg war.

Schon das erste Gespräch, daß er mit seiner zukünftigen Herrin führte, war bezeichnend.

»Es wurde mir berichtet, daß Ihr ein hervorragender Navigator, ein integrer und vertrauenswürdiger Mann seid«, sagte Doña Mariana Montenegro freundlich, in der Hoffnung, den Mann, der mit seinen Gedanken stets woanders zu sein schien, näher kennenzulernen.

»Das müssen Freunde gewesen sein.«

»... und daß es Euch nichts ausmachen würde, einer Frau zu dienen.«

»Das kommt darauf an.«

»Worauf?«

»Auf die Umstände.«

»Es geht darum, einen Mann zu suchen.«

»Gut.«

»Wollt Ihr nicht wissen, wen?«

»Nein.«

»Und auch nicht, wo?«

»Nein.«

»Warum nicht?«

»Weil es dafür noch zu früh ist.«

»Ich verstehe... Würde Euch meine Anwesenheit an Bord stören?«

»Ja.«

»Und die eines Kindes?«
»Auch.«
»Aber trotzdem wollt Ihr anheuern?«
»Ja.«
»Warum?« bohrte sie weiter.
»Weil ich Hunger habe.«
»Hunger? Ich habe gehört, Ihr hättet ein Angebot nach Guinea abgeschlagen.«
»Das stimmt.«
»Aus welchem Grund?«
»Weil ich kein Menschenhändler bin.«
»Wie nobel!« Doña Mariana Montenegro seufzte tief und fuhr fort: »Kapitän, hat man Euch jemals gesagt, wie schwierig es ist, sich mit Euch zu unterhalten?«
»Ja.«
»Seid Ihr vielleicht müde?«
»Keineswegs.«
»Wo seid Ihr geboren?«
»Auf hoher See.«
»Auf einem Schiff?«
»Ganz recht.«
»Und woher kamen Eure Eltern?«
»Das weiß ich nicht. Fischer fanden mich an Bord eines gestrandeten Schiffes.«
»Mein Gott! Jetzt verstehe ich, warum Ihr Moses heißt«, sagte Mariana Montenegro. »Ihr seid nicht unbedingt der richtige Gesprächspartner für eine solche Reise, aber ich glaube, daß Ihr trotzdem der Mann seid, den ich suche. Welchen Lohn habt Ihr Euch vorgestellt?«
»Gar keinen.«
»Seid Ihr sicher?«
»Ich verlange nur ein tadelloses Schiff.«
»Mein Schiff wird das beste sein.«
»Ich weiß.«

»Kennt Ihr den Schiffbauer Vizcaíno?«
»Ja.«
»Er hat Euch empfohlen.«
»Ich weiß.«

Und so hätte es bis in alle Ewigkeit weitergehen können. Doch Eva Grumbach sollte nie bereuen, an jenem Aprilmorgen diesen Mann angeheuert zu haben. Kapitän Moisés Salado, genannt »der Sprachlose«, erwies sich als absolut zuverlässiger und sehr tüchtiger Seemann.

Noch am gleichen Tag begab er sich zu Sixto Vizcaíno und sprach mit ihm über das Schiff. Er verbrachte jeden Tag auf der Werft, überwachte die Anlieferung des Holzes und die einzelnen Bauabschnitte. Man konnte ohne Übertreibung sagen, daß er jeden Balken und jede Bohle des Schiffes kannte.

Mit der gleichen Umsicht machte er sich dann daran, die Mannschaft auszusuchen. Wochenlang hielt er die Augen offen und verbrachte ganze Nächte in den Kneipen, um das Verhalten einzelner zu beobachten, und die Männer, die er letztlich anzuheuern gedachte, zu studieren.

Da er einen angemessenen Sold, das modernste Schiff auf dieser Seite des Meeres und einen guten Koch an Bord zu bieten hatte, fiel es ihm nicht schwer, die Männer, für die er sich entschieden hatte, zu überzeugen. Schließlich brachte er sie zu Doña Mariana Montenegro, damit sie ihnen ebenfalls auf den Zahn fühlte.

Nur einen der von Kapitän Moisés vorgeschlagenen Bewerber lehnte sie ab, einen hitzköpfigen jungen Burschen, der als Weiberheld und Draufgänger galt.

»Ich will ihn nicht an Bord haben«, erklärte Doña Mariana Montenegro. »Ein solcher Mann bringt uns nur Ärger, so gut er auch als Matrose sein mag. Aber er ist eine Gefahr für unser Unternehmen.«

»Verstehe.«

Das war Moisés' einziger Kommentar.

Eva Grumbach hatte sich an die einsilbigen Antworten ihres Kapitäns gewöhnt, und sie zog ihn schon bald tausend Schwätzern vor, die jeden Tag vor der Tür ihres Hauses warteten. Allmählich lernte sie den sonderbaren Navigator und seine spröde Art schätzen.

Der schüchterne Haitiké jedoch war vom ersten Augenblick von dem schweigsamen Seefahrer fasziniert. Für den kleinen Träumer, der den ganzen Tag am Hafen und vor den Kneipen der Leute verbrachte, war Moisés Salado ein Held, dessen Schicksal seinem eigenen ähnelte, denn auch er hatte seine Eltern verloren.

Jeden Tag nach dem Unterricht bei Luis de Torres rannte er zur Werft, stieg auf das Gerüst und setzte sich auf einen dicken Balken, um alles, was sein wortkarger Held tat oder sagte, zu beobachten.

»Er weiß alles, sieht alles, hört alles...«, erzählte er später seiner Adoptivmutter beim Abendessen. »Wenn es jemanden auf der Welt gibt, der meinen Vater finden kann, dann er.«

»So wie die Dinge liegen, werden wir viel Hilfe brauchen und viel Glück«, antwortete Doña Mariana Montenegro. »Wenn man den Berichten der Seeleute glauben kann, liegt ein riesiger Kontinent vor uns. Wir sollten uns keine allzu großen Hoffnungen machen.«

Schließlich war es der hinkende Bonifacio Cabrera, der auf die Idee kam, Prinzessin Goldene Blume um Hilfe zu bitten. Sie lebte zwar schon lange in Xaraguá bei ihrem Bruder, dem Kaziken Behéchio, hatte jedoch den Kontakt zu Doña Mariana nie vollständig abgebrochen: Ein junger spanischer Edelmann namens Hernando de Guevara schrieb die Briefe für sie.

Hernando de Guevara war vom Vizekönig nach Xaraguá strafversetzt worden, weil er beim Kartenspiel so verwegen gewesen war, Don Bartolomé Kolumbus als Knoblauchgesicht zu beschimpfen. In Xaraguá hatte sich der spanische Edelmann in die Prinzessin Higueymota verliebt, eine Verwandte von Goldene Blume, was ihm den Zorn des Rebellenführers Roldán eingebracht hatte, der selbst ein Auge auf die schöne Prinzessin geworfen hatte und sich Jahre später dafür bitter rächen sollte, daß sie den jungen Mann ins Herz geschlossen und ihn vor seinem Zorn beschützt hatte.

Damals aber genossen Goldene Blume und ihre Familie noch großes Ansehen auf der Insel, nicht zuletzt, weil sie sich der Dienste eines Wunderknaben erfreute, der zwar blind war wie ein Maulwurf, dafür aber die Gabe besaß, in die Zukunft zu sehen.

»Dein Vater ist am Leben«, eröffnete er Haitiké, nachdem er seine Hand in die seine genommen hatte. »Er ist sehr weit weg, auf der anderen Seite des Meeres, wo es viele Berge gibt, aber er lebt.«

»Und werde ich ihn eines Tages wiedersehen?«

»Das kommt auf dich an und wie eifrig du nach ihm suchst.«

»Die Welt ist so groß, kannst du uns nicht ungefähr sagen, in welcher Richtung wir suchen müssen?«

Der junge Bonao blieb reglos sitzen und versuchte sich zu konzentrieren, als hörte er auf die Botschaft, die ihm ein unsichtbarer Geist aus einer anderen Welt zuflüsterte. Schließlich sah er auf und deutete mit der Hand nach vorn. »Dort, dort müßt ihr suchen.«

Bonifacio Cabrera zeichnete einen Strich auf den Boden und markierte die Stelle mit einigen Steinen. Ein paar Tage später kam er mit dem Navigator zurück, der sich die Richtung ansah.

»Süd, drei Strich Südwest«, sagte er.

»Was soll das heißen?«

»Daß er sich bewegt.«

Der hinkende Bonifacio, den die Einsilbigkeit des Kapitäns manchmal auf die Palme brachte, nahm sich zusammen und fragte geduldig:

»Wäre es zuviel verlangt, wenn Ihr mir sagen könntet, was das bedeuten soll?«

»Hojeda berichtete, man habe ihn etwa hier gesehen, und jetzt ist er ungefähr hier, wenn das Kind recht hat. Er muß also zweihundert Meilen westlich marschiert sein.«

»Habt vielen Dank.«

»Hm.«

»Glaubt Ihr, der Junge könnte recht haben?«

»Nein.«

»Was dann?«

»Wir müssen suchen.«

»Und jeder Ort erscheint Euch gut genug, um mit der Suche zu beginnen?«

»Genau.«

Sie kehrten nach Santo Domingo zurück, wo Eva Grumbach, die sehr gebildet war und von Aberglauben und Hellseherei nichts hielt, sich trotzdem von den vielen Zufällen beeindruckt zeigte.

»Alonso de Hojeda hat uns verraten, daß er sich den Berichten der Einheimischen zufolge am Maracaibo-See aufgehalten hat und mit einer Afrikanerin in diese Richtung aufgebrochen ist.« Sie zeigte auf die von dem Kapitän angefertigte Karte und fuhr fort: »Und jetzt sagt dieser Junge, er sei hier. Sehr eigenartig, diese Zufälle.«

Doña Mariana Montenegro konnte die ganze Nacht nicht schlafen bei dem Gedanken, daß der Mann, den sie liebte und den sie vor vielen Jahren das letzte Mal gesehen hatte, doch noch am Leben war und verzweifelt durch den dichten Urwald irrte. Am frühen Morgen, als die ersten Sonnenstrahlen auf das spiegelglatte Meer fielen, begab sie sich zur Werft, wo der Schiffbauer Sixto bereits bei der Arbeit war.

»Ich will das Schiff bereits nächsten Monat zu Wasser lassen!« erklärte sie.

»Ihr meint, auf den Grund!« gab der andere schroff zurück. »Ich bin noch nicht mal mit dem Bug fertig, geschweige denn mit dem Kalfatern. Mitte Juni können Sie das Boot haben.«

»Ich brauche es schon im Mai«, beharrte Doña Mariana Montenegro.

»Juni, und keinen Tag früher. Ihr wolltet ein ordentliches Schiff, Señora, und das bekommt Ihr auch, aber verlangt nicht ein Wunder.«

»Ich verlange keine Wunder«, erwiderte Doña Mariana Montenegro entschlossen. »Aber ich biete Euch weitere fünf Goldbeutel, wenn es noch im Mai fertig wird.«

Der andere sah sie an, überlegte einen Augenblick und sagte dann:

»Also schön, ich werde es versuchen, aber versprechen kann ich Euch nichts.« Er wischte sich den Staub vom Gesicht und setzte hinzu: »Übrigens, wie soll es denn heißen?«

Die Deutsche dachte einen Augenblick nach und antwortete dann lächelnd:

»*Milagro*, wie sonst?«

Die *pacabueyes* waren ein friedlicher und wohlhabender Stamm, der ein weites, fruchtbares Gebiet an den Ufern des Magdalena bewohnte. Das Gold, das es dort in großen Mengen gab, verarbeiteten die Einwohner mit schwarzen Steinhämmern zu wunderbarem Schmuck.

Cienfuegos war in dem zerklüfteten Berggebiet der *motilones* nur knapp dem Tod entronnen, und als er in das fruchtbare Tal gelangte, das im Licht der untergehenden Sonne friedlich dalag, konnte er sein Glück kaum fassen. Er hatte nicht mehr damit gerechnet, an diesem Ende der Welt noch auf eine halbwegs zivilisierte Kultur zu stoßen.

Die *pacabueyes* waren bescheidene, freundliche Menschen, die lange, schlichte Baumwollgewänder und Ledersandalen trugen. Sie nahmen ihn bei sich auf, ohne großes Aufsehen darum zu machen. Cienfuegos wunderte sich, daß dieser friedliche und zivilisierte Stamm eine ähnliche Sprache sprach wie die menschenfressenden Kariben.

Doch lange zerbrach er sich darüber nicht den Kopf, denn nach seinem Irrweg durch die grüne Hölle des unwirtlichen Hochlands war er nur froh, sich mit gastfreundlichen Menschen unterhalten zu können, deren Sprache er deshalb verstand, weil er vor Jahren gezwungen gewesen war, etliche Monate in einem Menschenfresserdorf zu verbringen.

Was die Indianer ihm mitteilten, ließ ihn aufhorchen. Späher der *pacabueyes* hatten vor zwei Monden beobachtet, wie an den einsamen Stränden des Nordens drei riesige schwimmende Häuser aufgetaucht waren. Die Bewohner dieser schwimmenden Häuser waren große weiße Männer mit Haar im Gesicht: offensichtlich halb Menschen, halb Affen.

»Bist du einer von ihnen?« wollten sie wissen.

»Ja und nein«, antwortete Cienfuegos verlegen. »Ich bin mit einem dieser schwimmenden Häuser gekommen, aber unglücklicherweise ist es untergegangen, und meine Freunde sind alle ertrunken.«

»Es sind Männer von deinem Stamm, daran besteht kein Zweifel. Willst du denn nicht zu deinem Stamm zurück?«

»Ich weiß es nicht.«

Er wußte es wirklich nicht. Er war es gewöhnt, ein einsames und schwieriges Leben zu führen, und das nicht erst, seit er in der Neuen Welt gelandet war, denn abgesehen von der kurzen Zeit mit Eva Grumbach hatte er fast nie mit Menschen zu tun gehabt. Er hielt nicht viel von ihnen, deshalb erwartete er weder von seinen Landsmännern noch von den Wilden etwas. Seit Azabache, seine einzige Gefährtin in diesem Teil der Erde, spurlos verschwunden war, hatte er sich zu einem verbitterten Vagabunden entwickelt, der seine schönsten Erinnerungen am meisten verabscheute.

Seit er zum ersten Mal den Boden der Neuen Welt betreten hatte, hatte er so viel Wunderbares und Schreckliches erlebt, daß ihn jetzt gar nichts mehr erschüttern konnte. Er war zwar erst dreiundzwanzig Jahre alt, doch lasteten seine Erinnerungen schwer auf ihm und hinderten ihn daran, sich Illusionen über seine Zukunft zu machen.

Die Aussicht, von spanischen Schiffen an Bord genommen zu werden – wenn es sich nicht um portugiesische handelte –, löste keine allzu große Freude in ihm aus. Er hatte seine Landsleute als schmutzige und streitsüchtige

Männer im Gedächtnis, die so habgierig waren, daß sie für Gold über Leichen gingen. Deshalb lehnte Cienfuegos freundlich ab, als die *pacabueyes* ihm anboten, ihn dorthin zu bringen, wo sie die bärtigen Halbgötter zuletzt gesehen hatten. Er wollte lieber bei ihnen bleiben.

»Dort drüben ist deine Hütte«, sagten sie. »Unser Essen wird dein Essen sein, unser Wasser dein Wasser und unsere Frauen die deinen.«

Essen und Wasser waren schön und gut, aber die Sache mit den Frauen war nicht so einfach. Vor seiner Hütte warteten immer ein paar, denn es war Brauch bei den *pacabueyes*, Fremde dadurch zu beehren, daß die unverheirateten Frauen des Stammes sich ihnen auf ganz besondere Weise widmeten. Schon bald war Cienfuegos völlig erschöpft, und nur der Hilfe einer dicken Alten, die die kichernden Mädchen energisch nach Hause scheuchte, hatte er es zu verdanken, daß man ihn schließlich in Ruhe ließ.

Am folgenden Tag, gerade als die Sonne unterging und den Magdalenafluß in wunderbares, rotes Licht tauchte, kam seine Retterin, die dicke Mauá wieder, um ihm eine Suppe aus Leguanfleisch zu bringen, in der ein Dutzend kleine Eier schwammen.

»Warum kümmerst du dich so um mich? Was führst du im Schilde?«

»Ich will dich nur auf deine Mission vorbereiten.«

»Welche Mission?«

»Das wirst du erfahren, wenn die Zeit gekommen ist«, antwortete Mauá. »Jetzt solltest du dich ausruhen und das Leben genießen. Offenbar hast du viel gelitten.«

Man hätte meinen können, daß die alte dicke Mauá nur noch dafür lebte, den seltsamen Fremden zu pflegen, der mit seinem Bart, seiner Körpergröße und seinem roten Haar so anders aussah als die Einheimischen. Sie tat dies ohne viele Worte. Doch eines frühen Morgens, als schwarze Wolken die

Berge im Osten verhüllten und ein heftiger feuchter Wind die Regenzeit ankündigte, fragte sie plötzlich:

»Hast du jemals einen Feind getötet?«

»Einen habe ich getötet, soweit ich mich erinnern kann.«

»Wer war das?«

»Ein verfluchter Menschenfresser, der meine beiden Freunde ermordet hatte.«

»Weißt du, was das ist?« fragte die Alte und zeigte ihm einen grünen Smaragd von der Größe eines Hühnereis.

Der Hirte aus Gomera sah sich den Edelstein genau an.

»So etwas habe ich noch nie gesehen«, gestand er schließlich. »Der Admiral hatte einen solchen Stein am Griff seines Degens, aber der war zehnmal kleiner als dieser hier.«

»Das ist kein einfacher Stein«, bedeutete ihm Mauá mit ehrfurchtsvoll gedämpfter Stimme. »Es ist ein Blutstropfen Muzos. Muzo ist einer der Götter, die im Inneren der Erde leben. Muzo läßt die Pflanzen und die Bäume wachsen, und wenn er sich mit Akar streitet, dem Gott des Bösen, der die Flüsse austrocknet und die Wälder verbrennt, dann hört man von dem hohen Berg dort hinten großes Gebrüll. Die Erde spaltet sich, heißt es, und das heiße rote Blut des Akar spritzt heraus und vernichtet alles, was sich ihm in den Weg stellt, verbrennt alles zu Asche. Das Blut des Muzo hingegen versickert im Boden und daraus werden diese Steine, die wir ›Yaita‹ nennen. Wer einen solchen Stein besitzt, der hat auch teil an Muzo. Doch das sind nur ganz wenige Auserwählte.«

»Und du bist eine von diesen Auserwählten?«

»Nein, leider nicht, aber man hat mir aufgetragen, dir den Stein zu zeigen.«

»Wer gab dir diesen Befehl?«

»Alles zu seiner Zeit«, antwortete die Alte und stand mühsam auf, während sie den schweren Stein, ohne ihn mit der Hand zu berühren, in ein Tuch wickelte. »Jetzt ist ein Teil deines Geistes in den Stein übergegangen«, verkündete sie.

»Und der, der gelernt hat, in ihm zu lesen, wird bald mehr über dich wissen als du selbst.«

»Unsinn.«

Cienfuegos sagte dies offensichtlich überzeugt, doch im stillen war ihm nicht ganz wohl dabei, denn er hatte zuviel Unerklärliches erlebt und war außerdem von der Schönheit des Steines und der Geschichte, die ihm die alte Mauá erzählt hatte, tiefer beeindruckt, als er zugeben mochte.

»Was könnt ihr mir über die ›Yaitas‹ erzählen?« fragte er später einige junge Krieger des Stammes, die oft zu ihm in die Hütte kamen, um seinen Berichten von fernen Ländern zu lauschen.

»Nur Frauen, die Söhne geboren haben, oder Krieger, die einen Feind im ehrenvollen Kampf töteten, dürfen sie berühren«, erzählte einer der Krieger mit ernstem Gesicht. »Es ist das erste, was man uns beibringt. Wenn wir zufällig einen solchen Stein finden, müssen wir sofort eine Person herbeirufen, die ihn aufheben darf.«

»Warum dürft ihr die Steine nicht berühren?« wollte Cienfuegos wissen.

»Weil wir dann unsere Männlichkeit verlieren«, antwortete ein zweiter Krieger. »Wer gegen die Gesetze von Muzo verstößt, muß den Rest seines Lebens wie eine Frau verbringen. Und man sagt, daß es unweit von hier eine Insel gibt, wo nur Männer leben, denen Muzo die Männlichkeit nahm.«

»Es gibt nur eine Ausnahme von dieser Regel«, wandte der andere Krieger ein. »Quimari-Ayapel.«

»Du darfst ihren Namen nicht aussprechen! Nimm dich in acht!« warnte ihn der erste Krieger. »Noch bist du nicht eingeweiht.«

»Aber bald werde ich einen grünen Schatten töten, und dann ist es mir erlaubt«, gab der andere stolz zurück. »Und dann werde ich auch die Yaitas, die ich finde, berühren dürfen.«

»Wir befinden uns nicht auf Kriegspfad gegen die *chiriguanas*, und wenn du einen von ihnen tötest, wird man dich in die Schlangengrube werfen. Wenn du die Gesetze nicht respektierst, verwandelst du dich in einen Wilden. Nur das Volk, das den Frieden liebt, wird von den Göttern geliebt. Vergiß nicht die Worte unseres Meisters.«

»Wer ist diese Quimari-Ayapel?« fragte Cienfuegos neugierig.

»Wir wissen es noch nicht«, erklärte ihm ein dritter Krieger, der bislang die Unterhaltung schweigend verfolgt hatte. »Wir wissen nur, daß sie in der Lage ist, einen Yaita wieder zu Blut werden zu lassen.«

»Einen Edelstein zu verflüssigen?« sagte Cienfuegos überrascht. »Ich verstehe zwar nicht viel von Edelsteinen, aber wer so etwas tut, kann nicht alle Tassen im Schrank haben!«

»Alle Tassen im Schrank haben...?« fragte einer der Krieger verdutzt.

»Ich meine, daß man in meinem Stamm sehr ärgerlich wäre, wenn irgend jemand so einen schönen Stein wie den, den mir Mauá neulich zeigte, wieder zu Blut machen würde«, versuchte Cienfuegos zu erklären. »Es haben sich schon Menschen beim Kartenspiel wegen solcher Steine umgebracht, die zehnmal so klein waren.«

»Was ist Kartenspiel?« wollte einer der Krieger wissen.

»Ein Spiel eben.«

»Und wie spielt man es?«

Es folgte eine lange Erklärung mit Hilfe von Zeichnungen auf dem Sand. Später nahm Cienfuegos einige Baumrinden, auf die er die Farben der Karten einkerbte. Die Einheimischen schienen großes Gefallen an dem Spiel zu finden, und sie gaben ihren Handwerkern den Auftrag, dünne Goldblättchen herzustellen, die sie als Karten gebrauchten. Offensichtlich kannten die *pacabueyes* nur Gold, Baumwolle und Holz als Materialien.

Innerhalb einer Woche verwandelte sich in den späten Nachmittagsstunden, wenn die Jagd beendet war, die große Männerhütte des Dorfes unten an den Ufern des Flusses in einen wahren Spielsalon, in dem Krieger und Jäger sich vollkommen dem Vergnügen des Kartenspiels hingaben.

Nach den harten Strapazen der vergangenen Monate war der Aufenthalt bei den *pacabueyes* das Angenehmste, was Cienfuegos sich hätte erträumen können. Er lag den ganzen Tag in der Hängematte, spazierte gelegentlich durch den Wald oder an den Ufern des Flusses entlang und brachte des Nachts seinen neuen Freunden das Kartenspiel bei. Und wann immer er wollte, gab es unzählige junge Mädchen, die gerne die Hängematte mit ihm teilten oder für ihn kochten.

Oft versammelten sich die Krieger vor seiner Hütte, und dann erzählte er von seinen Abenteuern bei den Kariben und *motilones* und von der Welt jenseits des Meeres, in das der große Fluß mündete.

Mit der Zeit kam Cienfuegos zu dem Schluß, daß jenes friedliche Dorf der *pacabueyes* vielleicht der geeignete Ort wäre, um seine Odyssee durch die Neue Welt zu beenden. Und bei dieser Vorstellung mußte er unwillkürlich an den alten Mann mit dem weißen Bart in der Eishöhle denken.

Wahrscheinlich war er aus weit entfernten Ländern, wie er selbst von einem schweren Schicksal verfolgt, in dieses seltsame Land gekommen, wo er zum geistigen Führer und Meister der Einheimischen aufstieg und das Ansehen eines Heiligen oder Patriarchen genoß.

»Ich müßte mehr für diese Menschen tun, als ihnen das Kartenspielen beizubringen oder phantastische Geschichten zu erzählen«, sagte er sich. »Ich müßte ihnen Schreiben und Lesen beibringen... Aber was würden sie davon haben, da sie weder Papier noch Tinte kennen?«

Die ständige Frage, ob es sinnvoll war, den Einheimischen Sitten und Bräuche näherzubringen, von denen er selbst nicht völlig überzeugt war, ließ ihn nicht los. Doch zum Glück gewährte die alte Mauá ihm nicht länger Zeit zum Grübeln. Eines Abends brachte sie ihm die gebratene Keule eines Wasserschweins und sagte ernst:

»Quimari-Ayapel hat deine Spuren auf dem Stein gedeutet und will dich sehen.«

»Wer ist diese Quimari-Ayapel?« fragte Cienfuegos. »Warum soll ich zu ihr gehen? Wenn sie etwas von mir will, soll sie zu mir kommen.«

Die dicke Frau schüttelte den Kopf und lehnte sich gegen einen Pfosten in der Hütte, während sie ihn mit den glänzenden Augen eines Raubtiers musterte.

»Wenn Quimari-Ayapel dich ruft, dann mußt du erscheinen. Wenn du dich weigerst, werden die *pacabueyes* dich aus ihrem Gebiet verjagen.«

»Aber warum?«

»Ihre Autorität ist unbestreitbar. Niemand darf sie in Frage stellen.«

Der Hirte aus Gomera dachte kurz nach und seufzte:

»Wenn es so ist, dann werde ich ihrem Ruf folgen. Vielleicht kann ich sie dabei beobachten, wie sie einen Edelstein wieder zu Blut macht«, setzte Cienfuegos spöttisch hinzu.

»Quimari-Ayapel braucht keine Wunder, um ihre Macht zu beweisen.«

»Woher hat sie ihre Macht?«

»Daher, daß sie selbst ein Wunder ist.«

Cienfuegos sah die alte Mauá neugierig an.

»Was für ein Wunder?«

»Das größte Wunder, das Muzo jemals bewirkt hat.«

»Das sagt mir nicht viel.«

»Mehr brauchst du nicht zu wissen. Du wirst es mit eigenen Augen sehen.«

»Wann?«

»Morgen bei Tagesanbruch machen wir uns auf den Weg.«

Die Sonne war noch nicht aufgegangen, als Cienfuegos Mauá über einen winzigen Pfad folgte, der sich gelegentlich im dichten Dschungel verlor, als wollte er seine Existenz verleugnen. Ein halbes Dutzend Male blieb die Alte plötzlich stehen und deutete ihm an, daß sie einen Bogen machen müßten, um nicht in eine der gefährlichen Gruben zu fallen, in denen sie von spitzen Pfählen aufgespießt worden wären.

Trotzdem wurde es ein angenehmer Marsch, und schließlich gelangten sie an die Ufer eines großen Sees. Hunderte von kleinen Inseln waren zu erkennen, die nur wenige Zentimeter über der Wasseroberfläche hervorlugten und dicht bewachsen waren. Dort machten sie Rast und aßen zu Mittag.

»Erzähl mir von Quimari-Ayapel«, sagte der Hirte aus Gomera und wischte sich den Mangosaft vom Mund. »Ich möchte wenigstens wissen, mit wem ich es zu tun haben werde. Ist sie so etwas wie eine Hexe oder eine weise Frau?«

»Das mußt du selbst herausfinden«, lautete die Antwort der Alten.

»Wenn du mir angst machen willst, hast du Pech!« sagte Cienfuegos gereizt. »Ich habe alles gesehen, was man auf dieser verrückten Welt sehen kann. Menschen, die andere Menschen auffressen, Feuer, das aus den Tiefen der Erde schießt, tote Menschen, die im Eis über Jahrhunderte hinweg unverändert geblieben sind, eine alte Hexe, die sich von Luft ernährt... Alles! Mich kann so schnell nichts mehr erschüttern.«

»Nichts, bis auf Quimari-Ayapel«, berichtigte ihn Mauá.

»Na, da bin ich aber gespannt.«

Später forderte Mauá ihn auf, einige Zweige und Büsche beiseite zu räumen, und was zunächst wie ein umgestürzter Baumstamm aussah, entpuppte sich als zwei lange, übereinandergelegte Kanus, die bestens getarnt waren.

Er zog sie aus dem Versteck und war von ihrer Leichtigkeit überrascht.

»Ich hätte nie gedacht, daß es so ein leichtes Holz gibt«, sagte Cienfuegos verwundert. »Was ist das für Holz? Wo kommt es her?«

»Es ist ein ganz besonderes Holz. Es wächst auf der anderen Seite des Flusses. Es heißt, Muzo hätte, als er den Wald erschuf, vor Freude laut geseufzt. Der Seufzer fiel auf die Erde, und an der Stelle wuchs ein Baum, der fast so leicht war wie die Luft, die seinem Mund entströmte. Schieb sie ins Wasser«, sagte die Alte.

Cienfuegos tat, wie ihm befohlen, und konstatierte verblüfft, daß die Strömung das helle Holz sofort mitriß.

Sie paddelten zwischen den winzigen Inseln und der dichten Vegetation hindurch, die aus der Tiefe des Sees zu wachsen schien, und erreichten nach einigen Meilen eine große flache Halbinsel mit üppigen Palmenhainen und Blumenwiesen.

Mauá wies ihn an, sie zu umfahren, und nach einer Weile gelangten sie zu einem langen Strand mit goldbraunem Sand. Dahinter begann eine flache Wiese, die zu einem Hügel mit einer großen Hütte führte. Cienfuegos stieg aus, und als er der Alten aus dem Kanu helfen wollte, schüttelte Mauá den Kopf, nahm das Paddel, das Cienfuegos im Kanu gelassen hatte, und setzte zurück.

»Du mußt alleine hin«, sagte sie. »Ich kehre ins Dorf zurück.«

Ohne auf seine Antwort zu warten, wendete sie mit einer Geschicklichkeit, die Cienfuegos der alten Frau nie zugetraut hätte, und verschwand schweigend und ohne sich auch nur einmal umzudrehen in die Richtung, aus der sie gekommen waren.

»Gefällt mir nicht«, murmelte Cienfuegos, als er ihr hinterhersah.

Er wandte sich um und betrachtete die Hütte. Irgend jemand beobachtete ihn aus einem großen Fenster. Er ging einige Schritte auf die Hütte zu und kam zu dem Schluß, daß es sich um eine junge Frau handelte. Sie war von mittlerer Größe, hatte sehr helle Haut und dunkelglühende Augen.

»Guten Tag!« grüßte er und versuchte sich ganz natürlich zu geben, obwohl er im stillen enttäuscht war, nur eine mehr oder weniger attraktive Indianerin vorzufinden. »Bist du Quimari-Ayapel?«

»Ich bin Quimari«, antwortete das Mädchen mit wohlklingender Stimme. »Sie ist Ayapel.«

Erst da entdeckte Cienfuegos eine zweite Person, die hinter dem Fenster versteckt war. Als sie sich etwas nach vorn beugte und aus der Dunkelheit trat, um ihn zu sehen, erkannte Cienfuegos die Ähnlichkeit der beiden Mädchen.

»Tja«, sagte er. »Damit hatte ich nicht gerechnet. Darf ich hereinkommen?«

»Bitte«, antwortete Ayapel streng. »Ich nehme an, daß du nicht den ganzen Weg zu uns gekommen bist, um draußen zu bleiben. Es wird bald regnen.«

»Glaubst du wirklich?« entgegnete Cienfuegos, der sich etwas lächerlich vorkam. »Es sieht nicht nach Regen aus.«

Cienfuegos betrat die Hütte und wartete einen Augenblick, bis sich seine Augen an die Dunkelheit gewöhnt hatten. Das erste, was ihm auffiel, war ein langer niedriger Tisch, der sich über die ganze Zimmerlänge erstreckte. Er war überhäuft mit glitzernden Edelsteinen in allen Farben.

»Potztausend!« platzte er heraus. »Mit diesen Steinen wärt ihr bei uns die reichsten Frauen der Welt.«

»Sie gehören nicht uns«, erklärte Ayapel. »Wir hüten sie nur. Sie gehören dem Stamm.«

»Und stimmt es, daß ihr sie verflüssigen könnt?«

»Wir tun es manchmal, aber nicht jetzt.«

»Ich verstehe. Alles zu seiner Zeit.«

In diesem Augenblick wurde Cienfuegos bewußt, daß sich die beiden nicht von der Stelle gerührt hatten. Quimari stand vor dem Fenster, und Ayapel wich nicht von ihrer Seite. Beide trugen ein langes Gewand mit grünen Streifen, das ihnen vom Hals zu den Füßen reichte. Er überlegte noch, wie er das Eis brechen sollte, aber da taten die beiden gleichzeitig einen Schritt vorwärts, und was er sah, verschlug ihm die Sprache.

»Heiliger Bimbam!« stotterte er. »Das ist doch nicht möglich.«

Er brauchte einige Sekunden, um sich zu fangen, denn er meinte zu träumen. Spielten ihm seine Augen einen Streich? Es war wie eine Halluzination, denn das, was er sah, waren nicht zwei Frauen, sondern eine Frau mit zwei Köpfen und vier Beinen.

»Was ist das?« rief er fast ungläubig, während er auf eine Strohmatte sank. »Bin ich etwa verrückt geworden?«

Quimari-Ayapel rührte sich nicht von der Stelle und beobachtete den verwirrten Cienfuegos. Es sah beinahe so aus, als fände sie Gefallen an seinem entsetzten Gesichtsausdruck.

»Erschrick nicht!« sagte Quimari mit ihrer sanften, fast schüchternen Stimme. »Wir sind keine Ungeheuer aus der Welt der Schatten. Wir sind nur zwei Schwestern, die zusammengewachsen auf die Welt kamen.«

»Zusammengewachsen?« murmelte der Hirte aus Gomera. »Wie kann das sein?«

»Das weiß kein Mensch«, antwortete sie. »Es war Muzos Wille, und so geschah es.«

Es dauerte noch eine Weile, bis sich der arme Hirte aus Gomera daran gewöhnt hatte, daß er zwei völlig verschiedene Menschen vor sich hatte, die auf unerklärliche Weise miteinander verbunden waren.

»Tut mir leid«, sagte er schließlich. »Es tut mir wirklich leid.«

»Was tut dir leid?« fragte Ayapel. »Daß wir so sind? Uns macht es nichts aus.«

»Euch macht es nichts aus?«

»Macht es dir etwas aus, ein rothaariges, stinkendes Ungeheuer zu sein?«

Die Frage verwirrte Cienfuegos. Er versuchte, unauffällig unter seinen Achseln zu schnüffeln.

»Ich habe heute morgen im Fluß gebadet«, entgegnete er beleidigt.

»Davon ist aber nichts zu spüren«, sagte Ayapel aggressiv und übellaunig. »Du stinkst wie ein brünstiger Jaguar.«

»Ich glaube kaum, daß du weißt, wie ein brünstiger Jaguar riecht«, antwortete Cienfuegos gereizt. »Ich wollte euch nicht beleidigen. Ich meine nur, es muß ziemlich unbequem sein, so zu leben.«

»Warum?« fragte Quimari schüchtern. »Wir wurden so geboren, und uns war es nie unbequem.«

Darauf wußte Cienfuegos keine Antwort, doch dann fiel ihm ein blinder Mann auf Gomera ein, der ihm einmal gesagt hatte, seine Blindheit störe ihn nicht, da er nie erlebt hatte, was Farbe oder Licht war.

»Ich glaubte schon, ich hätte gesehen, was es auf dieser Welt zu sehen gibt, aber dies hier schlägt tatsächlich alles«, sagte er, stand langsam auf und trat an das große Fenster, um den Sonnenuntergang zu beobachten, in dem Fluß und Lagune aufglühten. »Gibt es hier noch mehr Wesen wie euch?«

»Nein!« erklärte Ayapel. »Niemand kann sich an einen ähnlichen Fall erinnern. Vielleicht haben sie uns deshalb zu den Bewacherinnen von Muzos Blut ernannt.«

»Als wärt ihr Göttinnen?« fragte Cienfuegos.

»Niemand hält uns für Göttinnen. Obwohl Muzo nicht mit Akar gekämpft und sich die Erde nicht mehr gespalten hat, seit unsere Mutter uns geboren hat. Die Ernten sind gut, und unsere Todfeinde, die gefährlichen *chiriguanas*, haben uns nicht mehr angegriffen. Ist das nicht Grund genug, stolz zu sein?«

»Da habt ihr recht«, räumte der Hirte aus Gomera ein. »Vor allem, wenn ihr dabei glücklich seid.«

»Warum sollten wir nicht glücklich sein?« versetzte Quimari. »Wir sind immer zusammen, und wenn wir sehen, daß ihr anderen Menschen dazu verurteilt seid, die meiste Zeit allein zu sein, fragen wir uns, wie ihr diese Strafe nur aushaltet. Einsamkeit ist etwas Schreckliches.«

Milagro.

Das Schiff machte seinem Namen alle Ehre, nicht, weil es wunderbar schnell gebaut worden war, sondern weil es in der Tat ein wahres Wunder an Eleganz und Fahrtüchtigkeit darstellte. Es unterschied sich eindrucksvoll von den alten Karavellen und Sklavengaleeren, die im Hafen von Santo Domingo und an der Flußmündung des Ozama vor Anker lagen, und besaß bereits die Form der schnellen und wendigen Piratenschiffe, die ein Jahrhundert später die Karibik unsicher machen sollten.

»Das Schiff ist klein, aber es hält jedem Sturm stand. Ihr könnt damit Untiefen befahren und sogar Flüsse hinaufsegeln.«

»Es ist ein Kunstwerk«, gestand Doña Mariana Montenegro.

»Es ist das Ergebnis Eures Enthusiasmus, meiner Arbeit und der Gründlichkeit Kapitän Salados«, erwiderte der Schiffbaumeister und schmunzelte. »Bei der Arbeit habe ich mich oft über ihn geärgert, aber ohne seine Hilfe wäre dieses Schiff noch nicht fertig. Wann wollt Ihr auslaufen?«

»Sobald ich vom Vizekönig die Erlaubnis erhalten habe«, antwortete Doña Mariana niedergeschlagen.

Ein Schiff zu bauen und auszurüsten, war eine Sache, soviel Mühe und Geld es auch kostete, doch den Vizekönig dazu zu bewegen, ein Dokument zu unterzeichnen, das

Doña Mariana Montenegro das Recht gab, Tierra Firme zu befahren, um nach einem Verschollenen zu suchen, war etwas ganz anderes. Der Admiral beharrte nämlich darauf, daß es Tierra Firme gar nicht gab.

Kolumbus war fest davon überzeugt, sich vor den Küsten Katheis zu befinden, und sollte bis zu seinem Lebensende hartnäckig daran festhalten. Er träumte immer noch vom Gold des Großen Khan und einem kürzeren Seeweg nach Indien. Warum sollte er eine Abenteurerin, deren zweifelhafter Ruf bis zum Königreich vorgedrungen war, unterstützen?

»Wer zum Teufel ist diese Doña Mariana Montenegro eigentlich?« fragte er wütend. »Und wie kommt es, daß sie in so kurzer Zeit ein so großes Vermögen erworben hat?«

»Ihr wurde ein gewisser Anteil bewilligt, als sie in Sachen Goldminen vermittelte«, erinnerte ihn sein Bruder Bartolomé. »Das wurde damals mit Miguel Díaz abgemacht.«

»Offensichtlich benützt sie unser Gold, um mir den Ruhm streitig zu machen«, rief Kolumbus aufgebracht. »Wir sollten sie aufhängen lassen.«

»Sie sucht nur einen Mann«, versuchte ihn sein Bruder zu beschwichtigen.

»Lächerlich! Keine Frau würde ihr Geld verschleudern, um einen Mann zu suchen, von denen es hier Hunderte gibt.«

»Sie ist eine außergewöhnliche Frau.«

Diese Äußerung gefiel Kolumbus ganz und gar nicht. Schließlich hielt er sich selbst für etwas Besonderes. Er schwieg und schickte seinen Bruder fort. Und auch die weiteren Gesuche von Eva Grumbach lehnte er ab, so daß das Schiff im Hafen ankerte und seine Besitzerin tatenlos zusehen mußte, wie ein Tag nach dem anderen verging.

»Es wird Euch nichts anderes übrigbleiben, als die Königin persönlich um Erlaubnis zu bitten«, erklärte Luis de Torres. »Sie wird Euch besser verstehen als jeder Mann.«

»Glaubt Ihr wirklich, daß die Königin, die im ganzen Reich für ihre Frömmigkeit bekannt ist, einer Frau helfen wird, die ihren Ehemann verlassen hat und jetzt nach ihrem verschollenen Liebhaber sucht? Und dann ist mein Mann obendrein noch mit König Ferdinand entfernt verwandt. Das ist ein schlechter Rat, Don Luis.«

»Ich muß Euch recht geben«, gestand der Konvertit widerwillig. »Mir fällt sonst nichts ein.«

»Aber mir«, sagte plötzlich Kapitän Salado im Hintergrund.

»Und was, bitte?« fragte Luis de Torres nervös.

»Auslaufen!«

»Auslaufen?«

»Auslaufen, Segel setzen, Anker lichten.«

»Ich weiß, was auslaufen heißt«, entgegnete der Konvertit Luis de Torres ungeduldig. »Schlagt Ihr etwa vor, den Hafen ohne die ausdrückliche Erlaubnis des Vizekönigs zu verlassen, Kapitän?«

»Genau.«

»Das bringt uns an den Galgen.«

»Wenn man uns schnappt.«

»Seid Ihr von allen guten Geistern verlassen?«

»Schon möglich.«

»Doña Mariana«, wandte sich der ehemalige königliche Dolmetscher an Eva Grumbach und deutete auf Kapitän Salado. »Hört um Gottes willen nicht auf diesen Mann. Er stürzt uns alle ins Verderben. Die Schergen des Admirals werden uns einholen und zur Rechenschaft ziehen.«

»Unser Schiff ist dreimal so schnell wie die des Admirals«, fuhr der Sprachlose fort. »Und viel sicherer.«

»Das ist doch nur Gerede.«

»Wenn es von ihm kommt, wird er wohl daran glauben, denn sonst ist er bekanntlich kein Liebhaber vieler Worte, unser Kapitän«, schmunzelte Doña Mariana.

»Ihr tut schlecht daran, den Admiral nicht ernst zu nehmen«, sagte der Konvertit. »Er hat schon so viele Menschen auf dem Gewissen, daß die Toten eine Kette bis nach Spanien bilden könnten. Ich kenne ihn, ich habe auf seiner ersten Reise für ihn gedolmetscht. Er würde nicht zögern, Euch aufknüpfen zu lassen.«

»Was soll ich Eurer Meinung nach tun? Abwarten?«

»Das wäre nicht das Dümmste.«

»Bis wann, Don Luis?« erwiderte Eva Grumbach gereizt. »Bis mein Mann hier eines Tages aufkreuzt und mir die Kehle durchschneidet? Ich bin hier nicht mehr sicher, und Ihr wißt es ebenso wie ich. Ich wollte schon aufgeben und nach Europa zurückkehren, aber dann kam die Idee mit dem Schiff, und ich schöpfte neue Hoffnung. Nein, nein, ich muß dies zu Ende führen.«

»Aber der Vizekönig...!«

»Zum Teufel mit dem Vizekönig!« platzte Doña Mariana Montenegro heraus. »Er kann mir gestohlen bleiben!« Sie wandte sich an Kapitän Salado: »Wir laufen aus!«

Fünf Tage später lichtete die *Milagro* im Schutz der Nacht die Anker und ließ sich von der Strömung des Ozama ins offene Meer treiben. Sobald sie außer Sichtweite waren, setzten die Matrosen Segel, und schnell verlor sich das Schiff am dunklen Horizont.

Als am folgenden Morgen die Büttel der Krone das Verschwinden des Schiffes bemerkten, verständigten sie sofort den Admiral, der nicht fassen konnte, daß tatsächlich jemand die Frechheit besessen hatte, sich seinen Befehlen zu widersetzen.

»Holt mir Doña Mariana Montenegro!« rief Adelantado Don Bartolomé wütend.

»Sie ist fort«, antwortete der Bürgermeister Miguel Díaz, der immer noch Sympathie für Doña Mariana Montenegro empfand, denn er hatte nicht vergessen, daß er ihr seine

Straffreiheit verdankte. »Aber sie kann nicht an Bord sein, denn ich hatte strikte Anweisungen gegeben, daß nur Kapitän Salado und drei weitere Männer das Schiff betreten dürfen.«

»So ist es auch geschehen, Exzellenz«, sagte Offizier Pedraza, der als äußerst streng und loyal galt. »Niemand sonst hat sich an Bord begeben. Aber in ihrem Haus sind nur noch zwei Diener.«

»Dann sucht nach Don Luis de Torres!« befahl Don Bartolomé verärgert.

»Das ist bereits geschehen, Exzellenz. Er ist ebenfalls verschwunden.«

»Aber wo kann er stecken?«

»Keine Ahnung, Exzellenz. Ich konnte nur in Erfahrung bringen, daß heute früh zwei Kutschen in Richtung San Pedro die Stadt verlassen haben.«

»Nach Osten?« fragte Don Bartolomé verwundert, der die Küste wie seine Westentasche kannte. »Sehr seltsam. Wenn sie das Schiff noch ausrüsten wollen, würden sie eine ruhige Bucht im Westen der Insel aufsuchen. Salinas vielleicht oder Barahona.«

»Glaubt Ihr, sie versuchen uns in die Irre zu führen?« fragte Pedraza.

»Darauf wette ich meinen Kopf«, sagte Don Bartolomé erregt. »Diese Frau ist verdammt schlau, aber damit kommt sie nicht durch.« Er wies auf Pedraza und befahl: »Nehmt Eure besten Männer und reitet nach Westen. Sie darf uns nicht entkommen.«

»Wie Eure Exzellenz befehlen.«

Der schnauzbärtige Offizier Pedraza machte auf dem Absatz kehrt und lief die Treppen hinunter, doch noch ehe er unten ankam, rief ihn der Adelantado Bartolomé zurück.

»Warte einen Augenblick! Schickt vorsichtshalber auch eine Eskorte nach Osten, nicht daß diese Frau uns reinlegt.«

Doch Doña Mariana Montenegro war noch gewitzter, als er glaubte, oder sie kannte ihn gut genug, um zu ahnen, was er unternehmen würde.

»Wir treffen uns im Norden«, hatte sie ihrem Kapitän gesagt. »Durchquert die Mona-Passage und segelt nach Samaná. Dort werde ich auf Euch warten.«

»In Ordnung!«

»Meint Ihr, Ihr könnt das Boot mit drei Mann steuern?«

»Wir werden sehen.«

»Vergeßt nicht, daß wir alle am Galgen enden, wenn man uns schnappt.«

Kapitän Moisés Salado war ein Meister seines Faches, und in nur sechsunddreißig Stunden lenkte er das Schiff mit nur drei Mann Besatzung sicher durch die stürmische Mona-Passage und ging in der kleinen Bucht von Samaná vor Anker.

Die übrige Mannschaft mit Doña Mariana Montenegro an der Spitze bahnte sich derweil mit Macheten mühsam einen Weg durch schmale überwucherte Dschungelpfade. Zum Glück mußten sie nicht befürchten, von Indianern angegriffen zu werden, da sich diese vor langer Zeit in die Berge oder in den dichten Dschungel im Westen der Insel zurückgezogen hatten. So mußten sie nur gegen die unerträgliche feuchte Hitze und gegen Horden von Moskitos ankämpfen, die sich wie hungrige Vampire auf sie stürzten.

Eigenartigerweise blieb der kleine Haitiké als einziger von den Moskitos verschont, die in dichten Schwaden auftauchten, sobald es Abend wurde. Er freute sich sehr darüber, endlich an Bord des Schiffes zu gehen, dessen Bau er Brett für Brett verfolgt hatte, während die anderen Mitglieder der Expedition eher nervös und gereizt waren, da sie wußten, daß sie sich auf ein gefährliches Abenteuer eingelassen hatten, das sie vielleicht das Leben kosten konnte.

Für Haitiké war Cienfuegos so etwas wie ein Wunder,

denn alles, was er über ihn erfuhr, verwirrte ihn noch mehr, und niemand schien in der Lage, ihm zu erklären, ob es sich um einen lebenden Menschen handelte, der rastlos durch die Welt streifte, oder nur die zu einer Legende gewordenen Erinnerungen seiner Adoptivmutter.

Die Beziehung des Jungen zu seiner deutschen Adoptivmutter war gestört. Zwar gab sich Eva Grumbach alle Mühe, Haitiké wie ihren eigenen Sohn zu lieben und zu behandeln, doch war dem Kleinen stets schmerzlich bewußt, daß er einer anderen Rasse angehörte und seine leibliche Mutter eine Wilde gewesen war.

Immer noch war es das oberste Ziel Evas, einen gebildeten jungen Mann aus dem kleinen Haitiké zu machen. Er sollte die Umgangsformen des europäischen Adels lernen und später eine bedeutende Stellung bei Hof einnehmen, doch insgeheim wußte sie, daß sie es mit einem Kind zu tun hatte, das anders war als die anderen. Sein Charakter wies weder Ähnlichkeit mit dem der Spanier noch mit dem der Einheimischen auf.

»Mit der Zeit werden sich die Völker vermischen und die Unterschiede nicht mehr so gravierend sein wie jetzt«, munterte Luis de Torres sie eines Tages auf, als die Sprache darauf kam, wie schwierig der kleine Haitiké war. »Vielleicht entsteht eine neue, ausgeglichenere Rasse. Aber vergeßt nicht, daß Haitiké die Frucht des ersten Aufeinanderprallens zweier grundverschiedener Völker ist.«

»Aber was soll aus Haitiké werden?« fragte Eva pessimistisch.

»Ihr macht Euch zu viele Sorgen«, antwortete der Konvertit. »Ich bin überzeugt, daß Haitiké seinen Weg gehen wird. Er wird Probleme haben, das ist so sicher wie das Amen in der Kirche, aber erst später. Im Moment haben wir andere Sorgen.«

»Meint Ihr, die Männer des Admirals verfolgen uns?«

»Da könnt Ihr Gift drauf nehmen.«

Diesmal sollte sich der Konvertit Luis de Torres nicht irren, denn die Schergen des Vizekönigs ritten bis San Pedro im Osten und zur Bucht von Barahona im Westen, ohne eine Spur zu finden. Schließlich kehrte Pedraza nach Santo Domingo zurück und berichtete Don Bartolomé, daß Doña Mariana Montenegro wahrscheinlich auf dem Weg nach Norden war, zur Bucht von Samaná.

»Könnt Ihr sie einholen?«

»Mit frischen Pferden und neuen Männern könnte man es schaffen, Exzellenz«, antwortete er. »Die Kutschen kommen im Dschungel nur sehr langsam voran.«

Der Bruder des Admirals befahl, die schnellsten Pferde zu bringen und eine Strafexpedition nach Norden loszuschicken. Doña Mariana Montenegro solle lebend gefangen werden und als abschreckendes Beispiel auf der großen Plaza im Zentrum der Stadt öffentlich aufgehängt werden. Die Leute sollten wissen, was ihnen blühte, wenn sie sich den Befehlen des Vizekönigs widersetzten.

Der gute Miguel Díaz, der Eva Grumbach immer noch wohlgesinnt war, wußte nicht, was er tun sollte. Deshalb suchte er Rat bei seiner Frau, der einheimischen Prinzessin Catalina.

»Verweigere den Gehorsam«, sagte sie.

»Nein. Dann würden wir selber am Galgen enden«, erklärte er. »Das käme den Brüdern sehr gelegen. Sie würden meinen Anteil an den Minen bekommen.« Er schüttelte zweifelnd den Kopf. »Nein, das kann ich nicht, aber ich will auch nicht, daß sie sie hängen. Ich verdanke ihr schließlich mein Leben.«

Die Prinzessin dachte eine Weile nach und gab ihm schließlich den Rat, mit den Soldaten aufzubrechen:

»Nicht immer erreicht das Böse sein Ziel. Vielleicht helfen ihr die Götter.«

»Wie denn? Mit der Kutsche brauchen sie und ihre Leute mindestens drei Tage. Pedraza kann dieselbe Strecke in einem halben Tag zurücklegen.«

»Hab Zuversicht!«

Aber in den strengen Gesichtern der für die Strafexpedition bestimmten Soldaten war eine so rücksichtslose Entschlossenheit zu lesen, daß Miguel Díaz zu dem Schluß kam, daß ein Wunder geschehen mußte, wenn Doña Mariana und die Ihren dem Henker entgehen sollten.

»Ihre Gesichter sprechen Bände«, klagte er seiner Frau. »Es ist ein Haufen blutrünstiger Schurken.«

Im Morgengrauen brach die Truppe auf und ritt ohne Pause, bis die Sonne im Zenit stand. Erst dann zwang die Hitze die Reiter, abzusitzen und den erschöpften Tieren eine Verschnaufpause zu gönnen. Die Soldaten machten sich währenddessen über den Proviant her, den Catalina ihnen eingepackt hatte.

»Wenn wir diese Gangart beibehalten, haben wir sie heute nacht. Und wenn wir auch noch das Schiff in unsere Gewalt bringen, Männer, könnt ihr mit einer saftigen Belohnung rechnen«, ermunterte Pedraza seine Soldaten.

»Die schöne Doña Mariana wäre mir Belohnung genug«, johlte einer der Männer.

»Also los, worauf warten wir noch«, antwortete ihr Anführer.

Sie bestiegen die Pferde und folgten den Spuren, die die Kutschen in der dichten Vegetation hinterlassen hatten. Doch kaum hatten sie einige Meilen hinter sich, als der mürrische Molina nervös rief:

»Herr Leutnant! Könnten wir zwei Minuten haltmachen?«

»Kommt nicht in Frage!« Pedrazas Stimme klang eisern. »Wir dürfen keine Zeit verlieren.«

»Es ist aber dringend!«

»Ruhe, oder ich lasse dich als Deserteur auspeitschen.«
Sie ritten weiter. Da verspürte plötzlich ein anderer Soldat denselben Drang in seinen Eingeweiden. Schließlich sah sich Leutnant Pedraza genötigt, die Kompanie absteigen zu lassen, da die Männer sich vor Bauchschmerzen krümmten und nicht mehr weiterreiten konnten. Alle verschwanden Hals über Kopf im umliegenden Unterholz, aus dem sie zwei bis drei Stunden nicht mehr auftauchten.

Als sie endlich wieder aufsaßen, war es keine entschlossene Gruppe von Soldaten, sondern ein Häuflein von elenden Schwächlingen, die sich kaum im Sattel halten konnten.

»Sabotage!« rief Leutnant Pedraza wütend. »Jemand hat uns das Essen oder den Wein vergiftet.«

Der Nachmittag neigte sich schon seinem Ende zu, als sie auf einem Hügel anlangten, von dem sie einen weiten Blick hatten. Vor ihnen lag das Meer, und in der Bucht ankerte die *Milagro*. Man erkannte sogar die Beiboote, die sich dem Strand näherten, wo die winzigen Gestalten von Doña Mariana und ihren Gefolgsleuten warteten.

Nur wenige Meilen trennte die Truppe von den Flüchtenden. Die Soldaten jagten in wildem Galopp den Hügel hinunter. Doch weiter unten, in den Sanddünen, kamen die Pferde nicht mehr so schnell voran, so daß Doña Mariana und ihre Begleiter genug Zeit hatten, in die Beiboote zu steigen und davonzurudern.

Als die Reiter schließlich den Strand erreichten, gab Kapitän Salado bereits Befehl, die Segel zu setzen und den Anker zu lichten. Das Boot wendete und fuhr mit seiner lachenden Besatzung auf und davon, während Kolumbus' Männer am Strand standen und ihm wütend nachsahen.

Cienfuegos hatte sich bald an die seltsamen Zwillinge Quimari-Ayapel gewöhnt.

Das Zusammenleben mit den beiden war angenehm, da sie ihre körperliche Eigenart durch eine unglaubliche Intelligenz wettmachten. Und Ayapel besaß obendrein eine grenzenlose Phantasie.

Mehrmals verflüssigten sie vor den staunenden Augen des Hirten einen Edelstein, um ihn dann wieder in einen Smaragd zu verwandeln. Und jedesmal konnte sich Cienfuegos nicht genug wundern über die grüne, nach Minze duftende Flüssigkeit, die sie anschließend wieder kristallisierten.

Doch wie sie das machten, blieb ihr Geheimnis, auch wenn sie sonst sehr bereitwillig Auskunft gaben über ihr restliches Wissen von der Welt. Die friedlichen *pacabueyes* hatten keine Mühen gescheut, die Zwillinge zu Hüterinnen des Wissens zu machen, das sich der Stamm über Jahrhunderte hinweg angeeignet hatte.

Sie wußten praktisch über jeden Baum, jede Pflanze und jedes Tier Bescheid, kannten sich bestens mit Heilkräutern und deren Anwendung aus und beherrschten die Kunst, Tiere so auszustopfen, daß sie aussahen, als seien sie echt.

Eines Morgens erschienen die Zwillinge mit einer Art zweiter Haut über Händen und Armen, die sehr fein und hell war und bis zu den Ellbogen reichte. Cienfuegos wagte nicht, sie zu berühren, sondern fragte erstaunt:

»Was ist das?«

»Kuitschú!« antwortete Quimari und lächelte ein wenig verlegen. »Wir bedienen uns seiner, wenn wir giftige Pflanzen berühren müssen.«

»Woher habt ihr das?«

Die siamesischen Zwillinge führten ihn zu einem hohen Baum in der Mitte der Insel. Seine Rinde wies unzählige kleine Kerben auf, aus denen eine zähflüssige weiße Masse quoll. Mit Hilfe von Bambusröhrchen wurde sie in mehreren, am Baumstamm befestigten Schalen aufgefangen.

»Das hier ist der Baum des Kuitschú«, erklärten sie ihm. »Sein Blut wird dickflüssig und ergibt eine phantastische Schutzhaut. Komm. Probier sie selbst aus. Du brauchst keine Angst zu haben.«

Cienfuegos zögerte zunächst, doch dann ließ er sich überreden, und die siamesischen Zwillinge machten sich daran, seine Arme mit dem klebrigen Brei zu bestreichen. Sie warteten eine Weile, dann hatte sich das Kautschuk verfestigt.

»Nicht schlecht«, sagte Cienfuegos. »Fühlt sich an wie hautenge Handschuhe.«

Mittlerweile hatte Ayapel eine kleine Kugel aus dem Kautschuk geformt, die sie kurz übers Feuer hielt und dann auf die Erde warf, wo sie mehrmals auf und ab hüpfte. Eine Zeitlang spielten sie wie Kinder, doch dann wurde es Cienfuegos so heiß, daß er die Gummihaut abstreifen wollte.

Dabei ergab sich ein Problem, mit dem die Zwillinge nicht gerechnet hatten. Cienfuegos' Arme waren stark behaart, folglich mußte er mit der Haut auch die Haare ausreißen. Er schrie vor Schmerz, während die Zwillinge nur über ihn lachten.

Ohne es eigentlich zu wollen, hatte Cienfuegos damit seine Arme rasiert und war darüber so wütend, daß er den Rest des Tages mürrisch herumlief und die dummen Einfälle der beiden verrückten Geschöpfe verwünschte.

An einem anderen Tag bemerkte er, daß Ayapel unaufhörlich auf etwas herumkaute. Anfangs glaubte er, es sei ein zähes Stück Fleisch, doch dann merkte er, daß sie eine gummiartige weiße Paste im Mund hatte, die sie gelegentlich mit den Fingern herauszog.

»Was zum Teufel machst du da?«
Sie sah ihn verständnislos an.
»Was meinst du?«
»Was kaust du die ganze Zeit?«
»Zticli.«
»Wozu ist das gut?«
»Zum Kauen.«
»Du schluckst es nicht herunter?«
»Natürlich nicht.«
»Aber was hast du davon?«
»Es ist ein Zeitvertreib... Es hilft mir, nicht zu rauchen. Früher habe ich sehr viel geraucht und mußte ständig husten. Jetzt kaue ich Zticli und vergesse den Tabak.«
»Und woher hast du es?«
»Dort drüben von den kleineren Gummibäumen. Es ist geschmacklos, aber man kann es mit Minze oder Fruchtsaft mischen. Willst du es probieren?«
»Um Gottes willen! Ich habe mit dem Zeug schon einmal schlechte Erfahrungen gemacht, und außerdem bin ich kein Wiederkäuer.«
»Aber das Rauchen ist schlimmer. Probier doch!«
»Nein, ich will nicht!«

Doch natürlich siegte auch in diesem Fall Cienfuegos' Neugier, und so war er der erste Europäer, der Kaugummi probierte und dann nie mehr damit aufhörte. Es war eine Gewohnheit, die in Europa erst drei Jahrhunderte später Einzug halten sollte.

Denn aus Gründen, die nur der Kirche bekannt waren, beschloß diese in der Mitte des 15. Jahrhunderts, daß alle

Bäume niedergebrannt wurden, aus denen die Einheimischen Latex gewannen, das sie zu Kaugummis weiterverarbeiteten. Erst zu Beginn des 19. Jahrhunderts entdeckte eine Gruppe nordamerikanischer Abenteurer ein kleines, abgelegenes Dorf im Dschungel von Mexiko, in dem sich der Brauch erhalten hatte. Und innerhalb kurzer Zeit wurde ein riesiger Wirtschaftszweig daraus.

Natürlich machte sich Cienfuegos keine Gedanken über die Zukunft der weißen Masse, die Ayapel unentwegt kaute. Er hatte genug damit zu tun, das paradiesische Leben auf der Insel zu genießen, mit den siamesischen Zwillingen lange und interessante Gespräche zu führen und Würfel zu spielen, die er aus Holz geschnitzt hatte.

Vielleicht wollten die Zwillinge den rothaarigen Riesen einfach nur kennenlernen, vielleicht waren sie neugierig und wollten etwas über die Welt erfahren, aus der er stammte. Jedenfalls entwickelte sich zwischen ihnen und Cienfuegos eine Freundschaft, über der Cienfuegos die körperliche Mißbildung der beiden seltsamen Geschöpfe völlig vergaß.

So kamen sie eines Tages auf Eva Grumbach zu sprechen, und am darauffolgenden Abend, als sie über dem Feuer das Essen zubereitete, sagte Quimari:

»Erzähl uns mehr von Eva. Wie ist sie?«

»Warum willst du das wissen?«

»Weil wir nichts über die Liebe wissen. Mauá wollte uns nie etwas davon erzählen.«

»Warum nicht?«

»Vielleicht glaubte sie, es sei schlecht für uns.«

»Eines würde ich bei der Gelegenheit ganz gern mal wissen«, sagte Cienfuegos. »Betrachtet ihr euch eigentlich als eine oder zwei?«

»Als eine und als zwei. Oder als zwei in einer. Oder eine, die in zwei geteilt ist. Was macht das schon?«

»Die Liebe zwischen Mann und Frau ist ähnlich«, erklärte

Cienfuegos. »Sie vereinen sich, und wenn sie sich lieben, werden sie eins.«

»Ist das nicht immer so?«

»Leider nicht.«

»Warum vereinen sie sich dann, wenn es schiefgehen kann?«

Cienfuegos schwieg, während er nachdenklich die Edelsteine betrachtete, die vor ihm auf dem Tisch lagen. Schließlich sagte er:

»Von diesen Steinen sind nicht alle vollkommen, doch hat man die Hoffnung, daß sie es durch Bearbeitung werden. Mit der Liebe verhält es sich ähnlich. Als ich Eva zum ersten Mal am Ufer einer Lagune sah, ahnte ich nicht, daß sie vollkommen war, und doch war sie es.«

»Was ist aus ihr geworden?«

»Ich weiß es nicht.«

»Willst du sie nicht wiedersehen?«

»Ich weiß es nicht.«

»Aber warum nicht?«

»Weil zuviel Zeit vergangen ist. Ich habe mich verändert, und sie wird auch nicht mehr dieselbe sein. Sternschnuppen sind besser als die Sterne, die unveränderlich am Himmel funkeln, denn wenn diese ein Loch hinterlassen, kann nichts auf der Welt es stopfen. Sternschnuppen dagegen kehren ohnehin nie wieder zurück.«

»Woher weißt du das?«

»Ich war Hirte und habe immer unter freiem Himmel geschlafen.«

»Was ist ein Hirte?«

»Jemand, der Tiere hütet. Wo ich herkomme, halten die Menschen bestimmte Tiere, um Milch, Käse und Leder zu gewinnen.«

»So wie Wasserschweine?«

»In etwa, aber manche Tiere sind viel größer. Ich hatte

Ziegen und führte sie jeden Morgen zum Weiden in die Berge.«

»Ach, ich weiß, was du meinst«, sagte Ayapel. »Ich habe von einem mächtigen Volk auf der anderen Seite der hohen Berge gehört, das auch solche Tiere hält. Es ist ein großes Reich mit vielen Dörfern, und die Menschen sind sehr wohlhabend. Es liegt am Ende der Welt im Westen.«

»Weißt du, wie die Menschen heißen?«

»Nein.«

»Sind sie gelb?«

»Gelb?« sagte Ayapel überrascht. »Ich habe noch nie von gelben Menschen gehört.«

»Leben sie in der Nähe des Meeres?«

»Nein. Sie leben in hohen Bergen. Es sind riesige Berge, noch höher als der Berg, auf dem Muzo wohnt.«

»Dann kann es weder Zipangu noch Kathei sein«, rief Cienfuegos aufgeregt. »Admiral Kolumbus hat geschworen, die Chinesen seien gelb.«

Die ganze Nacht segelten sie in Richtung Osten und drehten am frühen Morgen, als die ersten zaghaften Sonnenstrahlen den Horizont erhellten, nach Ostsüdost. Nachdem sie die dunklen, haifischverseuchten Gewässer der Mona-Passage durchquert hatten, die Hispaniola von Borinquen, dem heutigen Puerto Rico, trennen, befahl Kapitän Salado, Kurs nach Süden zu nehmen und die Küste von Tierra Firme zu suchen.

Wie ein Pelikan glitt das Schiff auf der spiegelglatten Oberfläche des warmen, grünen Meeres dahin. Doña Mariana Montenegro saß auf dem Achterdeck und beobachtete, wie ruhig der Bug im Wasser lag.

Noch ein Jahr, dachte sie, ein weiteres Jahr würde sie nach Cienfuegos suchen. Danach würde sie aufgeben und nach Deutschland zurückkehren, um Haitiké zu einem jungen Edelmann zu erziehen.

Sie betrachtete ihn, wie er reglos neben dem Steuer stand, auf die genaue Einhaltung des Kurses achtete, das Treiben der Seeleute aufmerksam beobachtete und gelegentlich zu seinem Idol, dem Kapitän Salado, aufblickte. Und in diesem Augenblick wurde ihr schlagartig klar, wie schwer es sein würde, diesen Jungen, der das Meer liebte, in ein Land zu bringen, das ihm völlig fremd war.

»Es wäre wirklich grausam«, wiederholte Luis de Torres immer wieder. »Der Bengel ist zum Seemann geboren, und wenn Ihr ihm das Meer nehmt, wird er verkümmern.«

Doña Mariana hatte dies nun eingesehen, doch wohin sollten sie noch gehen?

Sie hatte sich den Befehlen des Admirals und Vizekönigs widersetzt, was einer offenen Rebellion gleichkam.

Für den Vizekönig war jedes Schiff, das ohne seine ausdrückliche Erlaubnis westlich der Kanarischen Inseln segelte, ein Piratenschiff, und jeder Mensch, der seine Autorität in Frage stellte, ein Verräter und damit ein Todeskandidat. Und Doña Mariana hatte sich ganz bewußt über bestehende Gesetze hinweggesetzt.

Mit der Zeit hatten die Gebrüder Kolumbus eine wahre Schreckensherrschaft auf der Insel errichtet, und es gab selten einen Tag, an dem niemand gehängt oder von einer hohen Klippe ins Wasser gestürzt wurde, weil er den allmächtigen »Pharao« Kolumbus beleidigt hatte.

Diesen boshaften Spitznamen verabscheute der Admiral am meisten, da er auf seine angeblichen jüdischen Vorfahren anspielte. Die spitzzüngigen Dominikaner benutzten ihn, um all jene zu bezeichnen, die ihre christliche Abstammung nicht überzeugend genug unter Beweis stellen konnten. Diesen Gottesmännern war der Admiral ein Dorn im Auge, und sie ließen keine Gelegenheit aus, um Kolumbus bei den spanischen Königen in Mißkredit zu bringen.

Auf Häuserwänden und Mauern der Hauptstadt Santo Domingo sah man in letzter Zeit immer häufiger Schmiereien wie »Zur Hölle mit den genuesischen Pharaonenschweinen«. Überall roch es nach Aufstand, und selbst die der spanischen Krone treu ergebenen Edelmänner waren verunsichert, denn sie wußten nicht, auf welche Seite sie sich schlagen sollten, wenn es tatsächlich zum offenen Aufstand kam.

Nicht einmal auf die Söldner konnte sich der Vizekönig von Indien und Admiral der ozeanischen Meere noch verlassen. Zwar lagerten in den unterirdischen Gängen des Gouverneurspalastes Schätze im Wert von sechshunderttausend Maravedis, ganz zu schweigen von dem größten Teil des Goldes aus der Mine »König Salomon«, doch hatten weder die Soldaten noch ihre Offiziere seit Monaten Lohn bekommen.

Der Vizekönig dachte nicht daran, seine Goldvorräte oder andere Schätze dazu zu verwenden, die horrenden Schulden bei den Bankiers und Kaufleuten des Reiches zu begleichen, die ihm ständig im Nacken saßen. Statt dessen verwickelte er einen friedlichen Stamm nach dem anderen in kriegerische Auseinandersetzungen, um Gefangene zu machen, von denen er über sechshundert als Sklaven nach Sevilla schickte. Damit umging er listig dem Befehl der Königin, daß nur diejenigen Eingeborenen als Sklaven verkauft werden durften, die im Kampf gegen die Krone gefangengenommen worden waren.

Tyrannen scheinen ihre unzufriedenen Untertanen nur dadurch im Zaum halten zu können, daß sie immer neue, noch größere Ungerechtigkeiten begehen. Die Gebrüder Kolumbus machten da keine Ausnahme, so daß Haß und Gewalt immer größer wurden und eine Eigendynamik gewannen, die niemand mehr aufzuhalten vermochte.

Eigentlich war Doña Mariana trotz aller Bedenken froh, sich dem Befehl des Admirals widersetzt und die Insel widerrechtlich verlassen zu haben, auch wenn sie jetzt praktisch Freiwild war. Ein Konflikt mit den Herrschern auf der Insel wäre ohnehin unausweichlich gewesen.

»Hier sind wir wenigstens vorübergehend sicher«, murmelte sie. »Und wenn es mein Schicksal ist, am Galgen zu enden, so werde ich mich fügen.«

Sie warf einen Blick auf Kapitän Salado, der einige Meter vor ihr stand und seinen Männern Befehle zurief. Leise, als spräche sie ein Gebet, sagte sie vor sich hin:

»Das ist mein Schiff, das ist mein Zuhause, und der weite

Ozean ist mein Versteck. Wer mich hier sucht, der sucht eine Nadel im Heuhaufen.«

Doch wenn das stimmte, wie sollte sie dann ihren Geliebten finden, von dem sie nicht einmal mit Sicherheit wußte, ob er noch am Leben war?

Sie mußte sich durchfragen.

»Wen wollt Ihr fragen?« hatte Luis de Torres stets eingewandt. »Wir können doch nicht überall anhalten und die Wilden fragen, ob sie einen rothaarigen Riesen gesehen haben.«

»Warum nicht?« entgegnete sie und lächelte. »Fragen kostet nichts, und wenn doch, sind wir gewappnet. Wir sind voll beladen mit Stoffen, Schmuck und Tand, Spiegeln, Töpfen und Messern.«

»Ich wünschte, ich wäre auch so zuversichtlich wie Ihr«, gestand Luis de Torres. »Aber leider bin ich Pessimist.«

Dabei hatte Don Luis de Torres zum Pessimismus nicht den geringsten Grund. Die *Milagro* hatte wenig Ähnlichkeit mit den schmutzigen, stinkenden Schiffen, die diesen Teil der Welt gewöhnlich befuhren. Das Essen war ausgezeichnet, die Mannschaft guter Dinge, und der Kapitän erwies sich als ein hervorragender Menschenkenner, den die Seeleute einhellig respektierten, so daß er weder Peitsche noch andere Zwangsmaßnahmen benötigte, um sich Gehör und Gehorsam zu verschaffen.

Doña Mariana betrachtete lange das weite Meer und sagte dann träumerisch:

»Don Luis, wie wird es sein, wenn ich ihn finde?«

»Was meint Ihr?«

»Wie wird er reagieren? Es ist doch soviel Zeit vergangen.« Sie lächelte und fuhr dann fort: »Schließlich bin ich nicht unbedingt jünger geworden.«

»Ach, Unsinn. Seit acht Jahren kenne ich Euch, und in dieser Zeit habt Ihr Euch nur zum Besseren verändert.«

»Trotzdem bin ich manchmal unsicher. Ich habe Angst, daß mein Traum sich mit einem Schlag in eine bittere Realität verwandelt.«

»Das käme mir, offen gestanden, nicht ungelegen«, sagte Luis de Torres. »Aber versteht mich nicht falsch. Ich weiß, daß es nicht so kommen wird. Ihr sollt nur wissen, daß ich stets für Euch da bin, egal, was geschehen mag.«

»Don Luis, Ihr gebt wohl nie auf.«

»Nein, da habe ich Ähnlichkeit mit Euch.«

»Das glaube ich nicht. Würdet Ihr mich in acht Jahren noch lieben, ohne mich zu sehen?«

»Ich glaube schon.«

»Das bezweifle ich...«

Doña Mariana Montenegro hielt inne, als sie Bonifacio Cabrera die Treppen zum Heck hinaufkommen sah.

»Unsere Vorräte reichen für fünf Monate«, rief er, während er mühsam die schmale Treppe erklomm. »Aber wir haben nicht genug Wasserfässer aufnehmen können. Wir müssen noch einmal an Land.«

»Aber wo?«

»Hispaniola kommt natürlich nicht in Frage. Die Schergen des Vizekönigs könnten plötzlich auftauchen und uns überraschen. Am besten, wir suchen eine verlassene Insel im Süden.«

»Im Süden gibt es keine Inseln, soweit ich weiß«, entgegnete Kapitän Salado, als man ihm das Problem erläuterte.

»Was ratet ihr dann, Kapitän?« fragte Luis de Torres ernst.

Der Seemann wies mit dem Kopf nach Osten und sagte lakonisch:

»Borinquen. Wenn es dort Christen gibt, sind es Abtrünnige und Deserteure.«

Es gab dort in der Tat Christen, die vor dem strengen Regime der Gebrüder Kolumbus von Hispaniola geflüchtet waren. Doch als sie am Horizont die Segel eines unbekannten Schiffes entdeckten, zogen sie sich ins Landesinnere zurück. Sie befürchteten einen Angriff der Söldner des Vizekönigs.

Ebenso wie im heutigen Puerto Rico waren auch auf den Nachbarinseln Jamaika und Kuba Nester des Widerstands entstanden, weil die Unzufriedenen sich weigerten, nach Hispaniola zurückzukehren. Es waren in der Mehrzahl friedliche Kolonisten, die bei Kolumbus in Ungnade gefallen waren. Aber in letzter Zeit hatten sich auch viele Abenteurer und Goldsucher dazugesellt, die nun das Land unsicher machten.

Letztere weigerten sich, überhaupt irgendeine Autorität anzuerkennen, ganz gleich, ob sie gerecht war oder nicht. Sie waren gekommen, um auf Kosten der Einheimischen reich zu werden, und das möglichst ungestört von der spanischen Krone oder dem Vizekönig. Doch in jenen ersten Tagen zu Beginn des 15. Jahrhunderts war es noch nicht entschieden, wer die Oberhand gewinnen würde: die einfachen Kolonisten oder die Abenteurer.

Beide Gruppen fristeten ein wenig spektakuläres Dasein und wurden von den Historikern kaum beachtet, die sich mehr für die glorreichen Feldzüge gegen die Azteken oder Inkas interessierten. Die meisten starben an Hunger oder wurden von kriegerischen Einheimischen umgebracht.

Doch nichts konnte letztendlich die Flut der Eroberer, die in den kommenden Jahrzehnten in die Neue Welt kommen sollten, aufhalten. Die Europäer brachten nicht nur gute und schlechte Absichten, Krieg und Frieden, Haß und Liebe mit, sondern auch unbekannte Krankheiten, denen die einheimische Bevölkerung machtlos ausgeliefert war.

Die Masern, die Grippe oder eine einfache Erkältung genügten, um Millionen von Einheimischen, die keinerlei Widerstandskräfte gegen diese Krankheiten besaßen, dahinzuraffen. In weniger als einem halben Jahrhundert hatte sich die Neue Welt in einen riesigen Friedhof verwandelt, und niemand war imstande gewesen, dieses Unheil abzuwenden.

Die *Milagro* ankerte in einer ruhigen Bucht aus schneeweißem Sand, und zwei Beiboote mit einer Handvoll Männern fuhren an Land, um weitere Fässer mit Trinkwasser zu füllen. Nach mehreren Stunden kehrten sie an Bord zurück, und der Mann, der die Mannschaft befehligt hatte, erstattete Bericht:

»Wir haben Spuren von Christen gefunden, aber sie waren verschwunden, bevor wir uns nähern konnten. Daraufhin haben wir versucht, Kontakt zu den Eingeborenen aufzunehmen, aber auch sie ließen sich nicht blicken.«

»Das sind ja schöne Aussichten, wenn alle die Flucht ergreifen, sobald sie uns sehen«, sagte Bonifacio besorgt. »Wir brauchen die Hilfe dieser Menschen, sonst weiß ich nicht, wie wir Cienfuegos finden sollen.«

»Uns wird schon etwas einfallen«, entgegnete Doña Mariana. »Trotzdem ist es kein gutes Zeichen, wenn die Leute so mißtrauisch sind. Schließlich muß es einen Grund dafür geben.«

»Vielleicht sind die Einheimischen auf Tierra Firme weniger scheu. Bislang ist kein Europäer bis dorthin gelangt, soweit ich weiß. Sie sind immer nur bis zu den vorgelagerten Inseln gekommen, wie Hojeda uns berichtet hat.«

»Glaubt Ihr, daß kein Christ jemals Tierra Firma betreten hat?« fragte Doña Mariana.

»Ich bezweifle es«, antwortete Luis de Torres.

Wie von Don Alonso vorhergesagt, gelangten sie einen knappen Monat nach ihrer Flucht aus Santo Domingo zu einigen vor der Küste Tierra Firmes gelagerten Inseln. Sie segelten weiter in Richtung Südosten an dem langen, wüstenähnlichen Küstenstreifen entlang und stießen schließlich auf das nackte Skelett eines portugiesischen Schiffes.

Von der stinkenden, alten *São Bento* war nicht viel übriggeblieben, und auf einer Sanddüne lagen noch die von den Geiern kahlgefressenen Knochen ihres Kapitäns, des gefürchteten Euclides Boteiro.

Überall waren Kisten und andere Schiffsgegenstände verstreut, doch sie suchten in der näheren Umgebung vergeblich nach irgendwelchen Spuren, die Aufschluß darüber hätten geben können, welches Schicksal die übrigen Seeleute ereilt hatte und was das portugiesische Schiff an dieses Ende der Welt verschlagen hatte.

Das Logbuch des Kapitäns war nirgends zu entdecken und auch keine anderen Dokumente, die etwas über die rätselhafte Mission des Schiffes verraten hätten. Eines jedoch war klar: Es handelte sich nicht um ein Piraten- oder ein Sklavenschiff, das sich an diese unwirtliche Küste verirrt hatte.

»Wie lange mag es schon hier liegen?« fragte Doña Mariana.

»Etwa ein Jahr«, antwortete Kapitän Salado. »Höchstens zwei.«

»Und die Besatzung?«

»Wer weiß?«

Sie verbrachten die Nacht auf dem Schiff, etwa eine Meile vor der Küste, und hofften, im Licht des neuen Tages vielleicht mehr über das Schicksal des rätselhaften Wracks herauszufinden. Doch der neue Tag war grau und windig und umhüllte den Rumpf der *São Bento* mit dichtem Nebel. Daher beschlossen sie, die Segel zu setzen und weiter nach Westen zu fahren.

Um die Mittagszeit gelangten sie an die Küste, die Alonso de Hojeda »Klein-Venedig« getauft hatte, das spätere Venezuela.

Eine trockene, unerträgliche Hitze lag über dem Land. Sie durchquerten den stinkenden Kanal und segelten in den Maracaibo-See. Plötzlich war es völlig windstill, und die

Besatzung hatte das Gefühl, in einem brütendheißen Ofen zu sitzen.

Die spiegelglatte Oberfläche des Sees glitzerte in der Sonne wie Stahl, und wenn man versuchte, den Horizont nach den im Wasser gebauten Dörfern abzusuchen, von denen Alonso de Hojeda und Juan de la Cosa berichtet hatten, schmerzten die Augen.

»Ich glaube, hier überleben nur Kriechtiere...«, sagte Luis de Torres nachdenklich und schnappte nach Luft. »Cienfuegos müßte verrückt sein, sich in einer solchen Gegend niederzulassen.«

Die Sonne verabschiedete sich nur zögernd, und erst ungefähr zwei Stunden nach Sonnenuntergang konnte man endlich wieder frei atmen.

Der Mond schien hell am Himmel. Mitten in der Nacht entdeckte der Wachtposten ein kleines Licht, das auf sie zukam. Es war ein Kanu mit zwei Einheimischen. Sie begrüßten die Fremden überschwenglich, und die Spanier trauten ihren Ohren nicht, als sie sie rufen hörten:

»Es lebe Isabella! Es lebe Ferdinand!«

Leider waren das die einzigen spanischen Worte, die sie kannten. Wahrscheinlich hatte ein patriotisches Mitglied aus Hojedas Besatzung sie ihnen beigebracht. Nachdem sie den beiden Einheimischen an Bord geholfen hatten, baten diese um einen Schluck Alkohol.

Kapitän Salado befahl, ihnen einen halben Liter Rum zu bringen. Die Indianer tranken, ohne auch nur einmal Luft zu holen, und fielen dann von einer auf die andere Minute in tiefen Schlaf.

»Was sollen wir jetzt mit ihnen anfangen?« fragte der hinkende Bonifacio. »Die sind voll wie Haubitzen. Aus denen kriegen wir kein einziges Wort raus.«

Die beiden schliefen wie die Murmeltiere, doch mit den ersten Morgenstrahlen wachten sie auf und plapperten munter drauflos wie zwei übergeschnappte Papageien. Doch weder Don Luis de Torres, ehemaliger königlicher Dolmetscher auf der ersten Reise des Admirals, noch sonst jemand an Bord war in der Lage, auch nur ein Wort zu verstehen, da die *cuprigueris* eine ziemlich eigenständige Sprache besaßen.

Es bedurfte sehr viel Geduld und einer Menge von Gastgeschenken, bis man ihnen endlich mit Hilfe von Zeichensprache entlockte, daß die einzigen Herren über den Donner, die sie selbst je in dieser Gegend gesehen hatten, die bärtigen Seeleute des Capitán Hojeda gewesen sein mußten, obwohl die anderen Einheimischen auch von einem einzelnen, geheimnisvollen Weißen erzählten, der vor vielen Monden das Dorf der *cuprigueris* besucht hatte.

»Das deckt sich mit dem, was uns Hojeda berichtete«, sagte Eva erregt. »Aber wohin kann er gegangen sein?«

»Das weiß nur der liebe Gott!«

»Oder Bonao!« unterbrach Haitiké, der die Diskussion aufmerksam verfolgt hatte. »Ich bin sicher, daß er recht hatte.«

Doch unter der sengenden Sonne mitten auf dem Maracaibo-See schien es geradezu absurd, daß ein blinder Junge, der weit weg auf einer Insel in einer dunklen Höhle lebte, wissen konnte, wo Cienfuegos sich jetzt aufhielt. Daher beschloß Doña Mariana, den Vorschlag des hinkenden Bonifacio zu befolgen und eine Abordnung von vier Männern zum Dorf der *cuprigueris* zu schicken. Vielleicht konnten sie Näheres erfahren.

Bonifacio suchte sich vier Männer aus. Dann brach er in einem kleinen Beiboot auf, während die *Milagro* an einer geschützten Stelle vor Anker ging. Drei Tage lang wartete die übrige Besatzung in der unerbittlichen Sonne, umgeben von bräunlichgrünem Wasser, auf dem gelegentlich riesige schwarze Flecken trieben.

»Was ist das?« wollte die Deutsche wissen.

Doch niemand an Bord konnte ihr eine plausible Erklärung für das seltsame Phänomen geben. Offensichtlich handelte es sich um eine klebrige Masse wie Öl oder Pech, die von der Küste kam und vom Wind durch den engen Kanal auf das offene Meer getrieben wurde.

Die Mannschaft gewöhnte sich daran, in der Nacht zu arbeiten und tagsüber irgendwo im Schatten zu dösen. Nicht einmal das Baden im See waren eine Erfrischung, denn das Wasser hatte Ähnlichkeit mit einer warmen Suppe, und außerdem lief man die Gefahr, pechschwarz und schmierig wieder herauszukommen.

Deshalb waren alle heilfroh, als am dritten Tag endlich das Boot am Horizont auftauchte. Der hinkende Bonifacio brachte einen hageren, großgewachsenen Indianer mit, der erklärte, er habe Cienfuegos und Azabache gekannt und wisse, wohin sie aufgebrochen waren.

Es war Yakaré, der tapfere Krieger der *cuprigueris*, der bis zum Großen Fluß gereist war, aus dem alle Meere geboren werden. Er beherrschte vier Dialekte und hatte keine Mühe, sich Doña Mariana verständlich zu machen. Sie unterhielten sich auf haitianisch, und der Indianer gab ihr einen detaillierten Bericht über den Verbleib von Cienfuegos und Azabache, die zum »Großen Weißen« aufgebrochen waren.

»Was ist der ›Große Weiße‹?«

Der *cuprigueri* zögerte mit der Antwort. Man mußte ihn mit einem kunstvoll verzierten Dolch bestechen, bevor er weitersprach:

»Ein sehr hoher, heiliger Berg«, sagte er schließlich.

»Wo liegt dieser Berg?«

Yakaré deutete nach Süden und sagte:

»In diese Richtung. Sehr weit weg.«

»Was wollten die beiden dort?« Doña Mariana ließ nicht locker.

»Azabache wollte, daß Yakarés Kind weiß geboren wird.«
»Yakarés Kind?« Doña Marianas Stimme zitterte leicht.
»Nicht Cienfuegos' Kind? Yakarés Kind, ist das richtig?«
»Yakarés Kind!« erwiderte Yakaré stolz. »Azabache war Yakarés Frau.«
»Ich verstehe. Sie sind nie zurückgekommen?«
»Nein, nie.«
»Weißt du, warum?«
»Vielleicht haben die *motilones* sie getötet.«
»Wer ist das?«
»Die Aschemänner. Ein wilder Stamm.«
»Kariben?«
Der *cuprigueri* schüttelte den Kopf.
»Nur Wilde.«
Eva Grumbach dachte eine Zeitlang nach, dann bohrte sie weiter:
»Wohin könnten sie gegangen sein, wenn die *motilones* sie verschont haben?«
Yakaré sah sie an, als sei die Frage völlig unsinnig. Schließlich zuckte er die Achseln.
»Ein Krieger kann länger als ein Jahr marschieren.«
»Bist du sicher?«
»So lange hat Yakaré gebraucht, um bis zum Großen Fluß zu gelangen, aus dem alle Meere geboren werden.«
Don Luis de Torres verschwand in der Kajüte, tauchte mit einem Stück Kohle wieder an Deck auf und zeichnete eine Karte auf dem Boden.
»Hier ist das Meer«, sagte er. »Hier dieser See, und das Dorf, aus dem Yakaré kommt, etwa hier... Wo wäre der große Weiße und wo der große Fluß, aus dem alle Meere entspringen?«
Don Luis de Torres bemerkte, daß der Indianer zum ersten Mal eine Karte sah, und mußte seine Frage mehrmals wiederholen, bis der Einheimische zu verstehen begann. Doch so-

bald er begriffen hatte, worum es ging, griff er nach dem Kohlestück und zeichnete ein Kreuz ein.

»Hier ist der ›Große Weiße‹«, sagte er.

Dann stand er auf, machte zwei große Schritte und zog auf der anderen Seite einen Strich, der sich über das ganze Deck erstreckte.

»Und hier ist der Fluß, aus dem alle Meere entspringen.«

»So weit?«

»Ja.«

»Und was ist hier im Süden?«

»Dschungel, viel Dschungel.«

»Und hier im Osten?«

»Dschungel und dann Meer.«

»Und hier im Westen?«

»Dschungel und Berge... Sehr hohe Berge, sagt man. Noch höher als der ›Große Weiße‹.«

Doña Mariana, Haitiké, Don Luis de Torres, Kapitän Salado und der hinkende Bonifacio studierten aufmerksam die erste Landkarte der Neuen Welt.

»Wenn das stimmt, dann haben diejenigen recht, die der Meinung sind, wir befänden uns vor einem riesigen neuen Kontinent«, sagte Eva zögernd.

»Da wäre ich nicht so sicher«, wandte Don Luis de Torres ein und fragte Yakaré:

»Wie breit ist der Fluß, aus dem alle Meere entspringen?«

»Man kann von einem Ufer nicht das andere sehen.«

»Tatsächlich?«

»Yakaré war da!«

»Das ist nicht möglich«, sinnierte der Konvertit. »Es gibt auf der ganzen Welt keinen Fluß, der so groß ist. Nicht einmal in Asien.«

Der *cuprigueri* musterte ihn von oben bis unten, und seine Augen blitzten vor Wut. Schließlich sagte er:

»Yakaré war da. Er hat es mit eigenen Augen gesehen. Er

war ein ganzes Jahr unterwegs. Der Fluß ist breiter als von hier bis zu seinem Dorf.«

»Warum sollte es nicht stimmen?« sagte Kapitän Salado.

»Wenn er recht hat, dann müssen wir unsere Ansicht von der Welt völlig revidieren«, sagte Eva Grumbach nachdenklich und wandte sich dem hageren Indianer zu: »Stell dir vor, du würdest in Cienfuegos' Haut stecken. Was würdest du machen, wenn die *motilones* dich nicht umgebracht hätten? Wohin würdest du flüchten?«

Ohne einen Augenblick zu zögern, zeigte der Einheimische in die Richtung, in der sein Dorf lag.

»Ja, natürlich«, sagte Doña Mariana Montenegro geduldig. »Du würdest nach Hause zurückkehren. Aber angenommen, du könntest nicht in dein Dorf zurück. Wohin würdest du gehen?«

Yakaré schwieg. Offensichtlich dachte er nach. Minutenlang blieb er reglos sitzen, während alle um ihn herumstanden und gespannt warteten. Er starrte auf die seltsame Zeichnung am Boden und zeichnete dann mit einer hastigen Bewegung einen Strich, der vom »Großen Weißen« in Richtung Westen zeigte.

»Nach Westen?«

»In die Richtung!«

»Warum nach Westen?«

»Das ist das Beste.«

»Aber warum?«

Yakaré wies nach Osten und sagte:

»Da drüben gibt es viele Berge und kriegerische Stämme.« Dann deutete er nach Süden und fuhr fort: »Und da gibt es ebenfalls Berge und sehr dichten Urwald. Aber in diese Richtung ist der Weg einfacher.«

»Du weißt das alles, aber Cienfuegos nicht.«

»Du hast gefragt, was Yakaré tun würde«, erwiderte der Indianer verstimmt.

Seine Antwort entbehrte nicht einer gewissen Logik, daher schlug Doña Mariana vor, daß Bonifacio, Yakaré und die übrige Mannschaft ausruhen und etwas Vernünftiges essen sollten, während sie über die Sache nachdachte.

In dieser Nacht fand kaum jemand an Bord Schlaf, denn vom einfachen Schiffsjungen bis zum Kapitän waren alle von dem, was sie erfahren hatten, zutiefst beeindruckt. Auf einem Tisch am Achterdeck hatte Kapitän Salado eine riesige Karte ausgebreitet, auf der er die neuen Erkenntnisse sorgfältig mit Tinte eingezeichnet hatte.

Die Diskussion dauerte bis in die frühen Morgenstunden, und jeder hatte Gelegenheit, seine Meinung frei und unbefangen zu äußern, obwohl von Anfang an klar war, daß Doña Mariana, die Schiffseignerin, das letzte Wort haben würde.

Der hinkende Bonifacio gab zu bedenken:

»Schließlich deckt sich das, was der blinde Bonao prophezeite, genau mit dem, was uns Yakaré erzählt hat. Wir können davon ausgehen, daß Cienfuegos noch am Leben ist und sich irgendwo jenseits der Berge aufhält.«

»Das könnte ein Zufall sein.«

»Was bleibt uns anderes übrig, als dem Zufall zu vertrauen?«

Doña Mariana zögerte einen Augenblick und sagte dann:

»Vielleicht wäre es besser, zu Fuß zum ›Großen Weißen‹ zu marschieren.«

»Seid Ihr von Sinnen?« wandte Luis de Torres ein. »Durch das Gebiet der *motilones* kriegen mich keine zehn Pferde. Außerdem haben wir ausschließlich Seefahrer an Bord und keine Bergsteiger.«

Kapitän Salado mischte sich in die Diskussion ein:

»Señora, ich fürchte, daß Don Luis de Torres in diesem Fall recht hat. Auf dem Schiff sind wir sicher und können uns gefahrlos bewegen. An Land wären wir nur eine langsame

Truppe, die nicht genug Waffen hat, um sich gegen einen möglichen Angriff der Wilden wehren zu können. Wir sollten zuerst die Küsten dieses riesigen Sees abfahren. Wenn uns dabei kein Erfolg beschieden ist, können wir immer noch über eine Expedition ins Landesinnere nachdenken.«

Damit löste sich die Versammlung auf, und alle versuchten, doch noch ein wenig Schlaf zu finden. Eva Grumbach war als erste wieder auf den Beinen, und ihr Entschluß stand fest. Der Kapitän hatte recht. Sie würde seinen Rat befolgen. Sie zog sich an, weckte Yakaré auf, der die ganze Nacht fest geschlafen hatte, und führte ihn unter Deck, wo sich säckeweise wertloser Plunder stapelte.

»Du bekommst alles, was du tragen kannst, wenn du mir hilfst, Cienfuegos zu finden.«

Der Indianer fuhr ungläubig mit der Hand über die Säcke und sagte:

»Alles, was Yakaré tragen kann?«

»So ist es.«

»Abgemacht. Yakaré fährt mit dir.«

Die Erde bebte.

Muzo und Akar lieferten sich einen fürchterlichen Kampf. Aus dem Erdinneren, aus ihren tiefsten Tiefen kam ein ohrenbetäubendes Krachen und Donnern, das Tod und Zerstörung verbreitete, sobald es die Oberfläche erreichte.

Flüsse traten über die Ufer, Bäume knickten um wie Streichhölzer, Hütten begruben ihre Bewohner unter sich, und die Erde riß ihr tausendfach gespaltenes Maul auf, um die Hals über Kopf Flüchtenden zu verschlingen.

Innerhalb von zwanzig Sekunden verwandelte sich die idyllische und geordnete Welt der *pacabueyes* in Chaos und Entsetzen, und das Volk, das sich seit zwanzig Jahren in Sicherheit wähnte, weil die siamesischen Zwillinge ihre schützende Hand über sie hielten, war vernichtet.

Warum?

Was war geschehen, daß die Götter, die ihnen so wohl gesonnen waren, plötzlich zu schrecklichen Dämonen wurden?

Welche unverzeihliche Sünde hatten die *pacabueyes* begangen, daß die Götter sie derart bestrafen mußten?

Was war aus Quimari-Ayapels Macht geworden?

Warum war es ihnen nicht gelungen, den blutrünstigen Akar im Zaum zu halten?

Wahrscheinlich waren es die siamesischen Zwillinge, die sich diese Fragen als erste stellten. Sie saßen auf dem Stamm einer umgestürzten Palme und betrachteten, was von ihrer Hütte übriggeblieben war. In ihrem Blick lag ungläubiges Entsetzen. Seit ihrer Geburt hatte man ihnen eingeredet, sie hätten einen gewissen Einfluß auf die Götter, und jetzt hatten die Götter ihnen gezeigt, daß sie sich nicht beeinflussen ließen.

Quimari weinte, und Ayapel starrte gedankenverloren vor sich hin.

Cienfuegos, der von herabfallenden Steinen am Arm verletzt worden war, wusch sich am Fluß die Wunde und beobachtete aus den Augenwinkeln die beiden Zwillingsschwestern, die nur noch ein Schatten ihrer selbst zu sein schienen.

Er empfand tiefes Mitgefühl für sie, denn durch das Erdbeben hatten sie nicht nur alles verloren, was sie besaßen, sondern auch jegliche Selbstachtung und Daseinsberechtigung.

Da sie so offensichtlich von den Göttern verspottet worden waren, würde man sie nicht mehr als außergewöhnliche, mythische Geschöpfe behandeln, die den Stamm beschützen konnten, sondern als gewöhnliches Ungeheuer mit zwei Köpfen und vier Beinen, als Mißgeburt, die man töten mußte.

Doch vielleicht war es gar nicht ihre Schuld.

Cienfuegos war derjenige, der ständig vom Pech verfolgt wurde, und meistens schien das Unglück, das er heraufbeschwor, gerade die Menschen zu treffen, die er liebte. Deshalb wurde er das Gefühl nicht los, daß auch diesmal der Fluch an allem schuld war, der Fluch, der ihn auf Schritt und Tritt verfolgte und sich nun an den *pacabueyes* gerächt hatte.

»Wie lange noch?« murmelte er zornig und zurrte den Verband an seinem Unterarm fest. »Wie lange muß ich dieses Unglück noch mit mir herumschleppen?«

Schließlich stand er auf und ging langsam zu den beiden

Schwestern zurück, während er im stillen darüber nachdachte, wie man die zerstörte Hütte wieder aufbauen könnte. Die dicken Stützpfeiler aus dunklem Holz waren umgebrochen, Dach und Wände der Hütte eingestürzt wie ein Kartenhaus. Und schließlich knickte auch noch eine riesige Palme um und zermalmte den Rest.

Ein Wunder, daß die beiden mit dem Leben davongekommen waren.

Nicht nur die Flüsse waren über die Ufer getreten, eine riesige Flutwelle hatte auch die meisten Inseln im See überflutet. Jetzt trieben in dem schmutzigbraunen, schlammigen Wasser, das sonst glasklar war, unzählige aufgeblähte Tierkadaver und menschliche Leichen.

»Muzo haßt uns!«

Quimari konnte gar nicht aufhören zu weinen. Er antwortete ihr:

»Unsinn! Die Götter haben nichts damit zu tun. Es war ein Erdbeben.«

»Die Erde bebt nur dann, wenn die Götter zürnen.«

»Selbst wenn es so wäre«, entgegnete Cienfuegos, »hatte es mit euch nichts zu tun.«

»Oh, du hast ja keine Ahnung«, schluchzte Ayapel.

»Wir haben dich bei uns aufgenommen und dir unsere Geheimnisse verraten. Das hat die Götter erzürnt.« Quimaris Stimme war wie Eis.

Der Hirte aus Gomera hatte diese Antwort befürchtet. Er überlegte einen Augenblick und stammelte dann:

»Das kann nicht sein!«

»Doch, so ist es. Wir haben gegen die Gesetze der Götter verstoßen, und dafür sind wir bestraft worden.«

»Ihr seid verrückt, wenn ihr das denkt«, rief Cienfuegos wütend. »Die Götter haben gewollt, daß ich zu euch komme.«

»Ja, aber sie haben uns auf die Probe gestellt, und wir

haben versagt. Wir haben dir Geheimnisse verraten, die niemand erfahren durfte.« Ayapel klang jetzt bedrückt und vorwurfsvoll.

»Aber wie soll es jetzt weitergehen?« fragte Cienfuegos.

»Laß uns allein!« sagte Quimari. »Wir müssen nachdenken.«

»Ich will aber nicht, daß ihr anfangt, darüber nachzugrübeln«, entgegnete Cienfuegos.

»Geh und laß uns allein«, wiederholte Ayapel.

Cienfuegos sah ein, daß er im Moment nichts für sie tun konnte, und verschwand. Er streifte über die Insel und versuchte, sich ein Bild von der neuen Lage zu machen. Lange Zeit blieb er am Ufer stehen und starrte in das schmutzige Wasser, das soviel Tod in sich barg.

»Verflucht seien Muzo und Akar und alle anderen Götter, die mir das Leben schwermachen«, schimpfte er. Die Zeit mit den siamesischen Zwillingen gehörte zum Schönsten, was er in der Neuen Welt erlebt hatte. Wehmütig dachte er an die Tage zurück, denn instinktiv wußte er, daß er wieder einmal weiterziehen mußte.

Die *pacabueyes* waren sicher ein friedliebender, gastfreundlicher Stamm, aber auch abergläubisch. Sie würden vielleicht schnell zu dem Schluß kommen, daß der rothaarige Riese schuld an ihrem Unglück hatte.

Cienfuegos fürchtete, daß seine Tage gezählt wären, wenn er nicht so schnell wie möglich verschwand, bevor es zu spät war.

Er legte sich auf den Sandboden und sah zum Himmel empor. Er war still und klar wie immer. Zwei Stunden später stellte er überrascht fest, daß er trotz seiner Sorgen eingeschlafen war. Er sprang auf und ging zu den Zwillingen zurück.

Quimari und Ayapel saßen da, wo er sie verlassen hatte. Fröhlich ging er auf sie zu und rief:

»Ich gehe fort!«

»Warum?«

»Weil die *pacabueyes* mich töten werden, da ich versucht habe, die Edelsteine zu stehlen und damit Muzos Zorn geweckt habe.«

»Aber das ist doch nicht wahr.«

»Ich weiß, daß es nicht wahr ist. Und ihr wißt es auch, aber die *pacabueyes* wissen es nicht.« Er lachte, als sei es ein Spaß. »Sie werden mich suchen und euch in Ruhe lassen.«

»Willst du sagen, daß wir unseren eigenen Stamm belügen sollen?«

»Ich suche nur nach einem Ausweg aus dieser Lage«, sagte Cienfuegos und hockte sich neben den Zwillingen auf den Boden. »Ich mag euch und will nicht, daß ihr wegen mir Scherereien bekommt. Also nehme ich die Schuld auf mich und fliehe vor der Rache der *pacabueyes*.«

»Aber es ist nicht gerecht, daß du unsere Schuld auf dich nimmst«, sagte Quimari.

»Die Schuld liegt nur bei mir. Ich hatte sogar schon einige Steine ausgewählt, die ich mitnehmen wollte«, erklärte Cienfuegos.

»Du lügst!« fuhr ihn Ayapel an.

»Woher willst du das wissen?«

»Ich kenne dich.«

»Niemand kennt den Dieb, den er beherbergt, bis dieser ihn bestiehlt.«

»Ich habe deine Spuren auf der Yaita gelesen.«

»Und konntest du nicht darin lesen, daß ich ehrgeizig bin? Was wißt ihr schon von meinem Stamm? Das stand nirgendwo zu lesen.« Er öffnete die Hand und zeigte ihnen einen Edelstein, den er kurz zuvor am Flußufer gefunden hatte. »Seht ihr!« sagte er triumphierend. »Glaubt ihr mir jetzt?«

Er hatte Mißtrauen gesät und schien Erfolg zu haben, denn die siamesischen Zwillinge waren verwirrt und schauten sich zweifelnd an. Cienfuegos packte die Gelegenheit beim Schopf und drückte zum Abschied jeder einen Kuß auf die Stirn. Ohne noch einen Blick zurückzuwerfen, watete er ins Wasser und schwamm auf einen Baumstamm zu, der auf dem Wasser herangewirbelt kam. Er klammerte sich daran fest und zog sich hoch.

Als die Strömung ihn fortriß, fühlte er sich so verloren wie die Tiere, die vom Erdboden überrascht worden waren, auf Bäumen Schutz vor der Springflut gesucht hatten und dann mitsamt den Bäumen umgestürzt und nun wie Cienfuegos auf Gedeih und Verderb dem schlammigen Wasser ausgeliefert waren.

Gegen Abend vergewisserte er sich, daß es weit und breit keine Kaimane gab, und schwamm zu einem schmalen sandigen Strand, hinter dem finster und abweisend der undurchdringliche Dschungel aufragte. Dort warf er sich hungrig und verzweifelt in den Sand. Wieder war er allein und irrte durch dieses fremde, gottverlassene Land. Und wieder wurde er wahrscheinlich von einem wütenden Stamm verfolgt.

Jeder andere wäre unter ähnlichen Bedingungen ein Opfer seiner eigenen Ängste geworden. Das ist nicht selten, wenn man sich in der Einsamkeit einer Wüste oder dem Labyrinth eines Dschungels verirrt. Doch Cienfuegos hatte auf seiner langjährigen Wanderschaft gelernt, sich auf seinen Instinkt zu verlassen. Denn der Instinkt half jedem Tier zu überleben, und um dies zu erreichen, vergaß Cienfuegos seine innere Welt mit ihren kreisenden Gedanken und Erinnerungen und konzentrierte seine fünf Sinne auf das Nächstliegende. Er würde sich weder vom Hunger noch von Raubtieren, noch von den *pacabueyes* unterkriegen lassen.

Was hätte sein Freund und Lehrmeister, der kleine Papepac, an seiner Stelle getan?

Für Papepac, auch genannt Chamäleon, bestand die beste Verteidigung darin, sich unsichtbar zu machen und abzuwarten, bis ein günstiger Augenblick zum Handeln kam. Papepacs Lektionen waren Cienfuegos in Fleisch und Blut übergegangen, und so grub er als erstes ein Loch in die weiche Erde unter dem faulenden Gestrüpp. Dort kletterte er hinein und bedeckte sich mit Sand und den klebrigen Blättern eines Busches, der einen fürchterlichen Geruch nach verwesenden Kadavern ausströmte.

Es dauerte eine Weile, bis sich seine Nase an den Gestank gewöhnt hatte und er in der Gewißheit einschlafen konnte, daß ihn hier niemand finden würde.

Am frühen Morgen weckte ihn Stimmengewirr.

Die Sonne schien gerade erst aufgegangen zu sein, doch die *pacabueyes* waren bereits auf den Beinen und suchten nach ihm. Er konnte von seinem Versteck aus beobachten, wie einige unter großem Kriegsgeschrei mit ihren Waffen die Ufer absuchten und andere in Kanus vorbeipaddelten. Dies beruhigte ihn, denn aus Erfahrung wußte Cienfuegos, je lauter die Eingeborenen sich gebärdeten, um so ungefährlicher waren sie.

Im Dschungel fürchtete Cienfuegos den lautlosen Krieger, den einsamen Jäger, der sich ebensogut verstecken konnte wie er und plötzlich aus dem Nichts auftauchte, um seinem überraschten Opfer den Todesstoß zu versetzen. Die *pacabueyes* waren ein Volk von Bauern, nicht von Jägern, und Krieg lag ihnen nicht. Er dagegen kannte alle Tricks und Verstecke im Urwald. Ihn aufzuspüren war ein aussichtsloses Unterfangen für die friedliebenden *pacabueyes*.

Er ließ sie vorbeilaufen. Dann drang er in den Dschungel ein und suchte nach Wurzeln, mit denen er seinen Hunger hätte stillen können. Diesmal meinte das Schicksal es gut mit ihm, denn ein noch vom Erdbeben verwirrter Leguan lief ihm über den Weg: Cienfuegos brauchte nur mit der Hand nach ihm zu greifen. Er verschlang ihn auf der Stelle, roh. Anschließend kehrte er zu seinem Versteck am Ufer zurück und verkroch sich wieder in seiner Grube. Geduld war jetzt sein bester Verbündeter.

Am Abend sah er wieder mehrere Gruppen von Indianern in Kanus vorbeipaddeln. Noch zwei weitere Tage verbrachte er in seinem Versteck, und am späten Nachmittag des dritten Tages sah er die müden Krieger der *pacabueyes* zurückpaddeln und erkannte an ihren enttäuschten Gesichtern, daß sie die Suche nach ihm aufgegeben hatten.

Im Schutz der Nacht schlich er sich dann ans Ufer, suchte drei geeignete Baumstämme, band sie mit Lianen aneinander und ließ sich in die Mitte des Flusses treiben, wo die Strömung ihn erfaßte und mit sich riß.

Die ganze Nacht war er unterwegs, und am frühen Morgen, als die Sonne am Horizont erschien, trieb er an weiten flachen Feldern vorbei. Zwar hatte er das Gebiet der *pacabueyes* hinter sich gelassen und war jetzt vor ihnen sicher, doch warteten hier ganz andere Gefahren auf ihn.

Ayapel hatte ihm oft von ihren Nachbarn erzählt, einem wilden kriegerischen Stamm, der das Flachland bewohnte und für seine Grausamkeit bekannt war. Die *chiriguanas* waren in der Tat wenig gastfreundliche Menschen. Man nannte sie die Grünen Schatten des Todes. Sie hatten sich darauf spezialisiert, in dem sumpfigen, unübersichtlichen Gebiet, das von unzähligen kleinen Nebenflüssen durchzogen wurde, Hinterhalte zu legen.

Die Grünen Schatten des Todes waren unsichtbare Jäger, die der Spur ihrer Beute lautlos folgten und geduldig warteten, bis sich diese in Reichweite ihrer tödlichen Blasrohre befand.

Cienfuegos sah schnell ein, daß der Fluß, der ihn vor der Rache der *pacabueyes* gerettet hatte, ihn jetzt in eine Falle führte.

Er nahm sich Zeit, um über seine neue Lage nachzudenken. In einem bedrohlichen Moment nicht die Nerven zu verlieren, sondern sich Zeit zu lassen, das hatte ihn schon mehr als einmal gerettet. Und auch jetzt fand er die Lösung.

Wenn die Grünen Schatten des Todes einsame Jäger waren, die ihre ahnungslosen Opfer überraschten, leuchtete es ein, daß man nicht versuchen durfte, sie mit ihren eigenen Waffen zu schlagen. Man mußte sich von vornherein anders verhalten.

Daher hämmerte er sich aus einem großen Stein eine mächtige Keule, panzerte sich von Kopf bis Fuß mit dicker Baumrinde und setzte sich die Hälfte einer grünen Kokosnuß, die er mit Federn verzierte, als Helm auf den Kopf. Fast zwei Meter hoch schritt er in diesem seltsamen Aufzug wie ein römischer Legionär durch die Felder.

Er hoffte, die *chiriguanas* auf diese Weise so einzuschüchtern, daß sich kein Krieger trauen würde, ihm von Angesicht zu Angesicht gegenüberzutreten. Einmal war er ihnen an Gewicht und Größe überlegen, zum anderen vertraute er darauf, daß die Baumrinde ihn vor den giftigen Blasrohrpfeilen schützte.

Und in der Tat müssen die Grünen Schatten beim Anblick des furchterregenden Waldgeistes, der halb Baum, halb Mensch, aus vollem Halse schreiend, durch ihr Gebiet marschierte, vor Ehrfurcht erblaßt sein. Wahrscheinlich beteten sie zitternd vor Angst zu ihren Göttern, daß das rothaarige Ungeheuer sie verschonen möge.

Noch Jahrzehnte später erzählten die Älteren von jenem rothaarigen Walddämon, der kurz nach dem Erdbeben durch ihre Felder gespukt war.

So konnte es nicht verwundern, daß ganze Dörfer vor dem seltsamen Geist flohen und Cienfuegos ungehindert ihr Territorium durchqueren konnte. Sein Plan war aufgegangen, Angst und Aberglaube der primitiven Indianer waren seine treuesten Verbündeten.

Er machte nicht ein einziges Mal irgendwo Rast, denn er

wußte, daß es etwas ganz anderes war, die Hütten der Indianer zu betreten, als sie zu Tode zu erschrecken, indem man wie ein blutrünstiges Monster schreiend durch ihre Dörfer stürmte.

Irgendwie fand Cienfuegos Gefallen an seiner neuen Rolle als Dämon des Waldes, obwohl er nur zu gut wußte, daß sie nicht von langer Dauer sein konnte. Bald würden die überrumpelten *chiriguanas* ihre erste Panik überwunden haben und vielleicht den Mut aufbringen, ihn anzugreifen. Immerhin hatten sie es nur mit einem einzigen Feind zu tun.

Er dagegen mußte sich vor Tausenden von Feinden in acht nehmen. Die Sümpfe wimmelten von Kaimanen, Anakondas, Giftschlangen und Moskitos, doch am meisten machten ihm die unzähligen Blutegel zu schaffen, die ihn von den Knöcheln bis zu den Knien überfielen, sobald er einen Fuß ins Wasser setzte. Und da er sie nicht ausreißen konnte, ohne sich zu verletzen, blieb ihm nichts anderes übrig, als ein Feuer anzuzünden und sie mit Hilfe eines heißen Stockes wegzubrennen.

Er verbrachte die Nacht auf einem riesigen Regenbaum, mitten in einer ausgedehnten, flachen Lagune. Neben ihm nistete eine Reiherfamilie mit schneeweißen Federn und langen Schnäbeln, die von seiner Gegenwart nicht gerade angetan schien. Am Morgen ließ er einige Stunden verstreichen, bis er sein Versteck verließ. Er wartete zuerst geduldig, bis sich seine Feinde zeigten.

Wie erwartet, hatte eine lange Nacht des Nachdenkens dazu geführt, die Angst der Indianer zu vermindern. Die Grünen Schatten des Todes, die sonst nur einzeln auf die Jagd gingen, hatten sich zusammengetan. Jetzt tauchten sie in einer großen Gruppe auf und trugen lange spitze Speere aus dunklem Holz. In ihren Gesichtern erkannte er die feste Entschlossenheit, das Ungeheuer zu stellen, das ihr Dorf bedrohte.

Doch sie konnten nicht ahnen, daß sich das Monster, das einen Tag zuvor noch mit lautem Gebrüll durch ihr Gebiet gezogen war, plötzlich ebenfalls in einen unsichtbaren Schatten verwandelt hatte.

Cienfuegos hatte den Spieß umgedreht. Während die *chiriguanas* zuvor auf der Lauer gelegen und ihn mit Sicherheit in einen Hinterhalt gelockt hätten, suchten sie ihn jetzt in lärmenden Gruppen, vor denen er sich viel besser in acht nehmen konnte, da sie von weitem zu hören waren.

Mit der Geduld eines Faultiers wartete er ab, bis sich die Gruppe der Indianer in der Ferne verlor und die Affen auf dem Regenbaum still waren. Dann verließ er vorsichtig sein Versteck, tarnte sich mit einigen Zweigen und hielt alle fünfhundert Meter an, um sich erneut zu vergewissern, daß man ihm nicht folgte.

Dreimal kamen sie ihm sehr nahe, obwohl er nie ernsthaft in Gefahr geriet, und als die Sonne langsam unterging und einen grauen Schleier über die Sumpflandschaft zog, wußte er, daß er diese Probe bestanden und mit dem Leben davongekommen war.

Das Donnern einer Bombarde hallte über den Dschungel hinweg.

Ungefähr eine Meile vor der schroffen, steinigen Küste hatte die *Milagro* Anker geworfen. Ein heißer, trockener Wind wehte. Dort blieb sie den ganzen Tag liegen und wartete vergeblich auf eine Reaktion der zu Tode erschrokkenen *guajiros,* deren schäbige Hütten ohne ersichtliche Ordnung über das Ufer der öden Halbinsel Guajira verstreut lagen. Sie ließen sich nicht blicken, sondern zogen es vor, in das unwirtliche Landesinnere zu flüchten. Irgendwann waren sie zwischen den hohen Kakteen verschwunden, als hätte der Erdboden sie verschluckt.

»Kann dies der Garten Eden sein, den der Admiral angeblich auf seiner letzten Expedition fand?« fragte Don Luis de Torres spöttisch. »Mir kommt es eher vor wie das Fegefeuer von Dantes Inferno.«

»Was für ein Fegefeuer?« wollte der Bonifacio wissen.

»Hast du nie etwas von Dante gehört, dem italienischen Schriftsteller?« gab Luis de Torres zurück.

»Nein!« antwortete Bonifacio. »Habt Ihr ihn gelesen?«

»Natürlich!«

»Ihr lest viel, nicht wahr?«

»Ja, aber längst nicht so viel, wie ich gerne wollte.«

»Doña Mariana liest auch ganze Nächte hindurch, aber ich verstehe nicht, was man davon hat.«

»Das sieht dir ähnlich!« rief Don Luis de Torres. »Cienfuegos hat damals in wenigen Wochen lesen und schreiben gelernt.«

»Tja, und auf Gomera galt er als unverbesserlicher Dummkopf«, sagte Bonifacio. »Da kann man sehen, wie sich die Menschen ändern.«

»Er war weder ein Dummkopf noch unbelehrbar, nur ungebildet, weil er seine Tage mit seinen Ziegen in den einsamen Bergen verbrachte. Das färbt ab.«

»Und ob! Einmal hat er einem Schwein einen so mächtigen Tritt verpaßt, daß das Tier tot umfiel.«

Schallendes Gelächter vom Achterdeck unterbrach das Gespräch. Es war Doña Mariana, die ihnen die ganze Zeit zugehört hatte.

»Es ist lange her, daß ich Euch so lachen hörte«, rief Don Luis de Torres.

»Es ist auch lange her, daß man mich so lebhaft an Cienfuegos erinnerte«, antwortete Doña Mariana. »Er pflegte Nüsse mit den Zähnen zu knacken und war trotzdem der zärtlichste Mann auf der ganzen Insel. Ich würde meine rechte Hand dafür geben, um zu erfahren, ob er noch lebt.«

»Er lebt!«

»Wie könnt Ihr so sicher sein?«

»Ein Mensch, der so geliebt wird, kann unmöglich den Fehler begehen zu sterben.«

»Das ist zwar sehr schön, Don Luis, aber ich fürchte, es hat nichts mit der Wirklichkeit zu tun.«

»Ihr seid mir nie unwirklich erschienen.«

»Wie auch immer, Don Luis, ich brauche langsam etwas mehr als nur Worte. Ihr könnt Euch nicht vorstellen, wie ich mich danach sehne, eines Tages einen rothaarigen Jungen an der Küste stehen zu sehen!«

»Einen Jungen werdet Ihr bestimmt nicht zu sehen bekommen.«

»Da habt Ihr recht, auch er muß älter geworden sein.«

Es sah so aus, als habe die Feststellung dieser simplen und unabänderlichen Tatsache Doña Mariana Montenegro plötzlich verstimmt. Sie setzte sich im Schatten des Sonnenschutzes auf einen Stuhl und betrachtete gedankenverloren die verlassene Küste.

In den letzten Tagen hatte sie sich oft gefragt, was zum Teufel sie an Bord dieses Schiffes eigentlich machte. Je öfter sie das unendliche Meer, das sich vor ihrem Bug ausbreitete, absuchte, um so mehr kam sie zu dem Schluß, daß es völlig sinnlos war, einen Menschen finden zu wollen, der nicht einmal wußte, daß man ihn suchte. War die Expedition nicht von Anfang an zum Scheitern verurteilt?

Dschungel, Wüste, Tausende von Inseln, Berge und eine zermürbende Hitze schienen jede Aussicht auf Erfolg zunichte zu machen. Es mußte schon ein Wunder geschehen, damit sie Cienfuegos zufällig entdeckten. Doch wie die meisten Verliebten war Eva Grumbach wie besessen von einem einzigen Gedanken, gegen den sie mit all ihrer Vernunft nicht anzukämpfen vermochte: Sie mußte Cienfuegos finden, koste es, was es wolle.

Sie wußte, daß dieses Ziel letztendlich ebenso irrational war wie die Suche an sich. Selbst wenn sie ihn wiederfand, den einzigen Mann, den sie je geliebt hatte, war es ziemlich ausgeschlossen, daß sie und er nach all den Jahren der Einsamkeit in der Wildnis sich noch irgend etwas zu sagen hatten.

Beide Vorstellungen – die Suche abzubrechen oder sie fortzusetzen – deprimierten sie gleichermaßen, denn es bedrückte sie zutiefst, daß sich ihr Schicksal an dem Tag entschieden hatte, als die drei Karavellen des Admirals Gomera verließen und Cienfuegos als blinden Passagier mitnahmen.

Schon damals hätte sie wissen müssen, daß das kurze

Abenteuer vorbei war. Sie hätte ihren Ehemann, den sie nicht liebte, verlassen und in ihre Heimat zurückkehren sollen. Statt dessen hatte sie sich in den Kopf gesetzt, ihrem Geliebten durch die ganze Welt zu folgen.

Sie sah zum Ausguck auf, der den ganzen Tag in der sengenden Sonne ausharrte. Wahrscheinlich fragte er sich, was eine schöne Frau wie sie bewog, derart sinnlos ihre Zeit zu vertun. Dann wanderte ihr Blick über die Mannschaft, die müde und gelangweilt auf Deck herumlungerte. Im nächsten Augenblick rief sie:

»Lichtet den Anker, und setzt die Segel! Wir laufen aus!«

Sogleich übernahm der wortkarge Kapitän Salado das Kommando und erteilte laute Befehle:

»Vier Mann an die Segel! Zwei Mann zum Ankerheben!«

Die Matrosen, die vom Deck aus fischten, in den Hängematten dösten oder Karten spielten, erhoben sich zögernd, doch einige Minuten später glitt der Bug der *Milagro* über das spiegelglatte Wasser in Richtung Westen.

Yakaré, der stolze, hagere Indianer aus dem Dorf der *cuprigueris*, verbrachte die meiste Zeit auf dem Achterdeck und beobachtete fasziniert, wie die bärtigen Männer das Kunststück fertigbrachten, mit Hilfe des Windes ein Haus über das Wasser zu steuern.

Der kleine Haitiké, der vom ersten Augenblick zu seinem ständigen Begleiter geworden war, erklärte dem neugierigen Indianer so gut es ging, wie es in der Welt der stinkenden Fremden zuging, während der Indianer ihm im Gegenzug von seinem Vater Cienfuegos erzählte.

»Alle reden von ihm, aber keiner kann mir wirklich sagen, wie er ist«, sagte der Kleine zu Yakaré. »Er ist mein Vater, aber ich habe ihn nie zu Gesicht bekommen. Wie war er, als du ihn kennengelernt hast?«

»Er war groß und stark und hatte rotes Haar.« Doch das genügte dem Kleinen nicht.

»Das weiß ich, aber wie war er als Mensch?« wollte er wissen.

Das war eine komplizierte Frage für einen *cuprigueri*-Krieger, der Cienfuegos als fremden Eindringling betrachtet hatte, andererseits aber von der Aufmerksamkeit, die der Junge ihm entgegenbrachte, entzückt war. Er zögerte und sagte dann:

»Er war tapfer und besonnen. Yakaré hat nie gesehen, daß er sich aufregte oder vor irgend etwas auf dieser Welt Angst gehabt hätte. Später, als er sich zum ›Großen Weißen‹ begab, hielt Yakaré ihn für verrückt.«

»Warum?«

»Weil nur ein Verrückter das Gebiet der gefürchteten *motilones* betreten würde.« Yakaré schüttelte ungläubig den Kopf. »Und er tat es für Azabache, eine Frau, die nicht einmal die seine war.«

»Azabache war deine Frau?«

»Sie war eine Frau. Eine schwarze Frau!« Yakaré seufzte und fragte: »Hast du jemals eine schwarze Frau gesehen?«

»Ja. Die Sklavenschiffe, die in Santo Domingo vor Anker gingen, wimmelten von schwarzen Menschen«, antwortete Haitiké. »Glaubst du, daß wir sie finden werden?«

»Nein!«

Es klang so entschieden, daß der kleine Junge ihm einen verwirrten Blick zuwarf.

»Nein? Warum bist du dann mit uns gekommen?«

»Weil man mich dafür bezahlt, ihn zu suchen, nicht, ihn zu finden.« Er hielt inne. »Willst du ihn finden?«

Der Junge sah ihn unsicher an und antwortete:

»Ich weiß nicht. Manchmal habe ich Angst davor. Ich bin gern auf hoher See, und wenn wir ihn finden, kehren wir vielleicht für immer nach Santo Domingo zurück.«

»Wie ist es in Santo Domingo?«

Der Junge fing an zu erzählen, und Yakaré hörte aufmerksam zu. So vergingen lange Stunden, während das Schiff langsam durch das ruhige Wasser der Küste glitt.

Fast jeden Abend bei Einbruch der Dunkelheit gab Kapitän Salado Befehl, sich etwas von der Küste zu entfernen und den Anker zu werfen. Mehrere Mann hielten an Bord Wache, da sich bislang keine Indianer gezeigt hatten und man nicht wußte, was sie im Schilde führten. Möglich, daß sie gar keine feindlichen Absichten hegten, obwohl Yakaré versicherte, sie würden schon merken, daß alles ganz anders werde, sobald sie das Territorium der *itotos* erreichten.

»Sie sind sehr freundlich«, erzählte er. »Sie laden euch in ihr Dorf ein und geben euch ihre Weiber und *chicha*. Doch ehe ihr euch verseht, haben sie euch die Kehle aufgeschlitzt.«

»Sie schlitzen einem die Kehle auf?« fragte Bonifacio entsetzt.

»So heißt es, aber niemand weiß, ob es tatsächlich stimmt.«

Es war vollkommen gleichgültig, ob es stimmte, was Yakaré über den Stamm der *itotos* zu erzählen wußte, denn niemand konnte es nachprüfen. Drei Tage später ging das Schiff in einer paradiesischen, von hohen Palmen gesäumten Bucht vor Anker. Kurz darauf beobachtete die Mannschaft, wie zwei Kanus mit Einheimischen, die einen Kürbis als Penisschutz trugen, scheinbar in friedlicher Absicht auf die *Milagro* zugepaddelt kamen.

»Ich weiß nicht, was ich davon halten soll«, sagte Bonifacio und griff nach seinem Degen.

»Warten wir ab«, befahl der Kapitän. »Diese vier können uns nichts anhaben.«

Die Indianer kamen an Bord und vollzogen ein langes Ritual komplizierter Begrüßungsformeln. Sie schienen keineswegs überrascht, als die Mannschaft sich weigerte, ihr Dorf zu besuchen. Offensichtlich wußten sie um ihren Ruf.

Statt dessen begnügten sie sich damit, das seltsame schwimmende Haus zu begutachten und mit Yakaré, der ihre Sprache verstand, zu plaudern.

Aus ihrem Verhalten und ihren wortreichen Antworten wurde ersichtlich, daß sie nicht zum ersten Mal von bärtigen Riesen hörten, die Ähnlichkeit mit Affen hatten. Andere Stämme hatten ihnen berichtet, daß bei den *pacabueyes* ein solch sprechender *araguato* lebte.

»Was ist ein *araguato*?« fragte Doña Mariana.
»Ein großer Affe mit langem rotem Haar«, sagte Yakaré.
»Vielleicht meinen sie Cienfuegos?«
»Vielleicht.«
»Wo leben diese *pacabueyes*?«

Die freundlichen *itotos* wiesen in Richtung der Berge und erklärten, das Gebiet der *pacabueyes* liege sehr weit entfernt. Sie boten sich an, sie bis zum Gebiet der *buredes*, einem befreundeten Stamm, zu führen, dessen Territorium an das der *pacabueyes* grenzte. Aber es war ein beschwerlicher Weg, der über die Berge führte.

»Gibt es keine andere Möglichkeit, dorthin zu gelangen?«
»Doch, über den großen Fluß«, deuteten sie Yakaré an. »Doch dann müßt ihr durch das Gebiet der Grünen Schatten des Todes. Das ist ein sehr feindseliger Stamm.«

»Ich fürchte, die Burschen wollen uns in einen Hinterhalt locken, so freundlich sie auch sind«, sagte Bonifacio zu seiner Herrin.

»Versuch, mehr über diesen großen Fluß zu erfahren«, befahl Doña Mariana dem Indianer Yakaré. »Glaubst du, es ist der Fluß, den auch du kennst?«

Der Indianer schüttelte den Kopf.

»Nein! Der große Fluß, aus dem alle Meere entspringen, fließt in diese Richtung.« Yakaré wies nach Osten. »Aber dieser hier, sagen sie, fließt in die Richtung.« Und er wies nach Norden. »Ich habe von ihm gehört. Er ist nicht so groß wie der andere, aber er ist gefährlich wegen seiner Untiefen und Strudel.«

»Gefährlicher als die *itotos*?« fragte Bonifacio.

Der Indianer zuckte die Achseln.

Kapitän Salado, der seit langem versuchte, eine genaue Karte zu zeichnen, die auf seinen eigenen Berechnungen und dem basierte, was die Einheimischen ihm über ihr Land erzählten, meinte, die hohen Berge, die sie in der Ferne sahen, könnten eine Bergkette sein, die den Kontinent in zwei Hälften teilte.

»Wenn die Flüsse tatsächlich so breit sind wie Meere, muß dieser Kontinent fast so groß sein wie Europa«, sagte Don Luis de Torres und deutete auf die Karte.

Doch der Konvertit und ehemalige königliche Dolmetscher konnte nicht wissen, daß die Realität seine kühnsten Vorstellungen noch um einiges übertraf. Keiner von ihnen hätte sich träumen lassen, wie riesig das Land, in das sie sich hineingewagt hatten, tatsächlich war.

Hätten sie es gewußt, hätten sie vielleicht ihre sinnlose Expedition auf der Stelle abgebrochen, doch da die Unwissenheit manchmal ein guter Verbündeter ist, riet der Kapitän in der darauffolgenden nächtlichen Versammlung dazu, weiter die Küste hinaufzusegeln, bis sie zur Mündung des Flusses kamen.

Am nächsten Morgen lichteten sie den Anker und hißten die Segel, nachdem sie sich ausführlich von den Kriegern der *itotos* verabschiedet hatten. Bevor sie jedoch aufbrachen, erzählten ihnen die *itotos* noch von einem wilden Stamm, der angeblich nur aus Frauen bestand und sich am großen Fluß angesiedelt hatte.

»Aber wie vermehren sie sich?« fragte Don Luis de Torres Yakaré neugierig, der diesen Stamm auf seiner Reise zum großen Fluß kennengelernt hatte.

»Sie überfallen andere Stämme und nehmen die Männer

gefangen. Wenn sie schwanger werden, töten sie ihre Gefangenen oder machen sie zu Sklaven.« Yakaré hielt inne. »Sie nennen sich Amazonen und sind gefürchtete Kriegerinnen und sehr gute Jägerinnen. Alle Stämme der Umgebung gehen ihnen aus dem Weg.«

»Dann kann ich nur hoffen, daß Cienfuegos ihnen nicht in die Hände gefallen ist«, sagte Doña Mariana Montenegro und schauderte.

Cienfuegos war in den letzten Wochen weder den gefährlichen Amazonen noch anderen wilden Stämmen begegnet. Nachdem er die ewigen Sümpfe im Territorium der *chiriguanas* verlassen hatte, streifte er durch eine fruchtbare Ebene, die offenbar eine Art Niemandsland bildete.

Verwundert fragte er sich, warum die Indianer lieber in den Sümpfen lebten, statt das fruchtbare Land zu nutzen. Doch so angestrengt er auch darüber nachdachte, er fand keine plausible Erklärung.

In der dritten Woche entdeckte er am Ende eines langen Tages einige Hütten, die am gegenüberliegenden Ufer eines kleinen Flusses mit kristallklarem Wasser standen.

Er schlich näher und blieb geraume Zeit hinter einem dichten Gebüsch in Deckung, um herauszufinden, ob es in dem Dorf Krieger gab. Anscheinend lebten in den drei kleinen Hütten nur eine uralte bucklige Frau und ein junges Mädchen. Als er schließlich durch den Fluß auf sie zuschwamm, schienen beide nicht die geringste Furcht zu haben, sondern winkten ihm fröhlich zu.

»Seid gegrüßt, ich komme in friedlicher Absicht«, rief Cienfuegos.

»Du bist uns willkommen«, antwortete die Alte. »Wir glaubten schon, es würde niemand mehr kommen.«

Cienfuegos stieg aus dem Wasser und musterte sie mißtrauisch. Schließlich fragte er verwirrt:

»Lebt ihr alleine hier?«

»Seit vielen Jahren«, lautete die Antwort. »Obwohl wir nie die Hoffnung aufgegeben haben, daß uns die Götter doch noch erhören.«

Sie luden ihn in ihre Hütte ein und boten Cienfuegos eine kleine Tonschale mit Fleisch und süßen Kartoffeln an. Das junge Mädchen, das nicht älter als zwölf Jahre sein mochte, briet über dem Feuer einige Fische, die sie gerade im Fluß gefangen hatte.

Cienfuegos war so hungrig, daß er alles andere vergaß und sich auf das Essen stürzte, das ihm wie ein Festbankett erschien. Als er gesättigt war, sah er zur alten Frau auf und fragte:

»Worauf wartet ihr denn eigentlich?«

»Daß sich die Prophezeiung der Götter erfülle.«

»Und was haben sie prophezeit?«

»Daß wir bis zum Meer reisen und Zeugen großer Wunder werden. Ich nehme an, daß du uns dorthin führen wirst.«

»In welcher Richtung liegt das Meer?«

Die alte Frau deutete nach Osten und sagte:

»Dort. Aber sehr weit entfernt.«

Cienfuegos antwortete nichts. Er griff nach der saftigen Guave, die das Mädchen ihm reichte, biß hinein und fragte dann, während seine Hand eine ausholende Gebärde beschrieb:

»Wo sind die anderen?«

»Man hat sie entführt.«

»Wer?«

»Die Stämme, die in den hohen Bergen des Westens leben.«

»Aber warum?«

»Sie betrachten uns als Freiwild, für sie sind wir nur wilde *aucas*. Früher kamen sie sehr oft, aber jetzt glauben sie, daß niemand mehr da ist. Als sie das letzte Mal kamen, war Araya noch ein Säugling und ich bereits zu alt.«

»Ist sie deine Enkelin?«

»Nein, aber sie bedeutet mir mehr als meine eigene Tochter.«

»Was sind denn das für Bergstämme?«

»Sie sind grausam.«

»Tragen sie Kleider?« fragte der Hirte aus Gomera, als ihm einfiel, was ihm die siamesischen Zwillinge erzählt hatten. »Und sind sie gelb?« setzte er hinzu.

»Gelb?« fragte die alte Frau verwundert. »Nein. Sie tragen herrliche Gewänder und Hüte und besitzen mächtige Waffen. Und sie sind viele, mehr als die Bäume des Waldes.«

»Ich verstehe«, sagte Cienfuegos. »Aber warum vertreiben sie euch aus diesem fruchtbaren Land, wenn sie es selbst nicht nutzen?«

»Ich glaube, sie wollen keine Nachbarn.« Die Alte machte eine lange Pause und fragte schließlich schüchtern: »Wann brechen wir auf?«

Cienfuegos sah sie an und fragte:

»Du meinst, zum Meer?«

»Wohin sonst?« erwiderte die Alte.

»Warum wollt ihr denn unbedingt ans Meer?«

»Nicht wir wollen es, sondern die Götter«, erklärte die Alte und deutete auf das junge Mädchen. »Sie wird eines Tages eine bedeutende Rolle spielen, sehr viel reisen und in einem Haus aus Stein leben. Araya heißt soviel wie ›verirrter Stern‹. Sie wurde im Jahr geboren, als der große Komet über den Himmel flog.«

Cienfuegos sah auf das kleine Mädchen hinab, das zu seinen Füßen hockte und ihn aus dunklen Augen gespannt beobachtete.

»Glaubst du das?« fragte er. »Glaubst du, daß du eines Tages in einem Haus aus Stein leben wirst?«

»Ja«, antwortete die Kleine selbstbewußt. »So haben es die Götter vorherbestimmt.«

»Nun gut«, sagte Cienfuegos. »Ich hoffe, du erinnerst deine Götter daran, daß ich es war, der euch ans Meer brachte. Wann wollt ihr aufbrechen?«

»Sofort.«

»Sofort?« wiederholte Cienfuegos. »Einfach so, ohne irgend etwas vorzubereiten?«

»Es ist alles fertig«, antwortete die Alte. »Wir haben dich seit langem erwartet.«

In einer Ecke der Hütte standen zwei große Körbe mit Vorräten, die sie mit einem Stück Liane an der Stirn befestigten und über dem Rücken trugen. Obwohl Cienfuegos protestierte und ihnen die schweren Körbe abnehmen wollte, weigerten sich die beiden hartnäckig, sie aus der Hand zu geben. Dies sei Frauenarbeit, sagten sie. Die Aufgabe des von den Göttern geschickten Kriegers dagegen bestehe darin, sie ans Meer zu führen.

Die Alte, die auf dem Namen Cú hörte, was in ihrem Dialekt einfach Alte hieß, ging gebeugt, doch festen Schrittes, obwohl sie fast die Hälfte ihres eigenen Gewichtes an Last trug. Das junge Mädchen dagegen hüpfte voraus, als trüge sie überhaupt nichts.

»Das Meer liegt in dieser Richtung«, sagte Cú und deutete nach Nordwesten. »Ich habe es nie gesehen, aber ich weiß es, weil die jungen Krieger ihren Bräuten einen Schildkrötenpanzer vom Meer bringen mußten. Ich bekam drei, weil ich dreimal verheiratet war.«

»Ich verstehe nicht, daß eure Krieger sich nicht wenigstens in Sicherheit bringen konnten«, sagte Cienfuegos.

»Das konnten sie schon, aber als sie sahen, wie ihre Frauen und Kinder verschleppt wurden, ergaben sie sich lieber.«

»Wurden sie nicht getötet?«

»Nein, nur wenn sie Widerstand leisteten. Die anderen wurden verschleppt.«

»Als Sklaven?«

»Was ist das?«

»Menschen, die ohne Rechte für andere arbeiten müssen.«

»Das sind keine Sklaven«, sagte die alte Frau und lachte. »Das sind Frauen. Möglich, daß die Völker der Berge unsere Krieger gezwungen haben, für sie zu arbeiten, aber als Frauen haben sie sie nicht benützt.« Die alte Frau dachte einen Augenblick nach und setzte hinzu: »Jedenfalls soweit ich weiß.«

Cienfuegos fand Gefallen an der Greisin, die geistig und körperlich ungemein rüstig war, und auch die Kleine beeindruckte ihn mit ihrer Zartheit und Starrköpfigkeit, denn sie schien wirklich felsenfest an ihr Schicksal zu glauben.

Die Götter hatten ihr eine wichtige Rolle vorhergesagt, und der erste Schritt bestand darin, ans Meer zu gelangen. Diese Reise hatte jetzt endlich begonnen, und man konnte förmlich sehen, wie dem Mädchen unzählige wunderbare Vorstellungen über ihre herrliche Zukunft durch den Kopf gingen.

»Erzähl mir von diesem Volk, das in den Bergen lebt«, bat Cienfuegos die Alte während ihres langen Marsches durch die ebene Landschaft. »Was weißt du noch von ihnen?«

»Nicht viel«, antwortete die Frau. »Sie leben sehr weit entfernt, aber ihre Krieger unternehmen regelmäßig Beutezüge in unsere Gebiete. Bisher hat es noch niemand geschafft, sie aufzuhalten. Sie nennen sich *queauchas* und sind etwas dunkelhäutiger als wir, klein, aber kräftig. Sie behaupten, sie hätten nur einen König, den Sohn der Sonne. Er herrscht über ein Reich, das so groß ist, daß ein Krieger es in einem Jahr nicht durchqueren könnte.« Sie zuckte die Achseln. »Mehr weiß ich auch nicht.«

»Und wie bist du aufgewachsen?«

»Wir waren immer ein friedlicher Stamm, obwohl unsere Feinde, die Grünen Schatten des Todes und die *queauchas* uns ständig überfielen. Wir hatten drei Kaziken, sie waren Brüder und haben nie gestritten. Sie hatten noch einen vierten Bruder, der versuchte, Zwietracht zu säen und deshalb vom Ältestenrat zum Tode verurteilt wurde. Man band ihn an einen Baum, bis er verdurstet war. Ich kann heute noch im Traum seine Schreie hören.« Die Alte senkte die Stimme und setzte hinzu: »Araya ist seine Tochter, aber sie weiß es nicht. Sie wurde erst nach seinem Tod geboren.«

»Wem haben die Götter die Prophezeiung verkündet?«

»Mir.«

»Willst du mir erzählen, wie das war?«

»Araya war sehr krank als Säugling. Sie lag im Sterben. Die Götter befahlen mir, sie gesund zu pflegen. Eines Tages würde ein großer Krieger kommen, um sie ihrem Schicksal zuzuführen.«

Sie sprach so überzeugt und sicher, daß Cienfuegos keinen Grund sah, an ihren Worten zu zweifeln. Immerhin hatte sich der erste Teil der Prophezeiung bewahrheitet. Vielleicht stand sie tatsächlich in Verbindung mit den Göttern.

Doch diese lagen nicht wie Muzo und Akar, die Götter der *pacabueyes*, in ständigem Kampf miteinander, sondern erschienen den Menschen je nach Laune in Gestalt von Pflanzen oder Tieren.

Daher durften die zahlreichen Rinder, die auf den Weiden grasten, nicht gejagt werden, und wenn sie an ihnen vorbeigingen, verbeugten sich die *aucas* ehrfürchtig. Auch die Jaguare oder Pumas waren vor ihren Pfeilen sicher, und wenn sie einen Regenbaum sahen, machten sie einen weiten Bogen, um die darin schlafenden Vogelgötter nicht zu stören.

»Das Schlechte an unseren Göttern ist, daß sie nicht mächtig genug sind, um uns vor unseren Feinden zu schützen. Wir haben sie immer darum gebeten, aber sie haben versagt«, erklärte ihm die Alte traurig.

»Aber trotzdem glaubst du an ihre Prophezeiung.«

»Daß sie schwach sind, heißt noch lange nicht, daß sie nicht weise sind. Sie hatten uns schon vor langer Zeit vorhergesagt, daß wir aus unserem Land vertrieben würden.« Sie schwieg und fuhr dann leise fort: »Jetzt sind Araya und ich die Letzten unseres Stammes.«

»Vielleicht kehrt euer Stamm eines Tages zurück«, versuchte sie der Hirte aus Gomera zu trösten.

»Von jenseits der Berge kehrt niemand zurück«, antwortete die Alte ruhig.

Sie setzten ihren Marsch fort. Am Abend kam ein starker Wind auf und mit ihm ein stetiger Nieselregen, der sie zwang, unter einem großen Baum Schutz zu suchen. Als sich die Nacht über die Landschaft legte, kletterten die beiden Frauen auf den Baum und versteckten sich so gut in seinem dichten Laub, daß man sie nicht einmal bei Tag erkannt hätte.

»Wovor habt ihr Angst?«

»Vor der Nacht!« antworteten beide wie aus einem Mund.

Einen verschollenen Mann in diesen fremden Gegenden zu suchen, kam einem romantischen Abenteuer gleich. Die Abenddämmerung in diesen Breiten war kurz, gefolgt von langen, dunklen Nächten, die zum Träumen einluden. Und wenn der Mond voll war und die See ruhig, suchten die Männer die frische Brise an Deck, um sich die halbe Nacht zu unterhalten oder sehnsüchtig auf die finsteren Umrisse der Küste zu starren, die sie an eine vielleicht für immer verlorene Heimat erinnerten. An solchen Abenden ließ Doña Mariana Montenegro Rum unter den Männern verteilen, da sie wußte, daß man sie nach einem langen beschwerlichen Arbeitstag in sengender Sonne bei Laune halten mußte.

Kurz bevor sie das Gebiet der *itotos* verlassen hatten, waren sie von einer Horde Wilder in Kanus angegriffen worden, die das Schiff mit einem Pfeilhagel belegten. Doch drei Bombardenschüsse vom Bug, die dicht neben den Kriegern einschlugen, hatten genügt, um die Einheimischen in die Flucht zu jagen. So plötzlich, wie sie auftauchten, waren sie in den dichten Mangrovenwäldern verschwunden.

Später untersuchte Yakaré fachmännisch einen der Pfeile, die im Besanmast steckengeblieben waren, kratzte an der schwarzen Spitze, roch daran und schüttelte besorgt den Kopf:

»Curare! Sehr gefährlich. Tötet sofort. Schlechte Menschen.«

»Was waren das für Indianer?«

»Yakaré weiß es nicht. Jedenfalls kein Stamm, der Yakaré bekannt ist.«

Es war eine unendlich große, unerforschte Welt, und eines Abends, als Doña Mariana und der Konvertit zusammensaßen und sich unterhielten, bemerkte Don Luis de Torres:

»Man müßte den Königen klarmachen, daß sie den Intrigen an den europäischen Höfen nicht so viel Aufmerksamkeit widmen und sich mehr auf die Eroberung der Neuen Welt konzentrieren sollten. Die Zukunft der Neuen Welt den Kolumbus-Brüdern zu überlassen, ist ein schwerwiegender Fehler.«

»Eure Verachtung für den Admiral ist so groß, daß sie Euch blind macht«, sagte Doña Mariana. »Es stimmt, daß er als Gouverneur ein Tyrann ist, aber schließlich war er es, der den Mut aufbrachte, die Weltmeere zu überqueren. Und keiner wird bestreiten können, daß er die Neue Welt entdeckt hat.«

»Das bestreite ich auch nicht«, antwortete der Konvertit. »Ebensowenig will ich seine Verdienste als Entdecker und Seemann schmälern – nichts läge mir ferner –, aber seine Herrschsucht und Brutalität sind eine andere Sache.«

»Glaubt Ihr, daß er uns wirklich hängen lassen wird, wenn wir eines Tages zurückkehren?«

»Warum sollte er uns verschonen, wenn er so viele andere für viel geringere Verbrechen abgeurteilt hat? Ich will dieses Risiko nicht eingehen. Die Neue Welt, so groß sie auch sein mag, bietet nicht Platz für uns alle. Und im Moment sieht es so aus, als säße er am längeren Hebel.«

»Manchmal glaube ich, es war ein Fehler, daß Ihr uns auf dieser Expedition begleitet habt«, sagte Doña Mariana nachdenklich. »Es ist nicht Euer Kampf. Ganz gleich, wie die Sache ausgeht, ich fürchte, es wird Euch nicht gefallen.«

Don Luis de Torres zögerte mit seiner Antwort. Er zündete sich eine dicke Zigarre an, blies ein paar Ringe in die Luft und sagte schließlich:

»Doña Mariana, vergeßt nicht, daß ich über vierzig Jahre alt bin. Vor fünfzehn Jahren habe ich meine Heimat verlassen, und acht sind es her, seit ich meinem Glauben abschwören und einen anderen annehmen mußte, für den ich nichts verspüre.« Er zog an der Zigarre und fuhr fort. »Ich habe weder eine Familie noch interessiert mich sonst jemand anderes auf der Welt als Ihr.«

Doña Mariana antwortete etwas verlegen, da die Annäherungsversuche von Don Luis in letzter Zeit aufdringlicher geworden waren.

»Lieber Don Luis, ich bin bewegt, aber ich muß Euch warnen. Ihr verlangt zuviel von mir, denn sollte ich Cienfuegos finden, werdet Ihr mich für immer verlieren.«

»Cienfuegos wird daran nichts ändern, da es sich mehr um eine Frage des Überlebens als der Liebe handelt. Wenn man ein gewisses Alter erreicht, muß man sich an irgendeine Illusion klammern, die einen am Leben hält. Ihr lebt von Eurer Hoffnung, Cienfuegos eines Tages zu finden, und ich davon, bei Euch sein zu können. Was bliebe uns, wenn wir unsere Träume nicht mehr hätten?«

»Ihr tut, als wäret Ihr ein Greis, Don Luis. Ich fühle mich noch jung.«

»In Wirklichkeit kommt es nicht auf die Jahre an, sondern darauf, wie schnell man gelebt hat. Ich habe mehr als zwanzig Länder bereist und sieben Kriege durchgemacht. Ich habe zwei meiner Brüder auf dem Scheiterhaufen enden sehen und an der ersten Überquerung des Meeres der Finsternis teilgenommen. Ich glaube, ich kann mit Recht sagen, daß ich müde und am Ende des Weges angelangt bin.«

»Müde vielleicht, aber nicht am Ende des Weges. Mein Leben war auch nicht gerade leicht. Ich mußte zwar nicht meinem Glauben abschwören, doch hat er mir nie viel bedeutet. Dafür gab ich meine Ehe auf, und mit ihr Rang und Namen. Aber ich habe es nie bereut.«

»Niemals?«

»Nun, manchmal schon, wenn ich ehrlich sein soll. Aber schließlich gehören Zweifel zum Menschsein dazu. Manchmal zweifelt man eben an sich selbst, an seinen Träumen, seiner Identität.«

»Darf ich Euch eine sehr persönliche Frage stellen?«
»Natürlich.«
»Worüber habt Ihr Euch mit Cienfuegos unterhalten?«
»Wir brauchten nicht zu sprechen«, lächelte Doña Mariana. »Und wie Ihr wißt, konnte ich damals kaum ein Wort Spanisch.«

»Aber wie kam es, daß sich eine Dame von Eurer Bildung in einen einfachen Hirtenjungen verliebte, mit dem sie sich nicht einmal verständigen konnte?«

»Unsere Gedanken und unser Bewußtsein waren eins, auch wenn wir verschiedene Sprachen sprachen.« Sie musterte Don Luis de Torres nachdenklich und sagte schließlich: »Es war nicht nur körperliches Verlangen. Wäre es so gewesen, säße ich jetzt nicht hier.«

»Trotzdem sehe ich, daß Ihr Euch nicht viel verändert habt, seit wir von Yakaré erfahren haben, daß es Cienfuegos ist, der sich irgendwo da draußen herumtreibt. Ich kann keinen Enthusiasmus entdecken.«

»Ich gebe mir Mühe, ihn im Zaum zu halten. Ich habe Angst vor der Verzweiflung, falls wir Cienfuegos nicht finden sollten. Wir wissen, daß er da draußen ist, aber wir wissen auch, daß diese Welt unendlich groß ist.«

»Was habt Ihr als nächstes vor?«
»Wir müssen Cienfuegos Botschaften hinterlassen.«
»Wie das?«
»Auf Felsen und Steinen entlang der Küste. Er muß wis-

sen, daß wir an eine bestimmte Stelle zurückkehren werden.«

»Keine schlechte Idee, aber was, wenn er Lesen und Schreiben verlernt hat? Immerhin ist es acht Jahre her, seit ich es ihm beibrachte. Unter den Wilden vergißt man schnell.«

»Dann müssen wir uns etwas anderes einfallen lassen.«

»Aber was?«

»Wir müssen dafür sorgen, daß die Einheimischen Cienfuegos von uns erzählen.«

Doch das war gar nicht so einfach und erschien ihnen um so schwerer, als sie jedesmal von einem Pfeilhagel begrüßt wurden, wenn sie versuchten, zu den Einheimischen Kontakt aufzunehmen.

»Es müssen die Grünen Schatten sein«, erklärte Yakaré. »Sie herrschen über die riesigen Sümpfe und bringen alle Fremden um.«

»Sind es Menschenfresser?«

»Schon möglich.«

»Ich glaubte, die Kariben bewohnten nur die Inseln im Osten«, wandte Doña Mariana ein.

»Vor vielen Monden, in den Zeiten von Yakarés Ureltern, beherrschten die Kariben weite Gebiete von Tierra Firme. Die meisten wurden später besiegt und zogen sich auf die Inseln zurück, oder sie gaben die Sitte, Menschenfleisch zu essen, auf. Es könnte aber sein, daß einer der Stämme die Sitten beibehalten hat.«

»Ich habe wenig Lust, einem schwarzem Schatten als Mittagessen zu dienen«, sagte Bonifacio ängstlich.

»Grüne Schatten«, berichtigte ihn Yakaré, der nicht viel Sinn für Humor hatte.

»Und wenn schon. Jedenfalls setze ich keinen Schritt mehr auf diesen verlassenen Strand.«

Der Rest der Mannschaft schien derselben Meinung zu

sein. Als sich einen Tag später ein freiwilliger Späher an Land wagte und von einem Pfeil tödlich getroffen wurde, hatten der Kapitän und Doña Mariana alle Mühe, die Männer zu beruhigen.

Enttäuschung machte sich breit.

Kapitän Salado hatte eine ausgezeichnete Mannschaft zusammengestellt, mit der man die ganze Welt hätte umsegeln können. Es waren gestandene Seeleute, die es mit jedem Seegang aufgenommen hätten, doch sie waren keine Soldaten, die mit einem unsichtbaren, allgegenwärtigen Feind hätten fertig werden können.

»Jetzt fehlt uns Don Alonso de Hojeda«, klagte Doña Mariana. »Er wüßte, wie man mit den Grünen Schatten fertigwird.«

»Was kann schon ein einzelner tun, selbst wenn er Hojeda heißt?« fragte der Konvertit zweifelnd.

»Ein einzelner, der die anderen zu führen versteht, kann Wunder bewirken«, antwortete Doña Mariana.

In der Tat bedurfte es eines Wunders, so feindselig und abweisend gab sich der Dschungel. Nachdem sie die Mündung des Magdalenaflusses erreicht hatten, setzte die *Milagro* ihre Fahrt fort. Jeden Tag ruderten einige Männer an Land und zeichneten Botschaften auf die Felsen. Schließlich verließen sie die sumpfige Küste und segelten weiter in Richtung Norden.

Nach einem Monat erreichten sie die Bucht von Uraba und wurden von heftigen Gewittern überrascht. Die Zeit der Hurrikane hatte begonnen. Das Meer bäumte sich von Tag zu Tag mehr auf, und die Winde wurden kräftiger, je weiter sie in den Norden kamen.

»Wir müssen den Kurs ändern«, erklärte Kapitän Salado schließlich. »Dieses Schiff steht einen Hurrikan nicht durch. Wir müssen ruhigere Gewässer anfahren.«

»Was ratet Ihr?« fragte Doña Mariana.

»Jamaika.«
»Und dann?«
»Abwarten, bis die Zeit der Hurrikane vorbei ist.«
»Unsere Vorräte reichen nicht aus.«
»Wir werden neue aufnehmen müssen.«
»Aber wo?«
»Wo immer wir sie finden.«
»Ihr wißt, daß nur Hispaniola in Frage kommt. Und wenn wir uns dort blicken lassen, wird man uns alle hängen.«
»In Xaraguá hat Eure Freundin Goldene Blume das Sagen.«
»Ja, das stimmt, aber dort wartet auch der widerwärtige Roldán, der mir mit dem Tod gedroht hat, weil ich seine Rebellion nicht unterstützen wollte«, erklärte Doña Mariana. »Er ist noch schlimmer als der Admiral.«
»Das bezweifle ich.«
»Kolumbus ist ein großer Seemann und ein kläglicher Vizekönig, aber Roldán ist ein Schurke und sonst nichts. Er gehört zu der schlimmsten Sorte Mensch, die man sich vorstellen kann.«
»Ihr habt die Wahl.«
»Ich kann mich nicht entscheiden.«
»Señora, hier an Bord trage ich die Verantwortung, und ich sehe, daß wir ernsthaft in Gefahr geraten könnten, wenn wir dieses Schlechtwettergebiet nicht verlassen«, warnte der Kapitän.
Man mußte nicht allzuviel von Navigation verstehen, um zu sehen, daß der einsilbige Kapitän Salado recht hatte. Noch in derselben Nacht stimmte Doña Mariana dem Vorschlag des Kapitäns zu, und das Schiff nahm Kurs auf Jamaika. Ob und wann sie nach Xaraguá weitersegeln wollten, würde sie später entscheiden.
Die Lage war mittlerweile äußerst besorgniserregend, das wußte Doña Mariana. Seit mehr als fünf Monaten waren sie

jetzt unterwegs, und die Vorräte gingen allmählich zur Neige. In den letzten Tagen hatten sich die Männer nur von den Fischen, die sie gefangen hatten, und einigen Brocken Schildkrötenfleisch ernährt. Außerdem wurde die Besatzung es langsam leid, ziellos durch die Gegend zu segeln.

Doch bislang hatten sie nichts erreicht. Im Gegenteil, sie hatten einen Toten zu beklagen, und ein halbes Dutzend Männer litt am Fieber. Die meiste Zeit blickten sie vom Schiff auf eine monotone und feindliche Küste, in deren Wäldern sich unbekannte Stämme von nackten Wilden verbargen, die sie angriffen, sobald sie einen Fuß auf das Land setzten.

Von Cienfuegos keine Spur.

Seit sie den seltsamen Stamm der *itotos* verlassen hatten, war es ihnen nicht gelungen, Kontakt zu den Einheimischen aufzunehmen. Und nicht einmal der tapfere Yakaré, der sich als einziger gelegentlich ins Landesinnere wagte, hatte etwas über den Verbleib des Hirten aus Gomera in Erfahrung bringen können.

»Wir müssen zugeben, daß die Expedition vorerst gescheitert ist«, faßte Don Luis de Torres eines Abends zusammen. »Wir brauchen frische Vorräte, und die Männer brauchen Frauen.«

»Wie soll ich das verstehen, Don Luis?« fiel ihm Doña Mariana ins Wort. »Wollt Ihr ein Bordell aus meinem Schiff machen?«

»Wollt Ihr lieber ein Gefängnis daraus machen?« gab der Konvertit zurück. »Ich kenne die Männer. Gebt ihnen ein paar Monate Ausgang, Wein, Weib und Gesang, und Ihr werdet sehen, daß sie danach wieder anheuern.« Er verzog das Gesicht und schüttelte zweifelnd den Kopf. »Aber wenn Ihr sie weiter unter Druck setzt, könnte es durchaus sein, daß sie bei der erstbesten Gelegenheit meutern.«

Doña Mariana Montenegro wußte, daß der Konvertit mit

seiner Meinung nicht unrecht hatte. Als zwei Wochen später die dunklen Umrisse von Jamaika vor dem Bug auftauchten, befahl sie Kapitän Salado, nach einer ruhigen Bucht zu suchen, wo sie ihr Winterlager aufschlagen konnten.

»Am besten im Süden«, antwortete dieser.
»Wie Ihr meint.«
»Im Norden ist die Insel unzugänglich.«
»Kennt Ihr sie?«
»Nein, aber ich habe mich über sie informiert.«

Der gewissenhafte Kapitän Salado hatte in der Tat nichts dem Zufall überlassen. Man hätte meinen können, daß er mit einer ähnlichen Entwicklung gerechnet hatte, denn er nahm Kurs auf eine weite, geschützte Bucht im Süden der Insel.

Eine neu errichtete Holzhütte stand an der Stelle, wo heute die Plaza von Kingston liegt. Ihre Bewohner ergriffen die Flucht, als sie das Schiff kommen sahen, doch einige Stunden später, als sie sich vergewissert hatten, daß es sich nicht um Soldaten von Kolumbus handelte, kamen sie zurück.

Es war eine Gruppe von Spaniern, die sich von Santo Domingo abgesetzt hatte und nun seit einigen Monaten auf der Insel lebte. Sie waren vor den bürgerkriegsähnlichen Zuständen auf Hispaniola geflüchtet. Juan de Bolas, den alle *Manitas de Plata* nannten, war ihr Anführer und hatte eine Frau von zweifelhaftem Ruf bei sich. Die dicke Zoraida war eine der bekanntesten Bordellbesitzerinnen von Santo Domingo gewesen und hatte sich mit ihren Mädchen Juan de Bolas angeschlossen.

Doña Mariana Montenegro schreckte zusammen, als die wortgewaltige Bordellmutter, die in Santo Domingo nicht gewagt hätte, sie auch nur anzusehen, sie zur Begrüßung umarmte und küßte. Doch innerhalb einer Stunde hatten sich die beiden so unterschiedlichen Frauen angefreundet.

Die Dicke war eine exzellente Gastgeberin und eine wunderbare Köchin.

»Wie sind die Eingeborenen hier?« fragte Doña Mariana Montenegro.

»Freundlich und friedlich.«

»Habt ihr Kontakt zu ihnen?«

»Ja, aber wir halten Distanz.«

»Was gibt es Neues in Santo Domingo?«

»Tausend Dinge, aber alles der Reihe nach. Zuerst essen wir, und dann wird Juan erzählen, was sich in Santo Domingo tut.«

Eines Tages lernte Seine Exzellenz Capitán León de Luna, Graf von Teguise und Herr über halb Gomera, die schöne Doña Ana de Ibarra kennen, einzige Nachkommin eines sevillanischen Adligen. Die träumerischen schwarzen Augen dieser anmutigen Person ließen den Grafen seine Rachsucht eine Zeitlang vergessen.

Fast ein Jahr lang verdrängte er die Idee, sich an seiner ehemaligen Frau zu rächen, doch als Anas Vater, Don Tomás de Ibarra, ihm mitteilte, daß er seine Tochter einem jungen, entfernten Verwandten versprochen hatte, wurde der Graf jäh aus einem süßen Traum gerissen. So kam der aufs neue verbitterte Capitán de Luna zu der Erkenntnis, daß seine Ehe mit Eva Grumbach ihn wie ein Fluch bis ans Ende der Welt verfolgen würde, solange sie am Leben sei.

Als Christ konnte er nicht um die Hand von Ana anhalten, denn es schien aussichtslos, von der Kirche die Annullierung seiner Ehe zu erbitten. Noch am selben Tag begab er sich zur Herberge »El Pájaro Pinto«, wo er von seinem guten Freund, dem Wirt, erfuhr, daß die Könige endlich beschlossen hatten, Kolumbus abzusetzen. Comendador Don Francisco de Bobadilla würde mit einer Flotte nach Santo Domingo aufbrechen, um Kolumbus zu entmachten.

»Ich kann es nicht glauben.«

»Aber so ist es!« Der hagere Wirt sah sich nach allen Seiten um und setzte hinzu: »Es heißt, Kolumbus habe mit den Genuesen verhandelt, um ihnen Hispaniola zu überlassen. Dieses Gerücht hat dann das Faß zum Überlaufen gebracht, und die Könige haben beschlossen, den Admiral seiner Ämter zu entheben und durch Bobadilla zu ersetzen.«

»Ich kann nicht glauben, daß der Vizekönig ein Verräter sein soll«, wandte der Graf ein. »Alles ist möglich, aber das nicht!«

»Verräter?« wiederholte der andere. »Der Admiral selbst würde sich nie als Verräter sehen: Er ist Genuese!«

»Das ist nicht bewiesen«, entgegnete der Graf.

Der Wirt senkte abermals die Stimme und sagte flüsternd:

»Da täuscht Ihr Euch, Señor. Ich weiß es aus zuverlässiger Quelle. Der Cousin meiner Frau ist Adjutant beim Bischof Fonseca, dem Ratgeber des Königs in indischen Angelegenheiten. Er weiß Bescheid über alles, was bei Hofe diskutiert wird. Der Vizekönig ist ein konvertierter Jude und Genuese! Das steht fest.«

»Und wenn schon. Das ist kein Grund, dem Mann seine Privilegien zu nehmen. Immerhin ist er der Entdecker der Neuen Welt.«

»Er und viele andere, die fast alle bereits am Galgen geendet haben, weil sie dem Admiral unbequem wurden. Kolumbus und seine Brüder sind steinreich und herrschen wie Tyrannen über die neuen Gebiete. Hin und wieder schickt er uns ein paar Sklaven, die zu nichts taugen, und das Gold behält er in seinen unterirdischen Gewölben. Auch das hat sich mittlerweile herumgesprochen. Er betrügt die Krone. Vor einigen Wochen habe ich mir einen dieser Sklaven aus Hispaniola gekauft. Nach drei Tagen wurde er krank und ist wenig später gestorben.«

»Das tut mir leid.«

»Euch braucht es nicht leid zu tun. Ihr habt nicht teures Geld für ihn bezahlt.« Er spuckte auf den Boden und seufzte: »Hätte ich mir doch einen Senegalesen gekauft!«

Pinto gab ein ärgerliches Grunzen von sich und verschwand, um einen Blinden zu bedienen, der einige Tische weiter saß. Capitán de Luna blieb nachdenklich zurück. Er trank ein Glas nach dem anderen, während ihm das Gesagte immer wieder durch den Kopf ging. Schließlich war er völlig betrunken.

Am nächsten Tag um die Mittagszeit, als die Wirkung des guten Weines verflogen war, zog Capitán de Luna seine Galauniform an, gürtete seinen Degen und begab sich zum Palast des Comendador Francisco de Bobadilla, wo er um eine Audienz bat.

Er wurde von einem Mann unbestimmten Alters empfangen, dessen gelbliche Haut sich über ein knochiges Gesicht mit spitzer Nase und dunklen Augen spannte. Es war unmöglich, sich vorzustellen, daß je ein Lächeln über seine schmalen Lippen flog. Mürrisch fragte Francisco de Bobadilla:

»Nun, was wollt Ihr von mir?«

»Exzellenz, ich biete Euch meine Dienste an.«

»Als was?«

»Als Hauptmann Eurer Leibwache.«

»Ich brauche keine Leibwache.«

»Wenn Ihr, wie mir von zuverlässiger Quelle berichtet wurde, den Auftrag habt, den Vizekönig abzulösen, werdet Ihr nicht umhin können, Euch eine Leibwache zuzulegen.«

»Für meine Mission genügt es, das königliche Dekret zu haben.«

»Und was, wenn sich Kolumbus weigert, Euch die Macht abzutreten? Wenn er Widerstand leistet?«

»Dann ist er ein Hochverräter.«

»Aber wer soll ihn dann gefangennehmen? Ihr persönlich, allein?«

Der Comendador kniff die Augen zusammen, und seine Stimme klang scharf, als er antwortete.

»Niemand würde es wagen, sich den Befehlen der Könige von Spanien zu widersetzen.«

»Wenn das so ist, warum haben die Könige Eure Reise befohlen?« fragte der Graf lächelnd. »Kolumbus hält sich nicht an die Befehle der Könige. Das wißt Ihr ebensogut wie ich.«

»Zügelt Eure Zunge, Graf.«

»Ihr müßt zugeben, daß meine Worte Euch nachdenklich gestimmt haben!«

»Mag sein.«

»Habt Ihr schon einmal daran gedacht, was passieren würde, wenn die Gebrüder Kolumbus Euch in den Kerker werfen ließen und sich gegen die Krone auflehnten?«

»Das würde Kolumbus nie wagen.«

»Da wäre ich nicht so sicher. An Waghalsigkeit mangelt es dem Admiral beileibe nicht, sonst wäre er nie auf die Idee gekommen, das Meer der Finsternis zu überqueren.«

Der hochmütige Bobadilla saß in seinem Sessel und faltete die Hände wie zum Gebet. Lange Zeit blieb er reglos sitzen und dachte nach. Doch dann hob er plötzlich den Kopf und sah seinem Gegenüber starr in die Augen.

»Sagt mir eins, Capitán. Was veranlaßt einen Mann wie Euch, sich dieser heiklen Expedition anzuschließen? Was habt Ihr vor?«

»Nichts, was Euch schaden könnte, Exzellenz. Für meine Dienste will ich nur, daß mir Gerechtigkeit widerfährt. Mehr nicht.«

»Eine Gerechtigkeit, mit der man alte Schulden abträgt, kann nicht der Weisheit letzter Schluß sein. Außerdem ist das nicht meine Art«, erwiderte Bobadilla gereizt.

»Gerechtigkeit ist Gerechtigkeit, Exzellenz!« Graf León de Luna zögerte einen Augenblick, um die Wirkung seiner Worte zu beobachten, und fuhr dann fort: »Da auf Hispaniola alles drunter und drüber geht, ist sie mir bislang verweigert worden. Aber für mich ist es zu einer Frage der persönlichen Ehre geworden.«

»Erklärt mir Euren Fall.«

Verlegen erzählte der Graf dem Comendador, wie seine treulose Frau ihn verlassen und den Namen seiner Familie in den Schmutz gezogen hatte. Außerdem behauptete der Graf, seine Ehefrau Eva Grumbach habe Juwelen gestohlen und in der Neuen Welt ihren Namen geändert, was zweifellos gesetzeswidrig war.

»Wenn sie den Namen gewechselt hat, kann sie Euren Familiennamen nicht in den Schmutz ziehen«, wandte der Comendador ein. »Ihr widersprecht Euch, Graf.«

»Daß sie sich jetzt Montenegro nennt, heißt nicht, daß nicht alle Welt weiß, wer sie ist.«

»Es scheint mir, als sei die Sache tatsächlich mehr ein Problem der Ehre als des Rechts.«

»So bleibt mir nicht anderes übrig, als mir selbst zu helfen.«

»Die Justiz ist einzig und allein Sache der Krone«, sagte Bobadilla. »Ihr müßt geduldig sein. Alles zu seiner Zeit.«

»Ich warte seit acht Jahren auf mein Recht, Exzellenz. Ich will eine neue Familie gründen, doch diese schändliche Frau verhindert alles.«

Nicht das leiseste Lächeln kam dem Comendador Francisco de Bobadilla über die Lippen, der von den spanischen Königen auserwählt war, Kolumbus zu entmachten: mit Sicherheit eine schwierige Aufgabe für den strengen und unnahbaren Bobadilla, der wenig Freunde besaß.

Schon vor Monaten hatten die Könige beschlossen, ihn nach Hispaniola zu schicken, und er war bereits im Besitz aller Dokumente, die ihn als neuen Gouverneur der entdeckten Gebiete jenseits der Kanarischen Inseln auswiesen. Von allen Seiten drängte man ihn, der Tyrannei der Gebrüder Kolumbus endlich ein Ende zu setzen, doch er schien es nicht eilig zu haben mit der Rolle, die ihm auferlegt wurde.

Vielleicht spürte er, daß er als derjenige in die Geschichte eingehen würde, der auszog, eines der größten Genies der Menschheit zu demütigen. Vielleicht aber war der kaltblütige Bobadilla auch nur darauf bedacht, Zeit zu gewinnen und die notwendigen Kräfte zu sammeln, um Kolumbus mit einem einzigen vernichtenden Schlag zu überraschen.

»Ich glaube nicht, daß sich der Vizekönig weigern wird, die Autorität der spanischen Könige zu leugnen. Denn sie haben ihn zu dem gemacht, der er ist«, sagte Bobadilla schließlich. »Aber ich werde mir die Sache durch den Kopf gehen lassen und Euren Vorschlag prüfen. Kommt in einer Woche wieder, Graf. Vielleicht habe ich bis dahin eine Entscheidung getroffen.«

Der Graf verließ den Palast des Comendadors und eilte geradewegs ins Bordell, um dort seinen Kummer und seine Wut zu vergessen. Immer wieder fragte er sich, was geworden wäre, wenn er die schöne Ana hätte heiraten können, und kam zu der bitteren Einsicht, daß die Erinnerungen an seine erste Frau Eva Grumbach ihn eines Tages doch noch eingeholt hätten. Er mußte diesem Abschnitt seines Lebens ein für allemal ein Ende setzen. Eva mußte sterben.

Der Graf verbrachte fünf Tage im Bordell, doch am Morgen des sechsten nahm er ein ausgiebiges Bad, erstand ein neues Wams und hohe Stiefel und begab sich zum Sitz des Comendadors.

Als er dessen Arbeitszimmer betrat, winkte dieser ihn näher an seinen Schreibtisch heran und händigte ihm eine Pergamentrolle aus, sah den Grafen starr an und sagte:

»Hier ist Eure Ernennung. Ich habe Erkundigungen über Euch eingezogen, die mich zufriedengestellt haben, Graf. Ihr werdet zwanzig gut bewaffnete Männer befehligen und für meine Sicherheit sorgen. Für die Kosten der Leibwache werdet freilich Ihr aufkommen müssen.«

»Ich?« fragte der Graf verdutzt. »Soll das heißen, daß ich alle Kosten dieser Truppe übernehmen soll?«

»Ganz recht.«

»So haben wir allerdings nicht gewettet!« rief der Graf. »Eigentlich wollte ich in Eure Dienste treten, nicht eine riskante Expedition über den Ozean finanzieren.«

»Sobald diese riskante Expedition, wie Ihr sie zu benennen beliebt, erfolgreich abgeschlossen ist und meine Meinungsverschiedenheiten mit dem Admiral beigelegt sind, werde ich Euch von Eurer Verantwortung entbinden, und Ihr könnt Euch Euren eigenen Angelegenheiten widmen. Meinen Segen habt Ihr.«

Capitán León de Luna, der Graf von Teguise, dachte einen Augenblick über die Bedeutung dieser Worte nach und antwortete:

»Soll das heißen, daß ich grünes Licht erhielte und mich in der Neuen Welt frei bewegen könnte?«

»Sofern Eure Dienste erfolgreich waren – ja.«

Francisco de Bobadilla beendete das Gespräch mit einer brüsken Handbewegung.

»In zwölf Tagen laufen wir aus.«

Am nächsten Morgen begab sich Capitán de Luna zum Bankier Juanoto Bernardi und belieh einige seiner Grundstücke auf Gomera. Danach ging er zur Schenke »El Pájaro Pinto«, wo sich die Seeleute und Abenteurer versammelten, und begann, seine Leibwache zusammenzustellen.

Als Stellvertreter und Mann seines Vertrauens wählte er einen berüchtigten Söldner namens Baltasar Garrote, den alle den »Türken« nannten, weil er lange Jahre im Dienst der Mauren gestanden hatte. Daher trug er einen Säbel statt des Schwertes und kleidete sich in ein langes weißes Gewand.

Er war ein zwielichtiger Mann, von dem man sich in der ganzen Stadt erzählte, er habe für die Christen spioniert und sei deshalb von der Inquisition verschont worden.

»Ich diene dem, der mich bezahlt«, sagte er dem Grafen, als die beiden sich in einer verschwiegenen Ecke der Schenke einigten. »Christen oder Mauren – das ist mir einerlei. Hauptsache, sie zahlen. Wie heißt es so schön, Geld stinkt nicht.«

»Daß du mir solche Äußerungen nicht vor dem Comendador machst!« wies ihn sein neuer Arbeitgeber zurecht. »Das mag er nicht. Er haßt Reichtum.«

»Dann muß man sich vor diesem Mann in acht nehmen«, antwortete der Türke. »Wer Geld, Weib und Wein entsagt, ist gefährlich, denn er trachtet nach Schlimmerem.«

»Was meint Ihr damit?« fragte der Graf.

»Nun, er strebt nach Macht.«

»Die hat er bereits.«

»Um so schlimmer. Die Machtgier ist wie eine unaufhaltsame Krankheit, die langsam, aber stetig alle Gefühle abtötet.«

Die Ereignisse, deren Zeuge Capitán León de Luna in den kommenden Monaten werden sollte, erinnerten ihn mehr als einmal an diese Worte. Als Hauptmann der Leibwache des Francisco de Bobadilla konnte er die seltsame Verwandlung dieses Mannes, der plötzlich und unfreiwillig zu einem der mächtigsten Männer des Reiches aufstieg, von Anfang an mitverfolgen.

Während der langen Überquerung des Ozeans blieb er der in sich versunkene, asketische Diener der Krone und des Vaterlandes, der ohne zu protestieren die schwere Last auf seinen Schultern trug. Doch sobald er Santo Domingo betrat und der jüngere Bruder des Vizekönigs sich weigerte, ihn als oberste Autorität der Neuen Welt anzuerkennen, ließ er die Maske fallen, und seine Passivität schlug in wütende Aggression um.

Am 24. August des Jahres 1500, einen Tag nachdem Francisco de Bobadilla in Santo Domingo angekommen war, ließ er in der großen Kirche eine Messe zelebrieren. Anschließend verkündete sein Schreiber vor den Adligen der Stadt jene Dekrete, die Francisco de Bobadilla zum neuen Gouverneur von Hispaniola und aller neu entdeckten Gebiete machten.

Da sich Christoph Kolumbus und sein Bruder Bartolomé nicht in Santo Domingo aufhielten, vertrat sie Don Diego, der jüngste der Kolumbus-Familie. Er brachte den Bürgermeister der Stadt, Rodrigo Pérez, auf seine Seite und widersetzte sich den Befehlen des neuen Gouverneurs.

Capitán León de Luna sah, wie die Wut des abgewiesenen Comendadors Francisco de Bobadilla in einen Haß überging, der wenig später voll ausbrechen und schreckliche Konsequenzen für den Klan der Kolumbus haben würde. Doch er zog es vor zu schweigen.

Am folgenden Tag wiederholte sich die gespenstische Szene. Der Comendador ließ erst eine Messe lesen und anschließend erneut die königlichen Dekrete verkünden, die ihn zum Gouverneur ernannten. Als sich Don Diego vor der versammelten Menge weigerte, ihn als oberste Autorität auf der Insel Hispaniola anzuerkennen, gab Bobadilla seinen Männern ein Zeichen.

Capitán de Luna und seine Soldaten entwaffneten die wenigen Getreuen des Kolumbus und zwangen Don Diego, ihnen die Festung mit den Waffenlagern und den Proviantvorräten zu übergeben. In nur wenigen Stunden hatte Bobadilla mit der tatkräftigen Unterstützung León de Lunas die Stadt im Namen der spanischen Krone in Besitz genommen.

»Etwa um die Zeit hörte ich, daß der Vizekönig unter den Einheimischen einen Aufstand gegen den Comendador anzettelte. Ich hatte das Gefühl, es könnte zum offenen Bürgerkrieg kommen, und überredete Zoraida, mit mir und einer Handvoll Männer die Insel Hispaniola zu verlassen«, erzählte der dicke Juan de Bolas und trank sein Glas aus. »Sollen sie sich gegenseitig den Kopf einschlagen, sagte ich zu ihnen – ich halte mich raus.«

»Habt Ihr eine Ahnung, wie es ausgegangen ist?«

»Nein, nicht die geringste, und es interessiert mich auch gar nicht«, erklärte der schmierige Bolas. »Im Grunde ist es völlig belanglos, wer uns regiert, Kolumbus oder Bobadilla. Es läuft auf dasselbe hinaus. Hier bin ich wenigstens mein eigener Herr.«

»Und hier habt Ihr ja auch wirklich ein herrliches Plätzchen gefunden«, sagte Doña Mariana Montenegro. »Ich hoffe, es macht Euch nichts aus, wenn wir bei Euch bleiben, bis die Zeit der Hurrikane vorbei ist?«

»Die Insel ist groß genug. Die Bucht bietet guten Schutz gegen die stürmische See und die starken Winde. Uns ist jeder willkommen, der in friedlicher Absicht kommt.«

Leider gab es nicht genug Frauen auf der Insel, daher beschlossen Kapitän Salado und Don Luis de Torres, zur nächstgelegenen Insel weiterzusegeln, um für die Mannschaft welche zu holen.

»Ich habe die *Milagro* nicht bauen lassen, um damit Mädchen zu transportieren!« wandte Doña Mariana ein, als sie ihr von dem Vorhaben berichteten. »Außerdem lege ich keinen Wert darauf, daß das Schiff dem Comendador oder gar Kolumbus in die Hände fällt.«

»Wird nicht soweit kommen«, antwortete der Kapitän auf seine wortkarge Art.

»Wie wollt Ihr dieses Risiko umgehen?«

»Wir segeln zur Insel Navasa und warten. Drei Männer fahren mit dem größeren Beiboot nach Hispaniola und kommen mit den Frauen zurück.«

Die Insel Navasa besaß felsige Küsten und bot wenig Schutz vor Stürmen, doch war es ein idealer Platz, um sich zu verstecken. Und da die *Milagro* schneller als alle anderen Schiffe in der Neuen Welt war, konnten sie jederzeit die Flucht ergreifen.

Für das Unternehmen wurden drei mutige Männer gebraucht, die sich mit der Seefahrt auskannten. Bonifacio Cabrera meldete sich als erster, doch Doña Mariana Montenegro war entschieden dagegen:

»Sobald dich jemand in Santo Domingo entdeckt, wird der sich denken, daß auch ich in der Nähe bin, und das könnte unseren Plan zum Scheitern bringen.«

»Wer dann?«

»Ich!«, bot sich die dicke Zoraida an. »Nur wenige wissen, daß ich fortgegangen bin, und außerdem kenne ich die Frauen, denen man vertrauen kann und die mitkommen würden.«

Das leuchtete ein, trotzdem fragte Doña Mariana mißtrauisch:

»Warum wollt Ihr Kopf und Kragen für uns riskieren?«

»Nicht nur für euch. Wir haben uns vorgenommen, hier eine Stadt zu gründen. Puerto de Bolas soll sie heißen, aber wir brauchen mehr Freiwillige, die sich uns anschließen.

Und ich glaube, ich kenne eine ganze Menge, die mitmachen würden.«

So kam es, daß die freche Zoraida und zwei tapfere Matrosen an einem nebligen Morgen in einer menschenleeren Bucht wenige Meilen vor der Hauptstadt Santo Domingo an Land gingen. Innerhalb von zwei Stunden waren sie in der Stadt, deren Bewohner noch kaum fassen konnten, daß Comendador Bobadilla die Gebrüder Kolumbus in den Kerker hatte werfen lassen.

»Der Vizekönig im Kerker?« fragte die dicke Zoraida ungläubig.

»Er und all seine Getreuen«, antwortete Fermina Constante, eine ihrer besten Freundinnen. »Kannst du dich an den alten Serafín erinnern, mit dem ich einmal nicht ins Bett wollte, weil er so stank? Nun, er war der einzige in der Kolonie, der sich traute, dem Admiral die Ketten anzulegen. Alle anderen haben sich aus Respekt oder Angst davor gedrückt.«

»Hier passieren Sachen, die man nie für möglich gehalten hätte. Der Admiral in Ketten!«

»Und du hast dich in eine ehrbare Frau verwandelt. Wie fühlt man sich, wenn man weiß, daß man nichts mehr für seine Dienste bekommt?«

»Man bekommt Respekt, Liebe und Zuneigung.«

»Und was macht man damit?«

Zoraida legte die Hand auf die linke Brust und sagte:

»Man versteckt es hier, wo keiner es einem stehlen kann. Kommst du mit?«

»Unmöglich! Ich habe im Moment einen Freier, der mich über alles liebt. Sieh mal hier, letzte Woche hat er mir ein blaues Auge verpaßt, weil ich mich zu lange um einen anderen gekümmert habe«, antwortete Firmina und zeigte der Freundin die Schwellung. »Er ist Capitán der Leibwache des neuen Comendadors.«

»Eine traurige Zeit war das, als ich die Liebe meiner Freier an deren Prügel maß«, entgegnete Zoraida. »Meiner schlägt mich nie. Komm mit!« beschwor sie ihre Freundin. »Du bist doch nicht um die ganze Welt gesegelt, um als armselige Hure zu enden.«

»Mein Capitán hat mir die Ehe versprochen, sobald er die verdammte Deutsche gefunden und ihr die Kehle durchgeschnitten hat.«

Im ersten Augenblick merkte die gutherzige Zoraida gar nicht, wer damit gemeint war. Dies wurde ihr erst eine Woche später klar, als sie unten am Hafen beobachtete, wie die Gebrüder Kolumbus in Ketten an Bord der schmutzigen *La Gorda* geschleppt wurden, die sie ein für allemal aus Hispaniola wegbringen sollte. Die Frau, die der Capitán de Luna suchte, konnte niemand anderes als Doña Mariana Montenegro sein, die vor den zerklüfteten Küsten der Insel Navasa in ihrem Schiff saß und auf sie wartete.

»Er ist nicht aus demselben Holz geschnitzt wie mein Dicker«, sagte Zoraida, als sie den Capitán sah. »Er macht den Eindruck, als hätte ihm der Haß die Seele aufgefressen.«

Sie hatte recht. Capitán León de Luna war fast ohnmächtig geworden vor Zorn, als er hatte feststellen müssen, daß seine Ehefrau die Insel verlassen hatte.

Punkt für Punkt hatte man ihm den schlauen Plan erzählt, mit dem die ehemalige Comtesse die Schergen des Admirals hinters Licht geführt hatte, bevor sie auf der *Milagro* floh, um in Tierra Firme nach ihrem verschollenen Liebhaber zu suchen. Als er erfuhr, daß Cienfuegos vielleicht noch am Leben war, steigerte sich der Haß des Capitán ins Unermeßliche, und man konnte sich kaum vorstellen, daß wirklich schon acht Jahre vergangen waren, seit der Hirte aus Gomera ihm die Liebe seiner Frau gestohlen hatte.

»Irgendwie bin ich froh, daß er noch am Leben ist«, beichtete er der aufmerksamen Fermina eines Nachts in seinem

Rausch. »So werde ich ihm eigenhändig den Kopf abhacken, wenn meine Mission hier beendet ist und mir der Comendador die Encomienda erteilt, die mir erlaubt, mich in der Neuen Welt frei zu bewegen. Ich werde ein Schiff ausrüsten und mich auf die Suche nach dem Schwein begeben.«

»Das Meer ist groß!«

»Aber nicht größer als mein Verlangen nach Rache.«

Die Herrschaft des Kolumbus war beendet, dank Francisco de Bobadilla, der eine Entschlossenheit an den Tag legte, die ihm niemand zugetraut hätte. Innerhalb weniger Wochen und ohne großes Blutvergießen war es ihm, einem verschlossenen, unauffälligen Menschen, gelungen, die Macht an sich zu reißen.

In der tiefsten Seele dieses verbitterten Mannes, dessen Gerechtigkeitssinn angeblich so ausgeprägt war, schlummerte ein unüberwindlicher Neid auf Menschen wie Kolumbus, die gezeigt hatten, daß sie trotz ihrer Unvollkommenheit in der Lage waren, Großes zu vollbringen.

Wie die meisten Menschen, die sich selbst zu ernst nehmen, mangelte es dem Comendador an jeglicher Phantasie. Daher haßte er alles, was sich außerhalb des strengen Rahmens abspielte, den ihm seine Werte vorschrieben.

Für ihn war Christoph Kolumbus, Vizekönig von Indien und Admiral der ozeanischen Meere, stets ein Ketzer gewesen, der sich angemaßt hatte, Gottes Ordnung durcheinanderzubringen. Daß der Admiral letztendlich Erfolg gehabt hatte, bestärkte den Comendador nur in seiner Meinung.

Wäre er oberster Inquisitor gewesen, hätte er nicht gezögert, den Admiral auf den Scheiterhaufen zu schicken, daher schreckte er auch nicht davor zurück, Kolumbus in Ketten legen zu lassen, was einer ungeheuerlichen Erniedrigung gleichkam.

Haß, Neid und Wut hatte der Admiral auch in vielen anderen geweckt, nicht zuletzt auch in Capitán León de

Luna, der instinktiv fühlte, daß der Admiral ihm geistig weit überlegen war. Nur deshalb hatte er dem Comendador geholfen, den er im Grunde seines Herzens auch verabscheute. Er hatte Intrigen angezettelt und den ängstlichen Bobadilla mit Märchen von geplanten Aufständen erschreckt. Mit der Zeit war er für den schwachen Comendador unersetzlich geworden und hatte mehr und mehr Macht über ihn gewonnen.

Kolumbus befand sich in Ketten an Bord eines heruntergekommenen Schiffes auf dem Weg nach Sevilla, und seine wenigen Getreuen, die überlebt hatten, waren in den Dschungel geflüchtet. Graf León de Luna wußte die Situation zu nutzen. In wenigen Wochen hatte er mit seinen Männern die ganze Stadt unter seine Kontrolle gebracht.

Zoraida erkannte, daß der kaltblütige Capitán sehr bald grünes Licht erhalten würde, um seinen Racheplan in die Tat umzusetzen. Sie mußte sich beeilen, denn wenn er mitbekam, daß sie eine der wenigen Menschen auf der Insel war, die wußten, wo sich Doña Mariana befand, würde er sie so lange foltern, bis sie es ihm verriet.

Noch in derselben Nacht verabredete sie sich mit sechs Frauen, die sich ihr angeschlossen hatten, am Strand von Santo Domingo, wo die beiden Seeleute mit dem Beiboot der *Milagro* auf sie warteten.

Es kam ihr vor, als sei Santo Domingo zu einem Vipernnest geworden, das von Spitzeln wimmelte, und sie wurde erst wieder ruhig, als sich die letzten Umrisse der Stadt in der Dunkelheit verloren.

Zwei Tage später erblickten sie die *Milagro* in einer windgeschützten Bucht vor der Insel Navasa. Kaum hatten sie das Schiff betreten, nahm sie Doña Mariana beiseite und erzählte ihr, was sie erfahren hatte.

»León! Er läßt nicht locker«, sagte die ehemalige Comtesse betrofffen. »Was hat er vor?«

»Er will Euren Kopf.«

»Er muß verrückt sein.«

»Mir scheint, als lebte er nur noch für seine Rache.«

»Was für ein Schicksal, so sehr zu lieben und so sehr gehaßt zu werden.« Die Stimme Eva Grumbachs klang so niedergeschlagen, daß Zoraida nicht wagte, etwas zu entgegnen.

Die folgenden Tage waren eine harte Probe für Doña Mariana. Zu der Furcht vor ihrem ehemaligen Mann kam ihre Sorge, daß die Expedition endgültig scheitern könnte. Die zuvor disziplinierte Besatzung, auf die sie so stolz gewesen war, hatte sich in einen gelangweilten Haufen von Nichtsnutzen verwandelt, die den ganzen Tag damit verbrachten, sich beim Glücksspiel zu streiten und betrunken irgendwelchen Weiberröcken nachzulaufen.

Sie hatte befohlen, die Mädchen in einer Hütte auf der anderen Seite der Bucht unterzubringen. Sie selbst blieb mit Haitiké, Kapitän Salado, Bonifacio Cabrera, Don Luis de Torres und einigen Männern, die Wache hielten, an Bord. Doch hinderte sie das nicht daran, alles, was sich an Land abspielte, in Erfahrung zu bringen.

»Und wieder bringen wir Korruption über dieses Paradies«, klagte sie eines Nachts, als der Lärm des improvisierten Bordells bis zum Schiff drang. »Glücksspiel, Krankheiten, Alkohol und käufliche Liebe! Wie haben wir die Männer des Admirals immer kritisiert, und jetzt tun wir dasselbe.«

»Diesen erschöpften Männern einige Tage der Ruhe zu gewähren, heißt nicht, das Paradies zu beflecken«, erklärte Luis de Torres. »Sobald wir auslaufen, wird alles wieder beim alten sein.«

»Bis die nächsten kommen und die nächsten, und dann wird dieses Paradies sich in nichts von dem Land unterscheiden, das wir verabscheuen und über das wir uns immer beklagt haben.« Doña Mariana Montenegro schwieg eine

Weile und fragte schließlich: »Was glaubt Ihr, was passieren wird, wenn Kolumbus in Ketten vor den Königen erscheint?«

»Ich habe keine Ahnung, aber ich wäre gerne dabei.«

»Warum?«

»Weil ich den Admiral verabscheue. Er geht den Granden um den Bart und ist kleinlich zu seinen Untergebenen. Wahrscheinlich wird er die Rolle des unschuldigen Opfers spielen, denn sein Stolz verbietet es ihm zu rebellieren.«

»Glaubt Ihr, daß er nach Hispaniola zurückkommen wird?«

»Das bezweifle ich. Wenn so ein schwerwiegender Schritt erst einmal unternommen worden ist, kann er nicht rückgängig gemacht werden. Möglich, daß Isabella und Ferdinand als Menschen ihm verzeihen, aber die Krone niemals.«

»Ist denn der Unterschied zwischen dem Menschen und dem Monarchen so groß?«

»Die Krone hat kein Herz.«

»Aber die Königin hat es.«

»Sie hat ein Herz, aber das schlägt nur für Christen. Juden haben darin keinen Platz.«

»Ihr seid wie immer zu hart, Don Luis.«

»Oh, nein, meine Freundin. Seht Euch doch an, wie rührend die Königin um ihre wilden Untertanen besorgt ist. Sie will nicht, daß man sie als Sklaven verkauft. Aber gleichzeitig verbannt sie uns Juden aus Spanien, obwohl wir unser Blut für das Königreich hingaben. Die einen empfängt man mit offenen Armen, die anderen verjagt man.«

»Ihr wißt genausogut wie ich, daß die Einheimischen wie Tiere behandelt werden, Don Luis. Und das Problem mit den Juden hat ganz andere Wurzeln.«

»Die Krone hat ein Herz aus Stein, das ist die Wahrheit.«

Doña Mariana Montenegro dachte lange nach, bevor sie

antwortete. Schließlich deutete sie auf die Lichter des Bordells und sagte:

»Ich kann ja auch nicht verhindern, daß sich meine Männer da unten auf eine Art vergnügen, die ich nicht für richtig halte. Wie soll eine Königin, die über so viele Untertanen herrscht, den Überblick behalten? Ich kann nur Mitleid mit ihr empfinden, denn sie ist eine gute Frau.«

»Mitleid mit der Königin?« sagte der Konvertit entsetzt. »Ihr müßt verrückt sein!«

»Wie meint Ihr das?«

»Ihr seid gezwungen, Euch auf einer einsamen Insel zu verstecken, und müßt um Euer Leben bangen, weil die Schergen des Kolumbus oder die des Bobadilla hinter Euch her sind. Der Mann, den Ihr liebt, ist seit acht Jahren verschollen, man hat Euch zu Freiwild erklärt, und trotzdem bringt Ihr Mitleid für die Königin auf. Großartig!«

Eva Grumbach, ehemalige Comtesse von Teguise und frühere Herrin über halb Gomera, lachte und sagte:

»Genau. Großartig. Und wißt Ihr, warum ich sie am meisten bemitleide? Weil sie Cienfuegos nicht kennt.«

»Das Meer!«
»Das ist das Meer?«
Der enttäuschte Ton der Alten überraschte Cienfuegos.
»Was ist los? Gefällt es dir nicht?«
»Um ehrlich zu sein, ich habe etwas anderes erwartet.«
Die Alte kratzte sich nachdenklich den fast kahlen Kopf und sagte mürrisch: »So viele Jahre hat man mir vom Meer erzählt, und jetzt ist es nur Wasser.«
»Was hast du denn erwartet?«
Die alte Indianerin setzte sich auf einen Felsen und beobachtete, wie Araya zum Strand lief und mit den Füßen ins Wasser watete. Sie legte ihr Bündel ab und sah zu Cienfuegos auf.
»Ich habe geglaubt, das Meer sei voller Schildkröten, Tausenden von Schildkröten.«
»Das stimmt auch, aber sie leben tief unten im Wasser.«
»Wozu taugen Schildkröten tief unten im Wasser?« fragte die Alte. »Über meiner Hängematte habe ich drei Schildkrötenpanzer hängen. Jeden Morgen, wenn ich aufwache, sehe ich sie und denke an meine drei verstorbenen Männer. Aber wenn die Schildkröten im Meer sind, sieht man sie nicht, und sie erinnern an nichts.«
»Vielleicht tun sie dir den Gefallen, heute nacht an den Strand zu kommen und ihre Eier im Sand zu vergraben«, sagte Cienfuegos verdrießlich.

»Während der Nacht schlafe ich. Die Nacht ist böse, und wenn diese Tiere nur in der Nacht an Land kommen, können sie von mir aus da bleiben, wo sie sind.« Sie hielt inne. »Und wo sind die Berge?«

»Welche Berge?«

»Die Berge des Meeres.«

»Das Meer hat keine Berge.«

»Verdammt«, fluchte die Alte. »Wenn es auf dem Meer keine Berge gibt und man die Schildkröten nicht sehen kann, wozu soll es dann gut sein?«

»Tja«, antwortete Cienfuegos. »Man kann darin baden und fischen.«

»Das kann ich in dem kleinen Fluß neben meiner Hütte auch. Und da gibt es Fische in Hülle und Fülle.« Sie kratzte sich erneut den Kopf und fügte hinzu: »So viel Wasser scheint mir einfach Verschwendung zu sein.«

»Beeindruckt es dich denn gar nicht? Findest du das Meer nicht wunderschön?«

»Einen blühenden Baum, ein wildes Tier oder einen hohen Berg finde ich schöner.«

Der verblüffte Cienfuegos sah sie an und kam zu dem Schluß, daß es zwecklos wäre, die hartnäckige Alte überzeugen zu wollen. In diesem Augenblick hörte er, wie Araya aufschrie und das Wasser, das sie eben zum Mund geführt hatte, im hohen Bogen ausspuckte.

»Dieses Wasser ist ja salzig! Ekelhaft!«

»Das hat mir gerade noch gefehlt!« murrte Cienfuegos.

»Salzig?« rief die Alte. »Dann kann man es nicht einmal trinken.«

»Man kann aber...«

»Schon gut«, unterbrach ihn die Alte schroff, »gehen wir!«

»Wohin?«

»Wohin? Die Götter sagten, du würdest uns ans Meer

bringen und Araya würde zu weit entfernten Ländern reisen.« Sie hob das Bündel wieder auf und machte eine Geste. »Na los. Wir müssen weiter.«

»Halt!« rief Cienfuegos. »Du kannst nicht über das Wasser gehen.«

»Wir werden schon eine flache Stelle finden.«

»Das Meer ist nicht wie der Fluß deines Dorfes. Es ist sehr tief. Wir würden alle ertrinken.«

»Unsinn!«

»Wenn du mir nicht glaubst, überzeuge dich selbst«, antwortete er mißmutig und wandte sich ab.

Die ungläubige und dickköpfige Alte ließ sich nicht zweimal bitten. Sie ging mit festen Schritten über den Sand und stieg ins Wasser. Cienfuegos sprang auf und lief ihr nach, um die hilflos um sich schlagende Cú gerade noch rechtzeitig aus den hohen Wellen zu ziehen.

»Glaubst du mir jetzt?«

»Es ist unfaßbar. Und Araya hat recht: Das Wasser ist ungenießbar«, protestierte die Alte aufgeregt.

Cienfuegos wußte nicht, ob er lachen oder weinen sollte. Schließlich entschied er sich für ersteres und ließ sich neben der Alten in den Sand fallen.

»Was machen wir also jetzt?« fragte er.

»Du kannst machen, was du willst«, antwortete die Alte unwirsch. »Und Araya auch. Ich gehe nach Hause.«

»Nach Hause?« wiederholte Cienfuegos ungläubig. »Wir sind seit einer Woche unterwegs, und du willst plötzlich wieder nach Hause? Was soll das? Bist du verrückt?«

»Ich wäre verrückt, wenn ich vorhätte, dieses tiefe Wasser zu durchqueren«, antwortete die Alte ernst. »Dafür bin ich zu alt. Ich will zu Hause sterben.« Sie hielt inne und fuhr dann enttäuscht fort: »Vielleicht hattest du recht, und mein Stamm kehrt eines Tages zurück. Und wenn nicht, habe ich wenigstens die Gewißheit, bis zuletzt ausgeharrt zu haben.«

Cienfuegos deutete auf das Mädchen und fragte:
»Und was soll aus ihr werden?«
»Du wirst auf sie aufpassen.«
»Warum sollte ich?«
»Weil die Götter es so gewollt haben.«
»Deine ohnmächtigen Götter?«
»Ein ohnmächtiger Gott ist mir lieber als ein mächtiger Dämon«, antwortete die Alte. »Araya ist zu großen Dingen berufen. Bleib an ihrer Seite, vielleicht weist ihr Stern auch dir den Weg.«
»Ich glaube kaum, daß ihr Stern bis nach Gomera leuchtet.«
Die Alte sah Cienfuegos ernst in die Augen und sagte:
»Ich gehe.«
»Jetzt sofort?«
»Was hält mich hier noch?«
Die alte Indianerin drehte sich um und winkte dem kleinen Mädchen zu, mit dem sie die letzten Jahre ihres Lebens verbracht hatte. Araya sah kurz auf und winkte mit einer knappen Geste zurück, um sich gleich wieder dem Meer und dem Sand zuzuwenden. Die Alte hob ihr Bündel und verschwand ohne ein Wort in dem dichten Dschungel.
Cienfuegos sah ihr verwirrt nach und murmelte leise:
»Verdammt noch mal! Ich werde diese Menschen nie verstehen. Ich kann ihre Sprache lernen, ich kann mit ihnen leben, aber ich werde nie dahinterkommen, was sie in Wirklichkeit denken oder wie sie fühlen.« Er wandte sich dem Mädchen zu, das jetzt Jagd auf die vielen Krebse machte, die plötzlich aufgetaucht waren, und rief laut: »Was wollen wir machen?«
»Wir müssen diese Viecher fangen. Sie sind sehr flink.«
Fast eine Stunde verging mit der Jagd auf Krebse, und als sie später im Sand saßen und zusahen, wie die Tiere in einem einfachen Tontopf kochten, fragte Cienfuegos neugierig:

»Macht es dir gar nichts aus, daß Cú weg ist?«

»Doch«, antwortete das Mädchen. »Aber es ist besser so. Sie ist alt und will zu Hause sterben.«

»Wirst du sie nicht vermissen?«

Araya schüttelte den Kopf.

»Sie hat mir beigebracht, solche Gefühle gar nicht erst aufkommen zu lassen. Ich bin das letzte Mitglied unseres Stammes. Ich muß allein zurechtkommen und darf niemanden brauchen und niemals zurückschauen.«

»Ich verstehe«, sagte Cienfuegos und nickte, obwohl er nicht sicher war, ob er das, was das kleine Mädchen ihm hatte mitteilen wollen, wirklich verstanden hatte. Sie aßen, ohne zu sprechen. Später trat Cienfuegos das kleine Feuer aus und schüttete Sand darüber. Mit einer Geste deutete er auf den von hohen Palmen und dem dichten Wald des Dschungels gesäumten Strand und sagte:

»Dieser Strand gefällt mir nicht. Hier sind wir nicht sicher vor Menschenfressern.«

»Du meinst die Kariben?«

»Ja. Wir sollten verschwinden und nach einem geeigneteren Platz zum Übernachten suchen.«

»Wohin?«

»Wir sind von Süden gekommen. Im Norden liegt das Meer. Im Osten gibt es Sümpfe und die Grünen Schatten. Uns bleibt nichts anderes übrig, als nach Westen weiterzuziehen, also in diese Richtung«, erklärte Cienfuegos.

Sie marschierten los. Immer am Dschungelrand entlang, ein paar hundert Meter vom Strand entfernt, wo man sie auf Meilen hätte ausmachen können. Sie übernachteten im Wald und ernährten sich von Schildkröteneiern und Krebsen. Es war eine fast unbesiedelte Gegend. In den nächsten Tagen sahen sie nur einmal einige Männer in Kanus, die weit draußen auf dem Meer fischten, und eine Hütte im Wald, die anscheinend vor langer Zeit verlassen worden war.

Zwei Tage später kamen sie zu einer Felswand am Ende einer langgestreckten Bucht, die ihnen den Weg durch den Dschungel versperrte. Sie mußten am Strand entlang um die Klippen herumgehen. Als Cienfuegos aufblickte, wäre ihm vor Schreck fast das Herz stehengeblieben. Auf der Südseite der Felswand war eine deutliche Markierung zu erkennen.

»Was bedeutet das?« fragte Araya.

»Ich weiß es nicht.«

»Könnte es ein Zeichen der Götter sein?«

»Nein!«

»Warum bist du so sicher?«

»Weil die Götter bestimmt keine Farbe benützt hätten. Das da ist eindeutig Farbe, und sie kann nicht sehr alt sein. Höchstens ein paar Monate. Der Regen hat schon etwas davon weggewaschen.«

»Wer war es dann?«

»Menschen.«

»Was für Menschen?«

»Zweifellos zivilisierte Menschen. Vielleicht sogar Spanier.«

»Aber was bedeuten diese Zeichen?«

»Ich weiß es noch nicht«, antwortete Cienfuegos gereizt. »Kümmere dich um das Essen, und laß mich einen Augenblick allein. Ich muß nachdenken.«

Er setzte sich auf einen großen Stein schräg gegenüber des seltsamen Phänomens. Die Zeichnung war etwa drei Meter hoch und zwei Meter breit. Er zerbrach sich den Kopf darüber, was sie bedeuten mochte, denn zum Spaß hatte sich wohl niemand die Mühe gemacht, diesen Felsen an einem menschenleeren Strand zu bemalen.

Als Araya schließlich mit zwei dicken Fischen an der Leine wiederkam und ihm vor die Füße warf, sah er sie strahlend an und sagte:

»Ich hab's! Es muß ein Schiff sein.«

»Ein Schiff?«

»Das ist eins der schwimmenden Häuser auf dem Meer. Damit überqueren die Europäer das große Wasser. Auf einem solchen großen Schiff kam ich auch eines Tages vor vielen Jahren hier an.«

»Dann hast du aber lange gebraucht, um es wiederzuerkennen«, sagte das Mädchen verwundert.

»Ja, weil es auf dem Kopf steht.«

»Auf dem Kopf? Warum sollte man so etwas Dummes machen?«

»Um die Aufmerksamkeit auf sich zu lenken. Jemand versucht, eine Botschaft zu übermitteln.« Cienfuegos war ganz aus dem Häuschen über seine Entdeckung. »Hätten wir nur ein richtig gemaltes Schiff gesehen, hätten wir gedacht, daß es irgend jemand gemalt haben muß, der hier zufällig vorbeikam. Aber so hat er uns zu verstehen gegeben, daß er uns etwas sagen will.«

»Was denn?«

»Daß man es umdrehen muß.«

»Und weiter?«

»Wenn man ein Schiff umdrehen muß, um es zu erkennen, heißt es, daß es wiederkommen wird. Verstehst du?«

»Ich verstehe gar nichts.«

»Es ist doch ganz einfach.« Cienfuegos zweifelte nicht, die richtige Deutung gefunden zu haben, und weihte das Mädchen ein. »Das ist eine sichere Bucht. Hier hat dieses Schiff angelegt und will anderen Schiffen andeuten, daß es eines Tages wiederkommen wird.«

»Wann wird das sein?« wollte Araya wissen.

»Das kann ich nicht sagen.«

»Es könnte noch viele Monde dauern?«

»Nicht allzu viele. Denn wer dies malte, weiß, daß der Regen die Farbe bald auswaschen wird.«

Araya sah ihn an und fragte unschuldig:

»Machen die Zivilisierten die Dinge immer so kompliziert?«

»Nur wenn es sein muß.«

»Was soll nun geschehen?«

»Wir werden warten.«

»Und wenn du dich geirrt hast und das Schiff nicht wiederkommt?«

»Es wird kommen.«

Der Hirte aus Gomera war seiner Sache so sicher, daß er den ganzen Tag damit verbrachte, nach einer geeigneten Höhle in den Felsen zu suchen, wo sie sich verstecken konnten. In den kommenden Tagen unternahm er immer wieder kurze Ausflüge in die Umgebung, um sich davon zu überzeugen, daß sie keine unmittelbaren Nachbarn hatten, die ihnen gefährlich werden konnten.

Den Rest der Zeit lag er in der Sonne neben dem Eingang der Höhle und brachte der kleinen Indianerin, die so unversehens in sein Leben getreten war, einige Brocken Spanisch bei. Im Meer, in den hohen Palmen und im Dschungel fanden sie alles, was sie zum Überleben benötigten, und wenn Gefahr drohte, suchten sie Schutz in der Höhle.

Zweimal entdeckten sie blutrünstige Kariben, die auf der Suche nach Beute die Küsten entlangpaddelten. Sie kamen an Land und studierten die seltsame Zeichnung an der Felswand, während Cienfuegos und Araya sie aus ihrer Höhle beobachteten.

Jeden Abend wusch der heftige Regen die Farbe mehr ab, bis das Zeichen nur noch in Ansätzen zu erkennen war. Doch eines späten Nachmittags, als die Sonne schon tief über dem Meer stand, kam Ayara atemlos in die Höhle gestürzt und rief:

»Es kommt!«

Zusammen kletterten sie auf den hohen Gipfel der Klippen. Tatsächlich konnte man in weiter Ferne einen hellen

Punkt sehen, der sich sehr langsam am Horizont bewegte und auf die Küste zukam, die bald von der Dunkelheit beherrscht sein würde.

Trotz des starken Regens harrten sie die ganze Nacht aus, zu aufgeregt, um in die Höhle zurückzugehen. Sie sehnten den Tag herbei.

Dann ging zögernd die Sonne auf. Ihre rosigen Strahlen fielen auf das weite Meer und erhellten die schlaffen Segel des Schiffes, das während der Nacht vor der Küste geankert hatte. Schließlich wurden die Segel gehißt und blähten sich stolz im Wind. Das Schiff kam langsam auf die Bucht zu.

Nachdem er von dem strengen Comendador Francisco de Bobadilla die ersehnte Erlaubnis erhalten hatte, die Meere der Neuen Welt ungehindert zu befahren, überredete Capitán León de Luna das Freudenmädchen Fermina Constante, ihn bei seiner Expedition nach Trinidad und zu den sogenannten Küsten der Geächteten zu begleiten. Der Comendador hatte ihm die Encomienda nur widerwillig erteilt, da er nicht besonders erfreut war, seinen treuesten Diener und Berater so schnell wieder zu verlieren.

»Wir haben alles unter Kontrolle«, hatte der Graf ihm wenige Tage zuvor versichert, um die Bedenken des Comendadors zu zerstreuen. »Kolumbus ist auf dem Weg nach Spanien, und seine Anhänger schmachten im Kerker. Ihr habt niemanden mehr zu befürchten.«

»Was ist mit Roldán?«

»Dieses Problem hat nichts mit unserer Abmachung zu tun, Exzellenz«, erwiderte der Graf. »Ich bin nicht nach Indien gekommen, um Revolten und Aufstände niederzuschlagen, sondern um Euch vor dem Admiral zu beschützen. Ich unterhalte eine Söldnerarmee, die mich jeden Tag ein kleines Vermögen kostet und die ich anderweitig einzusetzen gedenke.« Die Stimme des Grafen klang fest und selbstbewußt. »Ich habe mich an unsere Abmachung gehalten und erwarte von Eurer Exzellenz dasselbe.«

Comendador Bobadilla, der allen Erwartungen zum Trotz

die Zügel der Macht fest in den Händen hielt und sich überraschend schnell daran gewöhnt hatte, daß man seinen Befehlen unverzüglich Folge leistete, fühlte, wie ihm kalter Zorn den Rücken emporkroch. Doch er nahm sich zusammen, denn er wußte sehr wohl, daß der Capitán kein Mann war, dem man ein Versprechen verweigerte.

»Schon gut«, sagte er übellaunig. »Ihr werdet die Encomienda erhalten. Wann wollt Ihr auslaufen?«

»Sobald die *Dragón* ausgerüstet ist.«

»Was ist sie für ein Schiff?«

»Eine flämische Karavelle, die ich einem Landsmann abgekauft habe. Ich rüste sie mit Bombarden und Falkonetten aus. Sie ist etwas alt, aber sehr robust.«

»Verlangtet Ihr nicht nach Gerechtigkeit?«

»Es hat wenig Sinn, nach Gerechtigkeit zu rufen, wenn die Betreffende nicht mehr auf der Insel ist.«

»Was habt Ihr dann vor, Graf?«

»Nun, ich werde die umliegenden Inseln erforschen und Reichtümer für König und Vaterland suchen.«

Auch wenn der Comendador wußte, daß der Graf log, und ahnte, daß er in Wirklichkeit nicht von seinem alten Vorhaben abgewichen war, ließ er es sich nicht anmerken. Als kluger Diplomat hielt er es für besser, es nicht mit diesem Mann zu verderben, der ihm in einer brenzligen Angelegenheit vielleicht noch einmal behilflich sein konnte.

»Geht mit Gott«, sagte er. »Und haltet mich auf dem laufenden.«

Nachdem der Graf die Erlaubnis erhalten hatte, das Schiff ausgerüstet war und er vierzig Mann Besatzung angeheuert hatte, um seine zwanzig Mann Leibwache zu verstärken, beschloß er, in See zu stechen.

»Ein Wort unter uns, Capitán!« warnte ihn Baltasar Garrote, als er erfuhr, daß der Graf beabsichtigte, eine ehemalige Prostituierte an Bord zu nehmen. »Sechzig Mann und eine Frau an Bord! Das geht nicht gut. Früher oder später gibt es Ärger.«

Capitán León de Luna nahm den Steuermann beiseite und sagte unmißverständlich:

»An Bord gilt mein Wort, das sollte ein für allemal klar sein. Nur ich werde diese Frau anrühren, und wer meint, sich meinen Befehlen widersetzen zu können, wird am Mast baumeln. Habe ich mich deutlich ausgedrückt?«

Als Baltasar Garrote nickte, fuhr der Graf fort:

»Dann mach es auch der Mannschaft klar.«

Baltasar oder »der Türke«, wie ihn seine Untergebenen nannten, hatte die meiste Zeit seines Lebens unter Mauren verbracht, aber er kannte den unberechenbaren Charakter der Spanier nur allzugut. Daher zog er es vor, zu schweigen und seinem Vorgesetzten nicht zu widersprechen. Er würde die ganze Angelegenheit vergessen, bis sich das Problem stellte. Und wie er die Männer einschätzte, würde das noch früh genug sein.

»Fängt ja gut an«, murmelte er bei sich, als er sah, wie Fermina Constante über das Deck schritt und von fünfzig Augenpaaren verfolgt wurde.

Der Zweite Steuermann, ein kleinwüchsiger behaarter Mann namens Justo Velloso, stand neben Garrote und grinste, als er fragte:

»Halten wir Kurs auf Trinidad?«

»Wir laufen aus, aber ohne festen Kurs«, lautete die überraschende Antwort des Grafen.

»Wie?«

»Wir suchen ein Schiff... Die *Milagro*.«

Justo Velloso warf dem »Türken« einen raschen Blick zu, der sich den Bart kratzte und gleichmütig befahl:

»Kurs Süd-Südwest.«

Aus den Laderäumen der flämischen Karavalle stieg fürchterlicher Gestank empor, der verriet, daß sie zuletzt als

Sklavenschiff gedient hatte. Nun setzte sie sich langsam in Bewegung, verließ die Mündung des Ozamaflusses und segelte auf das offene Meer hinaus.

Baltasar und der Zweite Steuermann Justo, die beide die *Milagro* gesehen hatten, wußten nur allzugut, daß es zwecklos war, mit der langsamen *Dragón*, die über vierhundert Tonnen wog und außerordentlich schwer zu steuern war, ein so wendiges und schnelles Schiff wie die *Milagro* kapern zu wollen. Es war, als wollte ein Nashorn versuchen, eine Gazelle zu jagen.

Man schrieb das Jahr 1501. Es war Februar, und die Zeit der Hurrikane lag hinter ihnen, trotzdem war die See nicht so ruhig, wie der Graf es gehofft hatte. Deshalb sah er sich einmal mehr genötigt, die ersten Tage seekrank in seiner Kajüte zu verbringen.

Zu allem Überfluß schienen weder Seegang noch Gestank Fermina Constante etwas auszumachen, vielleicht weil sie in ihrem Leben schlimmere Gerüche hatte ertragen müssen. Fermina kümmerte sich zwar um den Grafen, trieb sich aber auch verdächtig lange in den Kajüten der einfachen Matrosen herum, was die beiden Steuermänner, die die Verantwortung trugen, nicht allzu gerne sahen.

»Wenn der Graf die ganze Zeit krank in der Kajüte liegt, wird sich seine Puppe schnell nach einem anderen umsehen«, sagte Baltasar Garrote besorgt. »Dann fliegen die Fetzen, und wir haben im Handumdrehen eine Meuterei an Bord.«

»Halte du deine Männer im Zaum, ich kümmere mich um die übrige Mannschaft«, antwortete der Zweite Steuermann. »Das Weib sollte nach Möglichkeit nicht an Deck erscheinen.«

Es dauerte noch eine Woche, bis der kranke und geschwächte Capitán de Luna wieder am Achterdeck erscheinen konnte. Die See hatte sich beruhigt, und ein stetiger

Wind aus Nordosten trieb die *Dragón* sanft vorwärts. Capitán de Luna hatte eine leichte Mahlzeit zu sich nehmen können und war bester Laune.

»Soweit ich in Erfahrung bringen konnte«, erzählte er seinem Stellvertreter Garrote und dem Zweiten Steuermann, »sucht die *Milagro* nach einem verschollenen Mann in der Gegend, die von Hojeda entdeckt wurde und Klein-Venedig heißt.«

»Aber das ist schon sechs Monate her«, entgegnete Justo Velloso. »Ich glaube nicht, daß sie noch in der Gegend sind.«

»Ich auch nicht, um die Wahrheit zu sagen«, antwortete der Graf. »Aber irgendwo müssen wir ja mit der Suche anfangen.« Er schlug eine Karte auf und deutete mit dem Finger auf einen Punkt. »Wir fangen hier an und suchen dann systematisch die Küste ab.«

Der Graf von Teguise konnte nicht ahnen, daß in diesem Augenblick weniger als zweihundert Seemeilen zwischen der *Milagro* und ihm lagen. Hätte er den Kurs nur um einige Grade korrigiert, hätte sein Ausguck die *Milagro* spätestens im Morgengrauen des vierten Tages gesichtet.

Ebensowenig dachte Doña Mariana Montenegro daran, daß León de Luna ihr so dicht auf den Fersen sein könnte, denn sie konzentrierte all ihre Aufmerksamkeit auf die Suche nach dem verschollenen Geliebten. Sie waren die Küsten entlanggesegelt und hatten Cienfuegos viele Zeichen hinterlassen. Jetzt kehrten sie allmählich zurück und hofften, daß er sie irgendwo entdeckt hatte und auf sie wartete.

»Wenn wir ihn aber nicht finden und wieder alles umsonst war«, versprach sie ihren Männern, »sind wir in zwei Monaten wieder auf Hispaniola. Von dort werde ich nach Lissabon weitersegeln und das Schiff verkaufen, um dann in meine Heimat zurückzukehren.«

Nur wenige zweifelten daran, daß jene seltsame Expedition unweigerlich ihrem Ende zustrebte, doch da sie auf keinem anderen Schiff besser behandelt worden wären, dachten sie mit einem lachenden und einem weinenden Auge daran. Und manch einer wünschte sich, sie würden noch einmal drei Monate auf Jamaika verbringen, bevor sie wieder ausliefen.

Drei Seeleute hatten beschlossen, sich Zoraida und Juan de Bolas anzuschließen, und waren auf Jamaika zurückgeblieben. In der kleinen Bucht waren mehrere Häuser entstanden, und die Kolonie wuchs von Tag zu Tag. Einige waren jedoch nach Santo Domingo zurückgekehrt, nachdem sie geschworen hatten, nichts über die Kolonie zu verraten, denn die Angst vor der Rache der spanischen Krone war groß.

Seitdem Doña Mariana Montenegro erfahren hatte, daß sich ihr Ehemann wieder auf Hispaniola befand und dort eine einflußreiche Position bekleidete, wußte sie, daß ihre Tage in der Neuen Welt gezählt waren. Capitán León de Luna war unerbittlich, von ihm konnte sie keine Gnade erwarten.

»Es wird mir schwerfallen, das alles aufzugeben«, gestand sie Luis de Torres eines Morgens. »Und noch schwerer, Haitiké aus seiner gewohnten Umgebung herauszureißen, aber die Zahl meiner Feinde ist zu groß geworden.«

»Und Cienfuegos?«

»Ich werde ihn vergessen müssen.« Eva Grumbach lächelte leicht. »Wißt Ihr, was Cienfuegos in meinem Land heißt?«

Der ehemalige königliche Dolmetscher sah sie an und sagte:

»Hundert Feuer, nehme ich an.«

»Zu kompliziert, meint Ihr nicht? Ein halbes Leben lang jage ich einem Phantom namens Hundert Feuer nach.«

»Könnt Ihr Euch Cienfuegos in Deutschland vorstellen?«

»Nein, nur in den Bergen von Gomera. Aber wenn ich ihn tatsächlich finde, soll er entscheiden, wo er leben will und mit wem.«

»Mit wem?«

»Natürlich! Ich kann ihn doch nicht als mein Eigentum betrachten. Es sind viele Jahre vergangen. Wer weiß, vielleicht hat er längst eine andere.«

»Er wäre verrückt, wenn er Euch nicht nähme.«

»Er war schon immer verrückt. Und ein wenig wild.«

»Das ist ein anderes Problem, das mich bewegt«, sagte der Konvertit. »Was mag aus ihm geworden sein, nachdem er so lange Zeit bei den Wilden verbracht hat? Nur Bestien überleben unter Bestien.«

»Er wird nie zu einer Bestie werden, selbst wenn es ihm gelingt zu überleben. Er wird stets derselbe sein.«

Doch auch wenn sie es vor ihrem alten Freund nicht zugeben mochte, Doña Mariana Montenegro machte sich große Sorgen, daß der junge Mann, den sie vor acht Jahren kennengelernt hatte, zu einem Barbaren geworden sein könnte, der jetzt mit einer Afrikanerin wie ein Nomade durch den Dschungel streifte.

Die Vorstellung deprimierte sie. Sie war schön, gebildet und intelligent und hatte zwischen tausend Männern auswählen können. Sie hatte sich für einen spanischen Edelmann entschieden, der sie über alles liebte und reich gemacht hatte. Sie hatte alles in der Hand gehabt, und dennoch hatten ihre Gefühle ihr einen Streich gespielt.

Man konnte Länder beherrschen, ein ganzes Imperium kontrollieren; man konnte allen Reichtum auf Erden besitzen oder sogar eines Tages die Sterne sein eigen nennen, aber über das, was im Innersten eines Menschen ist, würde nie jemand anderer entscheiden können.

Den mächtigen Capitán León de Luna zu lieben, wäre leicht und vernünftig gewesen.

Einen primitiven Hirten zu lieben, war dagegen eine unglaubliche Dummheit.

Aber wie hätte man einem Herzen von zwanzig Jahren befehlen sollen, wen es lieben sollte?

»Was wird aus Cienfuegos geworden sein? Wer weiß«, sagte sie leise bei sich. »Ich würde alles auf der Welt geben, um zu wissen, ob er sich noch an meine Augen, mein Gesicht, meine Haut und meine Stimme erinnert. Oder an meinen Namen.«

Den Namen.

Nur den Namen.

An den Namen erinnerte sich Cienfuegos gelegentlich noch, obwohl es immer häufiger vorkam, daß er ihn aus dem Gedächtnis verlor. Doch ihre Augen, Haut oder Stimme waren für ihn wie die Fetzen eines zerrissenen Hemdes, das an einem Baum flatterte.

Die Liebe war der Wehmut gewichen, und diese hatte der Leere Platz gemacht. Cienfuegos glaubte im Innersten seines Herzens nicht mehr daran, daß er seine Heimat oder die Frau, die er liebte, jemals wiedersehen würde. Insgeheim hatte er sich mit seinem Schicksal abgefunden.

So hockte er nun mit seiner kleinen indianischen Gefährtin auf dem Felsen, der sich über der Bucht auftürmte, und beobachtete, wie das Schiff an Größe gewann und näher kam. Offensichtlich suchte es die Küste ab.

Wer es wohl sein mochte? Konnte es das Schiff sein, das die Zeichen auf den Felsen hinterlassen hatte? Waren es Kolumbus' Männer oder Portugiesen wie Kapitän Boteiro?

»Warum machst du ihnen keine Rauchzeichen?« wollte die Kleine wissen. »Warum verstecken wir uns vor deinen Leuten?«

»Man kann nie wissen. Laß sie näher kommen, damit ich feststellen kann, was es für ein Schiff ist.«

»Glaubst du, daß sie wegen des Zeichens kommen?«

»Das werden wir sehen.«
»Hast du Angst?«
»Ja.«
»Ich hätte keine Angst vor meinen Leuten.«
»Und wenn sie nicht zu meinen Leuten gehören? Was ist, wenn sie Feinde sind wie die Grünen Schatten?«

Eine dunkle Wolke trübte die großen Augen Arayas, die schnell nach seiner Hand griff und fragte:

»Sollen wir nicht fliehen?«
»Nein. Hier sind wir sicher. Wir warten.«

Am späten Morgen kam Windstille auf, und die Segel des Schiffes hingen schlaff und müde herab, während es auf dem spiegelglatten Meer kaum von der Stelle kam. Eine halbe Meile vor der Küste, fast in der Öffnung der langgestreckten Bucht, glich das Schiff einem menschenleeren Sarg. Nur zwei Matrosen waren an Deck zu sehen.

»Wer sind sie, was führen sie im Schild?« fragte Cienfuegos, der einen inneren Kampf mit sich ausfocht und hin- und hergerissen war. Sollte er auf das Schiff zulaufen und auf sich aufmerksam machen, wie sein erster Impuls ihm geraten hatte, oder sollte er auf seinen Instinkt hören, der ihm so oft das Leben gerettet hatte und der ihn zur Vorsicht mahnte?

Irgend etwas zog ihn wie ein Magnet an, obwohl er gegen dieses Gefühl ankämpfte.

Das Mädchen beobachtete ihn.

Nachmittags kam wieder Wind auf. Es war nur eine leichte Brise, doch sie genügte, um die Segel des wendigen Schiffes zu blähen. Es segelte in die Bucht und warf die Anker aus.

Es wurde Abend, und an Bord gingen Lichter an. Die Stimmen der Seeleute drangen bis zum Strand hinüber. Cienfuegos und Araya kletterten vom Felsen hinunter und schlichen vorsichtig bis an das Ende der Bucht. Von dort beobachteten sie mit zusammengekniffenen Augen, wie die Männer an Deck hin und her gingen.

»Kannst du etwas erkennen?« fragte Araya.

»Nein. Es ist zu dunkel. Wenn alle schlafen, werde ich an Bord schleichen.«

»Was hast du davon?« entgegnete das Mädchen. »Wenn alle schlafen, wird dir keiner sagen können, ob sie Freunde oder Feinde sind.«

»Vielleicht wecke ich einen auf.« Cienfuegos schien selbst nicht so genau zu wissen, wie er vorgehen sollte. »Wenn etwas faul erscheint, mache ich mich wieder davon. Aber zuerst möchte ich sehen, ob ich ein paar Messer oder einen Degen mitnehmen kann.«

»Was für ein Unsinn!«

»Warum, wir können das Zeug gut gebrauchen.«

»Ich finde es ziemlich blöd, daß du mehrere Monde auf ein Schiff wartest und wenn es soweit ist, nur daran denkst, ob du etwas stehlen kannst. Das ist doch lächerlich.«

»Jetzt hör mal zu, du kleine Rotznase«, gab Cienfuegos ärgerlich zurück. »Das erste Mal, als ich Landsleute von mir traf, nachdem ich jahrelang allein durch den Dschungel geirrt war, haben sie mir eine Kugel verpaßt, und ich wäre um ein Haar abgekratzt. Das zweite Mal bin ich mit Mühe und Not dem Galgen entkommen, aber diesmal werde ich mich nicht überraschen lassen. Sobald ich Gefahr wittere, komme ich in den Dschungel zurück. Mit Kaimanen, Jaguaren, Schlangen und Wilden werde ich fertig, nur wie man mit Zivilisierten umgeht, habe ich anscheinend noch nicht ganz begriffen. Sie sind unberechenbar.«

Damit war für ihn das Thema erledigt, und sie sprachen nicht weiter davon. Das Mädchen bereitete sich zwischen einigen Steinen ihr Nachtlager, Cienfuegos dagegen blieb auf und wartete, bis sich alle an Bord schlafen gelegt hatten. Dann schlich er zum Strand und schwamm lautlos auf das Schiff zu.

Drei schwache Öllampen erhellten das Deck. Weiter hinten war die undeutliche Silhouette eines Mannes zu erkennen, der mit einer Muskete in der Hand Wache hielt. Cienfuegos ließ sich eine Weile vom Meer treiben, bis er sicher war, daß niemand sonst an Deck war, und schwamm dann auf die Ankerkette zu. Er umklammerte sie mit einer Hand und ruhte sich aus, während er aufmerksam auf jedes Geräusch horchte.

Schließlich kletterte er an der Kette hoch und schwang sich über die Reling. Langsam huschte er von Schatten zu Schatten, bis er das Heck erreichte. Am Achterdeck hatten mehrere Seeleute ihre Hängematten zwischen die Masten gespannt und schliefen fest. Er konnte sie sogar schnarchen hören.

Woher kamen sie?

Wie sollte er einen spanischen Seemann von einem portugiesischen unterscheiden, wie einen Freund von einem Feind? Es war so dunkel, daß er nicht einmal sehen konne, ob es sich um Weiße oder Schwarze handelte. Langsam wurde er nervös und dachte ans Umkehren. Ganz deutlich spürte er eine Gefahr, doch irgend etwas ließ ihn nicht los.

Er hatte das seltsame Gefühl, beobachtet zu werden, und trat einige Schritte zurück. Alles war still. Nur das gelegentliche Plätschern der Wellen an den Schiffswänden war zu hören, das Knarren der Planken und das Schnarchen der Seeleute.

Cienfuegos bückte sich über die Luke, die ins Innere des Schiffes führte. Doch als er diese zu öffnen versuchte, spürte er einen heftigen Schlag auf den Kopf. Plötzlich wurde um ihn alles schwarz, und er verlor das Bewußtsein.

Er hatte fürchterliche Kopfschmerzen.

Der Schlag mit dem Holzscheit war so brutal gewesen, daß er ihm beinahe den Schädel zertrümmert hätte. Als Cienfuegos die Augen aufschlug, schien ihm alles verschleiert und unwirklich. Er wußte weder, was geschehen war, noch wo er sich befand, und konnte keinen klaren Gedanken fassen.

Es war sinnlos, sich bewegen zu wollen, er schaffte es nicht. Und die winzige Lampe, die in einer Ecke neben der Tür hing, war so schwach, daß er nicht einmal erkennen konnte, wer da neben seinem Bett saß.

Plötzlich erinnerte er sich an Araya, die am Strand geschlafen hatte, als er davonschlich. Sie war jetzt allein, und er hatte versprochen, auf sie aufzupassen. Er nahm alle Kraft zusammen und drehte den Kopf zur Seite. Der Schmerz war so stark, daß er aufstöhnte.

Er hatte sich verraten. Der Schatten neben seinem Bett bewegte sich und strich ihm über das Haar.

»Wer bist du?« fragte Cienfuegos.

Er erhielt keine Antwort. Der Schatten wischte ihm den Schweiß von der Stirn. Dann fühlte er nichts mehr.

»Wer bist du?« fragte er wieder.

Doch auch diesmal erhielt er keine Antwort. Er fühlte sich deprimiert und unruhig. Alle möglichen Gedanken jagten durch seinen Kopf, doch er konnte sie nicht ordnen.

Der Schmerz war noch zu stark. Der Geruch im Zimmer erweckte Erinnerungen, aber er wußte nicht welche.

Nach einer Weile wurden seine Gedanken klarer und der Geruch immer deutlicher, bis er plötzlich überrascht und verwirrt rief:

»Eva?«

Völlige Stille war die Antwort, so daß er das magische Wort wiederholte:

»Eva?«

Er hörte sie weinen und spürte ihre Lippen auf den seinen. Es ist ein Traum, dachte er. Einer dieser vielen Träume, die er in den letzten Jahren immer wieder gehabt hatte. Aber diesmal war er besonders lebendig. Er konnte ihre Haut fühlen, ihre Brüste, ihr glattes Haar.

Sie liebten sich wie nie zuvor. Und keiner sagte ein Wort, um den Zauber des Traumes nicht zu gefährden. Die Zeit schien stillzustehen, und längst vergessene Erinnerungen an Gomera und die Lagune, an der sie sich zum ersten Mal getroffen hatten, tauchten aus der Tiefe seines Bewußtseins auf. Acht lange Jahre der Trennung und des Leidens verflogen mit einem Seufzer, und als sie aufwachten, war die Welt eine andere.

Lange lagen sie in dem schmalen Bett nebeneinander, ohne sich zu bewegen. Schließlich fragte Cienfuegos:

»Wie ist das nur möglich?«

»Ich habe dich all die Jahre gesucht.«

»Wie viele Jahre ist es her?«

»Acht.«

»Mein Gott! Acht Jahre!« Cienfuegos machte eine Pause. »Ist das ein Traum? Alles kommt mir so unwirklich vor, ich kann es immer noch nicht fassen.«

Eva Grumbach sprang auf, trat an das kleine Fenster und schlug die Läden zurück, um den grauen Schleier des Morgens hereinzulassen.

»Ich glaube nicht. Sieh mich doch an.«

»Aber du hast früher kein Spanisch gesprochen«, sagte Cienfuegos ungläubig. »Bist du wirklich Eva?«

»Eine Sprache zu lernen, ist nicht besonders schwer.«

Beide sahen sich an und schwiegen, vielleicht, weil sie sich mit ihren Körpern besser verstanden als mit Worten und Zeit brauchten, um sich aneinander zu gewöhnen. Ihr Bewußtsein mußte erst begreifen, daß sie allen Widrigkeiten zum Trotz doch wieder zusammengekommen waren.

»Ich glaube es einfach nicht«, wiederholte Cienfuegos ein um das andere Mal, immer noch nicht ganz davon überzeugt, daß die Gestalt vor ihm nicht seiner Phantasie entsprungen war. »Du hast das Meer der Finsternis überquert, um mich zu suchen?«

»Es hat sich gelohnt«, antwortete Eva Grumbach zärtlich. »Ich habe dich erst seit wenigen Stunden wieder, aber schon die waren es wert.«

Sie zog die Vorhänge beiseite und sagte:

»Es ist kein Traum. Ich bin es tatsächlich. Oder habe ich mich so sehr verändert?«

Cienfuegos betrachtete sie einen Augenblick und antwortete:

»Ja, du bist schöner geworden.«

Sie sprang wieder zu ihm ins Bett, und sie liebten sich erneut, bis sie eng umschlungen vor Erschöpfung einschliefen.

Wie ein sanfter Wind über einen geschliffenen Diamanten weht, so waren die Jahre über eine Liebe hinweggegangen, die sich weder in Worten noch Liedern ausdrücken ließ und an Intensität nur gewonnen hatte.

»Erzähl mir, wie du hierher gelangt bist und was du alles erlebt hast«, sagte Cienfuegos viel später.

Doña Mariana Montenegro, alias Eva Grumbach und ehemalige Comtesse von Teguise, begann Cienfuegos ihre lange

Geschichte zu erzählen, und er war erstaunt, wie bescheiden sie sich gab, als wollte sie vor ihm nicht zeigen, wieviel Kraft diese jahrelange Irrfahrt gekostet hatte. Während Cienfuegos' Erinnerungen sich immer mehr aufgelöst hatten, waren die ihren glasklar.

»Das habe ich nicht verdient!« sagte er schließlich beschämt. »Ich habe nur um jeden Preis zu überleben versucht und nie ernsthaft daran geglaubt, dich tatsächlich wiederzusehen.«

»Das wundert mich nicht«, gestand sie. »Ich bin auch nicht gekränkt – nur froh, daß du überlebt hast und nicht verrückt geworden bist, während dieser langen Zeit allein unter den Wilden.« Dann sah sie ihn an und sagte lächelnd:

»Und nun mach dich auf eine Überraschung gefaßt.«

»Was könnte mich jetzt noch überraschen?«

»Oh, eine Menge. Da draußen sind ein paar gute Freunde, die du seit Jahren nicht gesehen hast. Und außerdem wartet Haitiké auf dich, dein Sohn.«

»Mein Sohn Haitiké?« wiederholte der Hirte aus Gomera zweifelnd. »Haben wir denn einen Sohn gehabt?«

»Nein!« sagte Eva Grumbach traurig. »Leider ist er nicht mein Sohn, sondern der der verstorbenen Prinzessin Sinalinga. Ich habe ihn zu mir genommen.«

Das war offensichtlich zuviel, als daß Cienfuegos es alles in so kurzer Zeit hätte verkraften können. Reglos saß er auf der Bettkante und verbarg das Gesicht zwischen den Händen. Nach einer Weile sah er auf und sagte leise:

»Bring ihn her.«

Es wurde ein unvergeßlicher Tag für den Hirten aus Gomera, an dem ihn auf so unerwartete Weise seine Vergangenheit einholte. Alle tauchten plötzlich wieder auf: sein Jugendfreund, der hinkende Bonifacio, sein Lehrmeister auf der *Santa María*, Don Luis de Torres, sein Sohn Haitiké, den er mit der schönen Sinalinga gezeugt hatte, und sogar der hochgewachsene Yakaré, mit dem er so viele Abende im Dorf der *cuprigueris* zusammengesessen hatte.

In wenigen Stunden hatte er all die Jahre wiedergewonnen, die er schon für verloren gehalten und insgeheim aufgegeben hatte. Und nun sprudelte es auch aus ihm heraus, und er erzählte von den vielen Abenteuern in Flüssen, Wäldern und Bergen, in die Zivilisierte noch nie einen Fuß gesetzt hatten.

»Mein Gott!« rief Eva Grumbach. »Das war ja mehr, als ich mir in meinen schlimmsten Träumen ausgemalt habe.«

Am frühen Nachmittag ging Cienfuegos an Land und holte die ungeduldige Araya ab. Das Mädchen fühlte sich vom ersten Augenblick an Bord wohl unter den sogenannten »Zivilisierten« und verhielt sich so natürlich, als sei ihr Aufenthalt bei ihnen nur eine weitere Etappe auf dem langen Weg, den die Götter ihr prophezeit hatten.

Am gleichen Abend, als alle um einen riesigen Tisch an Deck saßen, damit auch die Besatzung an der Feier teilnehmen konnte, nahm Kapitän Salado die Gelegenheit wahr, sein Glas auf Cienfuegos zu erheben, und stellte dann Doña Mariana Montenegro eine Frage, die ausdrückte, was viele Mannschaftsmitglieder bewegte.

»Was wird jetzt aus uns, Señora?«

Eva sah Cienfuegos in die Augen und drückte seine Hand.

»Was immer mein Mann sagt.«

»Ich?« fragte Cienfuegos verwirrt. »Vor einem Tag noch war ich mit diesem kleinen Mädchen völlig allein, und jetzt soll ich die Verantwortung für alle tragen. Dazu bin ich noch nicht in der Lage. Du kannst nicht von mir verlangen, daß ich Entscheidungen für andere treffe, ohne die Lage wirklich zu kennen. Ich richte mich nach dir.«

Daraufhin richteten sich alle Blicke auf Doña Mariana Montenegro, die verlegen fragte:

»Wer von euch will nach Santo Domingo zurück?«

Nur drei Seeleute hoben die Hand.
»Und wer will nach Europa?«
Keiner hob die Hand.
Doña Mariana Montenegro zuckte die Achseln und dachte einen Augenblick nach.
»Ich fühle mich natürlich geschmeichelt, daß fast alle an Bord bleiben wollen, aber wir können nicht die ganze Zeit ziellos die Weltmeere befahren.«
»Die Welt an diesem Ende des Ozeans wartet nur darauf, entdeckt zu werden«, sagte Kapitän Salado ungewöhnlich leidenschaftlich. »Wir sollten die Gelegenheit nutzen, die Meere und Küsten dieses neuen Kontinents zu erforschen.«
»Aber mit welchem Ziel?« fragte Doña Mariana Montenegro.
»Das wird sich finden. Suchen wir nach Gold, Perlen, Gewürzen und Edelholz. Damit kann man ein Vermögen verdienen.«
»Aber man braucht eine Sondererlaubnis von der Krone, und die haben wir nicht. Es wäre Rebellion oder noch schlimmer, Piraterie.«
»Für den Admiral sind wir schon längst Rebellen und Freibeuter«, rief der Konvertit dazwischen.
»Und trotzdem betrachte ich mich nicht als Rebellin«, sagte Doña Mariana unerschüttert.
»In Santo Domingo wartet der Galgen auf uns«, erwiderte Don Luis de Torres mit einer ungeduldigen Handbewegung. »Was würde mit den meisten von uns geschehen, wenn wir nach Santo Domingo zurückkehrten? Dort hat man bestimmt nicht vergessen, daß wir vor fast einem Jahr gegen den Willen des Admirals die Insel verließen. Man würde uns auf der Stelle verhaften und einkerkern.«
»Vielleicht kann man in Europa...«, begann Doña Mariana Montenegro, doch erneut fiel der Konvertit ihr gereizt ins Wort.

»Keiner von den Männern will nach Europa zurück«, sagte er brüsk.

Doña Mariana Montenegro wandte sich an Cienfuegos und fragte:

»Und du?«

»Meine Meinung zählt nicht«, antwortete Cienfuegos. »Aber ich muß sagen, die Vorstellung, eine Welt zu verlassen, die ich allmählich kenne wie meine Westentasche, um wieder auf Gomera Ziegen zu hüten, gefällt mir nicht besonders. Wußtest du, daß ich fast alle Dialekte der Gegend beherrsche?«

»Wie sollte ich!« antwortete Eva. Dann sah sie wieder auf die erwartungsvollen Gesichter der Anwesenden und sagte nachdenklich:

»Als erstes müssen wir Yakaré nach Hause bringen. Er ist ein tapferer Krieger, ohne dessen Hilfe wir wahrscheinlich große Schwierigkeiten bekommen hätten. Wir sind dir sehr zu Dank verpflichtet«, sagte sie an Yakaré gewandt. »Aber bis wir am Maracaibo-See ankommen, muß jeder überlegt haben, was er will. Später werden wir gemeinsam entscheiden. Hat noch jemand Fragen?« Und da sich keiner meldete und alle mit diesem Entschluß zufrieden schienen, sagte Doña Mariana an den Kapitän Salado gewandt:

»Im Morgengrauen laufen wir aus.«

Die *Dragón* war nicht die *Milagro*, und Steuermann Justo Velloso nicht Kapitän Moisés Salado. Daher war es nicht verwunderlich, daß die ehemalige flämische Karavelle, sobald sie Hispaniola verlassen hatte, immer mehr vom Kurs abkam. Statt direkt auf die schmale Küstenöffnung zu stoßen, die in den Maracaibo-See führte, wären sie eines Nachts auf Höhe der Inseln Unter dem Winde beinahe auf Grund gelaufen.

Im ersten Morgengrauen entdeckten sie, daß sie ringsum von gefährlichen Sandbänken umgeben waren, die sich jeden Moment in eine tödliche Falle verwandeln konnten. Capitán León de Luna explodierte vor Wut, als er das Unvermögen seiner Leute erkannte, und geriet wieder einmal in Panik. Zwar hatte er mittlerweile fünfmal das Meer der Finsternis überquert, war jedoch eine ängstliche Landratte geblieben, die natürlich auch nicht schwimmen konnte, was allerdings die meisten Seeleute damals nicht konnten.

Justo Velloso seinerseits war vollkommen hilflos, da er sich nicht erklären konnte, wie sie bis zu der verdammten Inselgruppe abgedriftet sein konnten. Nach Alonso de Hojedas Berichten hätten sie zwischen Hispaniola und dem sogenannten Golf von Venezuela auf keinerlei Hindernisse stoßen dürfen. Der Zweite Steuermann erklärte, es müsse an der schwer zu manövrierenden Karavelle liegen, die lieber ihren eigenen Launen gehorchte als seinen Befehlen.

»Allmählich wird mir klar, warum sich der frühere Besitzer auf einen derart niedrigen Preis eingelassen hat«, stieß er zwischen zusammengebissenen Zähnen hervor. »Dieser Kahn ist ein bockiges Maultier, das nicht folgen will.«

»Wozu habt Ihr denn einen Kompaß?« fuhr ihn der Graf verärgert an. »Wenn wir das Schiff verlieren, mache ich Euch verantwortlich.«

»Es ist allgemein bekannt, daß die Kompasse in diesen Breiten nicht funktionieren.«

»Und wie steht es mit dem Polarstern?«

»Seit fast einer Woche haben wir keinen Stern zu sehen bekommen, so bewölkt ist der Himmel.«

»Was schlagt Ihr also vor, Don Velloso?«

»Wir müssen versuchen, die Untiefen zu verlassen und in nordwestlicher Richtung zu segeln, an der Küste entlang. Wenn es diesen See gibt, von dem Hojeda berichtet hat, müssen wir dort auf die Einfahrt stoßen.«

Es war die unsichere, aber logische Antwort eines Seemanns, der zu Beginn des 16. Jahrhunderts die Meere befuhr und im Bewußtsein lebte, jeden Augenblick auf unbekannte Inseln, Untiefen oder andere gefährliche Hindernisse stoßen zu können.

Langsam und vorsichtig manövrierten sie den ganzen Tag durch die Inselgruppe, die sich wie ein Labyrinth vor ihnen erstreckte. Als die Sonne schon tief am Horizont stand, tauchte der Graf am Achterdeck auf und sagte gereizt zu seinem Steuermann:

»Wäre es nicht klüger, vor Anbruch der Dunkelheit den Anker zu werfen? Ich habe die Nase voll von bösen Überraschungen.«

»Ich will versuchen, diese Untiefen zu verlassen, solange man noch etwas sehen kann. Das Schiff ist zu schwerfällig. Ich befürchte, daß der Anker nicht halten und die Strömung es auf die Sandbänke zutreiben könnte.«

»Verdammtes Meer!« fluchte der Graf.

Garrote, der neben seinem Freund, dem Zweiten Steuermann Velloso, stand und ihm bei dem gefährlichen Manöver half, antwortete:

»Ihr könnt von Glück reden, daß wir nicht auf Grund gelaufen sind, Graf. Und das läßt mich vermuten, daß die Götter mit uns sind. Es ist so, als wären wir das Kamel, das durch das berühmte Nadelöhr gegangen ist.«

Doch diese Worte konnten die Wut des Grafen nicht beschwichtigen, der fluchend in seine Kajüte zurückkehrte und sich mit seiner Geliebten ins Bett verzog.

»Das wird sie mir teuer bezahlen«, murmelte er vor sich hin. »Ich werde sie bei lebendigem Leib häuten, ihr die Augen ausstechen und die Fingernägel ausreißen. Nur wegen ihr muß ich all dies über mich ergehen lassen. Verfluchte Hure!«

Fermina Constante war schlau. Sie räkelte sich wie eine Katze und umarmte ihn zärtlich, denn sie wußte, daß der Graf auf diese Weise seine Rache für einige Stunden vergessen konnte. Und während sie einen Orgasmus vortäuschte, dachte sie an den mörderischen Plan, den sie ausgeheckt hatte.

Seit mehr als einem Monat hatte sie keine Blutung mehr gehabt, fühlte sich oft schwindelig und wußte, daß dies nicht auf das Schlingern des Schiffes zurückzuführen war, sondern auf eines der zahllosen Abenteuer mit den vielen Seeleuten an Bord. Doch sie war fest entschlossen, den Grafen glauben zu machen, daß er der Vater ihres Kindes sei.

Was als ein Arbeitsverhältnis für die Zeit der Reise begonnen hatte, konnte vielleicht in eine vielversprechende Zukunft als Mutter eines kleinen Grafen münden. In dem berechnenden Köpfchen des dreisten Freudenmädchens hatte die Vorstellung, eines Tages Comtesse von Teguise zu werden, bereits Gestalt angenommen.

Hingebungsvoll spielte sie die Rolle der unterwürfigen und aufmerksamen Ehefrau, die ihrem Mann jeden Wunsch von den Augen ablas. Dabei wandte sie alle Tricks an, über die eine Professionelle verfügt. So vermittelte sie ihm das Gefühl, in den Armen des tapferen Capitán de Luna zum ersten Mal zu erleben, was Liebe heißt.

Sie schlug seine Geschenke aus und vergaß sogar, den ihr versprochenen Lohn einzufordern; sie verwandelte ihren Raubvogelblick in den einer Gazelle und erreichte damit, daß der Capitán, dessen Männlichkeit so arg unter den Demütigungen seiner Frau gelitten hatte, sich so unwiderstehlich fühlte, daß sogar ein ehemaliges Freudenmädchen um seiner Liebe willen ihren Beruf vergaß.

Baltasar Garrote war der erste, der die Verwandlung Fermina Constantes durchschaute; da man ihn aber als Soldat und nicht als Ratgeber in Liebesangelegenheiten angeheuert hatte, enthielt er sich jeglichen Kommentars und beschränkte sich darauf, das geschickte Agieren der Intrigantin mit der Gelassenheit eines Mannes zu beobachten, dem nichts Menschliches fremd ist.

Im Grunde verabscheute der »Türke« seinen Vorgesetzten, so loyal er ihm auch ergeben war. Ebenso hatte er damals den feigen Kalifen von Granada verabscheut, der die Stadt kampflos den Truppen der Christen überlassen hatte, damit sie nicht zerstört würde. Doch jetzt hatte sie ihre Bedeutung gänzlich eingebüßt und dämmerte wie in düsterem Exil dahin.

Baltasar Garrote, der in seinem Leben schon viele Persönlichkeiten hatte kommen und gehen sehen, war im Laufe der Zeit zu einem unbeteiligten Beobachter geworden, der alles mit Humor nahm – ein Mann, der sogar über seine eigene Existenz lachen konnte.

Daher fand er Gefallen daran, die Rolle des allwissenden Zeugen zu spielen, und lächelte, wenn er das vorgetäuschte

Stöhnen von Fermina in der Kajüte oder ihre falschen Liebesbekundungen an Deck hörte.

Als es dunkel wurde, hatten sie das Gebiet der Untiefen hinter sich gelassen und warfen die Anker auf der windgeschützten Seite einer unbekannten Insel aus. Am nächsten Tag setzten sie ihre Fahrt fort und gelangten am Abend zu einer langen Bucht. In der Ferne sah man eine hohe bewaldete Bergkette, die fast bis an den weißen Strand und das türkisklare Wasser unter den Mangroven heranreichte.

»Weder Hojeda noch Juan de la Cosa, die als einzige diese Küste befahren haben, berichten von Bergen im Golf von Venezuela«, gab Capitán de Luna wieder einmal zu bedenken. »Wo zum Teufel sind wir?«

»Wahrscheinlich sind wir zu weit nach Osten abgekommen«, antwortete der Zweite Steuermann.

»Zu weit nach Osten?«

»Wenn die Wolken nicht wären, könnte ich es genauer sagen«, antwortete Velloso. »Irgendwo muß der Golf von Venezuela sein, wenn dieser Zwerg von Hojeda nicht gelogen hat und seine Beobachtungen nur Hirngespinste waren.«

»Hojeda ist ein gerissener Hund, aber kein Lügner. Ich kenne ihn gut, denn mir ist es als einzigem auf der Welt gelungen, ihn im Duell zu schlagen«, erklärte der Graf stolz.

»Ich habe davon gehört«, antwortete Justo Velloso schmunzelnd. »Ihr habt damals großes Aufsehen erregt. Doch meiner Meinung nach war es kein fairer Kampf.« Er deutete auf die Küste und den Dschungel. »Soll ich eine geeignete Bucht suchen, um den Anker zu werfen, oder wollt Ihr die Nacht auf hoher See verbringen?«

»Fahren wir in eine Bucht«, antwortete der Graf bissig. »Wir wollen den Versuch machen, Kontakt zu den Eingeborenen aufzunehmen.«

Der Kontakt kam zustande, doch die nackten Fischer, auf

die sie stießen und die von ihren Kanus aus das seltsame Haus auf dem Wasser beobachteten, bedienten sich einer Sprache, die niemand an Bord verstand. So eindringlich man sie auch nach »Cobinacoa« oder dem Maracaibo-See befragte, die Einheimischen, die sich mehr für die glänzenden Rüstungen der Spanier und das Schiff interessierten, antworteten nur mit stummen Blicken ungläubigen Staunens.

»Ich habe den Eindruck, daß diese Kerle noch dümmer sind als die Guanches auf den Kanarischen Inseln«, tobte der Graf. »Sie verstehen nichts.«

»Wir verstehen auch nicht, was sie sagen«, warf Baltasar Garrote gelassen ein. »Wir hätten besser daran getan, einen zuverlässigen Dolmetscher an Bord zu nehmen, statt die vielen Söldner.«

»Ich bezweifle, daß es einen Dolmetscher für diese Sprache gibt«, sagte Velloso. »Diese Leute sind ganz anders als die Einheimischen auf Hispaniola.«

Tatsächlich waren die primitiven Fischer mit dem Stamm der *caracas* verwandt, die in den hohen Tälern im Landesinneren lebten. Ihr Dialekt hatte mehr Ähnlichkeit mit dem der gefürchteten Menschenfresser als dem der friedlichen Haitianer.

Zum Glück zeigte sich der Himmel in der Nacht wolkenlos, und der Steuermann Velloso konnte ungehindert Berechnungen anstellen, die ihn davon überzeugten, daß die Strömung sie tatsächlich zu weit nach Osten abgetrieben hatte. Damit mußte der Maracaibo-See im Westen der hohen Bergkette liegen, die sich vor dem nachtschwarzen Himmel an der Küste abzeichnete. Eine Woche später fuhren sie, von Süden kommend, in den Golf von Venezuela ein, zwei Tage nach der *Milagro*, die aus entgegengesetzter Richtung gekommen war.

Das Schicksal schien es gut mit Capitán León de Luna zu

meinen. Denn wenn die *Dragón* nicht vom Kurs abgekommen wäre, wäre die schnelle und wendige *Milagro* ihr nie in die Falle gegangen.

Jetzt segelte der Capitán durch den Golf von Venezuela auf den schmalen Durchlaß zu, der in den Maracaibo-See mündete. Und nicht einer an Bord wäre auf die Idee gekommen, daß das Schiff von Doña Mariana Montenegro geradewegs auf sie zusteuerte. Gerade hatte die *Milagro* den mit Geschenken überhäuften Yakaré zu seinem Dorf zurückgebracht.

Der gewundene Kanal, der den Maracaibo-See mit dem Meer verbindet, hat eine Länge von weniger als zwanzig Meilen und äußerst flache Ufer, so daß sich die Schiffe genau in der Mitte der Strömung halten müssen, um nicht auf Grund zu laufen.

Es war brütend heiß und etwas dunstig. Daher brauchte die *Dragón* eine Weile, bis sie die richtige Einfahrt in den Kanal gefunden hatte, die von kleinen Felsen geschützt war. Dann segelte sie langsam durch das schmutzigbraune Wasser der Fahrrinne.

Justo Velloso, der Zweite Steuermann, ließ ein kleines Beiboot ausschicken, das die Tiefe des Kanals ausloten sollte. Und obwohl seine Männer ihm mit Zeichen immer wieder zu verstehen gaben, daß der Kanal tief genug war, ließ er nur ein kleines Segel stehen und verlangsamte so die Geschwindigkeit.

»Das Ganze kommt mir nicht geheuer vor«, sagte er und deutete auf den Kanal. »Was zum Teufel treibt da im Wasser? Der dunkle Schlamm, der an den Schiffswänden klebt, muß doch von irgendwoher kommen. Auf alle Fälle kann das Gewässer hier nicht sehr tief sein.«

Steuermann Velloso hatte allen Grund, vorsichtig zu sein. Die Strömung im Kanal, wo sich das Wasser des Sees mit dem des Meeres mischte, war äußerst unbeständig, da abhängig von den Gezeiten. Außerdem staute sich hier das verklumpte, rohe Erdöl aus dem See und sah oft einer verschlammten Untiefe täuschend ähnlich.

Dieses seltsame Phänomen, das sich die Seeleute nicht erklären konnten, machte sie zusätzlich nervös und mißtrauisch.

»Dieser Ort gefällt mir ganz und gar nicht«, knurrte Justo Velloso immer wieder und riß sich ein Nasenhaar nach dem anderen aus. »Wenn wir hier in einen Hinterhalt geraten, sind wir verloren.«

Capitán León de Luna entging die Unruhe seiner Männer nicht, doch war er mit dem festen Vorsatz von Santo Domingo aufgebrochen, das sagenhafte Klein-Venedig zu finden, von dem Alonso de Hojeda berichtet hatte. Außerdem war er überzeugt, daß er dort auf Cienfuegos' Spuren stoßen würde.

»Wenn Alonso de Hojeda es geschafft hat, in den Maracaibo-See einzufahren, können wir es auch«, spornte er seine Männer an. »Kümmert Euch nicht um das verdreckte Wasser; anscheinend ist der Kanal tief genug für ein Schiff.«

Die schwere Karavelle kam mit dem kleinen Segel, das in der schwachen Brise schlaff herabhing, nur im Schneckentempo vorwärts, doch kurz bevor sie in den Maracaibo-See einfuhren, wurden sie für ihre Mühe belohnt. In der Ferne entdeckten sie plötzlich die *Milagro*, die mit geblähter Takelage auf sie zusegelte.

»Sofort das Segel bergen!« befahl Capitán de Luna. »Werft den Anker aus! Und geht an die Kanonen!«

Jeder eilte an seinen Platz, und in wenigen Minuten hatte die ehemalige flämische Karavelle, die bis an die Zähne bewaffnet war, die Einfahrt zum Kanal blockiert, bereit, jeden, der versuchte, ins offene Meer zu gelangen, mit einer Breitseite auf Grund zu schicken.

Capitán León de Luna ließ am Bug und am Heck vier

Beiboote voller Männer herunter, die nur auf seinen Befehl warteten, um im Schutz des Kanonenhagels das feindliche Schiff zu entern.

Der Ausguckposten der *Milagro* war der erste, der Alarm schlug:

»Schiff Backbord voraus!«

Kapitän Salado durchschaute auf den ersten Blick die Absichten der Karavelle, die ihnen den Weg versperrte, und befahl seinem Steuermann, auf der Stelle abzudrehen, während er sogar noch die Schiffsjungen an die Segel schickte, um das Manöver zu beschleunigen.

Die *Milagro* konnte wenden, bevor sie in Reichweite der feindlichen Geschütze kam, und als Doña Mariana, gefolgt von Cienfuegos und Luis de Torres, ans Achterdeck eilte, war die *Dragón* kaum noch ein Punkt in der Ferne.

»Wer sind sie? Was wollen sie?« fragte Eva Grumbach beunruhigt.

»Keine Ahnung«, antwortete der einsilbige Kapitän. »Aber friedliche Absichten haben sie nicht.«

»Wieso seid Ihr so sicher?«

»Kein Seemann kommt auf die Idee, sich mit offenen Kanonenpforten mitten in einem Kanal zu postieren, wenn er nicht etwas im Schilde führt.«

»Vielleicht wollten sie nur Kontakt aufnehmen?«

»Dann hätten sie entsprechend geflaggt. Und ich habe nicht eine einzige Fahne gesehen.«

»Wir zeigen auch keine Flagge und sind trotzdem keine Piraten.«

»In diesen Meeren habe ich noch nie etwas von Piraten gehört«, wandte Don Luis ein. »Es muß sich um ein Schiff der Krone handeln.«

»Das sich weigert, Flagge zu zeigen?« sagte Kapitän Salado. »Unmöglich!«

»Was also schlagt Ihr vor, Kapitän?«

»Wir können uns dem Schiff nähern, wenn Ihr darauf besteht, aber wir müssen aufpassen, daß wir nicht in die Reichweite seiner Kanonen gelangen.«

Sie wechselten erneut den Kurs, fuhren langsam und vorsichtig auf das Schiff zu und drosselten in einer Entfernung von etwas mehr als einer Seemeile die Geschwindigkeit, bereit, beim ersten Anzeichen von Gefahr abzudrehen. Jede Bewegung auf der *Dragón* wurde aufmerksam registriert.

Doch nichts geschah. Zweifellos wartete das andere Schiff darauf, daß die *Milagro* in Reichweite seiner bedrohlichen Geschütze kam, um sie auf den Grund des Meeres zu versenken.

Dõna Mariana Montenegro befahl, die weiße Flagge zu hissen, doch auch diese Geste blieb unbeantwortet.

»Ich glaube, sie wollen uns tatsächlich angreifen«, sagte der Konvertit besorgt.

»Aber warum?« fragte Cienfuegos. »Was haben wir ihnen getan?«

»Ich werde mit ihnen verhandeln«, mischte sich der hinkende Binifacio ein und bot sich wie üblich als Freiwilliger an. »Ich kriege schon raus, wer sie sind und was sie wollen.«

Cienfuegos bestand darauf, ihn zu begleiten. Gemeinsam ließen sie ein Beiboot zu Wasser und ruderten langsam auf das feindliche Schiff zu, ohne es einen Augenblick aus den Augen zu lassen, für den Fall, daß man sie beschoß oder angriff.

Etwa dreihundert Meter entfernt zogen sie die Ruder ein. Bonifacio winkte mit einem weißen Taschentuch und schrie aus vollem Hals:

»He! Ihr da auf dem Schiff...!«

Stille.

»Was machen wir?« fragte Bonifacio.

»Keine Ahnung! Aber wenn wir schon hier sind, sollten wir vielleicht etwas näher ranfahren.«

Sie ruderten zehn..., zwanzig Meter weiter, bis der hinkende Bonifacio plötzlich entsetzt ausrief:

»Verdammter Mist! Es ist der Capitán!«

»Welcher Capitán?«

»León de Luna, du Idiot! Sofort zurück, los beeil dich!«

Sie ruderten, als wäre der leibhaftige Teufel hinter ihnen her. Tatsächlich fuhren sie um ihr Leben, denn fast im gleichen Augenblick eröffnete die *Dragón* das Feuer. Die schweren Kanonenkugeln erzeugten zahllose Wassersäulen im Wasser, und ihr dröhnendes Krachen wurde von den Bergen zurückgeworfen.

Zum Glück war es gar nicht so einfach, das winzige Beiboot auf diese Entfernung mit den schwerfälligen Bombarden zu treffen, und so kamen die beiden Guanchen aus Gomera mit dem Schrecken davon. Hastig half man ihnen, an Bord der *Milagro* zu klettern.

»Euer Ehemann, Señora«, rief Bonifacio noch aus dem Beiboot nach oben. »Und er ist nicht zu Scherzen aufgelegt.«

»Verflucht!«

Einen solchen Ausdruck hatte man von Doña Mariana bisher noch nicht gehört, doch war er wohl verständlich, angesichts der bösen Falle, in der sie steckten.

Der Maracaibo-See hatte keinen anderen Zugang zum Meer als diesen Kanal, den jetzt eine mit zwei Dutzend Kanonen bestückte Karavelle bewachte, und wenn es tatsächlich ihr Mann war, der sie befehligte, waren Verhandlungen von vornherein aussichtslos.

Der einzige Ausweg bestand offensichtlich darin, das Schiff zu verlassen und über Land zu fliehen. Das Ganze hatte die Mannschaft so unerwartet getroffen, daß keinem irgend etwas anderes einfiel.

Doch es mußte eine rasche Entscheidung getroffen werden, und als die Dunkelheit anbrach, befahl Doña Mariana Montenegro daher Kapitän Salado, sich in die Mitte des Sees zurückzuziehen und an einer sicheren Stelle vor Anker zu gehen.

Sie löschten alle Lichter an Bord und glitten lautlos davon. Die schwüle, mondlose Nacht war nicht gerade dazu angetan, der Besatzung Mut zu machen, so daß der Kapitän der Mannschaft eine Extraportion Rum genehmigte.

Man mußte die Lage in aller Ruhe analysieren, denn die Idee, das Schiff aufzugeben und in den Dschungel zu flüchten, schreckte alle ab. Der wilde, fremde Kontinent jagte ihnen Angst ein, vor allem, nachdem sie erfahren hatten, was Cienfuegos alles erlebt hatte. Sie waren Seeleute, die es mit jedem Gewässer aufnahmen; an Land jedoch, wo sie sich gegen Kariben oder die Grünen Schatten zur Wehr hätten setzen müssen, waren sie verloren.

»Wo sollen wir hin?« fragten sie. »Und wer soll uns aufnehmen, wenn es tatsächlich gelingen sollte, den Dschungel zu durchqueren und die Küste zu erreichen? Es kann doch noch Jahre dauern, bis sich das nächste Schiff hierher wagt.«

»Was, wenn wir versuchen, uns im Schutz der Dunkelheit an ihnen vorbeizuschleichen?« schlug der hinkende Bonifacio vor.

»Das wäre Selbstmord. Capitán de Luna ist nicht auf den Kopf gefallen. Genau das wird er erwarten. Er ist Berufssoldat und uns weit überlegen, wenn es zum Kampf kommt«, wandte der Konvertit ein.

»Was meint Ihr, Kapitän?« fragte Bonifacio. »Haltet Ihr es für möglich, daß wir uns an ihnen vorbeischleichen könnten?«

»Nein!« lautete die Antwort. »Selbst wenn wir an der *Dragón* vorbeikämen, was ich für ausgeschlossen halte, könnten wir den Kanal unmöglich nachts passieren. Wir würden auf Grund laufen und so eine noch leichtere Beute für den Capitán werden.«

»Habt Ihr eine bessere Idee?«

»Leider nicht!«

Es herrschte große Ratlosigkeit an Bord, denn beide Optionen – Kampf oder Flucht – bargen Risiken, die sie unmöglich einschätzen konnten. Und die Möglichkeit, das Schiff aus dem Wasser zu ziehen und hundert Meilen weit durch den Dschungel an die Küste zu schleppen, erübrigte sich von selbst.

Im Morgengrauen saßen Cienfuegos und Eva Grumbach am Heck der *Milagro* und beobachteten, wie der Glanz der Sterne auf dem spiegelglatten Wasser verblaßte. Sie zerbrachen sich immer noch über einen möglichen Ausweg die Köpfe.

»Welch eine Ungerechtigkeit!« jammerte Eva Grumbach verzweifelt und lehnte sich gegen seine breite Brust. »Wir haben so lange darum gekämpft zusammenzusein, und jetzt, da wir es erreicht haben, scheint alles wieder verloren.«

Obwohl Cienfuegos sich in seinem Leben an böse Überraschungen gewöhnt hatte, war er noch mutloser als sie. Denn wenn sie tatsächlich in den Dschungel flüchten mußten, wäre das die Fortsetzung seines sinnlosen Irrweges, den er schon beendet geglaubt hatte.

Zudem war ihm klar, daß diesmal eine schwerere Last auf seinen Schultern lag. Er wußte, wie er allein im Dschungel zurechtkam, aber auf so viele verzweifelte Menschen aufpassen zu müssen, war etwas anderes. Die Erfahrung hatte ihn gelehrt, daß man im Dschungel nur überlebte, wenn man sich ihm völlig hingab, und das war mit einer derart großen Gruppe unmöglich.

Cienfuegos war verwirrt. Noch hatte er sich nicht in seine Rolle als zivilisierter Mensch hineingefunden, und oft wachte er des Nachts schweißgebadet auf und rang nach

Luft, denn die neue Verantwortung für seine Familie und für die Besatzung erdrückte ihn.

Jahrlang hatte er sich konkreten Problemen stellen müssen: dem Hunger, Raubtieren, feindlichen Stämmen, doch immer war er nur für sich verantwortlich gewesen, hatte sich als freier Mensch auf diesem Planeten gefühlt.

Jetzt entdeckte er allmählich, daß die unerwartete Last sein Denken, das sich acht Jahre darauf beschränkt hatte, auf äußere Reize zu reagieren, ohne daß die Vernunft gezählt hätte, völlig veränderte. Sein ganzes Dasein war auf Hunger, Durst und Gefahren reduziert gewesen. Er war wie eine Bestie unter Bestien gewesen, hatte sich der List oder der Gewalt bedient, um den nächsten Tag zu erleben, hatte jedoch nie aus Haß oder Liebe gehandelt.

Der nackte Überlebenstrieb pflegt für gewöhnlich die Gefühle auszuschalten, und wenn dieser Zustand länger andauert, verkümmern die menschlichen Regungen. Zweifellos brauchte Cienfuegos Zeit, um sich anzupassen. Eva Grumbach wußte das und gab sich Mühe, ihm einen möglichst sanften Übergang in die Zivilisation zu ermöglichen.

Cienfuegos hatte sogar Probleme mit seiner eigenen Muttersprache: Wenn sich mehrere Personen unterhielten, verstand er manchmal nicht alles. Außerdem wurde er das Gefühl nicht los, von der Besatzung, die ihn als eine Art Halbwilden betrachtete, nicht ernst genommen zu werden.

»Deine Leute können nichts mit mir anfangen, nicht wahr?« fragte er.

»Das bildest du dir ein«, beschwichtigte ihn Eva. »Sie müssen sich an dich erst gewöhnen, und in dieser schwierigen Lage sind sie nun mal nervös.«

»Wahrscheinlich geben sie mir die Schuld an dieser aussichtslosen Situation.«

»Ach was! Wir werden die Ufer des Sees entlangsegeln. Vielleicht können wir die *Dragón* dazu verleiten, ihre Stellung zu verlassen und uns zu folgen. Dann könnten wir sie abhängen und durch den Kanal entkommen.«

»Die *Dragón* ist viel zu langsam und dein Mann nicht dumm. Er hätte keine Chance, uns einzuholen, daher wird er den Eingang zum Kanal nicht freigeben.«

Einige Tage zuvor, als die *Milagro*, vom Norden kommend, in den Golf von Venezuela eingefahren war, hatte Cienfuegos stundenlang auf den grünen Dschungel gestarrt, von dem ein durchdringender Geruch nach Fäulnis und feuchter Erde ausging, und eine unerklärliche Sehnsucht nach der Welt empfunden, in der er so sehr gelitten hatte. Des Nachts lag er wach und horchte auf das Kreischen der Affen, das Geschrei der Vögel. Was war es für ein unbeschreibliches Gefühl, nur sich selbst Rechenschaft zu schulden!

Der Hirte aus Gomera hatte so lange allein gelebt, daß er verlernt hatte, andere an seinen Gedanken oder Gefühlen teilnehmen zu lassen. Oft dachte er wehmütig an die Tage in den Bergen und auf den Flüssen, an Papepac oder Azabache zurück.

»Woran denkst du?« fragte Eva Grumbach.

»An nichts«, antwortete Cienfuegos.

»Wir sitzen ganz schön in der Falle.«

»Wir müssen geduldig sein«, antwortete Cienfuegos und sah sie an. »Immerhin können wir uns frei bewegen, während sie ihre Position nicht verlassen dürfen. Die Zeit arbeitet für uns, irgendwann werden sie die Nase voll haben.«

»Aber das kann Monate dauern.«

Cienfuegos küßte sie auf die Stirn und sagte:

»Wir haben es nicht eilig. Wir versorgen uns an den Ufern des Sees und warten, bis dein Mann die Nerven verliert.«

»Da können wir lange warten. Er hat einen eisernen Willen.«

»Er schon, aber seine Männer nicht. Wenn sie uns aus den Augen verlieren, werden sie denken, wir seien durch einen anderen Ausgang entkommen. Diese Ungewißheit halten sie nicht aus.«

»Hast du das auch von Papepac gelernt?« fragte Eva Grumbach.

»Papepac hat mir beigebracht, mich in meinen Feind zu verwandeln, in einen Jaguar, einen Kaiman, eine Anakonda oder einen Grünen Schatten. Er hat mich gelehrt, meine Feinde mit ihren eigenen Waffen zu schlagen und nur dann anzugreifen, wenn ich völlig sicher bin zu siegen.« Er sah sie an und fragte: »Spielst du Schach?« Eva nickte, und Cienfuegos setzte hinzu: »Dann laß uns eine Partie spielen.«

»Jetzt?«

»Warum nicht? Schon einmal hat mir das Schachspiel das Leben gerettet.«

Als die erste Partie beendet war, sah Eva Grumbach, daß das Schachspiel vielleicht der Weg war, Cienfuegos wieder in die zivilisiertere Welt zurückzuholen. Denn dabei mußte er sich auf den Gegner konzentrieren, auch wenn er immer wieder zu seinen Erinnerungen abschweifte.

Er hatte die Tricks, die der alte Virutas ihm beigebracht hatte, nicht vergessen. Da er überdies ein Meister im Fallenstellen war, lockte er seine Gegner aus der Defensive, um sie dann, wenn sie am wenigsten damit rechneten, zu überraschen.

Beim Schachspiel plante Cienfuegos seine Züge wie im richtigen Leben, denn die harten Schicksalsschläge und der stetige Überlebenskampf hatten aus dem ehemals so empfindlichen Jungen einen Mann gemacht, der seinen Instinkten mehr vertraute als seinen Gefühlen.

Haitiké, für den alle Träume mit einem Schlag Wirklichkeit geworden waren, himmelte ihn an. Für den schüchternen Knaben war er noch wunderbarer, als er sich vorgestellt hatte; er konnte einfach nicht aufhören, seinen Abenteuergeschichten von riesigen Flüssen, menschenfressenden Kariben und fremden Landschaften zu lauschen.

»Erzähl mir, wie du den portugiesischen Kapitän überlistet hast.«

»Schon wieder?«

»Bitte!«

»Aber das habe ich dir doch schon so oft erzählt...!« protestierte Cienfuegos. »Kennst du eigentlich die Geschichte, wie ich eine Höhle entdeckte, wo es nur Menschen aus Eis gab?«

Cienfuegos Schilderungen waren zwar unglaublich, aber seine Worte waren einfach und nicht übertrieben. So zweifelte niemand an der Wahrheit seiner Erzählungen. Wenn alle gespannt lauschten, war Haitiké besonders stolz auf diesen starken, klugen und tapferen Mann, der wirklich und wahrhaftig sein Vater war.

Trotzdem ließ die Beziehung zwischen Cienfuegos und dem Jungen zu wünschen übrig. Die beiden kamen sich nicht wirklich nahe, und das lag an Cienfuegos. Er hatte immer noch nicht ganz begriffen, daß der Kleine sein Sohn war. Die kurze Liebesgeschichte mit der schönen Prinzessin Sinalinga war schon so lange her und die Erinnerungen an sie fast erloschen. Seltsamerweise fühlte er sich Araya näher als seinem eigenen Sohn.

Sie war weder seine Tochter noch auf andere Weise mit ihm verwandt, doch sie verband Cienfuegos wie eine Nabelschnur mit seiner unmittelbaren Vergangenheit. Wenn sie miteinander sprachen, dann in einer Sprache, die sonst niemand verstand; sie bezogen sich auf Orte, die nur sie beide kannten, und sie teilten Geheimnisse, die den Neid der anderen erweckten, da ihnen der Zugang zu der wunderbaren Welt der beiden verwehrt war.

Araya war das einzige Wesen an Bord, dem Cienfuegos nicht erklären mußte, wie die Welt jenseits der Küste war und vor welchen Tieren, Pflanzen und Stämmen man sich in acht nehmen mußte. Sie unterhielten sich nicht nur in einer anderen Sprache, sondern auch über Dinge, die nur der verstand, dem der Dschungel vertraut war.

Das aufgeweckte Mädchen lernte die spanische Sprache mit erstaunlicher Leichtigkeit und schien vom ersten Augenblick verstanden zu haben, daß jene in Weiß gekleidete Dame mit dem Sonnenschirm, die das Schiff befehligte, ihr Vorbild werden mußte, wenn sich die Prophezeiungen der Götter erfüllen sollten.

Mit demselben Eifer beobachtete Araya alles, was sich auf dem Schiff ereignete, studierte stundenlang das Verhalten der Besatzung und lernte innerhalb kürzester Zeit die Bedeutung der unterschiedlichen Befehle. Bald wußte sie, wie man die Segel hißte und einholte, den Anker warf und vieles mehr.

Wie ein riesiger Schwamm sog sie so viel Wissen wie möglich in sich auf, und schon nach einer Woche kannte sie die Namen aller Matrosen an Bord. Kaum hatte sie angefangen, Schach zu spielen, hatte sie schon die schwierigsten Züge begriffen.

»Woher hast du dieses Mädchen?« wollte der Konvertit wissen, der manchmal nur noch den Kopf schüttelte.

»Ich habe sie unterwegs gefunden.«

»Da hast du einen guten Fund gemacht. Ich habe noch nie ein solches Geschöpf gesehen. Gestern hat sie mich mit Eva Deutsch sprechen hören, und jetzt will sie es unbedingt lernen.«

»Sie wird es lernen, und eines Tages wird sie als Prinzessin in einem Schloß leben. So haben es ihre Götter bestimmt.«

Die scheinbar guten Absichten Fermina Constantes schienen an der bitteren Tatsache zu scheitern, daß das Leben an Bord der *Dragón* zur Hölle geworden war.

Die Situation in dem schmalen, stinkenden Kanal, wo nicht einmal der Hauch eines Windchens zu spüren war und die Temperaturen fünfundvierzig Grad im Schatten erreichten, war unerträglich, und bald begann die Mannschaft zu murren. Schon das Atmen war eine Qual, denn stets hatte man das Gefühl, an dem widerwärtigen Gestank nach Urin, Erbrochenem und Verwesung zu ersticken, den das Schiff ausströmte. Das Wasser war ungenießbar und taugte nicht einmal zum Baden, da es die Schleimhäute reizte und Augenentzündungen hervorrief.

»Wie lange sollen wir hier noch schmachten?«
»Bis sie versuchen, den Kanal zu passieren.«
»Das werden sie nicht tun.«
»Dann sitzen wir hier fest.«

Fermina Constante biß sich auf die Lippen, um ihre wahren Gefühle zu verbergen, und sah im fahlen Licht der Sterne zu ihrem Liebhaber auf. Es war kurz vor Morgengrauen, die einzige Stunde, während der man sich an Deck etwas bewegen konnte und das Sprechen nicht unsägliche Mühe kostete.

Schließlich nahm Fermina all ihren Mut zusammen und sagte:

»Wenn wir noch länger in dieser Hölle festsitzen, wird nichts von uns übrigbleiben, außer ein paar von der Sonne gebleichte Knochen. Und deine Feinde werden sich ins Fäustchen lachen.«

Der Graf von Teguise warf ihr einen durchdringenden Blick zu und machte eine unmißverständliche Geste:

»Es steht dir frei, zu gehen, wann immer du willst. Niemand hält dich auf.«

»Wie denn?«

»Das weiß ich nicht, und es ist mir auch gleichgültig«, antwortete der Graf und wandte den Blick ab. »Ich weiß nur, daß sich dieses Schiff nicht von der Stelle rühren wird. Wenn es sein muß, wird es hier verfaulen, aber entkommen sollen sie mir nicht.«

»Du würdest dein Augenlicht opfern, um den Tod deines Feindes zu erleben.«

»Mag sein. Ich habe Rache geschworen, auch wenn es mein eigenes Leben kosten sollte, und ich stehe zu meinem Wort«, sagte der Graf eisig.

»Aber jetzt riskierst du auch das Leben anderer.«

»Sie werden dafür bezahlt.«

»Dein Sohn auch?«

»Solange er nicht geboren ist, ist er nicht mein Sohn.«

»Wenn wir hier bleiben, wird er nie geboren werden.«

»Dann wird sich für mich auch nichts ändern.«

»Wie kannst du nur so gefühllos sein? Du bist kein Mensch – du bist eine Bestie!«

Im gleichen Moment holte Capitán León de Luna aus und versetzte ihr einen heftigen Schlag ins Gesicht. Fermina sah ihm haßerfüllt in die Augen und wischte sich das Blut von den aufgeplatzten Lippen.

»Hüte deine Zunge!« warnte der Graf. »Sonst lasse ich dich über Bord werfen. Es ist mir egal, ob du schwanger bist oder nicht.« Er fuhr sich mit einem Taschentuch über die

Stirn und setzte hinzu: »Ich habe dich mitgebracht, damit du die Beine breit machst und das Maul hältst, verstanden?«

Hätte Fermina Constante in diesem Augenblick eine Feuerwaffe gehabt, hätte sie dem Leben des Capitán ein Ende gesetzt. Da die Prostituierte jedoch gewohnt war, viel härtere Schläge zu ertragen, biß sie die Zähne zusammen und schluckte ihre Wut hinunter.

Trotzdem trug die nächtliche Auseinandersetzung Früchte, denn als am nächsten Tag die Sonne unterging und die Hitze ein wenig nachließ, befahl der Capitán, auf einem flachen Hügel am Ufer, im Schatten einiger Palmen, ein Zelt aufzuschlagen, wohin er sich wenig später mit seiner Geliebten zurückzog. Dort oben wehte eine schwache Brise, und man atmete leichter, weil die Luft frei war von dem Gestank nach Schweiß und Urin an Bord der *Dragón*.

»Danke«, war alles, was Fermina sagte.

Sie erhielt keine Antwort, denn der Graf haßte es, Schwäche zu zeigen. Trotzdem war nicht zu übersehen, daß der Ortswechsel auch auf ihn einen positiven Einfluß hatte.

Von der kleinen Anhöhe aus konnte man einen großen Teil des Sees überblicken, und etwas unterhalb floß ein schmaler Bach mit klarem Wasser. Die Bäume hingen voller Guaven und Papayas, überall roch es nach Wald.

Abgesehen von den unzähligen Moskitos, die ihnen das Leben vor allem abends schwer machten, kam es Fermina nach den nervenaufreibenden Tagen und Wochen an Bord vor wie in einem kleinen Paradies. Die erste Woche verbrachte sie fast ausschließlich in der Hängematte und döste vor sich hin.

Auch die Mannschaft hatte am Fuß des Hügels ihr Lager aufgeschlagen. Eine Besatzung von zwanzig Mann verblieb auf dem Schiff und wurde jeden Tag ausgewechselt. Offensichtlich war es mit dieser Entscheidung dem Grafen gelungen, die explosive Lage an Bord zu entschärfen. Er begann,

Patrouillen auszuschicken, die die nähere Umgebung erkunden sollten. An mehreren Stellen postierte er Wachen, um sicher zu sein, daß man die Ankunft der *Milagro* sofort bemerken und ihm melden würde.

»Diesmal entkommen sie mir nicht. Wir werden sie zwingen, so lange auf dem See hin und her zu fahren, bis ihnen die Geduld ausgeht. Und wenn sie an Land gehen, empfangen wir sie mit einem Kugelhagel.«

»Der See ist zu groß. Ihr habt zwanzig Mann an Bord und etwa vierzig weitere am Ufer. Das genügt nicht, um den ganzen See zu kontrollieren«, wandte Garrote ein. »Nicht einmal mit einem ganzen Heer wäre das zu schaffen.«

»Wir werden vier Gruppen zu je zehn Mann bilden, die ständig an der Küste entlangpatrouillieren. Und irgendwann überraschen wir sie, wenn sie an Land kommen.«

»Bei den meisten Männern handelt es sich, abgesehen von Euren zwanzig Söldnern, um Seeleute. Mit Waffen können sie nicht besonders gut umgehen, und vom Dschungel und den Wilden wollen sie erst recht nichts wissen.«

»Ich werde ihnen einige Goldmünzen extra anbieten.«

Die meisten nahmen an, denn sie zogen es vor, im Dschungel zu patrouillieren, statt auf dem morschen Kahn Wache zu schieben. Vier schwerbewaffnete Trupps von jeweils zehn Mann wurden ausgeschickt, um der Besatzung der *Milagro* einen Hinterhalt zu legen.

»Vielleicht gelingt es deinen Männern, sie einmal zu überraschen, aber danach werden sie nur noch nachts an Land gehen, um Trinkwasser und Proviant aufzunehmen. Und das Ganze wird zu einem Versteckspiel ohne Ende.« Fermina Constantes Einwand entbehrte nicht einer gewissen Logik.

»Fällt dir etwas Besseres ein?«

»Wir könnten nach Santo Domingo zurückkehren und an

den Ufern des Ozama ein Haus kaufen. Mit deinen Verbindungen wärst du in kurzer Zeit Bürgermeister der Stadt und später vielleicht sogar Gouverneur, wer weiß?«

»Und du die anständige Mutter eines reichen Erbes, wie?«

»Was ist daran so schlecht?«

»Die Gesichter deiner ehemaligen Freier möchte ich sehen, wenn du mit meinem Sohn durch die Straßen spazierst. Gibt es überhaupt einen Mann in Santo Domingo, mit dem du nicht ins Bett gegangen bist?«

»Schon möglich«, antwortete Fermina zynisch. »Aber keiner haßt mich deswegen.« Sie warf ihm einen verächtlichen Blick zu und sagte: »Du bist derjenige, den alle hassen.«

»Weil ich meine Pflicht getan habe.«

»Wenn ich durch meine Arbeit den Menschen Lust vermittle und du ihnen Schmerz zufügst, dann verstehe ich nicht, warum man uns Nutten so verachtet und euch Soldaten bewundert.« Fermina Constante machte eine Pause und fuhr dann fort: »Ich würde nichts lieber tun als meinen Beruf aufzugeben, während du am Leid der anderen Spaß zu haben scheinst.«

»Ich verlange nur Genugtuung für den Schmerz, der mir zugefügt wurde. Sobald ich mit Eva und dem Hundesohn von Cienfuegos fertig bin, können alle auf der *Milagro* gehen, wohin sie wollen.«

»Du willst sie nicht der Krone ausliefern?«

»Für diese Gebiete besitze ich kein königliches Mandat. Meine Encomienda ist auf die Insel Paria und Trinidad beschränkt. Cobinacoa liegt außerhalb meiner Gerichtsbarkeit.«

»Aber dann ist das, was du jetzt tust, illegal.«

»In gewisser Weise ja«, räumte der Graf ein. »Andererseits unterliegen diese Gebiete noch nicht der spanischen Krone. Das heißt, daß die Gesetze der spanischen Könige hier keine Geltung haben.«

»Alle Gebiete westlich der Kanarischen Inseln unterliegen der spanischen Krone.«

»Nur jene, die Kolumbus entdeckt hat. Dieses Land wurde von Alonso de Hojeda und Luis de la Cosa entdeckt, und soweit ich weiß, ist ihre Entdeckung noch nicht offiziell anerkannt worden.«

»Mit anderen Worten, diesen See gibt es gar nicht.«

»Na, endlich hast du es verstanden!« gab der Graf ungeduldig zurück.

»Dafür, daß es ihn nicht gibt, ist er ziemlich groß und heiß«, meinte Fermina nachdenklich und fragte plötzlich mit zukkersüßer Stimme: »Heißt das vielleicht auch, daß eine hergelaufene Hure einem Grafen hier die Kehle durchschneiden könnte, ohne dafür zur Rechenschaft gezogen zu werden?«

Der Graf würdigte sie keines Blickes und begab sich zu seiner Hängematte, wo er die meiste Zeit des Tages im Schatten der Palmen verträumte und die Augen nur öffnete, um sich gelegentlich zu vergewissern, daß die Wachen noch auf ihren Posten waren. Des Nachts streifte er an den Ufern entlang, voller Angst, daß die *Milagro* im Schutze der Dunkelheit versuchen könnte, sich an ihnen vorbeizustehlen.

Doch es war offensichtlich, daß kein Schiff, nicht einmal die schnelle und wendige *Milagro*, in der Lage war, unbemerkt den Kanal zu durchqueren, zumal die Brise, die hin und wieder aufkam, stets aus Norden wehte. Das Schiff hätte also gegen den Wind ansegeln müssen.

Doch auch an Bord der *Milagro* war die Stimmung der Besatzung auf den Nullpunkt gesunken, und Cienfuegos begann allmählich zu zweifeln, ob seine Strategie den gewünschten Erfolg bringen würde.

Sie hatten bereits einige der Patrouillen am Ufer des Sees entdeckt, und wußten, daß sie nicht mehr an Land gehen konnten, ohne Gefahr zu laufen, überrascht zu werden. Außerdem entging Cienfuegos keineswegs, daß die Mannschaft immer lauter darüber murrte, auf diesem See, wie in einem grenzenlosen Verlies, gefangen zu sein. Ihr Unmut wuchs von Tag zu Tag.

»Wir müssen eine Lösung finden, auch wenn sie unbequem ist«, sagte Eva eines Nachts. »Ich vertraue meinen Leuten, aber ich fürchte, daß wir ihnen zu viel abverlangen.«

»Du meinst, wir sollten das Schiff aufgeben?«

»Was bleibt uns übrig?«

»Es ist alles, was du hast.«

»Nein. Ich habe dich. Und etwas Gold in einem Versteck in unserem Garten. Ich wußte, daß so etwas passieren konnte, und habe vorgesorgt.«

»Aber du kannst nicht nach Santo Domingo zurück.«

»Ich nicht, aber du. Dich kennt keiner in der Stadt. Du kannst in den Garten schleichen und das Gold ausgraben.«

»Santo Domingo ist weit weg!«

»Wir werden schon einen Weg finden«, sagte Eva Grumbach zuversichtlich. »Aber zuerst müssen wir heil hier herauskommen. Laß uns noch einmal rekapitulieren. Im Norden versperrt uns León den Durchgang. Im Süden liegt das Gebiet der *motilones*, die dich fast getötet hätten. Im Westen müßten wir durch das der Grünen Schatten. Außerdem ist es Sumpfgebiet. Bleibt nur der Osten.«

»Im Osten gibt es eine weite unfruchtbare Ebene, fast eine Wüste, die von hohen Bergketten gesäumt wird.«

»Könnten wir es bis zu den Bergen schaffen?«

»Das kommt darauf an. Das Trinkwasser ist ein Problem. Wenn wir Wasserstellen finden, die nicht vom Mene verseucht sind, vielleicht.«

»Was ist *Mene*?«

»Der Urin des Teufels! Dieses schwarze Zeug, das manchmal auf dem Wasser treibt. Die *cuprigueris* hassen es, weil es ihre Wasserstellen verseucht.«

»Wie lange würden wir brauchen, um die Berge zu erreichen?«

»Eine Woche etwa«, sagte Cienfuegos und schüttelte den Kopf. »Aber wir wissen ja nicht einmal, was uns dort erwartet.«

»Schlimmer als das, was uns hier blüht, kann es nicht sein.«

Cienfuegos hielt nichts von der Idee, sich mit einer Schiffsbesatzung, die sich im Dschungel mit seinen vielfältigen Gefahren nicht auskannte, einen derart langen Marsch zu riskieren, zumal jetzt die Verantwortung für eine Frau und ein Kind auf ihm lastete.

»Das wäre Wahnsinn!« sagte er. »Das beste wäre es, wir versuchten, mit deinem Mann zu verhandeln.«

»Du hast doch gesehen, daß das überhaupt keinen Zweck hat.«

»Vielleicht hat er es sich mittlerweile überlegt.«

»Er hat doch nicht acht Jahre Jagd auf uns gemacht, um jetzt klein beizugeben. Du kennst León nicht.«

»Dann glaube ich, daß wir uns einem Kampf stellen sollten. Mir ist da etwas eingefallen.«

»León! Sie kommt!«

»Wer?«

»Die *Milagro*.«

Der Graf von Teguise sprang aus der Hängematte, kniff die Augen zusammen und starrte auf den Punkt in der Ferne, den Fermina ihm zeigte.

Noch war es nur ein verschwommener Fleck, der in der flirrenden Luft am Horizont zu sehen war und nur zögernd an Größe gewann. Doch das Schiff wurde von einer stetigen Brise aus Nordost auf sie zugetrieben.

»Habe ich es dir nicht gesagt!« rief der Graf aufgeregt. »Ich wußte, daß sie es nicht aushalten würden. Jetzt sind sie dran.«

»Da wäre ich nicht so sicher«, antwortete Fermina skeptisch. »Dieses Schiff scheint verdammt schnell zu sein. Wenn du es nicht beim ersten Schuß erwischst, wird es vielleicht durchkommen.«

»Sie haben zwar den ersten Tag, an dem der Wind gedreht hat, ausgenützt, aber selbst wenn sie mit hoher Geschwindigkeit an uns vorbeisegeln, müssen sie zweimal wenden, wenn sie nicht auf Grund laufen wollen. Dann werden wir sie genau im Visier haben und versenken.«

»Wir werden sehen.«

»Nicht einmal ein kleines Fischerboot könnte diesen Kanal passieren, ohne zu manövrieren.«

Capitán León de Luna stieg den Hügel hinab, um seine

Männer zu postieren und ihnen Anweisungen zu geben. Das Schiff würde noch ein bis zwei Stunden brauchen, um nahe genug zu sein. Das verschaffte ihnen ausreichend Zeit, um die Bombarden und die anderen Geschütze auf dem Schiff vorzubereiten. Baltasar Garrote, der das Schiff schon länger beobachtete, wickelte seinen Turban neu auf, als suchte er Ablenkung von dem unguten Gefühl, das er hatte.

»Was ist, wenn es uns rammt? Es ist verdammt schnell!« fragte er. »Dann sinken beide Schiffe, und wir kommen hier nie wieder raus.«

»In diesem Fall müssen wir es entern.« Der Graf schien alle Zweifel über Bord geworfen zu haben.

»Die meisten unserer Männer sind auf Patrouille«, erinnerte ihn der Türke.

»Kannst du schwimmen?« fragte der Graf plötzlich.

Baltasar Garrote nickte stumm und runzelte die Stirn.

»Dann hast du bessere Überlebenschancen als ich«, fuhr der Graf zynisch fort.

»Trotzdem gefällt mir das Ganze nicht. Wenn sie entschlossen sind, Selbstmord zu begehen, müssen wir unsere Vorkehrungen treffen. Ich will nicht das Schiff verlieren und hier verschimmeln.«

»Was schlägst du vor?« fragte der Graf.

»Als erstes sollten wir die *Dragón* wenden und ihnen den Bug zeigen...«

»Kommt nicht in Frage, dann würden wir fast unsere gesamte Feuerkraft einbüßen. Und sie hätten viel mehr Platz zum Passieren«, fiel ihm der Graf gereizt ins Wort.

»Wenn es ihnen gelingt durchzukommen, habt Ihr immerhin eine zweite Möglichkeit«, sagte Baltasar Garrote. »Eine verlorene Schlacht ist kein verlorener Krieg. Wenn sie an uns vorbeikommen, müssen sie dort wenden und uns ihre Breitseite zeigen. Wenn wir unser Schiff so plazieren, daß die Kanonen auf die Biegung zeigen, kriegen wir sie.«

Graf León de Luna dachte lange Zeit nach, schaute sich die Kanalbiegung, die etwa zweihundert Meter hinter ihnen lag, sorgfältig an und sagte schließlich lustlos:

»In Ordnung! Rudere an Bord, und sag Velloso, daß er das Schiff wenden soll und den Patrouillen signalisieren, sofort zurückzukommen.«

Baltasar Garrote, die rechte Hand des Grafen, stieg in ein kleines Boot am Ufer und ruderte durch das schmutzigbraune Wasser zur *Dragón*.

Unterdessen vergewisserte sich der Capitán ein letztes Mal, daß die kleinen Geschütze, die seine Männer zwischen den Felsen am Ufer versteckt hatten, einsatzbereit waren, und stieg dann wieder auf seine Anhöhe, von der er die Schlacht zu leiten beabsichtigte.

Fermina Constante hatte ihre Hängematte nicht verlassen. Sie aß eine Mangofrucht, deren Saft über ihr Kinn tropfte, und sah zu, wie die Sonne zu einer rotglühenden Kugel wurde.

»Ich habe noch nie eine Schlacht gesehen«, sagte sie. »Wie aufregend.«

»Freu dich nicht zu früh«, antwortete der Graf.

»Zweifelst du an deinem Sieg?«

»Das nicht.« Er schüttelte den Kopf. »Sie haben höchstens drei oder vier Geschütze an Bord und wir über zwanzig.«

Sie sah ihn aus den Augenwinkeln an und lächelte.

Die Sonne versank am Horizont, und bald lag der See im Schatten. Man hätte meinen können, daß die *Milagro* die Zeit ihrer Ankunft genau berechnet hatte.

Wenn sie durchkam, würde sie gerade noch genug Licht haben, um den Golf von Venezuela zu erreichen und in der Dunkelheit der Nacht zu verschwinden. Gelang es jedoch nicht, die Blockade zu durchbrechen, konnte sie noch zurück.

Sie segelte mit voller Fahrt auf die Mündung des Kanals zu und war schon so nahe, daß man die Umrisse einzelner Menschen an Deck erkennen konnte. Der Graf versuchte mit einem Fernrohr das verhaßte Gesicht seiner Frau zu entdecken und sah dann ungeduldig zur *Dragón* hinüber, um sich zu vergewissern, daß alles vorbereitet war. Doch im gleichen Augenblick, nur noch wenige Meter von der Reichweite der Kanonen entfernt, drehte die *Milagro* plötzlich mit einem riskanten Manöver ab.

»Was machen sie jetzt, verdammt noch mal?« schrie Capitán León.

»Sie haben es sich anders überlegt. Sie kriegen es mit der Angst zu tun, drehen ab.«

Die stetige Brise, die das Schiff von Backbord angetrieben hatte, erfaßte die *Milagro* nun von Steuerbord, um sie langsam, aber stetig zur Mitte des Sees zurückzuführen. Dann, als man von der Anhöhe aus nur noch das Heck der *Milagro* sehen konnte, feuerte sie plötzlich zwei riesige große Katapulte ab. Die Feuerbälle beschrieben einen weiten Bogen und landeten etwa zweihundert Meter von der *Dragón* entfernt im Wasser.

Wider Erwarten und zum Entsetzen von Capitán de Luna, Fermina Constante, Baltasar Garrote, Justo Velloso und den übrigen Mitgliedern der Mannschaft erstarb jedoch das Feuer nicht, sondern schien jetzt erst richtig aufzulodern, denn plötzlich stand der ganze See in Flammen. Und die Flammen wurden von Wind und Strömung geradewegs auf den Kanal zugetrieben.

»Was zum Teufel geht hier vor?« rief der Capitán ungläubig.

Diesmal fand auch die sonst so schlagfertige Hure keine Worte, um ihrer Verwirrung Ausdruck zu verleihen. Fermina Constante stand neben dem Capitán und starrte erschüttert auf das Inferno, das unten im Kanal tobte.

Es muß das Werk des Teufels sein, denn er allein besitzt die Macht, Wasser zu entflammen, dachte Fermina. Sie konnte nicht wissen, daß es Rohöl war, das da brannte und sich mit dem Drehen des Windes in der Kanalöffnung staute.

»Gott steh uns bei!« rief der Graf und sank ungläubig auf einen kleinen Hocker.

Die *Milagro* hatte sich vor dem Flammenmeer in Sicherheit gebracht. Doch für die schwerfällige *Dragón* gab es keine Rettung mehr. Baltasar Garrote schien dies als erster zu begreifen. Ohne sich den Kopf über das gespenstische Schauspiel zu zerbrechen, sprang er mit zwei weiteren Seeleuten in das kleine Beiboot, das noch im Wasser lag, und ruderte, so schnell er konnte, an Land.

Justo Velloso und die Mehrzahl der anderen Männer reagierten nicht so spontan. Vor Angst und Schrecken wie gelähmt, brauchten sie viel zu lange, um die Bedrohung durch das herankommende Feuer richtig einzuschätzen. Als sie die aussichtslose Lage erkannten, stürzten sich alle Männer gleichzeitig auf die wenigen kleinen Beiboote, die am Heck der *Dragón* befestigt waren, ihre Last jedoch nicht zu tragen vermochten.

Die meisten versuchten das rettende Ufer schwimmend zu erreichen, doch zwei Schiffsjungen, die auf dem Schiff geblieben waren, kamen auf grauenhafte Weise ums Leben. Nie würde Fermina Constante die verzweifelten Schreie der Jungen vergessen, die schließlich von den wütenden Flammen erstickt wurden.

Das morsche Holz der *Dragón* brannte wie Zunder. Im Nu hatten sich die Flammen des ganzen Schiffes bemächtigt, und es dauerte nicht lange, bis die Munitionskisten und das Pulver mit großem Krachen in die Luft flogen. Das Schiff explodierte und sank in wenigen Minuten.

Der Türke und seine Begleiter schafften es gerade noch rechtzeitig ans Ufer, aber die anderen hatten nicht so viel

Glück. Sie ertranken entweder, oder verbrannten schwimmend bei lebendigem Leib.

Zwei Seemeilen entfernt war die *Milagro* vor Anker gegangen. Ihre Mannschaft beobachtete das grausige Schauspiel ohne ein Wort. Sie hatten gesiegt, waren jedoch über das Massaker, das sie angerichtet hatten, selbst entsetzt.

»Mein Gott!« rief schließlich Doña Mariana Montenegro unter Tränen.

»Was ist passiert?« fragte Bonifacio verwirrt. »Wieso hat das ganze Wasser gebrannt?«

»Es ist das Mene«, erklärte Cienfuegos ruhig. »Der Urin des Teufels, wie die Eingeborenen sagen. Sie bauen ihre Dörfer nie in stehenden Gewässern, wo sich das Mene sammeln kann, weil es sehr schnell Feuer fängt. Wenn der Wind von Nordosten weht, treibt er das Zeug in den Kanal. Und wenn es sehr heiß ist, bilden sich leicht entflammbare Dämpfe.«

»Aber warum?« fragte der Konvertit Don Luis de Torres. »Wieso brennt das Zeug so höllisch?«

»Das weiß ich auch nicht«, antwortete Cienfuegos. »Nur, daß es aus dem Inneren der Erde kommt, das Wasser verseucht und sich schnell entzündet.«

»Die armen Teufel!« seufzte Eva Grumbach. »Wie sie geschrien haben.«

»Der Admiral hat behauptet, bis an die Tore des Garten Eden gelangt zu sein, mir aber erscheint dies eher als der Zugang zur Hölle«, sagte der Konvertit.

»Morgen verlassen wir diesen schrecklichen See«, sagte die Deutsche. »Sobald es hell wird, will ich den Kanal hinter uns bringen.« Sie hielt inne. »Gott vergebe uns! Was meint ihr, wie viele Menschen wir auf dem Gewissen haben?«

»Sie wollten uns töten. Vergeßt das nicht, Doña Mariana. Wir haben uns nur verteidigt.«

»Und ein Massaker ohnegleichen angerichtet.«

»Wer hätte das voraussehen können?«

»Ich hätte es wissen müssen!« sagte Cienfuegos.

Es war eine bittere Nacht für Sieger und Besiegte, eine Nacht, in der ein entsetzlicher Gestank nach Teer und Schwefel in der Luft hing, beißender Rauch den Hals verbrannte und niemand das Schreien der verzweifelten Opfer aus seinem Kopf zu bannen vermochte.

Doch der neue Tag war nicht weniger düster als die Nacht. Die Sonne schaffte es nicht, den dichten Nebel aufzulösen, und auf dem Wasser trieben halbverkohlte Leichen.

Das Gebüsch an den Ufern und sogar große Bäume hatten Feuer gefangen, die immer noch schwelten. Auf dem Hügel saßen Capitán León de Luna, Fermina Constante, Baltasar Garrote und die beiden anderen, denen die Flucht gelungen war, und starrten auf die Überreste der *Dragón*.

Langsam fanden sich die restlichen Patrouillen ein und warfen sich niedergeschlagen neben ihren Kameraden auf den Boden. Keiner konnte den Blick vom Horizont wenden, wo in der Ferne die Umrisse der *Milagro* zu sehen waren.

Schließlich kam eine Schaluppe mit sechs Mann, angeführt von Don Luis de Torres, auf sie zu. Eva Grumbach hatte ihm die Vollmacht erteilt, die schwierigen Verhandlungen mit dem Capitán zu führen.

Einen Steinwurf vom Ufer entfernt zogen sie die Ruder ein, und Don Luis winkte mit einem weißen Taschentuch.

»Ich will mit León de Luna sprechen«, rief er.

Langsam erhob sich der Capitán und ging mit müden Schritten auf das Boot zu, während Baltasar Garrote, Fermina Constante und die übrigen zögernd folgten.

»Ihr könnt an Land kommen«, rief der Graf. »Es wird Euch nichts geschehen. Ihr habt mein Wort.«

Der ehemalige königliche Dolmetscher glaubte ihm. Er

ließ sich an Land rudern und befahl der Mannschaft, im Boot zu bleiben und auf ihn zu warten.

Langsam schritt er auf das mutlose Häuflein zu und sagte:

»Es war eine schreckliche Nacht für uns alle, die wir nie vergessen werden. Aber das Leben geht weiter, und die Toten macht niemand wieder lebendig.«

»Gedenkt Ihr denn, etwas für die Überlebenden zu tun?«

»Als Christen fühlen wir uns dazu verpflichtet, denn wir können nicht mitansehen, daß Landsleute in dieser gottlosen Gegend auf derart tragische Weise zugrunde gehen.« Don Luis de Torres machte eine lange Pause, um seinen Worten mehr Nachdruck zu verleihen. »Da unser Schiff aber nicht alle aufnehmen kann, wollen wir zumindest die Verletzten und die Frau mit an Bord nehmen.«

»Und der Rest?«

»Wenn wir uns einigen können, werden wir genügend Proviant für die Zurückbleibenden hierlassen und dafür sorgen, daß ein anderes Schiff sie abholt. Ein Brief an den Gouverneur würde das Ganze beschleunigen, Graf.«

»Worüber sollten wir uns einig werden?« fragte der Graf.

»Ihr werdet Euch schriftlich verpflichten, Doña Mariana Montenegro nie wieder zu belästigen oder zu bedrohen und Eure Anklage gegen sie zurückziehen.«

»Das kommt einer Erpressung gleich!«

»Zügelt Euren Übermut, Graf...!« sagte Don Luis de Torres und preßte die Lippen zusammen, um seine Wut zu unterdrücken. »Es wäre ein Leichtes, Euch hier verrecken zu lassen, und dennoch machen wir Euch ein faires Angebot. Ihr vergeßt Euren Haß und Eure Rache, und wir retten Euch allen das Leben. Überlegt es Euch gut.«

»Da gibt es nichts zu überlegen. Meine Ehre steht auf dem Spiel«, antwortete der Graf hochfahrend. »Geht an Bord, und sagt dieser Hündin, daß ich auf ihr Angebot pfeife. Sie wird für all das noch bitter bezahlen.«

»Seid Ihr des Wahnsinns, Graf?« rief der Konvertit fassungslos. »Wie könnt Ihr Euch anmaßen, über so viele Menschenleben zu entscheiden?«

»Noch ein Wort, und ich durchbohre Euch mit einem Stoß das Herz!« warnte der Graf und fuhr mit der Hand zum Degen.

»Einen Augenblick, Señor!« sagte Baltasar Garrote und mischte sich ungefragt in die Verhandlung ein. »Ich glaube, daß es nicht nur Eure Sache ist, über unser aller Schicksal zu entscheiden.«

»Ich bin derjenige, der euch bezahlt, also habe ich das Sagen!«

»Ich habe stets demjenigen gehorcht, der mich bezahlte«, sagte Baltasar Garrote. »Aber in diesem Fall liegen die Dinge anders. Ich vermute, daß Euer Gold jetzt auf dem Grund dieses Sees liegt. Ihr könnt Euren Verpflichtungen also nicht nachkommen, daher fühlen wir uns an die unsrigen auch nicht länger gebunden.«

Der Rest der Mannschaft raunte zustimmend, und der Graf sah ein, daß er auf verlorenem Posten stand.

»Das ist Verrat!« rief er mit bebender Stimme. »Ist euch klar, daß ich Euch an den Galgen bringen kann?«

»Ihr seid der Verräter, Graf: Uns hier krepieren lassen zu wollen!« Baltasar hatte sich zum Sprecher der Männer gemacht. »Ihr tätet gut daran, Eure Drohungen für Euch zu behalten.« Dann wandte er sich an den Konvertiten und fragte: »Habt Ihr das Dokument bei Euch?«

»Gewiß.«

»Der Capitán hat also die Wahl, das Dokument oder sein eigenes Todesurteil zu unterschreiben?«

»Ich werde gar nichts unterschreiben!« rief der Capitán dazwischen.

»Wie Ihr wollt«, sagte Baltasar Garrote und wandte sich an seine Männer. »Habt ihr ein Seil?«

Einer der Seeleute eilte davon und kehrte wenige Augenblicke später mit einem dicken Strick in der Hand zurück.

»Wie ist es mit diesem?«

»Ich glaube, es geht.«

Baltasar Garrote knüpfte eine Schlinge und trat mit den Seeleuten zu einem nahen Baum, wo sie das Seil über einen Ast warfen. Danach bedeutete Baltasar Garrote dem Grafen mit einer Geste, näher zu kommen, und rief:

»Wann immer es Euch beliebt, Graf.«

»Das werdet Ihr nicht wagen!«

»Ihr habt es so gewollt, Graf. Ihr seid derjenige, der den Tod der Unehre vorzieht, nicht wir.«

»Ihr dreckigen Hundesöhne!« Capitán León de Luna spuckte auf den Boden und sah Fermina Constante an. »Was wirst du tun?« fragte er.

»Ich werde abtreiben. Söhne von Gehenkten bringen nur Unglück.«

»Im Grunde genommen ist das die beste Lösung, Graf«, sagte Baltasar Garrote spöttisch. »Stellt Euch vor, Ihr müßtet mit dieser Schmach nach Santo Domingo zurück.«

»Jetzt ist es aber genug!« rief der Konvertit, entsetzt von dem Verlauf, den die Ereignisse nahmen. »Zeigt Einsicht, Graf, und unterschreibt das Dokument.«

Doch erst als die Männer dem Grafen, der abwesend auf die ferne Silhouette der *Milagro* gestarrt hatte, die Schlinge um den Hals legten und das Seil straff zogen, schien dieser zu sich zu kommen und den Ernst der Lage zu begreifen.

»Einen Augenblick!« rief der Graf und wandte sich an den Konvertiten. »Habt Ihr den dreckigen Schweinehirten gefunden?«

»Ja, vor einem Monat schon.«

»Befindet er sich auf dem Schiff und kann alles beobachten?«

»Das nehme ich an.«

»So weit ist es also gekommen, daß ein Dieb mit seiner Beute davonkommt, während ein Edelmann gehängt wird, weil er seine Ehre zu retten versucht.«

»Cienfuegos hat Euch niemals bestehlen wollen, Graf. Es waren die Umstände.«

León de Luna dachte einen Augenblick lang nach und sagte dann:

»Dieses Dokument schließt den Kerl doch nicht ausdrücklich ein, oder?«

»So ist es Graf«, antwortete der Konvertit. »Er braucht niemanden, der ihn beschützt. Er hat bewiesen, daß er sich selbst verteidigen kann.«

Daraufhin zog der Capitán den Hals aus der Schlinge und rief:

»In diesem Fall unterschreibe ich. Ich schwöre, daß ich Eva Grumbach nicht mehr belästige, aber sagt dem Hirten, daß ich ihn bis ans Ende der Welt verfolgen werde, um ihm eigenhändig meinen Degen ins Herz zu bohren!«

»In einem fairen Duell?«

»In einem fairen Duell!«

Fermina Constante und drei Verletzte wurden an Bord gebracht, nachdem das kleine Beiboot den versprochenen Proviant ausgeladen hatte. Am späten Nachmittag lichtete die *Milagro* den Anker und segelte durch den engen Kanal, auf dem noch vereinzelte Überreste der *Dragón* trieben, dem Golf von Venezuela entgegen.

Vom Ufer aus sahen Baltasar Garrote und die Mannschaftsmitglieder der einzigen Hoffnung, je wieder ein zivilisiertes Land zu betreten, wehmütig nach. Der Graf dagegen verzog sich auf seinen Hügel und schaukelte in der Hängematte, während er mit dem Fernrohr das Schiff nach den beiden Menschen absuchte, die er mehr als alles andere auf der Welt haßte.

Seine Niederlage war eindeutig gewesen, und noch immer konnte er kaum begreifen, wie er es hatte vorziehen können, weiterzuleben, da es doch so viel einfacher gewesen wäre, sich von seinem ewigen Leiden und dem Haß, der ihn umschloß wie eine zweite Haut, erlösen zu lassen.

Das Schicksal hatte sich gegen ihn verschworen und eine Marionette aus ihm gemacht, denn nun hatte er sogar schriftlich darauf verzichtet, seine Ehre mit dem Blut derjenigen, die sie befleckt hatte, reinzuwaschen. Wohin er auch ging, würden nun die Leute mit dem Finger auf ihn zeigen.

Acht lange Jahre war er seiner Rache nachgejagt wie einem Phantom, und jedesmal hatte er versagt. Die letzte große

Schlappe der vorangegangenen Nacht, in der sein sicherer Sieg wie durch Teufelsspuk in letzter Minute doch noch vereitelt worden war, hatte ihm endgültig vor Augen geführt, daß Gott sich von ihm abgewendet hatte.

Immer wieder fragte sich der reiche, tapfere und gebildete Edelmann León de Luna, Graf von Teguise, was er getan hatte, um den Zorn Gottes auf sich zu lenken. Er hatte seine Frau geliebt und sie zur Comtesse gemacht. Ihr jeden Wunsch von den Augen abgelesen und sie wie eine Prinzessin auf Händen getragen.

Und jetzt saß er gedemütigt und geschlagen in einem wilden, fremden Land, seinem Schicksal überlassen, in Gesellschaft von Männern, die keinen Augenblick gezögert hätten, ihn am erstbesten Baum aufzuhängen.

Er fragte sich, wer bei dieser verhängnisvollen Tragödie wohl die Fäden in der Hand hielt, fand jedoch keine Antwort. Wer hätte sich auch träumen lassen, daß sich ein so friedlicher See plötzlich in ein Flammenmeer verwandeln könnte?!

Welche Art von Hexerei war da im Spiel?

Welchen heimlichen Pakt hatte Eva Grumbach mit dem Teufel geschlossen, daß sie das Meer in Flammen setzen konnte? Nur Hexen oder Alchemisten besaßen die Fähigkeit, die Eigenschaften der Elemente zu verändern.

Wasser, Erde, Feuer, Luft...!

Letzte Nacht war alles, was er über die Natur wußte, auf den Kopf gestellt worden. Wie war es möglich, Feuer aus Wasser zu machen? In seinem Kopf wirbelten Wut und Verwirrung, Ohnmacht und Verzweiflung durcheinander.

Da fuhr sie hin, die *Milagro*, mit ihrer Besatzung aus Hexen und Alchemisten, die die ganze Nacht damit verbringen würden, den Satan anzubeten und sich über ihn, den gottesfürchtigen Grafen, der nur versucht hatte, seine Ehre zu retten, lustig zu machen.

Warum war Gott so ungerecht gegen ihn?

Was hatte er nur verbrochen? War er nicht gewissenhaft seiner Pflicht nachgegangen, als er gegen die unbändigen Guanches zu Felde zog? Doch kaum hatte er seine junge Frau auf Gomera allein gelassen, hatte sie sich einen Liebhaber genommen, einen schmutzigen Ziegenhirten, der weder schreiben noch lesen konnte.

Er hätte sie auf der Stelle töten, seiner Rachlust freien Lauf lassen, in ihr Schlafzimmer eindringen und ihr die Kehle durchschneiden sollen. Jeder hätte seine Handlung gebilligt, aber er hatte es nicht übers Herz gebracht, weil er sie zu sehr liebte.

Zum Dank saß er jetzt hier im Urwald fest, und seine Feinde suchten das Weite.

Als die Nacht anbrach und das Licht der Vollmonds die Landschaft in eine gespenstische Szenerie verwandelte, entledigte sich der Graf seiner Kleider, legte sich mit ausgebreiteten Armen auf den Boden und sagte leise:

»Wenn du meine Seele willst, so nimm sie; wenn diese Hündin dir Treue geschworen hat, so tue ich es ihr gleich. Schenke mir, o Satan, die Macht, die du ihr verliehen hast. Ich rufe dich an. Du sollst mein Gebieter sein, aber erlöse mich von diesem Fluch.«

So blieb er am Boden liegen und schlief ein, bis die ersten Sonnenstrahlen ihm ins Gesicht schienen. Als er erkannte, was er in der vorangegangenen Nacht getan hatte, fuhr ihm der Schreck in die Glieder.

Was, wenn jemand aus der Mannschaft ihn beobachtet hatte? Er konnte sich noch sehr genau an die furchtbaren Foltermethoden des Großinquisitors Fray Tomás de Torquemada erinnern, der alle bestrafte, die im Verdacht standen, einen Pakt mit dem Teufel geschlossen zu haben.

Man hatte schon Menschen für viel geringere Vergehen als für die Anrufung des Satans hingerichtet und auf dem Scheiterhaufen verbrannt. Und während er darüber nachdachte, ob sein Verhalten der Heiligen Inquisition zu Ohren kommen könnte, brach ihm kalter Schweiß aus.

Er zog sich an und bohrte sein Schwert in den Boden. Dann kniete er nieder, begann zu beten und Gott demütig um Vergebung zu bitten.

So fand ihn Baltasar Garrote, als er mit seiner kargen Proviantration für den Tag erschien.

»Das Schwert ist kein Kreuz und das Kreuz kein Schwert«, sagte Baltasar. »Wer beides durcheinanderwirft, zieht den kürzeren.«

»Was weiß schon ein verfluchter Verräter wie du!«

»Der Haß hat Euch blind gemacht«, antwortete Baltasar Garrote gelassen. »Aber um Rache zu üben, darf man nicht blind sein. Oder meint Ihr, daß ich diese Schmach auf mir sitzen lassen werde? Ihr wart so dickköpfig, daß uns nichts anderes übrigblieb, als Euch zurechtzuweisen.«

»Was soll das heißen?«

»Ich habe Euch zwar gezwungen, ein Dokument zu unterschreiben, an das Ihr Euch nun halten müßt, aber ich persönlich behalte mir das Recht vor, diese Hündin für den Tod meines Freundes Justo und der anderen zu bestrafen.«

»Du weißt, daß ich dir dabei nicht behilflich sein darf.«

»Das ist mir klar. Und ich verstehe es«, sagte der andere und bleckte die Zähne. »Doch wenn Ihr mir Eure Encomienda für Trinidad und Paria überschreibt, könnte ich die Jagd fortführen.«

Capitán León de Luna hatte das seltsame Gefühl, daß seine Gebete erhört worden waren. Insgeheim atmete er erleichtert auf und antwortete:

»Gewiß, das wäre eine Möglichkeit. Die Encomienda nützt mir im Augenblick wenig, da mir die Hände gebunden sind.«

So kam es zu einem Pakt zwischen den beiden ungleichen

Männern, deren einzige Hoffnung, je wieder zivilisiertes Land zu betreten, sich darauf konzentrierte, daß dieselbe Frau, der sie inbrünstig den Tod wünschten, ihnen ein Schiff zur Rettung schickte.

Doña Mariana Montenegro war durchaus gewillt, ihr Versprechen einzuhalten. Auch wenn sie jetzt alle Arten von Vorkehrungen traf, um in Santo Domingo keine böse Überraschung zu erleben, wäre ihr nie in den Sinn gekommen, das Auslaufen des Schiffes, das ihren Mann und seine Söldner retten sollte, auch nur um eine Minute zu verzögern.

Die *Milagro* verließ den Golf von Venezuela. Das Wetter war angenehm und die See ruhig. Eine stetige Brise aus Nordost trieb das Schiff zügig voran. Sie segelten zuerst nach Borinquen, drehten dann ab und nahmen Kurs auf die Küste von Hispaniola.

Als sie die Insel erreicht hatten, gingen sie in einer kleinen Bucht bei Isla Catalina vor Anker. Als erstes schickte Doña Mariana Montenegro eine Schaluppe mit Don Luis de Torres und vier weiteren Männern in die Hauptstadt. Der Konvertit sollte dort die schwierigen Verhandlungen mit dem jetzigen Gouverneur führen, denn die Besatzung der *Milagro* war unter Kolumbus' Herrschaft zu Freibeutern erklärt worden. Ihnen und auch Eva Grumbach drohte der Tod durch den Strang.

Sich mit dem strengen, allmächtigen Gouverneur Francisco de Bobadilla auseinanderzusetzen war alles andere als ein Vergnügen. Die Abordnung mußte zwei Wochen warten, bis sie endlich eine Audienz am Hof des neuen Herrschers über die Gebiete westlich der Kanarischen Inseln erhielt. Die Tatsache, daß sich etwa fünfzig Untertanen der spanischen Krone in Tierra Firme in Gefahr befanden, schien niemanden zu interessieren. Nach der Unterredung erklärte der Gouverneur schließlich, er wolle sich die Sache durch den Kopf gehen lassen und werde sie dann von seiner Entscheidung in Kenntnis setzen.

»Eurem Gesuch um Vergebung kann ich nicht ohne weiteres stattgeben«, verkündete er, als er geruhte, Don Luis de Torres zwei Wochen später noch einmal zu empfangen. »Die Gnade der Krone ist nicht für jene gedacht, die gegen die ausdrücklichen Befehle eines Gouverneurs verstoßen. Es steht ohne Zweifel fest, daß Doña Mariana Montenegro ein Schiff gestohlen hat und ohne Erlaubnis ausgelaufen ist.«

»Mit Verlaub, Eure Exzellenz, das Schiff war ihr Eigentum. Doña Mariana Montenegro hat es selbst bauen lassen«, berichtigte ihn der Konvertit kühn. »Sie hat nicht die Gesetze der Krone mißachtet, sondern die eines grausamen und ungerechten Despoten, den Euer Gnaden selbst entmachtet haben.«

»Das ist richtig, doch als Kolumbus noch Vizekönig und Gouverneur der neuen Gebiete war, hat er die Krone vertreten. Wer gegen ihn zum Widerstand aufrief, rebellierte gegen die Krone.«

»Aber Eure Exzellenz! Hätten wir ihm etwa auch gehorchen sollen, wenn er uns befohlen hätte, Hispaniola den Genuesen zu übergeben?«

Der Gouverneur warf Don Luis de Torres einen durchdringenden Blick zu und sagte mit eisiger Stimme.

»Wollt Ihr mich belehren, Don Luis de Torres? Treibt meine Geduld nicht auf die Spitze, ich warne Euch!«

»Das liegt mir fern, Exzellenz. Aber wie Ihr sehen könnt, wurde Doña Mariana Montenegro ein Opfer der Willkürherrschaft des Admirals. Ihr seid der einzige hier, der ihr Gerechtigkeit widerfahren lassen kann«, argumentierte der Konvertit geschickt und traf damit die schwache Stelle des eingebildeten Bobadilla.

Dieser rutschte unbehaglich in seinem Sessel hin und her und sagte nach langem Zögern:

»Es gäbe da eine Möglichkeit, Doña Mariana Montenegro zu begnadigen, zumal ihr Ehemann Capitán de Luna, den ich persönlich kenne, die Anklage gegen sie hat fallenlassen. Sie muß der Krone fünfzigtausend Maravedis zahlen und die Kosten der Expedition tragen, die diese Männer in Tierra Firme abholen soll.«

»Fünfzigtausend Maravedis!« rief der Konvertit entsetzt. »Das ist ein Vermögen!«

»Nicht wenn man sich damit die Freiheit erkaufen kann.«

»Und wem soll sie das Geld übergeben?«

»Mir natürlich. Ich werde die Summe dem Grafen zukommen lassen als eine Art Entschädigung für das Leid, das ihm zugefügt wurde.«

Don Luis de Torres nahm sich Zeit, um über das Angebot nachzudenken. Als er die Ungeduld des Gouverneurs bemerkte, fragte er:

»Doña Mariana Montenegro würde dann begnadigt werden und könnte wieder über ihren Besitz verfügen?«

»Über ihren Besitz, ja, nicht aber über ihren Anteil an den Goldminen von Santo Domingo.«

»Weshalb nicht?«

»Weil die Konzessionen von den Gebrüdern Kolumbus vergeben wurden und ich diese bei meiner Amtsübernahme für ungültig erklärt habe.«

Don Luis de Torres hielt es nicht für ratsam zu fragen, wer der neue Nutznießer dieser Regelung war. Es war nur allzu offensichtlich, daß aus dem bescheidenen und geradezu asketischen Bobadilla ein habsüchtiger Gouverneur geworden war, für den nichts anders zählte als Ruhm, Reichtum und Macht.

Francisco de Bobadilla begnügte sich nicht länger damit, den Posten des Mannes eingenommen zu haben, der sein Leben riskiert hatte, um die Neue Welt zu entdecken, nachdem er ihn schmachvoll in Ketten nach Spanien hatte bringen lassen. Er wollte seine Macht festigen, und um dies zu erreichen, brauchte er Gold.

Die Ländereien, die nun von der Krone in den neuen Gebieten des Reiches freigiebig an Kolonisten vergeben wurden, konnten ihn nicht reizen, und auch die Paläste des Admirals vermochten nicht, seine Begierde zu wecken: Bobadilla hatte es einzig und allein auf Gold abgesehen. So flossen jetzt die Einnahmen der Minen direkt in seine Taschen, ohne daß er der Krone darüber Rechenschaft hätte ablegen müssen. Die Anteile von Doña Mariana und Miguel Díaz an den Minen waren nicht an die Krone zurückgefallen, sondern an ihn.

Don Luis de Torres war fest davon überzeugt, daß die fünfzigtausend Maravedis nie dem Grafen zugute kommen, sondern in den Gewölben des Gouverneurs verschwinden würden. Aber er war hier, um über die Begnadigung von Doña Mariana Montenegro und ihrer Besatzung zu verhandeln. Der Preis von fünfzigtausend Maravedis schien ihm nicht überzogen, wenn Doña Mariana tatsächlich das Haus und ihr Schiff behalten durfte.

»In Ordnung!« sagte er schließlich. »Fünfzigtausend Maravedis und der Verzicht auf ihre Rechte an der Ausbeutung der Goldminen.«

»Und die Finanzierung der Expedition zur Rettung des Grafen«, berichtigte ihn der Gouverneur.

»Einverstanden. Wann kann sie in die Stadt kommen?«

»Wann sie will. Aber das Rettungsschiff muß spätestens zwei Wochen später auslaufen. Das ist meine Bedingung.«

Es dauerte noch Tage, bis der Konvertit die erwünschten Begnadigungsdokumete erhielt und dorthin zurücksegeln konnte, wo die *Milagro* auf ihn wartete.

»Fünfzigtausend Maravedis!« rief Doña Mariana Montenegro ungläubig, als sie von dem Handel erfuhr. »Hält er uns etwa für Freibeuter?«

»Es kommt nicht darauf an, was der Gouverneur von uns denkt, sondern ob Ihr das Geld auftreiben könnt«, erwiderte der Konvertit.

»Das kann ich...«, räumte Doña Mariana Montenegro ein. »Aber wenn er mir dir einzige Einnahmequelle nimmt, werden wir bald ruiniert sein.« Sie seufzte und fuhr fort: »Nun ja, wir haben schon Schlimmeres durchgemacht.«

»Ihr habt noch das Haus«, tröstete sie der ehemalige königliche Dolmetscher. »Außerdem könnt Ihr mit dem Schiff Handel treiben.«

»Dazu ist es nicht geeignet«, sagte Doña Mariana und zwinkerte ihm zu. »Obwohl wir vielleicht ein Vermögen machen könnten, wenn wir anfingen, Mene nach Santo Domingo zu verkaufen.«

»Was wollt Ihr verkaufen?«

»Mene. Dieses schwarze Zeug im Maracaibo-See, das aussieht wie Pech und brennt wie Zunder.«

»Was sollen die Menschen damit anfangen?«

»Feuer machen, was weiß ich?«

»Unsinn! Keiner würde auch nur einen Pfifferling für ein Zeug geben, das stinkt wie die Pest und nicht einmal zum Rauchen taugt wie etwa der Tabak.«

»Da könntet Ihr recht haben, Don Luis«, sagte Doña Mariana und wandte sich an Cienfuegos, der die ganze Zeit schweigend bei ihnen gesessen hatte. »Was meinst du?«

»Keine Ahnung. Ich könnte Ziegen hüten.«

Doch gab es auf Hispaniola kaum Ziegen, ganz davon abgesehen, daß es nicht die Zukunft war, die Eva Grumbach sich für den Mann, den sie liebte, ausgedacht hatte. Schon bald, nachdem sie in das Steinhaus an der Mündung des Ozama gezogen waren, bestand Evas größte Sorge darin, eine Beschäftigung für Cienfuegos zu finden, um ihn vor den Depressionen, die sich von Tag zu Tag deutlicher zeigten, zu bewahren.

Cienfuegos war in den einsamen Bergen von Gomera aufgewachsen. Er hatte nur wenige Freunde gehabt und sich selten ins Tal gewagt. Später war er jahrelang durch den fremden Dschungel geirrt, stets auf sich allein gestellt. Städte waren ihm zuwider, er kam sich verloren vor unter so vielen Menschen und sperrte sich die meiste Zeit im Haus ein.

Santo Domingo hatte sich zu einer blühenden Stadt entwickelt, die sich ständig weiter ausdehnte. Aus ganz Spanien strömten Abenteurer herbei und bereiteten sich auf die Eroberung von Tierra Firme vor. Männer wie Bastida, Lepe, Hojeda, Cortés, Pizarro und viele andere trafen sich in den Schenken und debattierten über bevorstehende Beutezüge und Entdeckungsfahrten.

Für Eva Grumbach waren es die schönsten Tage ihres Lebens. Sie genoß jede Sekunde ihres Glücks an der Seite des Mannes, den sie liebte und den sie acht lange Jahre verzweifelt gesucht hatte. Trotzdem entging es ihr nicht, daß Cienfuegos große Schwierigkeiten hatte, sich an das Leben in der Stadt zu gewöhnen.

»Was würdest du am liebsten tun?« fragte sie ihn eines Abends.

»Auf die Jagd gehen.«

»Auf die Jagd gehen?« fragte die Deutsche überrascht. »Was willst du jagen?«

»Das weiß ich auch nicht«, antwortete er aufrichtig. »Doch auf die Jagd zu gehen, würde bedeuten, aus der Stadt herauszukommen. Dieses Leben zwischen Mauern erdrückt mich.«

»Ich weiß. Deshalb schläfst du so oft im Garten. Nicht wegen der Hitze.«

»Ich habe mein ganzes Leben lang unter freiem Himmel geschlafen.«

»Du kommst dir wie ein Gefangener vor, nicht wahr?«

»Gefangener? Nein! Ich fühle mich nur unnütz. Ich liebe

dich, aber du bist diejenige, die das Geld verdient, der das Haus gehört...« Er zuckte die Achseln und fuhr fort: »Und was mache ich? Gar nichts. Ich erzähle Araya und Haitiké immer wieder dieselben Geschichten, und das ist alles. Ist das meine Zukunft? Soll ich als Märchenonkel enden?«

»Natürlich nicht!« sagte Eva Grumbach. »Deshalb frage ich dich, was du am liebsten tun würdest.«

»Das, was ich gut kann: fischen, jagen, im Dschungel, in der Wüste oder in den Bergen überleben, mit den Eingeborenen reden, ihre Sitten kennenlernen und die Natur beobachten. Als ich das alles hatte, hast du mir gefehlt, jetzt habe ich dich, aber es fehlt mir alles andere.«

»Ich verstehe dich sehr gut. Du brauchst dich deswegen nicht schuldig zu fühlen. Du wurdest nicht geboren, um in einem Käfig zu leben, selbst wenn er aus Gold wäre. Hinter dem Haus beginnt der Dschungel. Du kannst kommen und gehen, wann du willst. Ich werde immer für dich da sein.«

So geschah es. Und ihre Liebe wurde noch leidenschaftlicher, noch tiefer. Manchmal verschwand Cienfuegos wochenlang im Urwald und tauchte dann plötzlich wieder auf, ohne daß Eva Grumbach ihm deswegen böse war. Zwar war sie selbst in der Stadt aufgewachsen, doch respektierte sie jene seltsame Faszination, die Menschen, die stets unter freiem Himmel gelebt haben, für die Natur empfinden.

Sie erwartete ein Kind von Cienfuegos und war glücklich. Sie kümmerte sich um das Haus und die Finanzen und war Araya und Haitiké eine gute Mutter. Die Jahre der Ungewißheit, des Leidens und der Trennung verblaßten allmählich in ihrer Erinnerung, als hätte sie jemand ausgelöscht. Alle Entbehrungen der vergangenen acht Jahre hatten sich gelohnt. Der Weg war lang und dornig gewesen, doch die Zukunft schien verheißungsvoll.

An einem heißen Sonntagnachmittag im Oktober, als sie ihrem Schöpfer für alles gedankt hatte, was er ihr nach

Jahren der Entbehrung geschenkt hatte, trat sie aus der Kirche und fand sich plötzlich von Soldaten umgeben. Ein strenger Offizier kam auf sie zu und rief in rauhem Ton:

»Doña Mariana Montenegro? Im Namen der Heiligen Inquisition, Ihr seid verhaftet!«

»Der Heiligen Inquisition?« fragte Eva Grumbach überrascht und umklammerte Arayas Arm. »Das ist doch nicht möglich!«

»Folgt mir auf der Stelle!«

»Wessen klagt man mich an?«

»Ihr sollt einen Bund mit dem Teufel eingegangen sein.«

»Einen Bund mit dem Teufel? Was soll das für ein Bund sein?«

»Ihr habt einen See in Flammen aufgehen lassen und Euch dadurch am Tod von gläubigen Christen schuldig gemacht.« Der Offizier hielt inne, um seinen Worten Nachdruck zu verleihen, und sagte dann eisig: »So etwas nennt man... Hexerei!«

Alberto Vázquez-Figueroa bei Blanvalet

Bogotá
Roman. 256 Seiten

Hundertfeuer
Roman. 352 Seiten

Maradentro
Roman. 256 Seiten

Océano
Roman. 320 Seiten

Santa Maria
Roman. 384 Seiten

Yaiza
Roman. 320 Seiten

GOLDMANN TASCHENBÜCHER

Das Goldmann LeseZeichen mit dem Gesamtverzeichnis erhalten Sie im Buchhandel oder gegen eine Schutzgebühr von DM 3,50/öS 27,–/sFr 4,50 direkt beim Verlag

Literatur · Unterhaltung · Thriller · Frauen heute · Lesetip
FrauenLeben · Filmbücher · Horror · Pop-Biographien
Lesebücher · Krimi · True Life · Piccolo · Young Collection
Schicksale · Fantasy · Science-Fiction · Abenteuer
Spielebücher · Bestseller in Großschrift · Cartoon · Werkausgaben
Klassiker mit Erläuterungen

****

Sachbücher und Ratgeber:
Politik/Zeitgeschehen/Wirtschaft · Gesellschaft
Natur und Wissenschaft · Kirche und Gesellschaft · Psychologie
und Lebenshilfe · Recht/Beruf/Geld · Hobby/Freizeit
Gesundheit und Ernährung · FrauenRatgeber · Sexualität und
Partnerschaft · Ganzheitlich heilen · Spiritualität und Mystik
Esoterik

****

Ein SIEDLER-BUCH bei Goldmann
Magisch Reisen
ReiseAbenteuer
Handbücher und Nachschlagewerke

Goldmann Verlag · Neumarkter Str. 18 · 81664 München

Bitte senden Sie mir das neue Gesamtverzeichnis, Schutzgebühr DM 3,50

Name: _____

Straße: _____

PLZ/Ort: _____